ANNI BÜRKL

Ausgetanzt

TANZTEE Berenike Roithers neuer Teesalon im beschaulichen Kurort Altaussee im Salzkammergut verlangt ihre volle Aufmerksamkeit. Doch bald wird sie aus der gewohnten Arbeit herausgerissen: Ihre Tanzlehrerin Caro, die am mystischen Gräberfeld bei Hallstatt ein keltisches Tanzritual abhalten wollte, wird tot aufgefunden – in der Mitte entzwei gesägt und in einem Friseursalon zur Schau gestellt. Auch Berenike fragt sich, wer so viel Hass gegen die engagierte Frauenhausmitarbeiterin hegte. Was verschweigt die Frauenhauschefin Selma? Berenike begibt sich auf die Suche nach dem Mörder und steckt plötzlich mitten in den Ermittlungen. Sie steht vielen Verdächtigen gegenüber, denn abgesehen von ihren Kursen war die Tanzlehrerin mit dem lockeren Lebensstil nicht sonderlich beliebt …

Anni Bürkl, Jahrgang 1970, lebt seit Abschluss ihres Studiums der Publizistik im Jahr 2001 als freie Journalistin, Autorin und mitunter Ghostwriter in Wien. Im Ausseerland, wo sie sich im Sommer gerne aufhält, schreibt sie am liebsten. 2003 wurde sie mit dem Theodor-Körner-Förderungspreis ausgezeichnet, 2010 erhielt sie das Krimi-Stipendium »Trio Mortale« der Stadt Wiesbaden. Sie ist Mitglied bei den »Mörderischen Schwestern«, deren Österreich-Gruppe sie leitet, und der »IG Autorinnen Autoren«. Mit dem Kriminalroman »Ausgetanzt« setzt sie ihre Serie um die charismatische »Teelady« Berenike Roither fort.

Weitere Veröffentlichungen im Gmeiner-Verlag:
Schwarztee (2009)

ANNI BÜRKL

Ausgetanzt

Kriminalroman

GMEINER *Original*

Personen und Handlung sind frei erfunden.
Ähnlichkeiten mit lebenden oder toten Personen
sind rein zufällig und nicht beabsichtigt.

Besuchen Sie uns im Internet:
www.gmeiner-verlag.de

Im Ehnried 5, 88605 Meßkirch
Telefon 07575/2095-0
info@gmeiner-verlag.de

2. Auflage 2010

Lektorat: Doreen Fröhlich, Meßkirch
Herstellung / Korrekturen: Julia Franze / Claudia Senghaas
Umschlaggestaltung: U.O.R.G. Lutz Eberle, Stuttgart
unter Verwendung eines Fotos von Anni Bürkl
Druck: Fuldaer Verlagsanstalt, Fulda
Printed in Germany
ISBN 978-3-8392-1101-4

Man trinkt Tee,
um den Lärm der Welt zu vergessen.
T'ien Yi-heng

Aussee ist kein Dorf, sondern eine Krankheit, die man nicht los wird.

Jakob Wassermann

EINS

TEE DER WEISEN FRAUEN

Immer dunkler wurde der Himmel über dem Hochtal, während Berenike aufwärts strebte. Eben erst war sie bei goldenem Abendlicht durchs liebliche Hallstatt gefahren und dann mit der letzten Salzbergbahn heraufgekommen. Das letzte Stück des Weges ging es zu Fuß weiter. Vor Kurzem hatte Caro, ihre Lehrerin für ›Tänze der keltischen Ahninnen‹, Berenike nach dem Kurs auf ihren Salon für Tee und Literatur angesprochen. Ob sie sich vorstellen könne, bei einer kleinen Veranstaltung Tee auszuschenken. Details hatte die Tanzlehrerin zuerst nicht verraten wollen. Sie war sich durch die roten Haare gefahren und hatte Berenike dann zu absolutem Stillschweigen verpflichtet. Dumme Kommentare von Uneingeweihten würden die Magie des Ortes und der geplanten Zeremonie zerstören. ›Natürlich‹, hatte Berenike genickt. Sie konnte sich dem Zauber mancher Dinge selbst nicht entziehen. Erst danach hatte Caro mehr erzählt. Und was sie angekündigt hatte, klang toll.

Es sollte eine intime Tanzvorführung geben, exklusiv für Frauen. Ein Tribut an die großen Göttinnen, dazu Rituale aus alter Zeit. Berenike, einem kleinen Zusatzgeschäft niemals abgeneigt, hatte den Vorschlag erfreut angenommen. Sie würde einen Reception Tea vorbereiten, etwas ganz Edles. Heute, in der Nacht des Schnitterinnenfestes vom 31. Juli auf den 1. August, fand das Fest statt. Caro zufolge war es früher auch als Leinernte oder Kornmuttertag bekannt. Ein Mondfest, das die künftige Ernte feiern sollte, die goldenen Garben, die Mutter Erde ihren Kindern schenkte. Deshalb wurden auch besondere Brote gebacken. Dies sei der beste Zeitpunkt, um überall dort einen harten Schnitt zu setzen, wo es sein musste. Gerade Frauen sollten das erkennen, geknechtet, wie die meisten von ihnen seien, hatte Caro gemeint und Berenike dabei intensiv angesehen. Als Abschluss, so viel hatte die Tanzlehrerin verraten und dabei beiläufig ein paar schwierig aussehende Dehnungsübungen gemacht, würden sie gemeinsam ein Kornweiblein aus reifen Ähren flechten, das Material dafür würde Caro mitbringen. Diese Vorstellung gefiel Berenike besonders. Auch wenn etwas an Caros Verhalten sie stutzig gemacht hatte. Was das sein mochte, Berenike hätte es nicht sagen können. Doch sie war gern in der Natur und mit anderen zusammen. Beides kam wegen der vielen Arbeit jetzt in der Hochsaison sowieso zu kurz, also hatte sie umso lieber zugesagt.

Berenike hielt kurz inne, um die Wegbeschreibung zu rekapitulieren. Nach dem Denkmal für die keltischen Gräber sollte sie bei einer zweistämmigen Buche links abbiegen. Feuchte Grashalme kitzelten sie an den Knöcheln, hatte sie doch die Hose, die sie zum roten T-Shirt und der Lederjacke trug, wegen der Hitze ein wenig aufgekrempelt. Der Weg war mehr ein Trampelpfad und kaum noch zu erkennen. Zudem war hier das Blätterdach dicht, Brombeerpflanzen und Brennnesseln eroberten sich ihr ursprüngliches Terrain zurück, etwas riss schmerzhaft an Berenikes Haut, eine Haarsträhne blieb an einem Zweig hängen. Die Haare waren ein wenig gewachsen, hingen ihr bis in den Nacken, was eigentlich zu warm war für den Sommer. Berenike befreite sich, ein einzelnes schwarzes Haar blieb an dem Busch hängen. Die Dämmerung kam jetzt schnell. Berenike konnte kaum noch etwas erkennen, also kramte sie nach der Taschenlampe und schaltete sie ein. Berenike lauschte auf die Geräusche des Waldes. Ganz ohne Begleitung war sie jetzt hier, kein Ausflügler war um diese Uhrzeit noch unterwegs, keine Schulklasse strömte mehr zum Salzbergwerk. Eigentlich war sie gern allein unterwegs, und dank Karate fühlte sie sich meistens sicher. Auch wenn sie vor Jahren in Wien ein furchtbares Erlebnis gehabt hatte, als ein damaliger Kunde in ihrem Job als Eventmanagerin sie attackiert hatte. Heute war die Sache vergangen und verjährt, sie musste damit leben.

Dieses schmerzhafte Ereignis hatte sie letztlich zur Aussteigerin werden lassen, die im Salzkammergut einen Teesalon eröffnete. Das war vor bald zwei Jahren gewesen. Berenike tastete nach ihrem linken Auge, wie so oft, wenn sie sich angespannt fühlte. Sicher sah man auch jetzt, dass dieses Auge schiefer war als das andere. Sie dachte wieder an jene bewusstseinserweiternde Indienreise vor Jahren. Damals hatte ihr ein geheimnisvoller Mann klarzumachen versucht: ›Du bist zur Schamanin geboren‹. Doch was sollte man mit so einer Veranlagung mitten im Europa des 21. Jahrhunderts anfangen? Außerdem vertraute Berenike mittlerweile am liebsten auf ihre eigene Kraft und Stärke.

Mit großen Schritten ging sie weiter. Ein Käuzchen schrie. Also musste jetzt jemand sterben, so hieß es. Blödsinn, sagte sich Berenike, sie wollte sich die Vorfreude auf den Abend nicht durch solchen Aberglauben verderben lassen. Und diese komische Angst besiegen, die sich in ihr breitmachen wollte. Obwohl sie doch stark war, ihr eigenes Leben hier auf dem Land lebte, schon seit geraumer Weile . Es hatte einer gehörigen Portion Mutes bedurft, mit über 30 ein neues Leben im Ausseerland zu beginnen. Mut und Erkenntnis, damals, nach ihrer großen Krise, die von dem Angriff auf ihr Leben ausgelöst worden war. Jetzt war sie 37. Das Leben schwingt grad gut, fand sie. Es ging aufwärts, ihr Salon lief immer besser. Sie liebte ihr Leben, liebte ihr Lokal, in dem sie die schöne Welt des Tees hochleben ließ und wunderbare Bücher verkaufte, die die Menschen bereichern konnten. Nur die Sache mit Jonas bereitete ihr Kopfzerbrechen. Den ehrgeizigen Polizeiermittler hatte Berenike letztes Jahr im Zuge eines Mordfalls kennengelernt. Sie hatte zuerst gar nicht gewusst, dass er Polizist war. Eine aufregende Leidenschaft hatte ihren Ausgang genommen. Doch Jonas sah ihr Verhältnis zuweilen so anders als sie. Sein Wunsch nach einer festen Beziehung. Sie war mit ihrem lockeren Verhältnis eigentlich sehr zufrieden. Die meiste Zeit jedenfalls. Sie waren einfach zu unterschiedlich in vielen Dingen, als dass sich Berenike mehr vorstellen konnte.

In der Finsternis roch der Wald noch intensiver. Eine moosige Feuchte, die von der weichen Erde aufstieg. Ja, sie würde auch die Sache mit Jonas angehen. Das Leben verlief eben nicht immer planmäßig.

Ein Tropfen glitt unvermutet in ihren Kragen, kalt und unfreundlich. Bei einer Gruppe von drei Laubbäumen, einer davon hatte ein ›Auge‹, schlug sie sich in die Büsche, wie Caro es ihr erklärt hatte. Noch mehr Nässe drang von allen Seiten auf sie ein, das war kein Wunder, so verregnet, wie der Sommer sich dieses Jahr gebärdete. Die Äste gaben ihre feuchte Last ab, wenn Berenikes Schulter sie streifte, und auch der Boden wirkte modrig. Die Taschenlampe flackerte. Nicht, dass die noch ausging! Berenike krempelte die Hose hinunter, die Nacht würde kühl werden.

Auf einer kleinen Lichtung, die sie nach Plan erreichte, fiel ihr Blick auf das nächtliche Hallstatt. Der Ort faszinierte Berenike, seit sie nach ihrer ›Flucht‹ aus Wien ins Salzkammergut gezogen war. In der beinahe vollständigen Dunkelheit sah man kaum, wie sich dort unten auf engstem Raum Holzhäuser, Kirchen und Friedhof unterhalb des steil aufragenden Salzbergs aneinanderschmiegten. Traditionell nutzte man hier jeden Zentimeter Boden zwischen Bergen und Seeufer. Eigentlich komisch, dass die Siedlungstradition hier bis in die Jungsteinzeit reichte, so dunkel, wie das Dorf am Rande des Hallstätter Sees vor allem im Winter war. Weil der Ort so knapp an die Berge gebaut war, bekam er in der kalten Jahreszeit nur wenige Sonnenstrahlen ab. Doch das Salz und der damit verbundene Reichtum hatten schon damals gelockt. Die frühen Hallstattmenschen mussten ein interessantes Volk gewesen sein. Männer und Frauen schienen die gleichen Rechte besessen und allesamt im Berg gearbeitet zu haben, hatte Berenike gehört. Ihre Kleidung voller farbenfroher Karomuster, wie man sie in Gräbern gefunden hatte, inspirierte zum Nachmachen … Später waren die lutherischen Lehren hier auf fruchtbaren Boden gefallen, doch der Salzburger Erzbischof hatte dem einen Riegel vorgeschoben. Viele sogenannte ›Landler‹ waren nach Siebenbürgen vertrieben worden. Erst das Protestantenpatent von Kaiser Franz Josef verhalf schließlich auch den Protestanten zu Akzeptanz, wovon die evangelische Kirche Hallstatts zeugte. Heute standen Dachstein und inneres Salzkammergut inklusive Hallstatt unter dem Schutz des UNESCO-Weltkulturerbes.

Jetzt aber weiter, damit sie endlich zu den anderen Frauen stieß! Wieder ging es durch dichtes Gestrüpp. Berenike wischte sich hektisch eine Strähne aus dem Gesicht. Dachte an die keltischen Männer, die laut Überlieferung stolz auf ihre Haarpracht gewesen waren. Wie interessant es wäre, einen von ihnen heute zu treffen! Das könnte Abwechslung in ihr Liebesleben bringen, das in einem allzu aufregenden Zickzackkurs und dennoch nicht recht befriedigend verlief. Sie legte kurz die Hand auf ihren Bauch unter dem T-Shirt. Ein Kribbeln. Sie erinnerte sich an Jonas, seine Haut, sein Haar und wie sie … Sie hatte ihn lange nicht gesehen, nicht berührt, nicht gesprochen und nicht geküsst. Zu lange. Ein kleines Schaudern. Vielleicht wurde das von einem Geräusch aus dem Wald verursacht, das sie nicht zuordnen konnte. Sie schritt unwillkürlich schneller aus.

Berenike dachte an die bevorstehende Teezeremonie. Spirituskocher und Thermoskannen mit Wasser würden die anderen Frauen mitbringen. Berenike selbst sorgte für Tassen und Kräuter aus eigener Sammlung, die sie ›Tee der weisen Frauen‹ nannte. Dazu gehörten Gundelrebe, Hanfblätter und Beifuß. Das im Lateinischen nach der altgriechischen Göttin Artemis benannte Kraut würde als Frauenpflanze gut zu der Runde der Tänzerinnen passen. Berenike stellte ihre Kräutertees intuitiv zusammen, ließ sich auf die Bedürfnisse der Menschen ein, für die der Tee gedacht war. Meist klappte das gut.

Sie stolperte über eine Wurzel. Eine bitterschwarze Dunkelheit hatte sich über die Landschaft gelegt, wie Berenike sie erst hatte kennenlernen müssen. Sternen-Dunkelheit, nur auf dem Land waren die Gestirne so schön zu sehen. Hier war alles anders als in der Stadt. Im Ausseerland war sie glücklich, glücklich wie selten zuvor in ihrem alten hektischen Leben als Eventmanagerin. Aber so ein Moment in der Dunkelheit ließ ihr die Begrenzung ihrer Freiheit bewusst werden. In der Stadt, wo sie früher gelebt hatte und von wo sie freiwillig weggezogen war, war sie kaum jemals eingeschränkt, Straßenlaternen leuchteten alles aus. Verdammt, sie hätte nicht allein zu dem Treffpunkt gehen sollen. Plötzlich war sie sich unsicher, ob sie überhaupt noch auf dem richtigen Weg war. Sie schritt rascher aus und kam ins Keuchen. Blieb einen Moment stehen. Ließ die Taschenlampe über die Umgebung schwenken. Ein Einerlei von Bäumen, nichts Besonderes. Sie musste doch gleich da sein!

Ein Knall von irgendwo, vielleicht der Schuss eines Jägers. Berenike verabscheute das Töten von Tieren und kannte sich mit dem Thema Jagd nicht aus. Wahrscheinlich hatte die Jagdsaison begonnen, sie wusste es nicht genau. Sie glaubte, Schritte hinter sich zu hören. Sie lauschte, roch in den Forst mit seinen kühlen, dunklen Baumstämmen hinein. Da vorne wurde es heller. Eine winzige Lichtung, eine einzelne Linde war zu erkennen, vor einer Erdmulde. Sie spürte ein Keuchen, das nicht von ihr selbst kam. Da, Schritte. Nein. Das war jetzt … zu viel war das. Sie drehte sich um.

»Hej, Berenike!«

»Helena«, sie schluckte mühsam, »g-grüß dich.«

Fröhlich umarmte die groß gewachsene Helena Berenike. Sie kannten sich, weil Helena als Gaifahrerin das Brot aus Berenikes Lieblingsbäckerei auslieferte. »Wie geht's dir? Wir müssen endlich unsere Séance planen!« Obwohl sich Berenike mit der immer gut aufgelegten Mandalamalerin, die als zweites Standbein das Brot von Berenikes Lieblingsbäckerei auslieferte, bald nach ihrem Umzug hierher angefreundet hatte, schafften sie es nie so recht, etwas gemeinsam zu unternehmen. Jetzt strahlte die Malerin noch mehr als sonst. »Aber ich hab ganz andere Neuigkeiten. Ich hab jemand kennengelernt. Einen echt süßen Kerl.« Helena fuhr sich durch das neuerdings blond gefärbte, kurze Haar. »Er ist aus Linz. Stell dir vor, ich find kaum Zeit für meine neue Ausstellung. Aber bis zur Vernissage ist noch ein bissl Zeit hin.« Helena war als Künstlerin ziemlich erfolgreich, offenbar traf sie mit ihren kreisrunden bunten Bildern einen Nerv der Zeit. Den Halbtagsjob in der Bäckerei behielt sie trotzdem, er war ein sicheres Einkommen.

»Aber schau, wir sind gleich da.«

Tatsächlich, da stand schon ein Grüppchen beisammen. Die Szene wurde nur vom flackernden Licht einer Fackel erhellt. Eine große, schlanke Frau mit wehenden Haaren ging ruhelos hin und her, als Berenike und Helena näherkamen. Mit einem Mal fühlte sich Berenikes Last zentnerschwer an. Sie nahm den Rucksack von den Schultern und stellte ihn ab, dann seufzte sie erleichtert auf. Mehrmals atmete sie tief durch.

So sah also der mystische Ort aus, von dem Caro gesprochen hatte. Berenike hörte das sanfte Läuten von Glöckchen, dann ein zartes »Mäh«. Schafe! Im Finsteren waren nur vereinzelt die weißen Tiere der Herde zu erkennen, hier in der Gegend gab es typischerweise mehr schwarze.

Plötzlich wurde Berenike die Stille bewusst. Die Frauen musterten sie abwartend. Der Mond trat hinter einem Berggipfel hervor, als würde er Guten Abend sagen, und tauchte das Grüppchen in etwas mehr Licht, wie angenehm. Silbrig schimmerten die hellgrauen Stämme der Buchen. Die kühle Luft schmerzte feucht in der Lunge, während Berenike die Stille auf sich wirken ließ. Keine der Frauen sagte ein Wort.

»Ich bin Berenike und ich soll …«, fing sie an.

»Ja, das wissen wir von Caro.« Eine Stimme wie ein Klavierkonzert, forte. Die dazugehörige Frau trug ein weich fallendes helles Leinenhemd zu einer ebensolchen Hose und sah energiegeladen aus.

»Geh, Selma, sei doch net so«, sagte eine Frau mit grauen Locken. Sie war in ein wallendes violettes Kleid gehüllt und lächelte Berenike warm an. Selma nickte.

Gemeinsam warteten sie auf die Tanzlehrerin.

»Na, Gerhild, wie läuft's bei dir so?«, wandte sich Selma an die Graugelockte.

»Bestens. Viel besser als früher. Mädels, ich freu mich so, dass wir wieder beisammen sind.« Die Ältere blickte neugierig von einer zur anderen. An Berenike gewandt, fuhr sie fort: »Selma und ich haben früher einmal in einer WG gewohnt, gemeinsam mit Caro. Damals haben wir ganz anders gelebt, freier, haben uns öfter getroffen, wilde Frauengruppen waren das, aber schön!«

Einige nickten, Helena lächelte. »Ich freu mich jedes Mal auf unsere gemeinsamen Abende.« Wieder nickten alle, einige zögernd, andere euphorisch.

»Von Caro kann man so viel lernen.« Eine der jüngeren Frauen, die trotz ihrer kräftigen Muskeln verhärmt aussah, wie jemand, der kaum ins Freie ging, hockte sich abwartend auf den Waldboden. Sie schlug die Jeansbeine untereinander.

»Valerie, was weißt du schon, bist doch viel zu selten dabei!«, zischte Selma.

»Als Kellnerin auf Saison kann ich mir die Zeit leider nicht einteilen«, murmelte die Jüngere patzig. Valerie roch ein wenig nach Schweiß und nach einem blumigen Deodorant, zu künstlich für Berenikes Geschmack. Sie spielte mit einer Schachtel Zigaretten in der Hand. »Und schon gar nicht, wo ich nicht von hier bin.«

»Woher kommst du denn? Wenn ich so neugierig sein darf.« Berenike konnte es nicht lassen. Alle ›Zuagrasten‹ fand sie interessant, erinnerten sie sie doch an ihre eigene Geschichte.

»Aus der französischen Schweiz. Ich arbeite im Grünen Kakadu als Kellnerin«, erklärte Valerie.

»Ach, da muss ich ja schon länger nicht dort gewesen sein«, war Berenike überrascht, »wenn ich dir nie übern Weg gelaufen bin.«

Gerhild sah sich um. »Heute sind wir ja mal wieder alle beisammen, eine echt große Runde.« Der bunte Glasschmuck auf ihrer Brust klimperte, als sie sich bewegte. »Ich freu mich so, euch alle zu sehen! Als mein Mann weg ist, kannte ich plötzlich total wenig Leute. Wenigstens kann ich jetzt wieder arbeiten und treffe wen. Ich bin Masseurin, weißt du«, erklärte sie Berenike. »Seit Kurzem mit eigener Privatpraxis, gleich im Zentrum in Bad Ischl, auf der Esplanade.«

»Sie ist wirklich eine tolle Masseurin«, unterstrich Selma und nickte Berenike zu. »Wenn du je verspannt von dem ganzen Stress bist … sie macht auch Ayurveda und so.«

»Ich werd's mir merken. Kann ich deine Telefonnummer haben, Gerhild?«

»Ja, natürlich, warte, ich habe eine Karte mit.« Sie kramte in ihrer Tasche und reichte Berenike dann eine Visitenkarte. »Ich bin so froh, dass ich jetzt auf meine eigene Rechnung arbeite.« Sie lächelte.

»Dir geht's also wieder besser?«, mischte sich Selma ein.

»Ja, einigermaßen.« Ungewohnt offen wandte sich Gerhild mit tiefer, ruhiger Stimme an Berenike: »Weißt du, ich war total ausgebrannt. Ein Zusammenbruch, nachdem mein Mann und ich uns getrennt haben.« Und zu Selma gewandt: »Ich schau jetzt, dass ich nicht mehr als 20 Stunden die Woche arbeit. Das klappt finanziell grad so. Jetzt geht's wieder aufwärts!«

»Wir werden fleißig Werbung für dich machen«, ergänzte Selma.

»Danke, Selma, das ist nett. Ich bin so froh, dass ich euch wieder getroffen hab! Weißt du, Berenike, in unserer WG damals, in Wien, während meiner Ausbildung, da war's echt toll. Das war, noch bevor Caro angefangen hat, als Tänzerin Karriere zu machen. Erinnerst du dich, wie sie diesen unmöglichen Freund gehabt hat, Selma? Der nie was gemacht hat? Er ist bei uns eingezogen, aber geputzt hat der nie. Egal, wie oft wir ihm das gesagt haben.«

»So sind's, die Männer«, erklärte Selma. »Ich möcht einen sehen, der weiß, wie man eine Waschmaschine bedient.«

Gelächter schallte durch die Dunkelheit. Mochten sich die Vögel und die Tiere des Waldes wundern.

»Aber geh, heut ist das doch nicht mehr so«, warf Valerie ein, »mein Ex-Freund hat kein Problem mit dem Haushalt gehabt.«

»Und dann ist die Gerhild ihrem tollen Herrn Doktor begegnet«, tönte eine Schwarzhaarige mit dunkler Stimme, die Berenike bereits im Tanzkurs kennengelernt hatte. Sie hatte sich sofort gut mit Ellen verstanden, und so waren sie nach den Kursen bei unzähligen Tassen Tee beisammengesessen.

Gerhild sagte nichts.

»Sie hat ihn gleich geheiratet, den Hoffnungsträger der Heilkunde, und ist mit ihm hierher zurück. Weil er so nett war und eine Hilfe gebraucht hat in seiner neu übernommenen Praxis.«

»Erinner mich nicht dran, Ellen, bitte.« Gerhilds graue Haare sahen jetzt aus, als wären sie selbst niedergeschlagen, nicht nur ihre Trägerin. Dann raffte sie sich auf. »Damals fand ich es eben vielversprechend, mit ihm hierher zu kommen. Aber jetzt bin ich froh, dass das vorbei ist. Wisst ihr, was das Neueste ist? Der Alfred behauptet, ihm laufen die Patienten weg, weil ich nicht mehr in seiner Praxis arbeite. Ich hätte doch bei ihm bleiben sollen, bis er in Pension geht. Dabei war unsere Trennung ein Ende mit Schrecken. Der hat mich jahrelang beschimpft, ›du bist zu blöd für alles‹, so hat der mich angeschrien, vor den wartenden Kranken.« Sie schaute Ellen bedeutsam an.

»Männer!« Selma sah sich Beifall heischend in der Runde um. »Nützen dich aus und wenn's was Besseres haben, sind's weg.«

»Verurteil doch nicht alle pauschal, nur wegen deiner Arbeit im Frauenhaus«, erwiderte Ellen angriffslustig.

»Wir können uns eine Welt ohne Männer eh nicht vorstellen, was«, lachte Valerie und rieb sich die Arme. Es wurde wirklich kühl.

»Vielleicht schon«, ließ Selma nicht locker.

»Geh, das wär fad«, hielt ein extrem blasses Mädel dagegen, das die ganze Zeit nicht von Valeries Seite abrückte. Es waren die ersten Worte, die von ihr zu vernehmen waren.

»Wer bist du eigentlich?«, fragte Selma.

»Denise.« Die schlaksige junge Frau, die komplett in Schwarz gekleidet war, stand mit hängenden Schultern da. Das T-Shirt zierte ein Totenkopf über der eingesunkenen Brust. Ihre kurzen Hühnerbeine hatte sie in Netzstrümpfe gehüllt, dazu trug sie einen knappen Lederrock und an den Füßen unpassende Slipper. Auf ihrer Unterlippe glitzerte ein Piercing. Sie deutete mit bleichem Kinn auf Valerie. »Ich wohn in dem Gasthaus, wo sie arbeitet, meine Eltern haben mich mitgeschleppt. Sie finden, ich soll Farbe bekommen, jetzt, wo die Uni Ferien hat. Ha! Bei Sonnenlicht bekomm ich Pickel. Valerie hat mich hierher eingeladen, weil ich die Nacht und ihre Erscheinungen liebe.« Auf einen ihrer schwarz lackierten Nägel war kunstvoll ein Totenkopf gemalt. Wieder schrie ein Käuzchen und Denise sah sich lächelnd um.

»Wo bleibt denn Caro?« Die junge, schlanke Frau, die bei Helenas und Berenikes Kommen so nervös hin und her getigert war, bückte sich nach ihren Sachen und warf sich mit einer einzigen schnellen Bewegung ein Leopardenfell über. Ob echt oder nicht, konnte man im Dunkel kaum erkennen. »Ich will endlich tanzen.« Rastlos machte sie ein paar Schritte.

»Na, Rita, schon eine heiße Show in Aussicht?«

»Leider nicht. Dabei nerven mich die bei Koromar furchtbar.« Sie sah Berenike leidend an. »Kennst du wahrscheinlich nicht, das Leiterplattenwerk. Ich muss dort als Sekretärin dahinvegetieren, bis man mich entdeckt.«

Die Kellnerin Valerie unterdrückte ein Grinsen, das man wahlweise als nett oder ironisch auffassen mochte, und zupfte eine Zigarette aus ihrer Packung.

»Nicht hier, Valerie, bitte!« Gerhild sah sie tadelnd an.

Valerie blickte kurz auf. »Na gut.« Sie steckte den Glimmstängel zurück in die Schachtel. Eine Weile sagte keine was. Valerie und Denise fingen zu tuscheln an. Sie brachen ab, als sie Berenikes Blick bemerkten.

»Was verschlägt eine Schweizerin hierher?«, fragte Berenike Valerie. »Ich dachte, die Löhne seien bei euch höher?«

»Ja, das stimmt. Aber wie es der Zufall so will«, sie warf einen Seitenblick auf Denise. »Oder Gott Amor … ich hatte private Gründe, eine Lovestory.«

»Ach so.«

Immer noch keine Spur von Caro. Rita sah auf die Uhr, trippelte weiter hin und her. »Vielleicht hat unsere beste Tanzkoryphäe einen neuen Lover.« Rita konsultierte neuerlich ihre Uhr. Wieder Schritte. Zwei vor, innehalten, zwei Schritte zurück. Gewicht verlagern. Und das Ganze von vorne. »Einer allein tut es ja nicht für die Dame. Aber was hat man bei dem Elternhaus erwartet! Ihr Vater ist auch ein Weiberheld.«

»Recht hat sie.« Gerhild blieb freundlich. »Ihr wisst, was Caro uns gelehrt hat. Wir können uns einzig auf den Moment verlassen. Glaub mir, ich weiß das.«

»Stimmt.« Ellens Blick, der ebenso dunkel zu sein schien wie ihre Stimme, wanderte in eine unbekannte Ferne.

»Ich hab übrigens Caro erst heute im Auto gesehen, als sie Richtung Obertraun fuhr.« Valerie belauerte Ellen. Die zuckte zusammen. »Dort wohnst du doch, nicht wahr? Ist Sven heute Abend zu Hause?«

»Wieso?«

»Naja ...« Valerie lachte eines dieser unehrlichen Kellnerinnenlachen und verdrehte anzüglich die Augen.

»Sven und Caro? Geh bitte.« Ellen legte eine Hand vor Augen. »Wenngleich er nicht mehr mit mir ... ihr wisst schon ...« Sie fuhr sich über die Stirn. Helena, die bisher stumm etwas abseits gestanden war, legte Ellen nun einen Arm um die Schulter. »Ich weiß nicht mehr, seit wann«, fuhr Ellen fort. »Aber Caro ...« Mutlos ließ sie die Arme sinken. »Meinst du wirklich?«

Valerie lachte betont harmlos und wie im Triumph. »Ich weiß nicht. Ist ja dein Mann, nicht meiner.«

»Außerdem war er noch nicht zu Hause, als ich mich auf den Weg gemacht hab. Wo bleibt Caro nun wirklich?«

Jemand sah aufs Handy, das Display leuchtete bedrohlich auf. Es war 30 Minuten über der vereinbarten Zeit. Sie mussten Caro anrufen, natürlich. Aber da meldete sich niemand. Die Frauen sahen einander im Schein der Fackel ratlos an. Ellen umkrampfte ihre Umhängetasche.

»Es ist ungewöhnlich, dass Caro ausgerechnet an einem so besonderen Tag fehlt.« Selma zog die Brauen hoch.

»Sie kommt aber gern zu spät, zumindest zum Tanzkurs.« Berenike hatte sich bereits mehrfach darüber geärgert, dass jemand derart mit ihrer knappen Freizeit umging.

»Wir müssen sie suchen.« 40 Minuten waren vergangen. Berenike durchbrach die Erstarrung, ihre eigene und die der Frauen. »Es hilft nichts.« Der Wald raschelte wie zur Bestätigung. »Womöglich hat sich Caro den Fuß verstaucht und braucht Hilfe.«

»Wollen wir nicht gleich so was annehmen.«

»Vielleicht ist es nicht so arg und sie hat nur ihr Handy irgendwo liegen gelassen.« Helena zeigte sich wieder einmal als geborene Optimistin, wie schon oft, seit Berenike sich mit ihr angefreundet hatte.

»Wer von euch kennt sich hier gut aus?« Berenike blickte in die Runde der Frauen, acht waren sie insgesamt.

»Ich«, meldete sich Selma zu Wort, »einigermaßen wenigstens.«

Die Frauen schalteten Taschenlampen ein, die wirre Lichtlinien ins Dunkel zeichneten. Stimmen wirbelten durcheinander. Brachten Mutmaßungen vor, Ideen, wo man suchen und wer wen anrufen und warum überhaupt Caro sich verspätet haben könnte.

Berenikes innere Augen sahen Schlimmes. Nicht Caro, bitte! Sie hielt Caro für stark. Auch wenn sie ihr nicht sonderlich sympathisch war. Sie erhob die Stimme: »Wir müssen einen Plan machen, uns bei der Suche aufteilen. Aus welcher Richtung kommt Caro?«

»Sie wohnt in St. Agatha.«

»Ja, aber sie ist nach Obertraun gefahren.«

»Dann müsste sie eigentlich denselben Aufstieg genommen haben wie wir alle. Also wird eine Gruppe den Weg zur Bergstation der Salzbergbahn abgehen.« Selma übernahm das Kommando. »Ellen, du wirst das gemeinsam mit Rita und Gerhild machen. Du kennst dich doch hier einigermaßen aus?«

»Jaja«, nickte Ellen, sie wirkte ein wenig abwesend.

»Helena«, fuhr Selma fort, »du übernimmst mit Valerie und Denise den Welterbe-Wanderweg in die andere Richtung. Und du, Berenike, gehst mit mir, wir werden rund um den Treffpunkt nach Caro suchen.«

»Alles klar«, nickte Helena. Valerie sah sie zweifelnd an. Endlich hatten sie einen Plan.

»All right, chief inspector.« Denise schloss sich den beiden mit einem Glitzern in den Augen an. »What shall we do with the dead body?«

Valerie stieß sie in die Seite, und Helena murmelte: »Lass diese Scherzchen, okay?«

Denise nickte brav.

»Wenn wir sie nur finden!« In Gerhilds Stimme schwang die Ankündigung von Tränen. »Meiner Seel, ich kenn Caro schon so lang. Da war ich so froh, wieder mit ihr in Kontakt zu sein, und jetzt das.«

Denise verdrehte die Augen. »Was soll denn schon sein? Es passiert eh nie was. Nichts wirklich Interessantes.« Wieder ein Stoß von Valerie, die mit ihrem Handy spielte. Denise schwieg endlich und trabte hinter Helena her. Selma schnallte sich ihre Tasche so vorsichtig um, als hätte sie weiche Eier darin verpackt. Die Dunkelheit legte sich wie schwarzer Samt um ihre Körper, ihre Seelen.

»Caro hat sich die Natur zur Vertrauten gemacht«, Rita schauerte unter ihrem wilden Umhang, »und jetzt …« Jetzt hat der Wald sie geholt. Aber nein, wie kindisch. Böse Waldgeister gibt es nicht, sagte sich Berenike, nur böse Menschen.

»Bitten wir die Göttin um Hilfe. Schütz uns, Waldmutter«, rief die junge Tänzerin im Leopardenfell und ihre Stimme war so hektisch wie alles an ihr, hektisch und hell, »Forstmutter … ach, ohne Caro weiß ich gar nicht, wie ich tun soll.« Rita brach mit hysterischer Stimme ab. Sie schob ihren Ärmel hoch, kratzte sich und stöhnte. »AAAH.«

Berenike meinte, blutverkrustete Wunden zu sehen. »Hast du dir wehgetan?«

»Was? Nein, es ist nichts.« Rita drehte sich weg und bedeckte ihren Arm wieder. »Gehen wir.«

Endlich zogen sie los. Als Berenike sich noch einmal umdrehte, war keine der Frauen mehr zu sehen außer Selma, die hinter ihr ging. Allein mit Selma. Allein, echote ihr Herzschlag.

»Ich wollte die anderen nicht beunruhigen«, fing Selma nach ein paar Schritten an, »aber mit dir kann ich offen reden,

Berenike, nicht wahr? Du hast doch auch letztes Jahr den Mordfall erlebt. Du wirkst so, als könntest du das ertragen.« Sie blickte Berenike forschend an, und diese nickte. »Ich mach mir große Sorgen um meine Kollegin«, fuhr Selma fort. »Caro und ich arbeiten im Frauenhaus in Bad Ischl. Sie unterrichtet nur nebenher in Amélies Studio, weil sie Geld braucht.« Unter Selmas Fußsohlen knackte etwas. »Caro kennt sich hier aus wie in ihrer eigenen Westentasche. Die würde sich nicht einfach verlaufen.« Selma stolperte und fiel. »Scheiße.« Sie saß da und plötzlich war ein Summen zu vernehmen. Wie von einem, der nicht singen kann. Dann Krähenrufe. Und schon wieder ein Käuzchen. Mühsam rappelte sich Selma auf. Ihre Figur wirkte weich und offen und mütterlich, auf eine sinnliche Art. Berenike streckte ihr eine Hand entgegen, Selma achtete nicht darauf. »Scheißfinsternis.« Sie klaubte die Taschenlampe vom Boden auf und griff nach irgendwelchem Kram, der aus ihrer Tasche gefallen war. Berenike griff nach einem Glas, doch Selma war schneller. »Lass nur, es geht schon.« ›Butte‹, konnte Berenike gerade noch entziffern, ehe Selma das Glas eingesteckt hatte und sich im Strahl der Taschenlampe verstohlen umsah. Berenike wunderte sich, wer transportierte schon Butter in einem Glas. Sie wollte etwas sagen, aber Selma ging bereits voraus.

Sie wandten sich nun hierhin und dahin, die Finsternis spielte ihnen Streiche, zwei Taschenlampen kamen in ihrer Müdigkeit kaum dagegen an. Ein Vogel schrie verschlafen. Erneut Dornenranken. Berenike verhedderte sich darin, als ob die Pflanze sie hier gefangen halten wollte, unwissend und ratlos, wie sie war. Dazu diese Nachtkälte, die machte die Finger klamm und die Seele.

Ein pfeifendes Schnauben ließ sie zusammenfahren. Selma tastete nach Berenikes Hand. »Hast du das auch gehört?«

»Ja«, ihr Flüstern war ein Brennen im Hals, versengte die

Lunge beim Atemholen. Eine Stimme. Worte in der dunklen Luft, unverständliche Worte. Gleich darauf war es wieder still.

Berenike drückte Selmas Hand. »Alles ok?«

»Jaha.« Nichts war ok. Caro fehlte.

Selma hustete. »Gehen wir weiter.«

Berenike dachte an Jonas, der wäre jetzt … Sie stapfte voraus. Nein, sie war selbstständig, sie würde mit eigener Kraft aus der Situation herausfinden. Ohne ihren Polizistenfreund. Wie kindisch und mädchenhaft, auf einen Prinzen zu warten, der sie doch nie zur rechten Zeit küsste.

Da vorne lenkte sie etwas von ihren Gedanken ab. Etwas Dunkles, das sie fühlen konnte, aber nicht sehen. Es lauerte, kam näher. Berenike verfluchte ihre Eitelkeit. In der Nacht sah sie noch schlechter als bei Tageslicht. Und noch immer hatte sie keinen Sehtest gemacht. Eitelkeit, nichts sonst. Aber jetzt, jetzt wäre eine Brille angebracht.

Irgendetwas kam auf sie zu. Ein Lebewesen. Berenike starrte nach vorn. Überlegte, welche Tiere hier lebten. Dachte an wilde Hunde, Bären, Luchse. Gleichzeitig linste sie zu Selma. Ohne sich abzusprechen, verlangsamten sie beide ihre Schritte. Selma umklammerte Berenikes Arm. Eine Stimme war zu hören. Ein Wimmern nur, vielleicht doch ein Tier. Verdammt, es war so finster. »Caro?« Berenike flüsterte. »Caro, bist du das? Caro!«

»Hör auf mit dem Scheiß!«, schrie Selma und krallte dabei ihre Nägel in Berenikes Fleisch, dass auch sie aufschrie, und völlig unpassend spürte sie Selmas beruhigend warme Brüste an ihrer Seite. »Caro, das ist nicht lustig!«, brüllte Selma. Einen Moment lang war es still. Totenstill. Und dann eine weinerliche Stimme: »Ich bin es. Ich bin nicht Caro. Aber ich weiß –«

»Ein Mann. Männer«, sagte Selma, »Feinde.«

ZWEI

DRUIDENTEE

»Adi! Was soll das! Erschreck uns nicht!« Selma ging nicht gerade zimperlich mit dem etwa 20-Jährigen um, der im Dunkel vor ihnen aufgetaucht war. Der Typ stand mit wehleidig verzogener Miene vor ihnen und ließ die Arme hängen. Selbst für den Wald war seine Kleidung zu nachlässig, abgerissen sogar. Selma leuchtete ihm mit ihrer Taschenlampe voll ins Gesicht. Er hielt sich die rechte Hand vor die Augen.

»Au, tu das weg!«, zeterte er mit einer Stimme, die für einen Mann zu hoch war. Seine Lippen zuckten, setzten an, brachten aber kein weiteres Wort heraus.

Berenike musste husten. Dazu dieser Druck auf der Brust, hoffentlich hatte sie sich nicht verkühlt. Es wäre kein Wunder. Einmal war es schwül-heiß, dann kam wieder kalter Regen herunter. Sie sehnte sich nach ein bisschen Yoga, einer Tasse Druidentee und danach, diesen Teufelswald zu verlassen. Ja, Teufelswald. Etwas ging hier vor. Noch immer wimmerte der Verrückte schwer Verständliches. Selma strich ihm über die Schulter.

»Ich kenne Adi aus dem Frauenhaus«, raunte sie Berenike zu. »Eigentlich heißt er Adrian, aber so nennt ihn kaum wer.«

»Wald«, murmelte er, »es ist so dunkel im Wald.« Jetzt sabberte er drauflos, als wollte er noch eine stundenlange Rede halten. Seine dunklen Augen glänzten. Wie im Fieber, aber das war wohl nur das Licht der Taschenlampe.

»Adi, ich bin's, Selma. Du kennst mich!«

»Klar! Adi weiß, wer Selma ist!« Jetzt grinste er zaghaft und klopfte sich mit dem Finger auf die Brust.

»Du warst mit deiner Mama bei uns. Weißt du noch?«

Er nickte.

»Adi, pass auf. Wir suchen Caro. Vielleicht ist ihr was passiert. Du kennst doch Caro?«

»Natürlich kennt Adi Caro.«

»Bist du ihr vielleicht begegnet?«

Berenike beobachtete Adi. Heftig schüttelte er den Kopf. Da, ein Geräusch. Aus dem Wald. Stimmen.

Ein Zucken rannte durch Adis Körper, es hörte gar nicht mehr auf.

»Nein! Nein! Geh weg!« Die Hand vor Augen, taumelte er davon. Selma und Berenike folgten ihm, so rasch sie konnten. Wieder knackten Äste warnend. Irgendetwas griff nach Berenikes Fußgelenk. Hysterisch trat sie um sich.

Stimmen, tatsächlich. Sie näherten sich ihnen. Es waren Frauenstimmen. Berenike erkannte Gerhild. Unerwartet zitterten ihre Knie vor Erleichterung, sie stützte sich an einem Baumstamm ab, bemerkte eine Ranke, die sich um ihren Knöchel verfangen hatte. Hektisch zerrte sie daran.

»Ihr seid das!«

Hinter Gerhild tauchte Ellen auf, die sich abwesend in ihre blaue Strickjacke kuschelte, gefolgt von Rita. »Wir haben die Orientierung verloren!«

»No stress, ladies.« Berenike konnte die Anglizismen einfach nicht abschütteln, zu sehr liebte sie England. Während ihrer Zeit als erfolgsverwöhnte Eventmanagerin hatte sie sogar zwei Jahre dort gelebt. Die Teeleidenschaft mochte daher kommen, sie hatte sie schon lang begleitet und war in good old England so richtig zum Ausbruch gekommen. Heute trank sie auch sehr gern Kräutertee, den sie selbst sammelte. »Ich weiß genau, dass wir geradeaus gegangen sind. Hier lang geht es zurück zu der Lichtung. Am besten, wir gehen gemeinsam zum Treffpunkt zurück.« Nicken rundum. »Ich werde uns Tee machen und dann«, fing Berenike an, »dann …«

»… dann taucht Caro vielleicht auf«, meinte Gerhild.

»Meinst du?« Berenike sah sie an. Wieder Stille, während sie im Dunkel losgingen, Adi friedlich zwischen ihnen, er schien sich ihnen anvertraut zu haben.

An der Lichtung standen Valerie und Denise, sie froren offenbar beide.

»Habt ihr Caro … ihr habt sie nicht …?« Ellen seufzte.

»Nein.«

»Wir auch nicht.«

Banges Schweigen. Eine Ahnung von irgendwas.

»Da fehlt eine von uns!« Ritas Stimme schraubte sich in Tonlagen, die kaum zu ertragen waren.

»Helena ist ins Dorf gegangen, sie hielt es nicht mehr aus.«

»Allein?«

»Ja, wir sind doch alle allein heraufgekommen.«

»Aber da wussten wir nichts von Caro …«

»Was soll denn schon sein? Sie kommt sicher noch.«

Sie sahen sich an. Keine glaubte mehr so recht an einen guten Ausgang der Geschichte, doch ihre Befürchtungen auszusprechen, wagte keine.

»Vielleicht hat sie nur Kopfweh.«

»Ja. Vielleicht. Wart, ich ruf sie an.«

Doch leider hob Caro nicht ab. Weder am Handy noch zu Hause unter ihrer Festnetznummer.

Sie machten sich auf den Weg ins Dorf. Ohne Helena. Hoffentlich war ihr unterwegs nichts zugestoßen. Der Wald gebot Schweigen. Rotkäppchen fiel Berenike ein. Dieser Wahnsinn, die Angst und dazu noch die Mutter, die wusste, worum es ging.

Wut stieg in ihr auf, rot und bedrohlich. Dass ein Weg durch den Wald Gefahr bedeuten mochte, einzig deshalb, weil Rotkäppchen ein Mädchen, sie eine Frau war. Geh niemals allein durch den dunklen Wald. Totgeleierte Botschaften von Mädchenbeinen an. Und wer war nun der große, böse Wolf?

Männer – Feinde. Selmas eigenartige Worte hallten in Berenike nach.

Im Gänsemarsch gingen die Frauen bergab. »Nur ruhig«, redete Selma auf Adi ein, der vor sich hinwimmerte. Ihre kurz geschorenen Haare knisterten leise, wenn sie mit der Hand darüberfuhr.

Ein Baumstamm lag quer über dem Weg.

»War der vorher schon da?« Skepsis lag in Ritas Stimme.

»Ja, war er. Du wirst drübersteigen und fertig.« Jetzt wurde auch Gerhild ungeduldig. Eine nach der anderen kletterte über das verrottende Holz. Berenike leuchtete für alle, ehe sie als Letzte über das Hindernis stieg. Karate und Krafttraining, wer sagte es denn. Man kam mit den Widrigkeiten des Lebens besser zurecht. Aufgeben kam nicht infrage. Sie konnte Caro doch nicht sich selbst überlassen. Nicht, bevor sie wusste, was los war.

Endlich kamen sie bei der alten Mühle aus dem Wald heraus.

»Danke, Erdmutter.« Jetzt war auch Berenike so weit, sich bei sämtlichen Göttinnen dafür zu bedanken, dass sie heil in Hallstatt angekommen waren. Ihre Beine schmerzten vom Bergabklettern, und der Nacken fühlte sich steif an, weil sie so sehr auf den Weg gestarrt hatte. Sie gingen an einem grün zugewachsenen Gasthof vorbei, spärliche Beleuchtung hüllte menschenleere Wege in matten gelblichen Schimmer. Vom Kirchturm schlug es dreimal. Dreiviertel elf.

Angesichts des nächtlich daliegenden Sees atmete Berenike auf. Straßen, die von hier wegführten, weg in ein harmloses, geborgenes Leben. Sie sehnte sich nach einem Leben ohne Angst, ohne Gewalt und Trauma, dass es fast quälend war. Sie passierten Häuser, die nur über steile Steinstufen zu erreichen waren.

»Und jetzt?« Denise zitterte, aus der Nähe sah man, wie sich ihre Rippen unter dem dünnen T-Shirt abzeichneten.

»Hast du nichts Warmes zum Drüberziehen?«, fragte Berenike.

»Nein, ich hab nicht mit so einer Kälte gerechnet – ehrlich nicht.« Etwas jämmerlich sah die junge Frau auf. »In Wien wird's in der Nacht nie so kalt.«

»Wen könnte man denn fragen, wo Caro ist?«, fragte Berenike nun in die Runde.

»Niemanden, sie hat keine Angehörigen mehr«, war Selmas kurze Antwort. »Aber warte, ich kenn ihre Nachbarin. Ich ruf schnell an. Dass mir das vorher nicht eingefallen ist!« Selma schlug sich mit einer Hand an die Stirn.

Sie telefonierte hektisch, legte auf. »Petra schaut kurz hinüber zu Caro. Licht hat sie bei ihr aber keines gesehen.«

Sie warteten auf den Rückruf. Die Minuten dehnten sich, dann läutete Selmas Handy endlich. Ihr Gesicht verfinsterte sich noch mehr. Sie legte auf. »Die Nachbarin hat mehrmals bei Caro geläutet. Niemand hat sich gerührt. Und das Haus liegt ganz verlassen da. Sagt Petra.«

»Dann müssen wir wohl Abgängigkeitsanzeige erstatten.« Berenike sah Ellen an. »Du wohnst doch nicht weit von hier in Obertraun, wo ist denn hier die Polizeistation? Ich kenn nur den Posten in Bad Aussee …«

»Ich führ euch hin«, bot Ellen an. »Ist eh nicht weit.« Selma rief im Frauenhaus an, auch dort wusste man nichts von Caros Verbleib. An dunklen Fenstern vorbei gingen sie durch den Ort. Selbst am sonst so belebten Marktplatz mit seinen

Gasthäusern war es still. Vor dem ›Grünen Baum‹ kehrte ein Mann den Gehsteig, ein anderer trug eine Tafel hinein. ›Schnitzel‹, las Berenike, und ›Häferlkaffee‹. Von irgendwoher drang das metallische Scheppern eines Mistkübels.

»Gleich sind wir da, nur noch um die nächste Ecke.«

Berenike beschleunigte ihre Schritte. Vorbei an dem schmalen Haus, in dem dieses seltsame Friseurstudio untergebracht war, das wie ein Überbleibsel aus den 50er-Jahren wirkte. Berenike hatte sich nur einmal bei Katharina, so hieß die Friseurmeisterin, die Haare schneiden lassen. Ihr Stil schien ebenso wie der Laden ein Relikt der Fifties zu sein, und somit indiskutabel, wenn man unter 75 war. Sachte plätscherte ein Springbrunnen in die Nacht.

Berenike kontrollierte ihr Handy. Kein einziger Anruf, auch nicht von Caro.

»Gleich, Adi«, deutete Selma dem wie verrückt mit allen Gliedmaßen zuckenden jungen Mann. Er zerrte erst an Selmas Arm, dann an Berenikes. Deutete in die andere Richtung.

»Was denn?« Ungeduldig stieß Berenike ihn weg, wollte den Berührungen seiner Tintenfischarme ausweichen.

»Dort!« Er schrie. Hielt sich die Hand vor den Mund. Ein gequetschtes, nur halb gewagtes Schreien.

»So, hier«, fing Ellen an.

»Selma!« Adi ballte die Faust in seiner Manteltasche. Dann zog er sie, mit sich selbst zufrieden, heraus. Alle Blicke folgten der Richtung, in die sein Arm wies. Dann sahen sie es. In der Auslage der Friseurin. Zwischen Haarspraydosen und Zeichnungen mit Frisuren von anno dazumal. Das war doch –

»Das ist nur eine Puppe, Adi. Werbung, nichts weiter. Komm, Adi.«

Nein, dachte Berenike. Das war keine Puppe. Das war …

DREI

NERVENTEE.

Das war Caro. Caro, ohne Unterleib. Sie saß da, wie …

Berenike drängte das Würgen in ihren Magen zurück, als sich die Erkenntnis im Kopf zusammensetzte. Sie schluckte und schluckte, schmeckte die Galle.

… wie die Schaufensterpuppe, die sonst für Katharinas Haarschneidekunst Werbung machte. Die Puppe und ihre Frisur hatten immer so öd ausgesehen, wie alles an diesem Studio. Doch die Puppe war weg. Stattdessen – Caro.

Berenike stand und glotzte. Unfähig, sich zu rühren. Starr, erfroren jeder Muskel. Und diese bedrohliche Kälte im Nacken!

Sie konnte den Blick kaum abwenden. Blutiges Fleisch, ein in Ewigkeit erstarrter Augenblick, in diesem Verharren doch wieder puppengleich. Nur dass Caro, im Gegensatz zum sonst ausgestellten blond gelockten Puppenkopf, feurig rote Haare trug in einem wilden Schnitt, von dem Katharina nicht einmal zu träumen gewagt hätte. Ein wunderschönes gelbes Baumwollhemd war um Caros Körper, ihren toten Körper, drapiert. Wunderschön … wenn da nicht das Blut gewesen wäre. Das Blut, das sich, schmierig und rot, von einer großen, klaffenden Wunde an Caros Kehle über ihren schlanken Hals zog. Blutflecken bedeckten den wunderbaren Stoff. In all dem Wahnsinn bemerkte Berenike noch, wie teuer das Gewebe aussah. Brokat oder so. Ein anderes Bild schob sich dazwischen, wie Caro getanzt hatte, neulich erst. In diesem fließenden Kleid, den Hals stolz zurückgeworfen. Und jetzt – nie wieder.

Berenike zwang ihren Blick zur Leiche zurück. Da war Blut auf dem Fensterbrett, das Katharina, passend zum Sommer, mit Sand und Plastikfischen dekoriert hatte. Unter dem Stoffsaum etwas, das nach Hautfetzen aussah und daneben … es sah aus wie Gedärm. Berenike wollte es gar nicht so genau wissen. Ein Kreischen entschlüpfte ihr. Weg, nur weg! Sie stolperte über Selma, die neben ihr stehen geblieben war. Schockstarr wie sie selbst, die Hände vors Gesicht geschlagen, vor den Mund, in einem Schrei verstummt, den sie sich nicht erlaubte. Sie versuchte, sich zu beherrschen, doch ihr Blick sprach eine andere Sprache. Angsterfüllte Augen, den Tränen nah.

Berenike hatte einen Moment lang das unwirkliche Gefühl, einer Inszenierung beizuwohnen, in der live eine Tote ausgestellt wurde, für alle sichtbar, wie im Triumph darüber, dass der Täter die Macht in der Hand hatte, dass er über das Leben seines Opfers entschied. Berenike blickte sich um. Am Ende beobachtete der Mörder sie gar, wie sie dastanden.

»Eine Puppe, das ist eine Puppe! Sicher ist das eine Puppe«, rief Valerie verzweifelt und sah noch blasser aus als zuvor. Sie und Denise stützten einander, so gut es ging, doch Denise schwankte selbst.

»Nein. Es ist eine Tote.« Denise grinste Valerie schief an. Und fiel dann auf einmal um. Valerie ließ sich neben ihr auf die Knie sinken. Fächelte ihr Luft zu. Gleich darauf schlug die Studentin die Augen auf.

»Die Polizei verständigen!«, schrie Selma.

Jemand rief Denise zu: »Geht's wieder?«

»Hm, hm«, machte Denise und quälte sich in eine halbwegs sitzende Position. Valerie schielte zu Gerhild, vermied den Blick auf das blutige Desaster.

Die Masseurin schniefte leise in ein Taschentuch und sah auf die Auslage. »Irgendwer hat mal behauptet, Caro habe mir meinen Mann abspenstig gemacht. Aber das hier ... das wünsch ich niemandem. Dazu hatte ich Caro viel zu gern. Schaut nur, wie ihr Hüftknochen«, sie zeigte mit einem Finger auf die Tote, als ihr die Kirchenglocken ins Wort fielen. Mitternacht. Irgendwer schrie in einer Tonlage, die die Welt zertrümmern hätte müssen. Rita. Sie raufte sich die Haare, sie schrie und schrie. Ellen erbrach sich, stützte sich an der Hausmauer ab. Gerhild schnäuzte sich mit einer Hand, streichelte mit der anderen Ellen. Tränen rannen ihr über die Wangen. Ihre grauen Locken standen wirr in die falschen Richtungen, während sich ihr Busen heftig hob und senkte.

»Ich halte das nicht aus!«, heulte sie und Ellen nickte.

»Es ist so grauenhaft.«

Berenike zwang ihren Blick zurück in die Auslage, während ihr Magen immer noch vor Ekel brannte. Es war nicht ganz dunkel in dem Fenster. Eine Kerze brannte irgendwo im Hintergrund des Geschäftes. Dieses Flackern hatte wohl Adis Aufmerksamkeit erregt. Ein heller Lichtschein in der tiefen Dunkelheit. Adi stand jetzt neben Selma und sah sie freundlich an, als ob er nicht verstand, was hier vor sich ging.

Dass jemand Caro überwältigt haben konnte, die sportliche Caro!

Das Plätschern des Springbrunnens drang an Berenikes Ohr. Und ein laufender Automotor. Berenike ging auf die Richtung zu, aus der das Geräusch kam, Helena folgte ihr. Ein großer Geländewagen.

»Das ist das Auto von Sven, glaub ich.« Sie wollten näher herangehen, Ellens Mann konnte ihnen vielleicht helfen. Wenn es sein Auto war. Da richteten sich plötzlich Scheinwerfer auf sie. Der Wagen raste auf sie zu, dass die Reifen quietschten. Sie sprangen zur Seite, beinahe hätte er sie erwischt. Grün war das Auto, aber das Kennzeichen konnte man bei dem Tempo nicht erkennen. Ebenso wenig wie den Fahrer. Weg war er.

Berenike keuchte: »Die Polizei.«

»Ich …«, Ellen kramte mit fliegenden Fingern in ihren Hosentaschen. Keuchte »Hermann«, dabei rutschte ihr das Telefon aus der Hand. »… die Nummer …«

»133«, schob Selma ein, ohne den Blick von der rothaarigen Caro abzuwenden.

Ellen nickte, wählte, sprach leise und stockend. »Sie kommen. Stellt euch vor, der Posten ist heute nicht besetzt, wegen Krankheit.«

»Ausgerechnet diese Nacht!« Selma wandte endlich ihren Blick von der Auslage ab.

»Ich hab den Hermann privat …« Ellen spielte nervös mit dem Handy. » Sie schicken die Streife von Bad Aussee herüber.«

Warten. Mit einem Mal wurde sich Berenike ihrer eisigen Hände bewusst. Sie ging ein wenig auf und ab. Adi trippelte im Stand von einem Bein aufs andere, tip-tap, tip-tap, tip-tap. Er lächelte dümmlich. Stand kurz still. Dann wieder Trippel-Trappel.

Gerhild ließ sich auf eine Bank fallen. Sie keuchte, doch der Weinkrampf ließ nicht nach und schüttelte sie weiter. Der Brunnen plätscherte vor sich hin, Sterne zerstachen das Dunkel, die Berge drohten mit ihren schwarzen Umrissen.

»Oh Göttin!« Ellen stieß einen Seufzer aus. Als ob das noch was helfen könnte.

Endlich ein Motorengeräusch, alle wandten den Kopf. Doch es war nur ein Taxi, das vorbeifuhr. ›All you need is love‹, dröhnte ein Beatles-Song aus dem Autoradio. Selma verdrehte die Augen. Dann, endlich, die Funkstreife. Knirschend kam das Auto auf dem Schotter zum Stehen.

»Fräulein Berenike!« Inspektor Kain. Der bullige Polizist hatte ihr gerade noch gefehlt, dabei gab es am Posten in Bad

Aussee schon ein paar mehr Kieberer als ihn. Er setzte sich im Aussteigen seine Dienstkappe auf, lächelte ansatzweise, eine Kollegin öffnete die Tür auf der Beifahrerseite.

»Grüß Sie, Herr Inspektor.«

Seine Haare waren grau geworden, seine Figur herber, als hätte er abgenommen oder zu viele Sorgen oder beides. Wie absurd, dass ihr das jetzt auffiel. »Das ist Revierinspektor Kain«, stellte Berenike ihn den anderen vor.

»Gruppeninspektor.«

»Befördert worden?« Absurder Wortwechsel!

Gerhild seufzte und wischte sich die Augen, während sie müde die Szenerie beobachtete.

»Jaja.« Dem Inspektor schien die Angeberei nun peinlich. »Also, was steht –«

»Macht ihr jetzt endlich was?«, sprang Selma auf den Polizisten los, griff nach den Aufschlägen seiner Uniform, rüttelte daran. »Jetzt, wo eine tot ist, ja, tut ihr endlich was?«

»Selma, das ist nicht der richtige Zeitpunkt.« Gerhild war nähergekommen, ihr Gesicht noch immer gerötet.

»Ok.« Selma atmete tief durch und ließ Kain los. Mit einem Wimmern brachte sich Adi in Erinnerung, er strich Selma hilflos über den Arm.

»Ja, ich – wir –«, rief Ellen und fing an zu stottern.

Berenike übernahm das Wort, weil alle anderen durcheinanderredeten. Sie konzentrierte sich mühsam. »Eine Tote, hier in der Auslage.«

Kain richtete sich zu voller Größe auf. In der Gewichtigkeit seines Amtes trat er an das heran, was wie eine Theaterbühne wirkte. Er blinzelte, riss die Augen wieder auf. »Wenn ich es nicht besser wüsste …«

»… würden Sie glauben, hier befindet sich eine Puppe im Schaufenster. Genau.«

Er sah Berenike an. Dann die Auslage. Dann sagte er:

»Oje.« Er sprach leise und wie zu sich selbst. »Da müssen wir wohl die Mordkommission …« Und an seine Kollegin gewandt: »Sperr bitte den Fundort ab, du weißt schon!« Die nickte brav. Bald darauf flatterte das rot-weiß-rote Band mit dem Aufdruck ›Polizei‹ im allgegenwärtigen Salzkammergutwind. Kain fingerte an seinem Hosenbund herum und zog umständlich ein altmodisches Mobiltelefon hervor. Energisch hackte er auf die Tasten ein. »Bereitschaft«, murmelte er und sank wieder in sich zusammen, »wo ist die Nummer nur?« Pip, pip, leierten die Tasten. Mit seinen dicklichen Fingern presste er schließlich das Telefon ans Ohr und starrte durch die Scheibe auf die drapierte Tote.

Wieder warten. Auf der Straße hin und her gehen. Steife Beine. Ein feuchter Wind, Nebel vom See her. Hoffentlich fing es nicht wieder zu regnen an. Was für ein Sommer. Eigentlich könnte sie … Berenike überlegte … hier am Rande des Platzes müsste es gehen. Sie könnte in einer Toreinfahrt, in der sie vom Wind geschützt war, endlich Tee zubereiten. Sie hatte im Schock vorhin gar nicht daran gedacht. Das war weit genug vom Tatort entfernt, oder Leichenfundort, ihretwegen, um niemandem in die Quere zu kommen. Hastig packte sie den Campingkocher aus. Inspektor Kain sah ihr skeptisch zu und half dann, den Spiritus zu entzünden. Gewohnte Handgriffe, Konzentration auf das Wesentliche – wieder beruhigte die Teezeremonie sie.

Sie brauchten Kräuter, die die Schockstarre lösten, in die sie der Anblick der misshandelten Toten gestürzt hatte. Zum Glück hatte Berenike ein wenig mehr Kräuter mitgebracht, als ursprünglich geplant. Wie üblich hatte sie sich nicht entscheiden können. Baldrian war gut, und Lavendel. Hollerblüten und Lindenblüten würden wärmen und einer Verkühlung vorbeugen. Schade, dass sie keinen Ingwer bei der Hand hatte. Berenike hustete. Dann eben ein wenig Thymian für die Atemwege. Sie goss den fertigen Tee in die Thermoskanne.

Ellen kam, um zu helfen. »Es ist besser, etwas zu tun«, sagte sie mit kratziger Stimme. Sie reichte die schlichten Tonbecher herum, die Berenike mitgebracht hatte. In Griechenland wurden sie für kühlen Wein verwendet, aber wen kümmerte das jetzt.

Sie standen im Kreis beisammen, wie junge Rehe und ihre Mütter. Denise stützte sich wackelig auf Valerie. Gerhild kamen erneut die Tränen. »Entschuldigt's bitte«, sie schüttelte den Kopf, fuhr sich mit zwei Fingern über die Augen.

»Schon gut, Gerhild«, tröstete sie Selma. »Das muss raus. Was is«, schrie sie dann Kain an, »geht da endlich was weiter?«

»Natürlich!«, rief der zurück.

»Hm, wer's glaubt«, schnaubte Selma in ihren Tee. »Macht's es nur so wie beim Nagelreiter. Das Schwein habt's auch laufen lassen!«

»Nagelreiter? Wer ist das denn?« Berenike hatte in letzter Zeit viel in ihrem Teesalon zu tun gehabt, kaum war sie zum Zeitunglesen gekommen.

»Ein Schwein. Ein mieses Schwein.«

»Wieso, was ist passiert?«

»Erzähl ich dir später, Berenike. Nicht hier.«

Rita tänzelte neugierig zu Kain, beobachtete sein Tun kurz. Sie hatte als Einzige nichts trinken wollen. Die junge Frau strich sich die langen Haare aus dem Gesicht, zart und nervös fuhr ihre Hand durch die Luft. Eine Gazelle auf dem Sprung.

»Ich habe sie gewarnt«, Rita gesellte sich wieder zu den anderen. »Eines Tages musste was Schlimmes passieren. So wie Caro mit den Männern spielte.«

»Was willst du damit sagen, Rita?« Berenike nippte an der heißen Flüssigkeit. »Damn …!«

»Was ist?« Ellen stellte sich neben Berenike.

»Zunge verbrannt.«

Hilflos hob Ellen die Schultern.

»Caro hatte zahllose Affären. Aber sie nahm keinen Mann ernst.« Rita zupfte an ihrem Ausschnitt herum. »Kein Wunder, dass sie …« Mit dem Kinn deutete sie auf Caro in der Auslage.

»Du willst doch nicht sagen, dass sie das verdient hat? Du bist verrückt!« Gerhild schniefte. »Die arme Caro.«

»Nein, natürlich nicht. Aber …« Mit einem Seitenblick auf Selma brach Rita ab.

»Ich wünschte, der Ausseer Wassermann würde sie alle hinabziehen in sein kaltes, dunkles Reich«, schimpfte Selma, »all die Lügner und Mörder.«

»Nicht hier«, Rita war aufgesprungen und zog Selma zur Seite, weg von Berenike. Sie fühlte sich mit einem Mal wieder fremd, sehr fremd.

Beim Gehen sah Selma lauernd auf die Polizisten. »Blutig wird die Gegenwehr der Verbannten und Geknechteten.«

Männer – Feinde.

»Glaubt ihr wirklich, unser eigenes Geschlecht sei friedfertiger?« Als Berenike diese Frage stellte, sah Rita mit großen Augen auf. Sie wandte sich ab, als ein roter Geländewagen vor ihnen bremste. Jonas, auch das noch. Sportlich sprang er aus dem Wagen, der hübsche und bisher recht erfolgreiche Herr Bezirksinspektor Jonas Lichtenegger. Der hatte Berenikes Leben schon genug durcheinandergewirbelt. Mit seinen Berührungen und seinen diffusen Worten. Sie wusste bei ihm nie so recht, woran sie war. Seit ihrem Kennenlernen ging das so. Nähe-Distanz-Spiele, ein Jojo aus Qualen und Lust. Jetzt, wo sie ihn sah, roch, spürte, verlangte es sie danach, die Distanz aufzubrechen und sich der Nähe hinzugeben. Sich hinwegzusetzen über alles. Egal was.

»Berenike, du hier?«, unterbrach die kühle und dienstliche Stimme von Jonas ihre Gedanken.

»Zufällig habe ich eine Leiche entdeckt, großer Meister«, stieß sie in mühsam unterdrückter Wut hervor. Sie konnte sich kaum noch auf den Beinen halten, ihr war übel und eiskalt. Konnte der Mann jetzt bitte übernehmen, damit sie von der Leiche ihrer Tanzlehrerin Caro wegkam?

»Schon gut, deswegen sind wir da, um das aufzuklären. Beruhig dich.« Seine Fingerkuppen fanden mit behänder Leichtigkeit jene Stelle in ihrem Nacken, deren Berührung sie sofort wehrlos machte. Er schlang einen Arm um sie, Wärme gebend. Sie hatte den violetten Stoff seines Poloshirts ganz nahe vor ihren Augen. An jedem anderen hätte die Farbe blöd ausgesehen. Er sah sie an aus dunklen Augen, hart und schön blickten sie auf Berenike herab. »Du kannst dich auf mich verlassen. Ich tue alles, was ich kann.«

Sie schüttelte seine Hand ab. Kühl tat sie das. Sofort vermisste sie seine Wärme. Jonas legte den Kopf schief, jemand rief seinen Namen, er wandte sich ab.

»Bin schon unterwegs«, sagte er zu dem grauhaarigen Kollegen, der hinter ihm aus dem Wagen gestiegen war. Dann warf ihr Jonas noch einen Blick zu, heiß wie Chili-Eis. Sie erinnerte sich daran, wie sie letztes Jahr im Strandcafé gesessen waren und mit Chili gewürztes Eis gegessen hatten. Und wie die Luft zwischen ihnen geknistert hatte. Aber das Lokal hatte jetzt geschlossen und Jonas … Sie hatten sich einfach zu lang nicht gesehen, das war es wohl.

»Unser Erfolgskieberer«, lästerte einer der Polizisten halblaut und sah Jonas abwartend an. Ach ja, da war etwas in den Medien gewesen. Er hatte einen großen Fall von Waffenschmuggel über die Alpen aufgeklärt, einer der Bosse war getötet worden. Eine Hinrichtung, so hatte es geheißen. Und Jonas hatte das alles aufgedeckt. Ob er schon goldene Sternchen und Fleißbienchen in seinen Akten stehen hatte?

Forsch trat Jonas auf die Wartenden zu. »Also, Kollege Kain, was gibt's?«

Eine Leiche, Blut, Polizei. Die Polizistin hatte Berenike auch schon gesehen, während der Mordserie, die sie vor einem Jahr in Atem gehalten hatte. Sie selbst hatte den ersten Toten gefunden – in ihrem Salon in der Nähe des Altausseer Sees. Das hier war also nicht ihre erste Leiche, beileibe nicht. Und da sprach sie noch gar nicht von den Gespenstern, die sie heimsuchten. Nie würde sie sich an solche Grausamkeit gewöhnen. Ihr Magen drückte furchtbar, ihr war übel, sie wollte sich nur noch hinlegen und alles ausblenden, vergessen, diese grausame Wirklichkeit.

Und dann gingen die Aktivitäten los. Berenike sah aus eisiger Distanz zu. Der Amtsarzt, ein grobknochiger Typ in Lederhose, ging mit Jonas auf den Leichenfundort zu, gefolgt vom Polizeijuristen. Jemand jammerte über das Wetter, sicher die Männer von der Spurensicherung, die nörgelten immer herum. Allesamt standen sie vor verschlossenen Türen. Die Beamten mussten die Friseurmeisterin herausläuten. Die Fenster von Katharinas Wohnung über dem Geschäft waren dunkel, doch sie öffnete das Haustor wenig später. Die Haare waren zerzaust, schielend sah sie die Beamten an, ein kurzer Wortwechsel folgte. Dann sperrte sie die Tür ihres Ladens auf.

Mit einem unterdrückten Würgen drehte sich Katharina weg, als sie die tote Caro erneut anblickte, während sich im Frisiersalon routinierte Aktivität ausbreitete.

»Berenike, hallo!« Katharina schlang die Arme um ihren Oberkörper, wie um sich selbst zu umarmen. Sie steckte in einer ausgeleierten grauen Pyjamahose und einem farblosen Bademantel, nur Katharina konnte auf die Idee kommen, so etwas zu tragen. Ihr Alter war schwer zu schätzen, sie mochte 35 sein oder 45, vielleicht sogar 50. Groß war sie, und ihre Knochen sahen hart und eckig aus. Sie hatte kein Glück bei Männern, nie gehabt, so hörte man. Nur alte Tanten, die bei ihr wässerigen Kamillentee tranken und sich seit Jahrzehnten die gleiche Frisur machen ließen, mochten Katharina.

In die betretene Betriebsamkeit hinein vernahm Berenike den Erzherzog-Johann-Jodler. Alle sahen sie an, als sie ihr Handy aus dem Rucksack kramte. Rufnummer unterdrückt. Damn, wie Berenike das hasste.

»Ja bitte?« Nie meldete sie sich Unbekannten gegenüber mit ihrem Namen. Das hatte seinen guten Grund, auch wenn die Angelegenheit sich mit dem Mordfall letztes Jahr geklärt hatte. Telefonterror, er hatte noch lange angedauert, nachdem sie ihren letzten Job in der Eventbranche verloren hatte, mehr oder weniger unfreiwillig. Drüben sah sie Katharina zurück ins Haus huschen.

»Hier spricht Amélie«, erklang eine rauchige Stimme. Die Besitzerin des Studios Elfentanz, in dem Caro unterrichtet hatte.

»Berenike, ich brauche deine Hilfe.« Amélie schnaufte. Berenike verstand sich gut mit ihr, sie tranken ab und zu Çay miteinander, den Amélies türkischer Mann Mehmet zubereitete. Berenike hatte den beiden mit den Formalitäten für Mehmets Einreisepapiere und der Hochzeit geholfen. Als Städterin war sie mit solchen Behördenwegen vertrauter als Amélie, die beinahe an dem Papierkram verzweifelt wäre.

»Berenike, du hast dich doch schon erfolgreich als Detektivin betätigt …«

»Ja, Amélie, aber …«

»… und deshalb«, fuhr Amélie unbeirrt fort, »ruf ich als

Erste dich an. Mehmet verhält sich so komisch. Er will ohne mich nach Wien.«

»Amélie, ich kann jetzt nicht reden. Bist du zu Hause?« Berenike sah Adi, wie er sich auf Katharinas Geschäft zubewegte.

»Ja, ich …«

»Ich ruf dich später an. Es ist etwas mit Caro.«

Berenike sah, wie Adi seine Hand in der Tasche bewegte.

»Mit Caro?«

»Ja.« Berenike ließ Adi nicht aus den Augen. »Sie ist tot.«

Adi war jetzt ganz nahe an die Polizisten herangerückt.

»Wie bitte?« Amélies Stimme klang untypisch spitz. Circa fünf Tonlagen höher als üblich. »Tot? Caro? Aber was … wie …?«

»Ich erkläre es dir später.«

»Natürlich. Du kannst mich jederzeit anrufen. Egal, zu welcher Uhrzeit. Ich kann jetzt sowieso nicht schlafen.«

Berenike legte auf und schob das Handy in die Hosentasche. In diesem Moment ließ Adi etwas fallen. Hart klirrte der Gegenstand den Bruchteil einer Sekunde später auf den Asphalt. Alle starrten den jungen Mann an, bis sich Jonas langsam, ganz langsam auf ihn zubewegte.

VIER

Der Tee weckt den guten Geist und die weisen Gedanken.
Er erfrischt Deinen Körper und beruhigt Dein Gemüt.
Bist Du niedergeschlagen, so wird Tee Dich ermutigen.
Kaiser Shen Nung (2737-2697 v.Chr.) zugeschrieben

In die Stille hinein stürmte Katharina wieder aus dem Haus. Mit dem flatternden beigefarbenen Mantel, den sie sich übergeworfen hatte, schien sie sich beinahe im Nebel aufzulösen. »Caro war erst heute Nachmittag bei mir!«, klagte sie und deutete auf die Auslage. Sie rüttelte am Arm von Inspektor Kain, dem die Aufgabe zugefallen war, den Leichenfundort abzuschirmen. »Sonst hat sie sich selbst die Haare … aber heute …« Katharina lachte hart und dann schluckte sie, als ihr Blick neuerlich auf die verstümmelte Tote fiel, sie schluckte immer wieder. »Aaaaah! Ich halte das nicht aus!« Sie ließ den Oberkörper nach vorn sinken, stand gebückt da, würgte.

Berenike stützte Katharina, während sich Jonas der Friseurin näherte. Dabei ließ er Adi und den Gegenstand, den dieser fallen gelassen hatte, nicht aus den Augen.

»Ich bin gleich bei Ihnen, Frau – wie heißen Sie?«

»Seyrl.«

»Frau Seyrl, bitte halten Sie sich für eine Befragung bereit.«

Katharina nickte tonlos und strich den Mantel glatt. Berenike ließ die Friseurin los, blieb aber abwartend neben ihr stehen.

Jonas hetzte zu Adi, im Gehen winkte er einem uniformierten Kollegen, der gleich mit einem Plastiksäckchen kam.

»Was haben Sie hier?« Scharf sah der Mordermittler Adi an

und bückte sich nach dem Gegenstand, behielt dabei Adi im Blickfeld. Berenike hörte jedes Wort, das Jonas sprach. Auch auf die Distanz, windstill, wie es war. Berenike sehnte sich nach Worten, die ihr galten, nur ihr, nicht einem Ding, nicht anderen Menschen, nicht solchen Grausamkeiten. Worte, die ihr gehörten.

Sie sah, wie der Gegenstand metallisch aufblitzte, als Jonas ihn hochhob. Er wandte ihr den Rücken zu. Ein Messer! Hell!

»Woher haben Sie dieses Messer?« Jonas versuchte, dem Mann in die Augen zu schauen. Doch Adi sah unterwürfig an ihm vorbei, drehte den Kopf weg, blickte auf seine Schuhspitzen, biss sich auf die Lippen. »Haben Sie es gefunden?«

Im Müll vielleicht, bei seiner Aufgabe als Straßenkehrer. Womöglich ein Jagdmesser, das jemand im Wald verloren hatte. Sie hatte doch vorhin einen Schuss gehört. Berenike trat näher. Zuckte zurück. Das Metall war rot und blutig und allein die Vorstellung, wie der Mörder damit …

Verwischtes Rot überall. Schmierig wie dieser Mann. Adi weinte, stammelte. Kein Wort entrang sich seinem Mund, keines, das Sinn machte. Aus starren Augen von unten herauf ein Blick auf den Kriminalbeamten in Jeans. Der strich sich sein schwarzes, eine Spur zu langes Haar ungeduldig hinter die Ohren und ging zu den Spurensicherern.

»Er war's«, zischelte Valerie, die auf einmal hinter Berenike stand. Sie deutete auf Adi. Auch die anderen Frauen drängten sich zusammen.

»Geh, bitte, dieser Idiot«, murmelte Ellen und atmete tief durch.

»Vielleicht hat Caro ihn nicht rangelassen«, fauchte Rita.

»Konnte halt nicht ohne Männer sein.« Katharina spuckte

auf das holprige Kopfsteinpflaster und wickelte ihren Mantel enger. »Auch wenn sie immer die Unabhängigkeit vom anderen Geschlecht gepredigt hat.«

»Adi ist ungut, wie er mich manchmal anstarrt.« Valerie stöhnte. »Diese Verrückten haben ja auch einen Sexualtrieb, das weiß man doch.«

»Der bekommt doch eh keinen hoch.« Ein schiefes Grinsen von Denise, die immer noch angegriffen wirkte.

»Ich hab gehört, irgendwas ist vorgefallen in dem Heim, in dem er wohnt«, warf Valerie wieder ein und starrte finster zu Adi hinüber.

»Letztens hat er sich hinter meinem Garten versteckt.« Gerhild saßen noch die Tränen in der Stimme. Sie fröstelte und zerrte eine Windjacke aus ihrer Tasche. »Mein Grundstück grenzt an den Bach.«

»Er war bei dir in Ischl?«

»Der Adi ist mobil. Er fährt immer mit dem Zug, das ist kein Problem für ihn.« Gerhild sah auf.

Adi stand während dieser Worte abseits. Keine Regung war ihm anzumerken. Gefurchte Brauen, das ganze Gesicht ein Abgrund, und erst die Augen, eine Schlucht ohne Wiederkehr.

Von irgendwo war die Stimme von Jonas zu vernehmen: »Wir müssen das Tal nach restlichen Leichenteilen absuchen.«

Ein paar Streifenpolizisten wuselten herum, jemand sprach in ein Funkgerät.

»Sie sollen Leichenspürhunde mitbringen.«

»Adi ist hinter einem Busch hervorgesprungen, als ich neulich aus dem Haus kam«, fuhr Gerhild fort. »Normal ist dort nie jemand, ich …«

»Ja?«

»Nichts.«

»Sag's.«

»Naja, wenn ich mir vorstelle … man geht zu Hause schon mal oben ohne. Es war, als ob er mich abgepasst hätte. Vielleicht hat er sich vorher aufgegeilt und dann –«

»Geh.«

»Ja. Ich hab's mit der Angst zu tun bekommen.« Gerhild war einmal mehr den Tränen nah.

»Schaut ihn euch an«, Valerie ließ den Blick über Adi schweifen, »er ist kräftig. Diese geistig Behinderten haben oft …«

»Aber«, Gerhild schnüffelte, »ein Verbrechen erfordert eine gewisse Planung.«

»Ach so? Woher weißt du das?«, wollte Ellen wissen.

»Keine blöden Witze. Das wissen alle.«

»Zu viele Krimis gelesen, gell?«

»Hört auf mit der Streiterei. Das wäre nicht in Caros Sinn. Ihr wisst, welchen Kampf sie …« Selma verstummte und warf Berenike einen eigenartigen Blick zu.

Selma schob Adi in die Nähe von Jonas, der gerade mit Inspektor Kain sprach.

»Herr Inspektor, lassen Sie bitte Adi nach Hause gehen. In seinem Zustand«, sie beugte sich näher zu dem Kriminalpolizisten, »bekommen Sie sowieso keine Antwort auf Ihre Fragen. Ich werde ihn morgen persönlich aufs Wachzimmer begleiten, das verspreche ich Ihnen.« Jonas sah sie abwägend an. Der Rest ihrer Worte ging in Motorenlärm unter. Blitzlicht, ein Journalist. Woher auch immer die Medienmeute ihre Informationen nahm. Berenike verschwand schnell in einem Haustor, bevor sie auch auf Bild gebannt wurde.

Jonas blickte Kain an. Der nickte. »Lass ihn gehen, Kollege. Wer weiß, was in seinem Kopf vorgeht. Armes Würschtl.«

»Ok«, willigte Jonas ein, »ich will Ihnen vertrauen. Morgen früh um neun Uhr sehen wir uns auf dem Polizeiposten in Hallstatt.« Er wies einen Streifenpolizisten an, Adis Personalien aufzunehmen und auch die von Selma. Langsam gingen die beiden dann weg. Es war nicht klar, wer hier eigentlich wen stützte.

Berenike tastete sich an Jonas heran. Ein Schritt, noch einer. War gar nicht so schwer. Jetzt stand sie neben ihm.

»Ist sie so zu Tode gekommen?« Berenike fuhr sich mit dem Finger über den Hals. Sogar diese kleine Berührung schmerzte. Überrascht und seltsam distanziert sah er sie an.

»Das müssen wir erst herausfinden.« Er warf ihr einen Blick zu, den Berenike nicht zu deuten wusste. »Aber ich wüsste nicht …«

»… was mich das angeht? Ich habe die Leiche gefunden, schon vergessen?« Es schüttelte sie, Kälte und Grauen vermischten sich. »Dies ist nicht der Tatort, oder?«

»Geh nach Hause, Berenike.« Seine Stimme hörte sich mit einem Mal weich und samtig an, ohne das sonstig übliche Kratzen und Hüsteln. Eine Hand auf ihrem Schulterblatt. Diese Wärme! Nie wieder aufhören, wollte sie schnurren, dann riss sie sich zusammen. Er behandelte sie, als wäre sie ein kleines Mädchen! Sie wusste selbst, dass er ihr nichts sagen durfte. Aber sie war doch mit Caro bekannt gewesen, es war doch das Mindeste, dass sie erfuhr, wie die Tänzerin gestorben war.

»Kain soll deine Aussage aufnehmen, dann kannst du gehen.« Jonas hatte sie wieder losgelassen und winkte dem Dorfpolizisten.

»Jaja.« Berenike trat einen Schritt zur Seite. Seine Hand fiel von ihrer Schulter. Er ging und warf ihr einen letzten Blick zu.

Diese Augen, wie sie ins Violette spielten! Weiche Knie und eine seltsame Sehnsucht, Berenike gestand es sich nur ungern ein, Sehnsucht nach einem normalen Leben. Very silly.

Sie beobachtete die Polizisten, wie sie den Fundort der Leiche absuchten. Mal wanderte eine Zigarette in ein Plastiksäckchen, dann undefinierbarer Müll. Irgendein Werkzeug, mit dem der Täter Caro zersägt haben könnte, schienen sie nicht zu finden.

Wände, Türklinken wurden mit Pulver bestäubt. Die Suche nach den Fingerabdrücken, nach Spuren rollte an. Bestimmt würden sie den Leichenfundort auch mit Luminollösung einsprühen, um für das normale Auge nicht sichtbare Blutspuren erkennbar zu machen. Vielleicht hatte ein verrückter Mörder den Tatort geputzt …

Sie hörte, wie Jonas sich an Katharina wandte. »Ihr Friseurladen ist gesperrt. Ich muss Sie bitten, ihn nicht zu betreten, bis wir unsere Ermittlungen beenden.«

Die Friseurin riss den Mund auf, wollte auffahren, aber angesichts der Autorität eines fast zwei Meter großen, durchtrainierten Mannes blickte sie stattdessen bewundernd zu ihm auf. Berenike war überrascht über den Stich, den es ihr gab, als sie den Widerhall davon in seinen Augen entdeckte.

Sie mussten sich natürlich alle für Befragungen bereithalten. Alle, bis auf Adi. Auch Selma kam zurück. Inspektor Kain nahm Berenikes Aussage auf. Sie hatte kaum etwas zu berichten. Nur die Uhrzeit, zu der sie Caro gefunden hatten. Und welchen Weg sie gegangen waren. Fades Kleinzeug. Auch Kain sagte ihr nichts.

Jonas blieb wie absichtlich fern. Eine leise Traurigkeit beschlich Berenike. Ein Weinen, mehr innerlich. Totgeweint. Dann dachte sie an die leblosen Augen von Caro in der Auslage. Und hatte nur Gedankenleergut im Kopf.

Da war Jonas wieder, gemeinsam mit Kain. Selma sah die Friseurin skeptisch an. Auch Ellen hatte einen merkwürdigen Blick.

»Dein Mann Sven ist aufgetaucht, als ich gerade Caro die Haare gemacht hab«, schniefte die Friseurin Ellen an. Und zu Kain: »Er hat sie gesucht«, sie deutete auf Ellen, »aber nur Caro war da. Und die Frau Mellinger. Ich hab gerade mit dem Rasiermesser ...« Katharina zuckte zusammen. »Sven war zornig. Weil er schon die ganze Zeit nach Ellen gesucht hat. Zu Hause ist sie nicht, hat er gesagt. Und dass er überall nach ihr Ausschau hält. Er hat mich ganz nervös gemacht und ich hab das Messer fallen gelassen.«

»Aha, Moment«, Jonas ging weg, kam gleich darauf mit dem Beutel zurück. »Ist das ein Rasiermesser, wie Sie es verwenden? Können Sie es identifizieren? Geht Ihnen eines ab?«

»Ich weiß nicht. Könnte sein. Müsste ich erst nachsehen, ob alle im Laden sind.«

»Ok, das werden wir später überprüfen. Wie ging es weiter?«

»Sven hat zu brüllen angefangen. Hat auf die Scheißweiber geschimpft.« Katharina schnäuzte sich laut. »Ich muss sowieso mit dir reden, hat ihn Caro leise angesprochen. Und ihn zwingend angestarrt. Ich fand es noch komisch, dass er sich davon beruhigen hat lassen. Er ist mit ihr weggegangen. Aber sie kennen sich natürlich. Wenn man in derselben Gegend wohnt, läuft man sich zwangsläufig über den Weg.« Katharina zerrte an ihrer Jacke. »Ich hab weitergearbeitet, bis zur Sperrstunde. Caro ist mit jedem mitgegangen. Für Abenteuer war sie zu haben. Aber ernst gemeint hat sie es bei keinem. Vielleicht hat einer ihrer Liebhaber sie getötet.«

»Geh, Katharina, tu net Leut verdächtigen!« Selma machte einen Schritt auf die zornige Friseurin zu, wollte sie beruhigen, aber die stieß ihren Arm weg.

»Um einen zu nennen, dazu waren es viel zu viele Männer. Die blöde Kuh …«

»Du hast die Caro nie g'mocht, gib's zu«, rief Gerhild.

»Ähm«, Katharina wickelte nervös den Mantel um ihre eckige Figur, »nein, kann man nicht sagen, dass ich sie mochte. Auch wenn sie jetzt tot ist«, Katharina schluckte, »und man soll über Tote nichts Schlechtes … Sie hat mir mein Geschäft ruiniert. Hat den Frauen eingeredet, sie könnten sich selbst die Haare richten. Unabhängigkeit von Schönheitsidealen nannte sie das. Immer mehr haben das getan. Caros verrückter Haufen halt. Caro hat gesagt, so wie ich könne sie auch Haare schneiden.« Die Ladenbesitzerin sah grimmig in die Runde und musterte die Frisuren der Gruppe abfällig. »Aber leid kann einem die Frau trotzdem tun. Da will sie Ellen helfen, weil ihr Mann spinnt … und gerät in die Hände eines Verrückten. Müssen wir jetzt alle Angst haben, Herr Polizist?«

Jonas setzte zum Reden an, als ihm Selma ins Wort fiel. »Ja, Herr Inspektor, müssen wir Angst haben?«

»Wir tun alles in unserer Macht Stehende, das können Sie mir glauben!«, herrschte er die Frauen an und wirkte dabei ziemlich nervös. Selma nickte, ungnädig sah das aus.

»Frau Seyrl«, fuhr Jonas fort, »kommen Sie bitte mit? Wir müssen etwas überprüfen wegen Ihres Türschlosses.« Er führte die Friseurin weg von der Frauengruppe.

»… intakt …«, konnte Berenike noch verstehen, und »… über einen Schlüssel … verfügt …«

»Hier kann jeder rein, wenn er will …«, keifte Katharina, es hörte sich resignierend an.

Oh nein, seufzte Berenike und dachte an Frau Gasperl. Nicht auch noch hier ein Schlüssel unterm Blumentopf! Berenike hatte sich nie an diese Vertrauensseligkeit auf dem Land gewöhnt. Ihrer Vermieterin hatte sie diese Sache erst abgewöhnen können, als im Vorjahr die Mordserie geschehen war. Seither war die ältere Frau vorsichtig geworden.

Gerhild lachte kurz auf: »Ich weiß von jedem Haus, wie ich reinkomme.«

Jonas ging mit Katharina ins Haus. Berenike sammelte ihre Teeutensilien ein. Es gab nichts mehr zu tun.

FÜNF

KÜRBISSUPPE MIT GRÜNTEE

Es war schon fast zwei Uhr, als Berenike endlich heimfuhr. Ständig ließ sie den Blick schweifen. Zumindest war die Straße gut beleuchtet. Sie musste sich konzentrieren, um wach zu bleiben. Gleichzeitig spürte sie eine rastlose Unruhe. Wie jetzt Schlaf finden? Und dazu noch … Sie nahm das Motorengeräusch hinter sich erst nach einer Weile wahr. Der Wagen musste sie schon längere Zeit verfolgen. Dabei fuhr sie bedächtig, die Straßen waren menschenleer. Berenike wollte eben die letzte der scharfen Kurven nehmen, bevor sie zu Hause war, da heulte der Motor hinter ihr auf und plötzlich spürte sie die Präsenz des Wagens seitlich, viel zu nahe. Sie beschleunigte, um nicht abgedrängt zu werden. Im letzten Moment, sie war fast schon bei der Einfahrt zu Frau Gasperls Holzhaus in Lichtersberg, in dem ihre Wohnung lag, zog der Wagen mit noch einmal aufheulendem Motor vorbei.

Im Licht einer einsamen Straßenlaterne sah sie, dass er groß und hellgrün lackiert war. Nicht steirergrün oder waldgrün oder tarngrün. Nein, jadegrün. Das war doch derselbe Wagen wie jener, der sie in Hallstatt fast überfahren hätte!

Berenike parkte, das Adrenalin der eben überstandenen Angst ließ ihre Hände zittern. Niemand war zu sehen, kein Auto und keine Menschenseele. Langsam ging sie auf das dunkel daliegende Haus zu. Hinter dem Fliederbusch raschelte etwas. Sie huschte ins Haus und versperrte sämtliche Schlösser, die Frau Gasperl in der Zeit nach der Mordserie letztes Jahr angebracht hatte, sorgsam hinter sich.

Kaum in ihrer Wohnung im oberen Stockwerk angelangt, umkreisten ihre drei Miezen sie wie ein Sondereinsatzkommando. Marlowe, Spade und Dr. Watson waren jedoch nur dann ansatzweise detektivisch veranlagt, wenn es um die Ermittlung der nächsten Futterration ging. Berenike war froh, sie zu Hause zu wissen, heute ganz besonders.

Sie fütterte die Stubentiger, die sich danach zurückzogen. Plötzlich war es still in der Wohnung, still und einsam. Rasch rief Berenike Amélie zurück. Sie berichtete in kurzen Worten von dem dramatischen Ereignis.

Die Tanzstudioleiterin hörte sich ziemlich fertig an: »Du, ich schau morgen bei dir im Salon vorbei. Persönlich redet sichs leichter. Ich brauch Luft, ich werd hier noch verrückt.« Ein Seufzen durch den Äther. »Morgen erzähl ich dir alles.«

Sie verabschiedeten sich. Wieder empfand Berenike die Stille als bedrückend. Nur Frau Gasperl hörte sie rumoren. Normalerweise war Berenike zufrieden mit diesem Leben, genoss ihr eigenes kleines Reich. Doch an Tagen wie diesem hätte es ihr gutgetan, wenn da jemand zum Reden gewesen wäre. Persönlich, nicht nur am Telefon.

Entgegen ihrer Gewohnheit legte sie das Handy eingeschaltet auf den Nachttisch. Pfeif auf die Strahlung, dachte sie, wenn womöglich Gefahren ganz anderer Art drohten! Zum Glück sank sie sofort in einen tiefen Schlaf, nicht einmal Jonas geisterte durch ihre Träume.

Am nächsten Vormittag wollte Berenike in der Küche ihres Salons die erste Kürbissuppe der Saison zubereiten. Vertraute Handgriffe, daran ließ sich festhalten. Aus dem Salon wehten ein paar Takte orientalischer Musik in die Küche. Entspannung, sie brauchte, verflixt noch mal, Entspannung, aber rasch!

Zum Kochen trug sie bequeme Jeans, T-Shirt und darüber eine bunte Schürze. Diese Arbeit hatte ihr von Anfang an überraschend viel Freude bereitet. Die Zubereitung nahrhafter und wohlschmeckender Speisen hatte etwas Magisches. Rasch kontrollierte sie die Zutaten. Hokkaidokürbis, dazu kamen Karotten und Hirsemehl sowie eine Ayurveda-Gewürzmischung. Vielleicht würde sie das endlich ruhiger werden lassen …

Bevor sie noch beginnen konnte, dröhnte Helenas Stimme von draußen herein. Berenike eilte zu ihr. »Da bist du ja, Helena! Bist du gut heimgekommen?«

»Ja, natürlich, warum?«

»Hast du es nicht gehört? Caro – wir haben sie tot aufgefunden. Ermordet.«

»Nein!« Helena musste sich setzen.

»Doch.« Rasch erzählte Berenike ihr die Umstände, wie sie Caro entdeckt hatten. »Und dann haben wir uns um dich Sorgen gemacht, Helena – wie bist du auf die Idee gekommen, allein zu gehen? Und dein Handy war auch ausgeschaltet.«

»Das pack ich nicht. Caro? Ermordet? Himmel!«

Berenike reichte Helena ein Glas Wasser. Dann stand die Gaifahrerin energisch auf. »So, hier sind deine Brote, Berenike.« Sie seufzte. »Hoffentlich wird der Arsch schnell gefunden, der das getan hat.«

»Wem sagst du das.« Sie sahen sich an, umarmten sich stumm, dann ging Helena.

Berenike kehrte in die Küche zurück. Sie röstete die Gewürze in heißem Olivenöl an – natürlich Bio, was anderes kam ihr nicht in die Pfanne. Anschließend gab sie das klein geschnittene Gemüse dazu und ließ alles sanft anbraten. Berenike fügte das Hirsemehl hinzu und goss etwas später mit Wasser auf. Zugedeckt ließ sie die Suppe köcheln, während sie aufräumte. Als alles gar war, warf sie ein paar Blätter Bancha in den Topf, japanischen Grüntee, und pürierte das Ganze. Zerhackte Knoblauchrauke kam obendrauf. Dieses wilde Kraut schmeckte nur ganz sachte nach Knoblauch, viel dezenter als Bärlauch. Eine Suppe wie gemacht für die Leute vom Seminar ›Teamführung für den Managernachwuchs‹, die sich mit Trainer Gero als Mittagsgäste angesagt hatten.

Der Teesalon war voll, also würde sie die Seminargäste in den Literatursalon platzieren. Berenike deckte die in der Mitte zusammengeschobenen Tische, während immer wieder der Anblick von Caro, der toten Caro, vor ihrem inneren Auge auftauchte. Wie blöd, dass sie nichts mehr von den Ermittlern erfahren hatte. Ihr wurde bei der Erinnerung schlecht. Der Täter sollte so leiden müssen wie Caro. Wenn nur die Polizei bald Ergebnisse hatte. Doch – Berenike zwang die Galle mühsam nach unten, die sich einen Weg nach oben bahnen wollte – die Ordnungshüter hatten sie schon einmal im Leben im Stich gelassen. Damals war sie selbst angegriffen worden. Von einem Kunden. In ihrem früheren Leben als Eventmanagerin, in Wien. Niemand hatte ihr damals geholfen, der Mann war zu berühmt gewesen, Zeugen hatte es nicht gegeben und somit hatte sie auf einen Gerichtsprozess verzichtet, quasi verzichten müssen. Der Mann war prominent gewesen, er hätte sich reingewaschen, alles abgestritten – mithilfe der richtigen Freunde unter den Mächtigen. Das Ganze war lange her. Irgendwie hatte Berenike dieses Erlebnis zu den ›Akten‹ legen können, es verarbeiten. Und jetzt drohte ein neuer Fall, der sie auf die Angst und die Wut von damals zurückwarf, in eine Situation, in der sie geglaubt hatte, sterben zu müssen.

Sie schlüpfte in einen Shalwar Kameez, einen Hosenanzug aus Indien. Die kühle Seide auf ihrer Haut hatte etwas sanft Schmeichelndes, wie die Hände einer sorgenden Mutter, und beruhigten sie kurzfristig. Doch da war immer wieder Caro, das Bild der ermordeten Caro …!

Vor der Tür hielt Berenike nach Amélie Ausschau. Nach wie vor herrschte wechselhaftes Wetter, diesmal war es wenigstens gerecht auf ganz Österreich verteilt. Immerhin regnete es im Moment nicht. Noch nicht. Die dunklen Wolken über dem Loser sprachen ihre eigene Sprache. Praktisch in Minutenschnelle verschwand der Gipfel hinter einem grauen Regenvorhang. An der Anlegestelle des Linienschiffs schliefen, noch friedlich, ein paar Enten. Ein Mann mit einem kleinen Kind an der Hand stürmte gerade heran. Umständliches Rascheln mit einem Papiersackerl, dann kam Brot zum Vorschein. Der Kleine schrie und trampelte, die Enten erwachten, flüchteten ins Wasser und schwammen weg, das Kind fing zu heulen an, der Vater redete laut.

Dann war der Regen da. Er wusch alles weg, wie Kulissen aus Sand gebaut die Berge. Nichts war mehr zu sehen. Graue Umrisse blieben hinter den Regenschnüren, wie bei einem feuchten Perlenvorhang. Wenn sich Leute begegneten, sahen sie einander kurz unter dem Schirm hervor an. Die Einheimischen trugen ihre Lodenumhänge bis zu den Knien, dazu Hut und robustes Schuhwerk. Nach dem vielen Regen der letzten Zeit waren nur noch vereinzelt Gäste im Ort geblieben, abwarten, wie es weiterging.

Berenike sah wieder nach der Suppe. Hans, ihr neuer Kellner, kam in die Küche. Sie war froh, endlich einen ständigen Mitarbeiter beschäftigen zu können. Damit gab es für sie wenigstens einen freien Tag pro Woche. Bis dahin war der Betrieb eine ständige Improvisation gewesen. Thank goodness, das war vorbei. In den Sommerferien arbeitete auch die Studentin Susi wieder mit.

»Die Seminarleut san da.« Hans schnupperte an der Suppe. »Essen scho' fertig?«

»Ja«, bestätigte Berenike.

»Sie sind zu zehnt.« Der naturweiße chinesische Leinenanzug stand Hans hervorragend zur gebräunten Haut. Während Berenike die Kürbissuppe ein letztes Mal umrührte, sah sie durchs Fenster Amélie aus dem Auto steigen. Die ein wenig mollige Tanzstudiobesitzerin strebte energischen Schrittes auf das Haus zu. Schnell stellte Berenike die Teller bereit und legte Toastscheiben, die wie in irischen Pubs mit Butter gereicht wurden, ins Backrohr. Immer wieder entfuhr ihr ein Seufzer, aber davon wurde Caro nicht wieder lebendig.

»Passt du bitte auf das Brot auf?«, bat sie Hans und ging hinaus.

»Griaß di, Berenike.«

Schlecht sah Amélie aus. Dunkle Ringe hatten sich um die sonst so strahlend grünen Augen gelegt. Sie schleppte sich herein, als würde sie die Last der Welt auf ihren Schultern tragen. Ihr modisches grünes Trachtenkleid wirkte zerknittert, ein Kaffeefleck prangte am weißen Blusenärmel.

Sie blieb stehen, ratlos und still, ganz untypisch für Amélie, die sonst fröhlich-quirlig durchs Leben ging. Berenike führte sie in den hinteren Bereich des Teesalons, wo man bequem auf Sitzsäcken lümmeln konnte. Ein Regal bot die Möglichkeit, die Schuhe auszuziehen und abzustellen. Amélie steckte ihre Sonnenbrille in den zerrupften blonden Locken fest und trat sich die bequemen Slipper achtlos von den Füßen. Vor der hellgrün gestrichenen Wand wirkte sie käsig blass, der grüne Stoff ihres Kleides tat ein Übriges.

»Möchtest du etwas essen? Ich hab frische Kürbissuppe.« Berenike sah ihre Besucherin abwartend an.

Die schüttelte den Kopf. »Ich bring nichts runter.« Mit ihren kräftigen, zupackenden Händen hielt sie sich den Magen. »Nicht, dass es mir schaden würde zu fasten.« Sie strich sich mit den Handflächen sachte über die vollen Hüften. Ließ sich auf einen der Sitzsäcke plumpsen, fiel in sich zusammen. »Ach, Berenike …«

»Ich bringe dir einen kleinen Teller, der geht aufs Haus. Was magst du trinken? Vielleicht einen Hibiskustee?«

»Ja, ist eh alles egal.«

Berenike war auf halbem Weg zur Küche, da ging wieder schwungvoll die Tür auf.

»Grüß euch.«

»Servus, Gero.« Ein Gast von Ragnhild, der Outdoortrainer, der die Seminargruppe angemeldet hatte, grüßte den Hereinkommenden. »Wie geht's?«

»Frag mich nicht. Meine neue Gruppe ist der Wahnsinn.« Gero ließ sich auf ein Sofa fallen und raufte sich theatralisch seine halblangen dunkelblonden Locken. Der Typ sah aus wie der perfekte Surflehrer-Traum. Braun gebrannt, lässig und immer einen Schmäh auf den Lippen.

»Es ist der Klassiker: Das Management dezentralisiert zuerst alle Arbeitsvorgänge. Dann rät ihnen ein Consultant, dass sie die Abläufe zentralisieren müssen. Weil sie selbst keine Ahnung haben, tun sie ständig, was ihnen andere sagen. Auskennen tut sich keiner mehr. Die Teams werden willkürlich zusammengewürfelt, haben vorher nichts miteinander zu tun gehabt. Jetzt läuft's völlig chaotisch, die Mitarbeiter klauen wie die Raben, die Krankenstände sind auf einem Hoch. Da komme ich ins Spiel, um alles ins Lot zu bringen.«

»Und kannst du?«

»Bei der jetzigen Gruppe habe ich meine Zweifel. Zwei Frauen sind auch dabei, leider. Die werden schauen, wenn's morgen die Traun bewältigen sollen.« Er stöhnte. »Wenn ich an einen der Teilnehmer denke, so destruktiv, wie der sich benimmt, wird das kein Vergnügen.«

Gero sprach mit dramatischer Stimme, Heinrich der Achte, mindestens. Das Shakespeare-Stück hatte Berenike in Studienzeiten in ihrer Theatergruppe gespielt.

»Was macht er denn so Schlimmes?«

»Er stellt alles infrage. Weißt eh«, Gero verstellte die Stimme und äffte den Teilnehmer nach, während er einen verstohlenen Seitenblick auf die plaudernd herumstehenden Seminargäste warf, »›so ein beschissenes Firmentraining‹, blabla. Die Situation in der Abteilung ist dermaßen festgefahren, dass keiner so ein Training will. Es wurde ihnen aufs Aug gedruckt.«

»Geh, so schlimm wird's nicht sein, Gero.«

»Doch. Weißt, ich versteh die Leut sogar. Sie stehen dermaßen unter Druck. Wer weiß, wie lang ich das noch für die mach. Mit den Einsparungen überall, meine Ansprechpartnerin hat schon sowas angedeutet.«

»Gero, du machst das schon.« Immer ein aufmunterndes Wort, sie mutierte noch zum Abbild ihrer Oma! Und das, wo ihr gerade beschissen zumute war.

»Ah, Gero.« Sepp war hereingekommen. »Hast wieder einmal einen Seminarteilnehmer ertränkt?« Der Schriftsteller und Leiter einer Autorengruppe, die sich in Berenikes Salon traf, spielte auf einen Vorfall vor ein paar Monaten an. Dabei hatte sich ein Seminarteilnehmer geweigert, in ein Kanu auf der wild dahinrauschenden Traun zu steigen. Gero hatte ihn überreden wollen und ins Wasser geschubst, so erzählte man es sich. Er selbst stritt das ab, meinte nur, er habe den Teilnehmer von der Gefahrlosigkeit überzeugen und ihn motivieren wollen. Zuerst hatten die anderen die Sache für einen Scherz gehalten, doch der Mann hätte sich beinahe nicht retten können. Nur mithilfe der Feuerwehr war er lebendig geborgen worden.

»Aber geh, so wild is' es nicht.«

»Was willst du trinken?«, lenkte Berenike ihn ab.

»Bringst mir einen Apfelmost, bitte, und den Salat, der klingt gut.«

»Gerne.«

Wenig später, die Seminargruppe saß fröhlich klugscheißernd beim Essen, brachte Berenike Amélies Mahlzeit und Tee für sie beide. Sie hatte die hellrote Suppe mit einem Tupfer Obers und ein paar Kräutern dekoriert, in der Hoffnung, dass Amélie so Appetit bekam. Auch wenn niemand Caro zurück zu den Lebenden bringen konnte … Was für ein Wahnsinn! Die Wut überfiel Berenike siedend, kochend, stieg von innen her auf und erhitzte sie, dass sie ihre Wangen glühen fühlte und ihr Kopf zu platzen drohte. Wut über die Angst, die mit Caros Ermordung zurückgekommen war.

»Caros Tod hat mir noch gefehlt.« Amélies Hände schlängelten sich durch die Luft, erzählten ihre eigene Geschichte. Endlich nahm sie den glänzenden Löffel. Verharrte damit in der Luft, hauchte mit dem Mund darauf, dass das Metall beschlug.

»Dabei hab ich genug Probleme mit Mehmet.« Amélie

legte den Löffel weg, griff bedächtig nach der Teekanne, schenkte ein. »Ich halte das nicht aus.« Langsam ließ sie den Kopf in ihre Hände sinken. Die langen Finger umschlossen ihn sanft. Als wäre er mit seinen Gedanken darin viel zu schwer. Dann streckte sie energisch den Rücken durch. »Erzähl doch bitte, was passiert ist«, bat sie beherrscht.

Berenike schilderte die Nacht, die hinter ihr lag. Wie Caro nicht am vereinbarten Treffpunkt aufgetaucht war, wie die Frauen sie gesucht – und schließlich ermordet gefunden hatten. In der Auslage von Katharinas Friseursalon. Berenike berichtete von den Befragungen der Polizei und dem Messer, das Adi fallen gelassen hatte.

»Meiner Seel, wie furchtbar«, Amélie rieb sich über die Wangen, über die Augen, ihre Haut sah so runzlig aus, wie sich Berenike selbst fühlte.

»Ich kann mir nicht vorstellen, wer so etwas tut, es ist … Caro war noch nicht lange zurück in Österreich. Wo soll sie sich in der kurzen Zeit Feinde gemacht haben?«

»Waren ihre Tanzkurse gut besucht?«

»Ja. Ihr Name war bekannt aus ihrer Zeit als Tänzerin. Bis nach Amerika ist ihr Ruf gedrungen, sie ist dann abgeworben worden und hat in L.A. gelebt.«

»Davon hab ich gehört. Warum ist sie zurückgekommen?«

»Ich kann mir nicht vorstellen, dass sie das freiwillig getan hat. Sie war hier ziemlich unglücklich, aber sie hat nie über die Sache geredet. Auf mich wirkte es wie eine Flucht. Vor etwas Unangenehmem. Vielleicht ein Lover. Noch ist ja alles offen, Caro hat ein großes Geheimnis aus ihrem Leben in den Staaten gemacht. Wer weiß, was da wirklich passiert ist. In Amerika geht's ja zu, womöglich war's gar die Mafia? Weißt du's? Man liest so viel darüber.«

»Geh, Amélie.«

»Na, in L.A., da kann schon was passieren!«

»Dort hat sie gelebt?«

»Ein paar Jahre lang, ja. War berühmt, ist an allen interessanten Bühnen aufgetreten. Und jetzt ist sie tot.«

Eine Weile schwiegen sie sich an. Die Suppe dampfte, ohne dass Amélie sie berührte.

»War sie eigentlich je verheiratet?«

»Caro? Das hätte sie nie getan. Auf die Ehe schimpfte sie wie auf alles Konventionelle. Die heilige Familie hat sie gehasst. Na ja, das kann natürlich kaum überraschen bei ihrer Geschichte.«

»Wie meinst du das?«

»Weißt du nicht, was mit ihrer Mutter passiert ist?«

»Nein.«

»Schreckliche Sache. Du kennst doch die Gasthäuser am Seeufer in Hallstatt. Die mit den Terrassen, wo immer was los ist? Eines davon hat Caros Eltern gehört. Keine gute Ehe, das hat jeder gewusst. Aber dass es so weit kommen musste…« Amélie nahm einen Schluck Tee, die Tasse schepperte auf dem Teller, als sie beides zum Mund führte. Sie setzte mehrmals zum Reden an, trank noch einen Schluck. In ihren grünen Augen stand aller Schmerz der Welt. »Die Küchenhilfe hat sie gefunden. Die Wirtin. Also Caros Mutter. Sie lag in der Wirtsstube, der Kopf blutüberströmt. Da war sie schon stundenlang tot, wie wir später erfahren haben. Es muss spät nachts geschehen sein. Die Zeitungen haben geschrieben, dass die Wirtsleute ständig gestritten haben. Der Vater ist kurz darauf verhaftet worden. Das Gericht hat ihn zu ›lebenslänglich‹ verurteilt. Vor zwei oder drei Jahren kam er vorzeitig frei.«

»Wie das so üblich ist, lebenslänglich bedeutet nicht mehr auf Lebenszeit.«

»Nein. Leider. Das hat sie für ihr Leben geprägt. Sie hat

damals schon nicht mehr im Ort gewohnt. Der Vater ist aus der Haft entlassen worden, als Caro aus Amerika gekommen und zurück in die Heimat gezogen ist. Sie hatten eine Aussprache, aber die ging ordentlich daneben. Caro hat dem Vater nie verziehen, glaube ich. Er hat keine Einsicht in seine Schuld entwickelt, hat sie gesagt. Und Caro, die wusste, wie man jemanden provoziert.«

»Kommt er als Caros Mörder infrage?«

»Was weiß ich. Er soll nach der Haft nach Lupitsch gezogen sein.«

»Das ist ja bei mir um die Ecke.« Berenike wurde es eisig ums Herz. Sie beobachtete Amélie, die die Suppe anstarrte und mit der Brotscheibe spielte.

»Ach, Amélie, ich hoffe, sie klären den Mord bald auf.«

»Wem sagst du das. Dieser entlassene Serienmörder ist keine Beruhigung. Ob er es war?«

»Was für ein Serienmörder? Hier?« Berenike fegte Brotbrösel vom Tisch. »Im Salzkammergut?«

»Hast du nicht davon gehört? Caros Ermordung sieht nach einem Verrückten aus, meinst nicht? Einen Körper so zu zersägen, wer macht denn so was? Vielleicht kannst du mehr erfahren. Du hast doch diese Verbindungen zur Polizei …«

»Na ja …«

»Ich dachte, dieser hübsche Kriminalbeamte ist dein Freund?«

»Wenn ich das selbst so genau wüsste.« Berenike starrte auf die schwarze Tischplatte. »Hatte Caro Geschwister?«

»Nein.«

»Und Freundinnen?«

»Ja, ich denk schon.«

»Ich meine, lesbische Beziehungen.«

Mit großen Augen sah Amélie Berenike an. »Lesbisch? Caro?«

»Hatte sie Beziehungen zu Frauen?«

»Ich weiß nicht. Man sagt, dass Selma an ihr interessiert gewesen sei, aber …«

»Und wie gut kennst du Caro?«

Amélie sah Berenike an, dann ließ sie ihren Löffel zögernd in die dunkelorange Suppe sinken, nahm ein bisschen von der dicken Flüssigkeit. Sie schnupperte daran und führte den Löffel langsam, ganz langsam an ihre Lippen. Mit einer überraschend schnellen Bewegung steckte sie ihn in den Mund, aß und leckte das Metall sauber wie eine Katze ihr Schüsselchen. »Mmmmh, das schmeckt himmlisch. Selbst gekocht?«

»Ja. Freut mich, wenn es dir schmeckt!«

»Alle Achtung.« Amélie nahm noch einen Löffel voll. »Du wirst lachen, ich kenne Caro von früher. Wir waren im selben Jugendclub in Hallstatt, eine wilde Zeit. Sie wollte weg von hier, immer schon. Kein Wunder. Die Eltern hatten nie Zeit für sie, im Sommer ging das Wirtshaus vor, im Winter stritten sie noch mehr.« Sie schluckte. »Dass Caros Mutter so oft die Treppe runtergestürzt ist, hat keiner mehr geglaubt. Aber wer zeigt schon den eigenen Mann an? Schau Ellen an.«

»Ellen auch?«

»Ja. Wenn Caro ihr nicht immer wieder geholfen hätte, wer weiß …«

»Ellen hat sich aber nicht von ihrem Mann getrennt.«

»Nein, aber sie will es, soviel ich weiß. Jedenfalls hat Caro es geschafft, von hier wegzugehen.« Sinnierend starrte Amélie einen weiteren Löffel Suppe an, den sie auf halbem Weg zum Mund hielt. »Als sie wieder hierher gezogen ist, hab ich mich zuerst gefreut. Ich hab gedacht, wir könnten wieder Freundinnen werden, in Erinnerung an die alten Zeiten. Aber sie hat mich ignoriert, wenn sie nicht grad im Studio unterrichtete und so mit mir reden musste. Im Gegensatz zu ihr bin ich nie weggekommen von hier. Sie fand mich wohl beschränkt.« Amélie schluckte wieder. »Übrigens ziehe ich vielleicht mit Mehmet in die Türkei. Er will gern zurück. Es gibt tolle Chancen dort, sagt er. Ich könnte das Tanzstudio verkaufen und dort ein neues aufmachen. Er hätte gern ein Restaurant. Was Eigenes. Ich bin mir nicht sicher … Solang er sich derart komisch aufführt wie jetzt!«

Ein Löffel Suppe, schlucken, reden. Amélie war wirklich in Fahrt, auch ihre Haut sah ein bisschen weniger blass aus.

»Entschuldige«, sagte sie, »dass ich so viel rede. Bei mir im Kopf geht es ganz durcheinander. Ich muss immer daran denken, wie sehr sich Caro verändert hat, seit sie zurück war. Sie war so lebenslustig, früher. Dieses negative Umfeld mit den misshandelten Frauen, das hat sie so niedergedrückt. Das Thema hat sie nicht losgelassen, auch nicht in ihrer Freizeit. Tatsache, Gewalt ist allgegenwärtig. Aber mir war sie in ihrem Kampf zu verbissen.« Amélie nippte am Tee. »Du hättest ihr zuhören müssen. »Die Täter wohnen mit den Opfern unter einem Dach«, war ihre ständige Rede. Sie hat sich über ihren Job hinaus engagiert. Caro war bei den Demos zum Frauentag und so immer vorn dabei.«

»Rita fand Caro wohl auch radikal.«

»Pah, Rita! Die soll schauen, dass sie nicht selbst des Mordes verdächtigt wird.«

»Wieso?«

»Es war allgemein bekannt, dass Rita auf Caro eifersüchtig war.«

»Eifersüchtig, echt?«

»Ich meine, als Tänzerin.«

»Ach, aber Rita wirkt doch viel jünger.«

»Eben drum. Die Zeiten von Luna waren vorbei.«

»Luna?«

»Luna. Oder Tochter des Mondes. So nannte sich Caro bei ihren Auftritten. Man hat sie nur mehr aus Mitleid engagiert.

Bei esoterischen Verkaufsmessen und so. Rita war dennoch furchtbar neidisch auf Caros Erfolg. Rita könnte jetzt Caros Aufträge bekommen.« Wieder nippte sie am Tee. »Auch für mich war es schwierig, mit Caro auszukommen. Manchmal hat sie mich wütend attackiert, dass ich sie schlecht behandle und so. Sie konnte einem leid tun, aber trotzdem. Im Frauenhaus ist sie auch bedroht worden. Die Ehemänner der Frauen, die sich in diese Einrichtung retten, die drehen durch, wenn sie die Macht über ihre Frauen verlieren. Erst letzte Woche hat einer Caro bis vor mein Tanzstudio verfolgt. Im Hof hat er sie angeschrien und an den Haaren gerissen. ›Ich bring dich um!‹, hat er gebrüllt. Zum Glück haben wir das gesehen, der Mehmet war grad da. Wir sind beide rausgerannt, da hat der Kerl von Caro abgelassen. Ganz fertig war sie dann, völlig untypisch für Caro. So ein sportlicher Naturbursche war das. Die Anzeige sollte bei der Polizei aufliegen.«

»Werden solche Attacken immer angezeigt?«

»Ich denke ja, aber da fragst du am besten Selma. Sie hat das Frauenhaus mitbegründet. Weißt du, ich verstand Caro«, Amélie spielte nachdenklich mit dem Löffel, »bis zu einem gewissen Grad. Was ich in meinen Kursen an Lebensgeschichten hör, da wird dir schlecht davon.« Amélie drehte abwesend die Teetasse in den Händen. »Ich mach mir Vorwürfe, ich hätt mich mehr um sie kümmern sollen.« Nachdenklich sah sie Berenike an. »Aber ich wollte mit dem, was sie außerhalb meines Studios tut, nichts zu tun haben. Von dieser Art Esoterik, wie Caro sie praktiziert hat, distanziere ich mich. Meinen Kundinnen zuliebe, von denen ich lebe. Ich glaub selbst nicht an diese Dinge. Vielleicht hätte sie Hilfe gebraucht.«

»Geh, Amélie. Mach dir keinen Kopf. Das lässt sich nicht mehr ändern.«

Aber Amélie redete wie im Rausch weiter. »Caro war so bockig. Es war schwer mit ihr. Weil sie ständig Kurstermine verschoben oder Stunden ausfallen hat lassen. Sie wollte nicht einsehen, dass das so nicht geht. Ich soll froh sein, dass sie als berühmte Tänzerin bei mir unterrichtet.« Amélies Augenlid zuckte. »Durch die ganze Sache mit Mehmet hab ich einfach nicht genügend auf Caro geachtet.«

»Was ist eigentlich mit ihm?« Berenike kannte Amélies schrille Lovestory. Ihretwegen hatte der türkische Animateur seinen Job in Izmir aufgegeben und mit Amélie in Österreich Traumhochzeit gefeiert. Berenike war natürlich eingeladen gewesen und hatte sich von den schwungvollen Tanzrhythmen mitreißen lassen. Bald darauf hatte sich endlich die Möglichkeit ergeben, in Amélies Studio selbst einen Kurs für orientalischen Tanz zu belegen. Sie hatte sich gleich wohlgefühlt bei den Bewegungsabläufen. Die Tanzlehrerin stammte wie Mehmet aus der Türkei und war eine Bekannte von ihm. Doch nach einem Semester war der Kurs nicht mehr zustande gekommen, und bald darauf hatte Berenike stattdessen bei Caro zu tanzen begonnen und auch dieses Angebot genossen.

Amélie schob jetzt die leere Schüssel von sich. »Ja, das Essen hat mir gutgetan. Du hast recht gehabt.«

»Möchtest du noch mehr?«

»Danke, nein. Ich bin satt.«

»Also, was ist mit Mehmet?«

»Wenn ich das wüsste!« Sie wedelte mit der Hand durch die Luft. »In letzter Zeit verschwindet mein Mann oft nach Wien, angeblich beruflich, und um Verwandte zu besuchen, die seine Unterstützung brauchen. Er verdient gut als Security Manager bei Koromar.«

»Moment mal, Koromar, das hab ich neulich erst gehört.«

»Ein Leiterplattenwerk in Ebensee.«

»Rita arbeitet doch dort. Und Ellens Mann, oder verwechsle ich das?«

»Sven und Mehmet sind sogar in derselben Abteilung – und wie Hund und Katz. Ein schwieriges Team. An der Situation ist sicher nicht mein Mehmet schuld. Er hat die höhere Position als Teamleiter.«

»Er ist Svens Chef?« Berenike war überrascht.

»Ja, er hat Karriere gemacht.« Amélie grinste stolz. »Mehmet ist fleißig und freundlich. Die neuen Eigentümer wissen das zu schätzen.«

»Obwohl er kaum über 30 ist?«

»Heute ist das anders, Berenike. Es geht nicht ums Alter, sondern um das Potenzial der Mitarbeiter. Was mir mehr Kopfzerbrechen … ich weiß, über Tote nur Gutes … Caro … also immer, wenn sie kurzfristig eine Unterrichtsstunde abgesagt hat, ist auch Mehmet verschwunden. Monatelang hab ich mir darüber Notizen gemacht. Schau«, sie kramte einen dicken Timeplaner hervor, in dem alle möglichen Tage rot und gelb markiert waren. »Aber ich hab sie nie zusammen gesehen. Sind wohl schlau gewesen.«

»Glaubst du ernsthaft, die beiden hätten ein Verhältnis miteinander gehabt?«

»Ich weiß nicht, was ich glauben soll. Er hat ihr schöne Augen gemacht. Caro nannte ihn schleimig und hat Witze über ihn gerissen und über unsere Liebe. Vielleicht nur ein Ablenkungsmanöver?« Amélie fuhr sich mit gespreizten Fingern durch die zerzausten Locken. »Das zwischen Mehmet und mir ist etwas Besonderes. Das lass ich mir von niemandem kaputt machen.« Bekräftigend nickte sie ein paar Mal und sah dabei fast so unbeschwert wie sonst aus. »Ich weiß, ich bin um einiges älter als er. Meinst du, dass er mich nicht mehr will?«

»Geh, Amélie …«

Amélie zuckte mit den Schultern. »Ich werde nicht jünger. Man bekommt Orangenhaut an den unmöglichsten Stellen.«

Sie schob eine Locke hinter die Ohren. »Dazu die grauen Haare.« Sie seufzte. »Im Moment ist er auch grad in Wien. Für länger, hat er gesagt. Geschäftlich. Die Konzernzentrale von Koromar befindet sich dort. Und Caro … ihr Tod … ich habe Angst, dass er …«

»Du traust Mehmet nicht?«

»Er ist leidenschaftlich. Sie hat ihn beleidigt und mich auch.« Sie sah Berenike bittend an. »Du hast doch Verwandte in der Hauptstadt. Könntest du dich nicht ein wenig umhören für mich?«

»Was soll das bringen? Caro ist tot.«

»Eben drum. Ich möchte meine Ruhe wiederfinden. Ich muss wissen, wo er am Abend von Caros Ermordung war. Ob er da schon in Wien war. Ich will Zeugen dafür. Kannst du nicht versuchen, etwas mehr über Mehmets Aufenthalt herauszufinden? Du kennst doch so viele Leute.«

»Mal sehen, Amélie. Meine Nichte hat zwar bald Geburtstag und ich werd sie wahrscheinlich in Wien besuchen, aber ich versprech nichts.«

»In Ordnung. Überleg es dir.« Amélie schlürfte den letzten Rest Tee aus ihrer Tasse. Schüttelte sich. »Aber überleg nicht zu lange, bitte.«

»Möchtest du frischen Tee? Oder was anderes? Einen Fruchtsaft? Ich hab ganz tollen naturtrüben Holunderbeerensaft.«

»Danke, aber ich muss zurück ins Studio. Geh in Wien ins Café Istanbul. Muss im 10. Bezirk sein. Er steigt immer dort in der Nähe ab.«

»Auch noch Favoriten!« Berenike stöhnte. »Ich werde sehen, was sich machen lässt.«

Amélie erhob sich. »Was bekommst du für die Suppe und den Tee?«

Berenike winkte ab: »Du bist eingeladen.«

»Ja?« Amélie sah sie überrascht an. »Danke. Und denk an Caros Rückkehr nach Österreich und das organisierte Verbrechen. Ich hab da so ein Gefühl.«

»Ja, Amélie.« Geduldig verabschiedete sich Berenike von der anderen. Schwungvoller als beim Kommen ging die Besitzerin des Hallstätter Tanzstudios hinaus und winkte dabei Hans zu. Berenike folgte ihr vor die Tür. Die Wolken waren Richtung Dachstein weitergezogen. Echtes Sommerwetter war aber immer noch zu viel verlangt.

Im Auto hob Amélie nochmals grüßend die Hand und fuhr los. Berenike ging hinein, servierte ab. Ruhe war wieder eingekehrt, seit die Seminargruppe weg war. Sie ließ das eigenartige Gespräch mit Amélie Revue passieren. Man wurde nicht schlau aus ihr. Ihre Mitarbeiterin war getötet worden, aber Amélie interessierte sich vor allem für die amourösen Bande ihres Mannes. Sie hatte jedenfalls Grund genug, auf Caro sauer zu sein oder mehr als das. Eifersucht gab ein hervorragendes Mordmotiv ab. Und dann Amélies Erschrecken angesichts der Erwähnung lesbischer Liebschaften! Wenn die wüsste, was ich früher … Berenike grinste. Einen Moment lang überschwemmte intensive Sehnsucht nach einer Berührung, vielleicht nach der von Jonas, sie körperlich. Doch der war weit weg und hatte sie nicht beachtet. Damn it, sie würde darüber hinwegkommen. Sie legte eine CD ein und lauschte eine Weile den orientalischen Trommelrhythmen. Hans folgte ihr mit den Augen, als sie in ihr kleines Büro ging.

SECHS

MAPLE TEA

»Ich war grad in der Gegend.«

»Ach ja?«

Jonas. Da stand er nun leibhaftig vor Berenike, der Herr Inspektor. In cooler Lederjacke und schwarzem T-Shirt. Woher nahm der Mann nur immer diese Lässigkeit? Mit einem Schlag wurde sich Berenike ihrer Müdigkeit bewusst. Sie beobachtete an sich selbst, wie sich jeder einzelne Muskel gegen eine Bewegung wehrte. Und ihr zerknittertes Hemd, sie sehnte sich nach einer Dusche. Gedankenkarussell ad infinitum. Sie blickte auf und in die dunklen Augen von Jonas.

»Wenn man von der Sonne spricht …« Sie wollte ihn anlachen und brach ab.

Berenike bemerkte den Hauch feuchter Luft, der mit ihm hereingeweht war. »Ich hab eben an dich …« Sie warf einen Blick aus dem Fenster. Die Wolken lagen tief über dem grünlich schimmernden, dunklen See, wieder einmal. Altaussee hüllte sich in neblig-graue Kleidung, gewebt aus Unnahbarkeit. Die Feen lassen sich nicht blicken, lassen nur den an sich heran, der sein Herz gibt, sich den Pflanzengeistern ehrerbietig nähert und die Tiere, ob Hasen oder Katzen, freundlich grüßt wie alte Bekannte. Der Wassermann lebt mit den paar beherzten Menschen, die sich schwimmend ins Wasser trauen.

Jonas sah sie abwartend an. Was hatte sie sich letztes Jahr bemüht, diesen Menschen rumzubekommen, ihn zu küssen, aufzufressen, sich seinen Körper einzuverleiben, ihn aufzusaugen. Und jetzt stand er da und sagte ›Ich war grad in der

Gegend‹. Als wären sie sich beim Kegeln begegnet und einander jetzt zufällig über den Weg gelaufen. Also wirklich! Wenn er es so ernst meinte, wie er sagte, müsste er … er müsste vom Trafalgar Square direkt zu ihr … und in Windgeschwindigkeit …

»Wohin des Weges?«, brachte sie heraus.

»Eine Befragung, aber …«

»… aber das geht mich nichts an, ich weiß. Hast du einen Verdächtigen? Das wär aber schnell gegangen.«

Er strich sich eine dunkle Locke aus der Stirn, aber die fiel gleich wieder zurück an ihren Platz. Berenikes Blick streifte den Literatursalon. Sie musste endlich Platz schaffen für die Neuerscheinungen des Herbstes. Und die E-Mails und die Buchhaltung … das Gedankenkarussell, Schluss damit. Sie konzentrierte sich auf Jonas.

»Komm, trink ein Tässchen Maple Tea mit mir und wir reden g'scheit, hm?«

»Maple Tea?« Skepsis lag in seiner Stimme, auch das kannte sie. Vielleicht war er nur mit seinen Gedanken woanders. Auch er. Sie wollte mit Jonas reden. Wie normale Leute. »Ahorntee. Schwarzer Tee mit Ahornaroma. Aus Kanada. Davon bekommen nur besondere Gäste.« Sie streckte sich und lächelte, ein Lächeln für Jonas. Wärme, ja doch, etwas wie ein Gefühl von zu Hause breitete sich vom Bauch her in ihr aus. Sie strahlte Jonas an.

»Ach ja? Na gut, lass mich probieren.« Er ließ sich auf einem Barhocker nieder und beobachtete jede ihrer Bewegungen.

Sie griff nach einer kleinen silbernen Teekanne, spürte dem kühlen Metall in ihrer Handfläche nach. »Schau, die hab ich vor Jahren in Marokko gefunden. Sieht sie nicht aus, als hätte sie schon einiges erlebt?«

Er nickte abwesend.

»Ich hab sie frisch poliert.« Sie nahm zwei Blümchentassen vom Regal und stellte sie mit der Kanne auf ein Tablett. »Und diese Schalen stammen von einem Flohmarkt in Wien. Ich frage mich, was die Kanne und die Schalen einander so zu erzählen hätten.« Mit einem Blick auf Jonas brach Berenike ab. Sie konnte nicht davon sprechen, dass die Tassen sie an ihre alte Tante Salome erinnerten. Diese Tante hatte als eine der wenigen aus der Verwandtschaft ihres Vaters, Fred Stein, die Shoah überlebt. Dabei hätte Jonas sie vielleicht sogar verstanden, hatte er doch selbst keine einfache Familiengeschichte, aufgewachsen in England, wohin seine Mutter als Kind in Sicherheit gebracht wurde. Bisweilen vermisste Berenike die Magie ihrer Tante, hatte sie doch von ihr so manches mitbekommen, ihr Interesse für alles Übersinnliche vor allem. Aber die Tante war seit vielen Jahren tot. Tot und begraben.

Jonas räusperte sich. »Ich bin unterwegs zum Vater der Toten. Der Weg hat mich hier vorbeigeführt, da dachte ich … und es ist eh … also er meldet sich am Telefon nicht. Da läuft mir nichts davon. Kain hat Caros Vater, Gernot Thalhammer, nicht angetroffen. Also probieren wir's heute noch einmal.«

»Wir? Ist Kain auch da?«

»Nein, der hat noch was zu erledigen. Ich bin allein zu dir gekommen.«

»Komm, wir trinken den Tee in meinem Büro. Da haben wir Ruhe.« Sie schob die Tür mit der Fußspitze auf und stellte das Tablett auf dem kleinen Schreibtisch ab. Ein Erbstück vom Großvater mütterlicherseits. Herr Roither, der ›arische‹ Großvater aus Wien-Josefstadt. So kompliziert war das mit der Verwandtschaft.

»Hans?«, wandte sie sich an ihren Kellner, der steckte fragend den Kopf zur Tür herein.

»Ja?«

»Ich möchte ungestört mit Jonas reden, ok?«

»Natürlich, ich schupf den Laden schon«, tönte der Kellner selbstbewusst. Als g'standener Ausseer sang er in irgendeiner der vielen hiesigen Musikgruppen. Berenike hatte ihn längst live hören wollen, aber dafür fehlte ständig die Zeit.

Eine unermessliche Müdigkeit befiel Berenike, wie erschlagen setzte sie sich in den alten Holzsessel, auf den sie ein kuscheliges Schaffell gebreitet hatte. Jonas ließ sich ihr gegenüber auf einen Hocker fallen. Einen Moment lang versanken sie wie für die Ewigkeit in einem endlosen Blick. Alles war da, alles, jede Möglichkeit …

Mit aller Kraft riss Berenike sich los. Mit dem Unterarm schob sie einige Unterlagen zur Seite, die sich wild durcheinander auf dem Tisch stapelten. Sie reichte Jonas eine Tasse.

»Habt ihr wenigstens schon den Rest von Caros, ähm, Leiche gefunden?« Sie schenkte Tee ein, ihr Arm fühlte sich schwer an, als hätte jemand das Gewicht ihres ganzen Lebens daran festgemacht.

Jonas schüttelte den Kopf.

»Oder das Werkzeug, mit dem Caro verstümmelt wurde?«

Wieder ein Kopfschütteln von Jonas. »Aber wir sind dran, es wird überall gesucht. Jede Menge Polizei im Einsatz.«

»Und was ist mit dem Messer, das Adi fallen gelassen hat?«

»Kein Kommentar.«

»Könnte es aus Katharinas Frisiersalon stammen, was meinst du?«

»Kein Kommentar.«

»Hör auf damit. Du kannst nicht hier reinschneien und dich dann mit ›kein Kommentar‹ rausreden!« Sie sah Jonas an. Der starrte stumm zurück. Sein linkes Auge zuckte. Diese Augen! »Also hast du auch diesen Verdacht. Muss es noch untersucht werden, hm? Ach, ich vergaß, du darfst mir nichts sagen.«

»Nike, es ist besser für dich!«

»Ich weiß selbst, was gut für mich ist. Du weißt doch, mit meinen Erlebnissen … Ich fühl mich halt sehr betroffen von so einem Mord.«

»Das weiß ich doch, Nike.« Er sah sie lange an. Lange und warm. Herzenswarm. »Wir tun alles, was wir können, Berenike. Wirklich. Beim letzten Trafikantenmord in Graz hatten wir den Täter binnen zwei Tagen.«

»Ach ja. Gratuliere.« Zynisch, so hörte es sich sogar in ihren eigenen Ohren an. »Da wirst ja bald eine Belobigung bekommen, nicht wahr? Steigst jetzt auf in der Hierarchie, ja?«

Wieder sah er sie an. Anders. »Es gibt sogar eine Sonderkommission.« Als Berenike nicht reagierte, fuhr er fort: »Also gut, du willst es nicht anders. Caro Thalhammer ist gestorben, weil ihr der Täter die Kehle durchgeschnitten hat. Um circa acht Uhr abends, wenn du's genau wissen willst, ist der Tod eingetreten. Schätzt der Gerichtsarzt. Die Hauptschlagader wurde durchtrennt, da spritzte das Blut nur so. Gefällt dir die Vorstellung? Soll ich weitermachen, ja?« Er sah sie lauernd an, so kannte sie ihn nicht. Sie nickte, fühlte sich wie die Maus vor der Katze. »Sie hat innerhalb einer Minute das Bewusstsein verloren. Das Gehirn bekam keinen Sauerstoff mehr. Herzstillstand innerhalb weniger Minuten. Zersägt wurde sie erst nach dem Tod. Und an einem anderen Ort. Den wir nicht kennen. Genügt dir das?«

Wie entsetzlich, sie schluckte. Jenseits der Vorstellung und dennoch spielten Bilder vor ihrem inneren Auge das Grauenhafte wieder und wieder ab, ein Endlos-Loop. Ihr Magen revoltierte, sie schluckte nochmals. Jetzt keine Schwäche zeigen! Rasch nippte sie am Tee, drängte das Unwohlsein damit zurück, ein wenig nur, nur jetzt.

»Stell dir vor, Caro hätte das bei vollem Bewusstsein erleben müssen, wie eine irrwitzige Zirkusattraktion in zwei Hälften geteilt zu werden!« Berenike fühlte sich so hilflos bei dem Gedanken daran. Dieses Thema ließ sie nicht kalt, konnte sie gar nicht kalt lassen. Nicht, seit sie selbst zum Opfer geworden war, vor Jahren – verjährt, vielleicht, aber nie vergessen, wie auch.

»Ja«, stimmte ihr Jonas müde zu.

»Und, ist Katharina verdächtig? Sie und Ellens Mann haben Caro als Letzte lebend gesehen. Und sag jetzt nicht ›Kein Kommentar‹!«

»Nein.«

»Was, nein?«

»Nein, ich sage es nicht mehr. Nike, das ist alles nicht mehr als Gerüchteküche. Ich darf dir von den polizeilichen Ermittlungen nichts berichten, das weißt du doch.«

Sie griff nach der Tasse, war plötzlich am Verdursten. Der Tee schmeckte süß und belebend, wie wohltuend. Aber was half ihr das, angesichts Caros Tod! Jetzt zurücksinken, mit Jonas reden, wie ein Paar stinknormale Gespräche führen. Tee trinken und die Welt da draußen sich selbst überlassen. Caros Tod vergessen. Aber das ging nicht.

»Was war mit Adi? Hat er was Vernünftiges von sich gegeben?«

Jonas schüttelte den Kopf. »Das war zu befürchten. Er konnte nicht sagen, woher er das Messer hat. Selma Stauder hat ihn in Schutz genommen, sie traut ihm keinen Mord zu, sagt sie.«

»Dieser Meinung sind nicht alle, wie ich gehört hab.«

»Nein, aber solange es keine Indizien gegen ihn gibt …«

»Befand sich menschliches Blut an dem Messer? Also … Caros Blut?«

»Ja. Nike, mehr kann ich dir wirklich nicht sagen. Es wird erst untersucht.« Er wischte sich über die Lippen.

»Das Messer ist also die Tatwaffe?«

»Das werden wir sehen, auch das wird noch genauestens untersucht. Wann hast du Caro zuletzt gesehen?«

Berenike spürte mit einem Mal die Anspannung im Körper. Diese Verkrampfung jedes einzelnen Muskels, sogar im Gesicht. Sicher wirkte ihr Auge noch schiefer als sonst. Sie ächzte. Da war keinerlei Idee, nicht die geringste Eingebung bezüglich Caros Mörder. Sie sah Jonas an. »Eine Woche vor ihrem Tod hab ich mit ihr gesprochen. Nach dem Tanzkurs hat sie mich eingeladen, Tee bei einer Veranstaltung oben am Salzberg in Hallstatt auszuschenken.« Kälte kroch ihr in die Knochen. »Ist der Tatort oder Fundort wieder freigegeben? Kann Katharina wieder arbeiten?«

»Fundort. Ja, ist freigegeben. Wir wissen noch nicht, wo Caro getötet wurde.«

»Ach! Was wisst ihr überhaupt?« Ungerecht, natürlich, diese Worte.

Jonas hob bedauernd die Arme.

»Aaaah!«, kreischte sie und ließ der Erregung freien Lauf, endlich! Wie wohltuend. »Ich halte das alles nicht aus!« Sie war laut geworden, es machte ihr nichts aus. Sollte Hans hereinkommen, sollte er! Aber er kam nicht.

»Schhhh, Nike! Es wird wieder gut.« Jonas griff nach Berenikes Hand. Elektrischer Strom! Lebendige Energie durchfloss sie. Er zog sie hoch und auf seinen Schoß. Alles an ihr spürte seinen trainierten Körper. Diese sehnigen, muskulösen Schenkel unter ihr. Mit der Zungenspitze fuhr sie sich über die Lippen. Hände schoben sich unter ihr Seidenhemd, dass ein feuriger Blitz, von ihren Brüsten ausgehend, ihren Körper aufflammen ließ. Sie fühlte sich weich und … plötzlich war alles irgendwie richtig. Jonas hauchte heißen Atem in ihr

Ohr, und wieder dieses »schhhh«, das seltsam beruhigte. Von draußen Geschirrklappern, Männerstimmen, Lachen. Eine Motorradtour mit Jonas, das wär's jetzt. Einfach los, ohne Ziel. Alle Grausamkeiten hinter sich lassen. Seinen männlichen Körper hinter sich auf dem Sozius spüren. Irgendwo ein Picknick und dann …

Ein Riss, ein Zucken in seinem Körper. Der Energiefluss verebbte. »… im Dienst«, drang es an ihr Ohr, gar nicht mehr heiß gehaucht. Sie rutschte von seinem Schoß.

»Ich muss weiter, Nike.«

Eine Teetasse schepperte auf der Untertasse, als Berenike gegen die Tischplatte stieß.

»Ja. Natürlich.« Sie zupfte an ihrem Oberteil, rückte es züchtig zurecht. »Was ein richtig großer Kieberer werden will, den interessieren natürlich tote Körper viel mehr als lebendige.«

»Red nicht so, Nike, bitte!«

»Hör auf mit deinem ›Nike, Nike‹! Kannst du mir wenigstens sagen, ob wir uns wirklich vor einem Serienmörder fürchten müssen, wie es die Zeitungen heute in der Morgenausgabe berichten?« Sie deutete auf den offen daliegenden Kurier: Schon warten Schulen mit der Zusage für ihre Ausflüge, bis der Mord geklärt ist. Ein Drama für den Tourismus in Hallstatt.

Jonas seufzte. »Ich halte das für Hysterie. Aber wer weiß. Auch die Idylle stellt sich manchmal als trügerisch heraus.«

»Ja.«

Müde strich sich Jonas über die Stirn. Als ob er so die Falten wegschieben könnte.

»Nike …«

Nochmals so ein Blick, der alles ändern könnte. Aber er blieb nicht. Niemals blieb er bei ihr.

»Ich muss los. Mein Chef ist nervös wegen dieses Mordfalls. Die Medien bedrängen ihn. Dabei sitzt er nur im Büro. Er soll Ergebnisse bringen und dafür muss ich sorgen.« Jonas stand auf. Kontrollierte seine Hose. Alles saß, wie es sitzen sollte.

Noch vorhin hätte Berenike gedacht, dass sie beide hier …

»Jetzt vor der Landtagswahl überhaupt! Ein Serienmörder im Salzkammergut, das wäre ein Drama, ein offensichtliches Sicherheitsmanko. Stattdessen versprechen die Parteien mehr Polizei auf der Straße. Wers glaubt, wird selig.« Für einen Moment wirkte er hundeelend, dazu die Bartstoppeln, ganz ungewohnt für den sonst so akkuraten Jonas. »Der letzte Fall ist kaum richtig abgeschlossen und jetzt ohne einmal durchzuatmen das hier.« Er hustete.

Berenike nahm einen letzten Schluck Ahorntee. Kalt war er, und zu viel Süßigkeit klebte am Grund der Tasse.

»Was ist eigentlich mit Sven? Hast du ihn befragt?«

Jonas richtete sich auf, straffte den Bauch. Jetzt war er wieder Bezirksinspektor Lichtenegger, der Superkieberer. Keine Spur mehr von ihrem Geliebten … wenn er das war. Sie sah ihm zu, wie er sich mit einer Hand über die Wange fuhr, sich sämtliche Gefühle aus dem Gesicht zu wischen schien.

»Nein, noch nicht. Ich habe ihn nicht angetroffen.« Er griff nach ihrer Hand. Wärme, diese Wärme!

»Jonas, findest du das nicht lächerlich? Egal, wen du befragen willst, du triffst die Leute nicht an! Wie willst du je was ermitteln? Wie wär's, wenn ihr tollen Meisterbullen euch mal auf die Lauer legt?«

»Alles in Ordnung?« Hans streckte den Kopf zur Tür herein und grinste herausfordernd.

»Ja ja.«

»Na, ich dachte nur …« Hans schloss die Tür wieder von draußen.

»Nike, ich weiß, wie ich meinen Job zu machen hab! Und seit der Entdeckung der Toten sind erst ein paar Stunden vergangen. Die Menschen sind heut früh arbeiten gegangen. Wir können nicht überall gleichzeitig sein.«

»Ach. Ist ja nur eine tote Frau, was? Eine unbequeme noch dazu. Kein toter Polizist!«

Jonas strebte von ihr weg. Weg, das wollte er, seit sie sich erinnern konnte, seit sie einander kennengelernt hatten. Ein Wunder, dass sie sich überhaupt je berührt hatten. Hemmungslos waren sie einander nahe gekommen, sogar im Wald, eines lauen Abends … Mit aller Macht schob Berenike die Bilder beiseite.

»Lass uns unsere Arbeit tun, wenn ich bitten darf.«

»Natürlich.«

Den Rest des Tages war Berenike froh über das volle Lokal. Sie kochte Tee, bediente, füllte den Geschirrspüler, räumte ihn aus, konzentrierte sich auf Teesorten und Ziehzeiten, auf den Duft von Jasmintee und Irish Breakfast, von Erdbeerroiboos und Sencha Vanille. Und dann war da der Anruf von Amélie: »Eine Frau, Berenike!«

»Amélie, grüß dich. Was ist los? Wovon redest du?«

»Unter Mehmets Handynummer hat sich eine Frau gemeldet. Ich hab meinen Mann verlangt, da hat sie schnell aufgelegt. Ich bitte dich, Berenike, schau in Wien nach dem Rechten.«

»Ja, Amélie. Bei mir ist grad die Hölle los, ich meld mich wieder«, versprach Berenike.

Jetzt war es 20 Uhr vorbei und sie verließ völlig erschöpft ihren Salon. Die Luft war seltsam warm, drückend und feucht. Kein Windhauch regte sich, wie ungewöhnlich. Die Blumen draußen im Garten ließen ihre bunten Köpfe hängen, schwer vom Regen. Hoffentlich schien endlich einmal die Sonne, sie brauchte frische Kräuter, Augentrost und Frauenmantel vor allem.

Während sie mit dem Motorrad hinauf nach Lichtersberg fuhr, spürte sie dem Vibrieren unter ihrem Körper nach und dachte an Amélie. Ja, sie würde nach Wien fahren, sobald sie hier ein paar Dinge geklärt hatte. Zuvor wollte sie den Zeuginnen jener Nacht von Caros Ermordung ein paar Fragen stellen. Es hieß, die ersten 48 Stunden seien die wichtigsten, weil die Spur zum Mörder noch nicht erkaltet sei, das hatte ihr Jonas erklärt. Vielleicht konnte sie – im Unterschied zur Polizei – einen Vertrauensvorschuss bei den Frauen geltend machen, wo sie doch seit ein paar Jahren hier lebte. Sie kannte die meisten weit besser als die Beamten der Mordkommission, die aus dem fernen Graz eingetrudelt waren. Außerdem ließ die Sache Berenike einfach keine Ruhe. Sie fühlte sich persönlich betroffen. Bedroht, wie damals. Auch damals hatte sie sich letztlich selbst geholfen.

Einen Schlafplatz in Wien zu organisieren, galt es auch. Bei ihren komplizierten Familienverhältnissen war das gar nicht so leicht. Ihre Eltern waren geschieden, die Mutter gab sich dem Alkohol hin und ihr Vater … ihm fühlte sie sich nahe, doch Fred Stein hatte selbst mit seinem Trauma zu kämpfen, als jüdisches Kind die Nazizeit im Untergrund überlebt zu haben.

Dann also Wien. Für ein paar Tage. Einmal nicht an Jonas denken, der ihr in einem Moment nachrannte, nur um ihr in der nächsten Minute die kalte Schulter zu zeigen. Sie wusste nicht, woran sie war. Wusste selbst nicht mehr, was sie empfand. Mordermittlung hin oder her. Als ob sie ein Newbie in Sachen unnatürlicher Tod wäre.

Ja, sie würde in die Hauptstadt fahren, die Sache mit einem Kurzurlaub verbinden. In Gedanken versunken, bemerkte Berenike das grüne Auto nicht, das ihr bereits den ganzen Weg durch die Nacht folgte, von ihrem Lokal im Zentrum von Altaussee bis ins still daliegende Lichtersberg.

SIEBEN

MANAGERTEE

Berenike wehrte sich gegen das Aufwachen, doch etwas kitzelte sie permanent. Sie blinzelte, starrte in große Katzenaugen, auf herabhängende Barthaare. Kater Spade miaute leise. Marlowe lauerte in kühler Distanz. Fehlte nur noch Dr. Watson. Einen Moment lang fühlte sich Berenike frisch, fast so frisch wie sonst. Bis ihr Caro einfiel.

Zumindest hatte sie die zweite Nacht nach Caros Tod überstanden, auch wenn sie zunächst kaum Schlaf gefunden hatte. Sie war in der Wohnung hin und her gegangen, bis sogar Frau Gasperl heraufgekommen war und ihr Baldriantropfen angeboten hatte. Nur mit Mühe ließ sich die ältere Dame hinauskomplimentieren. Dann war Berenike erschöpft auf die Matratze gesunken und von einer Sekunde auf die andere weggesackt.

Sie streckte sich, sah die Berge durchs Fenster, die sich heute Morgen eine dicke weiße Haube aufgesetzt und einen Nebelschal um den Hals geschlungen hatten. Trisselwand und Loser waren fast nicht zu erkennen.

Es half nichts, sie musste aufstehen. Das Tagwerk wartete wie immer. Sie fütterte die Katzen und beschloss dann, im Salon zu frühstücken. Mit mehr Schwung, als sie eigentlich in sich fühlte, warf sie die alte grün-weiße Haustür ins Schloss. Unvermutet kam ihr die Vermieterin nach.

»Guten Morgen, Frau Roither«, Frau Gasperl lächelte sie an.

»Guten Morgen.« Berenike wollte rasch an der anderen vorbei. »Wenn ich Sie bitten dürft, nicht so stürmisch mit der Tür …«

»Ja ja, ich hab's eilig.« Berenike ließ die Hausfrau verdutzt stehen. Auch wenn es ein bisschen klarer war heute, zum Schwimmen reichte es noch nicht. Doch das Wetter hier im Salzkammergut war wechselhaft und somit war alles jederzeit möglich, auch Sonnenschein.

Im Salon trank Berenike eine Tasse kenianischen Schwarztee. Sie besprach mit Hans, was an Aufgaben anstand und entschied, als Erstes in Ruhe mit Katharina zu reden. Sie wollte den Ort noch einmal sehen und ihn auf sich wirken lassen, an dem man Caros Leiche gefunden hatte. Und schließlich kannte die Friseurin Berenike, mit etwas Glück würde sie noch irgendwas erfahren. Sie bereitete ein Päckchen Managertee als Mitbringsel für Katharina vor. Die Mischung aus griechischem Bergtee, Melisse, Kamille und Ringelblume würde auch ihren Magen beruhigen. Am besten, sie nahm sich selbst etwas von dem Tee … Die Wut hielt sie seit dem Gespräch mit Jonas gepackt. Abwesend zupfte Berenike an der roten Schleife, mit der sie das hellgrüne Teepäckchen zugebunden hatte. Sie würde sich nicht wie eins der schwarzen Ausseer Schafe zur Schlachtbank führen lassen! Der Kripomann hatte ihr nichts zu sagen, basta.

Und dazu dieser Traum, der ihr wieder vor Augen stand. Alle Zähne auf der rechten Seite waren ihr ausgefallen. Das

Gefühl, wie sie die losen Zahnstümpfe ertastet hatte, spürte sie immer noch an ihrer Zunge. Ihr Unterbewusstsein war also der Meinung, dass bald jemand sterben würde … Noch jemand!

Rasch machte sie sich auf den Weg, um auf andere Gedanken zu kommen. Zum Glück konnte sie sich auf Hans verlassen, was den Salon betraf, und auch auf Susi.

An der Ortseinfahrt von Hallstatt verlangsamte Berenike. Dunkle Wolken ballten sich über dem See, die Luft wirkte seltsam schwül, fast tropisch in dem warmen Wind. Beklemmung legte sich ihr auf die Brust. Ihr graute vor dem Gespräch mit Katharina, hatte sie doch beschlossen, sich dem Schönen zu widmen. Der Wahrheit hatte sie sich aber auch verschrieben, der Gerechtigkeit, für die sie immer schon kämpfte. Also los. Zumindest gab es jetzt Straßen und alle Zeichen der Zivilisation hier. Nicht wie früher, als man den Ort nur über den See oder einen Saumpfad erreichen konnte. Die Straße von Gosaumühle her war erst 1890 in das Bergmassiv gesprengt worden.

Berenike parkte ihr Motorrad und ging zu Fuß weiter, durch verwinkelte Gässchen, an der sogenannten Kelten-Post und am archäologischen Museum vorbei. Neuerlich zögernd stand Berenike vor Katharinas Friseursalon am Marktplatz. Sie vernahm das Plätschern des Brunnens im Hintergrund, wie in jener Nacht. Es würde sie für immer an die tote Caro in dieser Auslage erinnern.

Berenike gab sich einen Ruck und ging die drei Stufen zur Tür hinauf, griff nach der Klinke – und prallte gegen das Glas. Es war abgesperrt! Damit hatte sie nicht gerechnet. Durchs Fenster sah alles aus wie immer. Doch halt, an der Tür hing ein kleiner Zettel, in miserabler Handschrift stand darauf ›Komme gleich‹. Na ja, Katharina arbeitete eben allein. Mit einem Seufzer trat Berenike auf den Gehsteig.

»Ist schon wieder zu? Meiner Seel, ist das ärgerlich …« Eine Frau, vielleicht 60 Jahre alt, mit hängenden Mundwinkeln und rosa glitzerndem Lippenstift, fuhr sich mit einer Hand an die Haare. »Ich wollte schon neulich herkommen, da war auch schon am Nachmittag zu.« Berenike blickte von den drei Stufen auf die andere hinab, wie sie im rosa Dirndl dastand und eine geflochtene Einkaufstasche von einer Hand in die andere wälzte. Sie wirkte ratlos.

»Ja, wann war denn das?«

»Vorgestern, glaube ich. Wieso wollen Sie das wissen?« Misstrauischer Augenaufschlag.

»Ich … mache mir Sorgen«, suchte Berenike schnell eine Ausflucht.

»Aha.« Die Frau musterte Berenike. Unwillkürlich fuhr sie sich durch die kurzen schwarzen Haare. Würden wohl einen neuen Schnitt vertragen können. Aber bloß nicht von Katharina …!

»Man kann sich auf niemanden mehr verlassen heutzutage«, fuhr die Frau fort, »bei Katharinas Mutter damals wäre so was nie vorgekommen! Die war korrekt und pünktlich.« Die Frau drehte sich abrupt um und ging.

Berenike zögerte. Halb abwesend las sie am Nebenhaus ein Schild, das über die sogenannten Salzfertiger erzählte und darüber, dass auch Frauen unter jenen gewesen waren, die das Salz bis Venedig gehandelt hatten gegen Wein und Lebensmittel. Weiter wanderten Berenikes Gedanken, zu den Plätten, jenen Booten, die fast wie Gondeln aussahen. Sie konnte sich einfach auf nichts konzentrieren, dabei wollte sie doch ermitteln!

Ok.

Berenike trat ein paar Schritte zurück und sah nach oben zu Katharinas Wohnung. Hübsche kleine Fenster, von gelben Blümchen in hölzernen Kästen geziert. Sie meinte, einen

Schatten hinter einem der Fenster zu sehen und winkte. Aber nichts geschah. Eigenartig, dachte Berenike, doch womöglich hatte sie sich im Stockwerk geirrt.

Da es nicht regnete, beschloss Berenike, sich in den Garten des Cafés gegenüber zu setzen und auf Katharina zu warten. Wieder liefen ihre Überlegungen wild durcheinander. Die bunten Fassaden, der Krimskrams in den Geschäften waren wie gemacht, um an einem Tag wie diesem die düsteren Wolken aus dem Gemüt zu vertreiben. Dicke japanische Gäste, die nur in Gruppen auftraten. Amerikaner. Ein Rudel Deutscher. Die Geschichte des Cafés, das früher eine Bäckerei gewesen war, von der der Brand des Jahres 1750 seinen Ausgang genommen hatte. Dazu das seltsame Benehmen eines Touristenpärchens gegenüber. Die Kellnerin fragte gerade: »Hat es Ihnen geschmeckt?« Und der beleibte Mann antwortete mit einem simplen, völlig lächelfreien »Ja«.

Berenike konzentrierte sich wieder auf Katharinas Friseursalon, während sich die Wolken drohend zusammenknäuelten. Sie dachte an die Frau vorhin. Wenn die ältere Dame von hier war, musste sie doch wissen, was bei Katharina vorletzte Nacht los gewesen war. Den Anschein hatte sie aber nicht gemacht.

Nachdenklich kramte Berenike nach ihrem Notizbuch, um die Ereignisse zusammenzufassen und ihre Fragen aufzulisten. Sie bestellte Kaffee, ausnahmsweise. Er schmeckte überraschend gut.

Ein blechernes Klingeln riss Berenike aus ihren Betrachtungen. Die Tür von Katharinas Laden ging von innen auf. Die Frau von vorhin kam von irgendwoher zurück, raffte ihre Tasche an sich und wäre fast mit einem Mann zusammengestoßen, der eiligen Schrittes herausstolperte, während er ein Handy ans Ohr presste. Hinter ihm zeigte sich Katharina in der Tür. Er schüttelte ihr die Hand, einen Moment länger als üblich. Ein tiefer Blick. Dann ging der Kerl, in einen dunklen Anzug gekleidet, eilig davon und fing an, in sein Telefon zu reden.

Berenike knallte Geld auf den Cafétisch, wahrscheinlich zu viel, aber vielleicht auch nicht in diesem Touristenmekka. Schnell zum Frisiersalon. Sie rannte rüber und riss die Tür auf. Zwei Frauen drehten die Köpfe nach ihr um, eine setzte sich gerade unter eine Trockenhaube.

»Guten Tag.« Katharina kam hinter einem kleinen Pult hervor, auf dem ein paar aufgeschlagene Illustrierte lagen. In der Hand hielt sie eine Schüssel mit einer braun-violetten Paste. Die Schnüre eines ockerfarbenen, ausgebleichten Perlvorhangs bewegten sich hinter ihr im Luftzug. In der Auslage, in der Caro drapiert gewesen war, brannte eine Kerze.

»Oh, hallo, Berenike.«

»Du hast schon Kunden?« Berenike sah die beiden Frauen neugierig an.

»Es gibt einen Hintereingang durchs Haus.« Die Friseurin lächelte ihr verkniffen zu.

»Und der Mann, der grad weggegangen ist?«

»Ein Privatkunde. Wir sind befreundet.« Katharina strich den um ihre eckigen Knochen schlabbernden schmutzig gelben Kittel glatt. »Er ist im Vorstand von Koromar, da kann er nicht ohne ordentliche Frisur herumrennen. Er hatte es eilig, hat schon einen Termin gehabt, als der Laden noch von der Polizei versiegelt war. Aber jetzt ist ja alles wieder so, wie es war. Die Polizisten sind fertig mit ihrer Spurensuche. Glücklicherweise.« Katharina hatte die Schüssel abgestellt und bestrich mit geübten Gesten das Haar ihrer Kundin mit der Farbe.

»Lass dich von der jungen Dame nicht ins Bockshorn jagen!« Die Wartende von vorhin.

»Ich kann für mich selbst sprechen.«

»Hm«, brummte die Kundin. »Katharina, ich brauch einen neuen Schnitt.«

»Siehst eh, ich hab alle Hände voll zu tun.« Sie strich weiter Farbe auf Strähnen. »In einer Stunde vielleicht?«

»Hm«, murmelte die Frau noch einmal und starrte in ihre Tasche. Ohne ein weiteres Wort verließ sie das Geschäft.

»Kaffee?« Katharina sah Berenike mit einem Aufseufzen an.

»Ein Wasser wär mir lieber. Wenn's keine Umstände macht.« Ihr Herz klopfte sowieso zu heftig.

»Macht's nicht, keine Sorge. Eher umgekehrt. Der Kaffee ist fast aus. Ich müsst dringend einen besorgen, aber der Spar ...«

»... hat Mittagspause.«

»Genau. Aber ...«

»Ich kenn mich auch schon aus hier.«

»Ach so.« Katharinas Schielen trat jetzt wieder stärker hervor. Sie warf Berenike einen dieser ums Eck geworfenen Blicke zu.

»So, meine Liebe, ein paar Minuten unter der Trockenhaube, dann ist alles wieder wie neu.«

»Danke, Katharina.«

Die Friseurin wischte sich die Finger ab.

»Koromar«, murmelte Berenike, »immer hör ich Koromar.«

»Hmhm, ja ja«, Katharina verschwand hinter ihrem Vorhang. Berenike betrachtete die zwei Kundinnen, dann wie zufällig Katharinas Wägelchen mit dem vielen Werkzeug. Kämme, Bürsten in diversen Größen, Haarsprays neben Geltuben. Und Schneidewerkzeuge ... Berenike dachte an das Messer, das Adi fallen gelassen hatte. Sie strich sich mit der flachen Hand über ihren ausrasierten Nacken. Unmöglich konnte sie erkennen, ob etwas fehlte. Ein Rasiermesser gar! Es gab sie zu Tausenden, in jedem Frisiersalon und auch zu kaufen. Ihr Herz ruckelte kurz und böse, ein Prickeln stieg ihren Rücken hoch. Sie drehte sich um. Die Frau unter der Trockenhaube, sie ließ Berenike nicht aus den Augen. Wenigstens sagte sie nichts, weil das Ding dermaßen rauschte.

»So, bitte.« Die Friseurin hielt ein Glas durch die Schnüre des Perlvorhangs. Es sah nicht sehr sauber aus. Berenike tat, als würde sie einen Schluck trinken, und stellte es hinter einer Pflanze am Fensterbrett ab. Katharina prüfte die Haare der Dame unter der Trockenhaube: »Ein paar Minuten noch, Helly!« Die nickte, so weit das unter dem heißen Gerät ging. Katharina winkte Berenike: »Komm mit, hinten ist es ruhiger. Was führt dich zu mir? Brauchst du einen Haarschnitt?«

»Nein, momentan nicht.« Die Kundinnen sahen ihnen neugierig nach. »Katharina, geht dir was ab?«

»Was denn?«

»Du hast alle deine Werkzeuge? Hast du nicht zufällig das Messer erkannt, das Adi fallen gelassen hat? In der Nacht, als …«

»Du brauchst mich nicht daran zu erinnern. Es ist furchtbar genug, dass Caro hier … so tot und blutig …« Etwas von der Erstarrung jener Nacht legte sich über Katharinas Gesicht, ihren Körper. Still stand sie da. Festgefroren im Moment. Die Pupillen seltsam verdreht, mehr als sonst.

»Immerhin ist dein Geschäft wieder von der Polizei freigegeben worden.«

»Ja. Aber soll ich vielleicht von Glück reden, dass ich das alles putzen hab dürfen?« Die Falten um Katharinas Mund wirkten wie ein strenger Verweis. »Den gröbsten Dreck haben sie zwar mitgenommen und eine spezielle Reinigungsfirma war auch da. Aber …«

»Ich weiß, wie so was ist, leider.« Berenike dachte an den

Mord in ihrem Salon letztes Jahr. Ihr schauderte beim Gedanken daran, wie sie noch lange danach die Präsenz des Toten im Raum gespürt hatte.

»War da eigentlich … viel Blut?«

»Nein.«

»Hmhm«, machte Berenike und sah sich um. »Hier habt ihr Caro also zum letzten Mal gesehen. Du und Sven.«

»Das hab ich alles der Polizei gesagt.« Katharina machte sich an einem winzigen Waschbecken zu schaffen, dessen weißes Emaille schon bessere Zeiten gesehen hatte. »Ja ja, der Sven …«

»Was ist mit ihm?«

»Er war so durcheinander.« Umständlich nahm Katharina ein Glas, drehte den rostigen Hahn auf. »Er hat mir leid getan. Wer weiß, wo sich seine Frau wieder rumgetrieben hat. Mich hat noch nie ein Mann schlecht behandelt, aber sehr viele Frauen. Pah!« Sie sah kurz in den Spiegel über dem Waschbecken. »So viel Gewalt geht von Frauen aus! Darüber sollten die Zeitungen einmal schreiben! Dass der Sven aggressiv reagiert, wundert mich nicht. So wie Ellen mit ihm umspringt. Sie ist nie da für ihn. Sie ist schlimmer als jeder Mann.« Sie schluckte, blickte das Glas an, das sie sicher schon zum zehnten Mal unter dem Wasserstrahl im Kreis drehte. »Kühl. Dabei hat Sven es mit seiner Familie nicht leicht.«

»Wie meinst du das?«

»Die Gerlings, die Schauspieler-Dynastie, weißt du?«

»Sven gehört zum Gerling-Clan? Das wusste ich nicht.«

»Unseren Sven hat es als Einzigen der vier Kinder nicht zum Theater gezogen. Seine Eltern sind beide bei der Bühne gewesen. Svens Mutter, Sally Gerling, hat zwar ihre Schauspielkarriere aufgegeben, aber sie sucht nach wie vor das Rampenlicht. Zuerst an der Seite ihres Mannes und später mit ihren Büchern. Svens Vater stammt von hier, die Mutter kommt aus Norddeutschland. Deshalb hat sie ihren Söhnen so komische Namen gegeben. Für den armen Sven blieb nicht viel Nestwärme übrig. Er wurde von Haushälterinnen betreut, während seine Geschwister Kinderrollen in Filmen bekamen und durch die Welt gondelten. Diese Frauen bemutterten Sven zwar, aber … Und dann Ellen …«

»Was ist mit Ellen?«

»Ellen ist Ellen. Sie war immer eigen. Und seit sie sich dieses Studium in den Kopf gesetzt hat … Ihre Kunstwerke, da kann man geteilter Meinung sein. Dabei ist Sven so ein Lieber …« Katharina stellte das Glas endlich ab und schlug die nassen Hände vors Gesicht. Wassertropfen rannen über ihr Gesicht. Dann schüttelte sie sich, wischte sich über die Stirn. »Der Arme hat es echt nicht leicht, aber dass er so wütend wird! Es hat alles nichts geholfen, so sehr ich ihn zu beruhigen versucht …«

»Katharina?« Eine Stimme aus dem Geschäft.

»Ja, ich komme!« Die Friseurin trocknete sich die Finger an einem kleinen, schmutzig grauen Handtuch ab. Ihre Haut sah trocken und eingerissen aus.

»Einen Moment noch bitte, Katharina. Caro hat sich nicht davor gefürchtet, mit Sven zu reden?«

»Man hat es ihr zumindest nicht angesehen. Da war sie eigen. Du kommst mir gerade recht, hat er sie angebrüllt, du flüsterst meiner Frau den ganzen Unfug ein! Selbstbestimmtes Leben und so, ha! – Caro hat Sven beim Arm genommen, sehr sanft, und ist mit ihm raus. Als ob die besser als ich mit Sven …«

»Katharina! Der Wecker hat schon geklingelt!« Die Stimme von draußen klang ungeduldig.

»Ich bin gleich da!«, rief Katharina. »Sven ist komisch gewesen in letzter Zeit, aber wenn man weiß, wie man ihn zu nehmen …« Sie fuhr sich mit zwei Fingern an die Nasenwurzel und schloss die Augen. »Ich bin ihm und Caro einen Moment später nach …«

»Und?«

»Was und? Ich hab niemanden mehr gesehen.«

»Hast du früher Feierabend gemacht an dem Tag?«

»Woher weißt du das?« Wieder der schielende Blick. »Eh nur ein wenig. Das ist nicht verboten.« Katharina warf das Handtuch ins Waschbecken und hielt Berenike den Perlvorhang auf. »So, Helly, da bin ich.«

»Das dauert aber heut lang!«

»Entschuldige bitte! Ich hab's hinten nicht gehört, weil das Wasser so gerauscht hat.« Der Blick, den die als Helly angesprochene Frau Katharina aus dem Spiegel zuwarf, hätte töten können. Und das alles wegen einer zu lange einwirkenden Dauerwelle …

Mit raschem Griff schaltete Katharina die Trockenhaube aus und schob sie nach oben. Plötzlich war es furchtbar still im Raum.

»Um welche Uhrzeit ist Sven hier im Laden aufgetaucht?«

»Ich weiß nicht mehr genau, so gegen fünf etwa.«

»Ich weiß, dass du schon um fünf zug'sperrt gehabt hast, Katharina!«, warf die andere Frau ein.

»Meinst?« Katharina warf ihr einen seltsamen Blick zu.

»Hab ich was Falsches g'sagt?« Die Frau verrenkte ihren Hals , während sie zwischen Katharina und Berenike hin und her blickte, dass man meinte, ein Knarren der Wirbelsäule zu hören.

Katharina schüttelte hastig den Kopf. »Berenike, war's das? Ich hab zu tun.«

»Danke«, beeilte sich Berenike zu sagen. »Auch für das Wasser.« Sie griff nach dem Glas und wollte es nach hinten tragen.

»Keine Ursache.« Katharina nahm Berenike das Glas aus der Hand. Berenike lauschte, weil sie glaubte, von oben Schritte zu hören. Jetzt war alles wieder still.

»Ach ja, entschuldige – darf ich deine Toilette benutzen?«

Katharina zuckte zurück. »Wie? Ach so. Leider, ich habe nur eine in der Wohnung, und da ist gerade Baustelle. Aber gleich nebenan findest du ein öffentliches WC.«

»Ach so, verstehe. Danke, Katharina, tschüss!« Klingelnd fiel die Tür hinter ihr zu. Berenike verharrte kurz im Eingang. Es regnete. Nach dem Toilettenbesuch machte sie sich auf den Weg zu ihrem Parkplatz. Das Wort ›Schnürlregen‹ bekam hier im Salzkammergut eine ganz neue Bedeutung. Es goss so dicht und intensiv, dass man kaum noch etwas sah. Der Hallstätter See wirkte grau, alles war grau in grau. Die Berge sowieso, der Himmel, die Gesichter der Menschen. Berenike wich so gut es ging den Rinnsalen auf der Straße aus.

Plötzlich kam ihr die Trachtenfrau von vorhin entgegen, sie strebte auf den Frisiersalon zu.

»Ich habe nachgedacht«, böse deutete sie hinter Berenike, in die Richtung, in der Katharinas Geschäft lag, »es war wirklich vorgestern, als diese Frau schon um 17 Uhr zugesperrt hatte! Das hätte es bei ihrer Mutter nicht gegeben.«

»Danke schön, Frau …?«

»Fini, sagen Sie einfach Fini.«

»Frau Fini. Auf Wiedersehen.«

Oder besser nicht, ging es Berenike durch den Kopf. Sie dachte an Katharinas seltsame Entschuldigungsversuche für Svens Verhalten. Am besten, sie suchte ihn gleich noch persönlich auf. Hoffentlich war er zu Hause. Sie wollte von ihm hören, was passiert war, nachdem er mit Caro Katharinas Frisierstudio verlassen hatte. Und ein Tratsch mit Ellen würde auch guttun. Um über das Erlebte hinwegzukommen.

Froh darüber, eine Entscheidung getroffen zu haben, bog

Berenike auf die Straße nach Obertraun ein. Sie sah immer wieder in den Rückspiegel, aber diesmal folgte ihr niemand. Kein grüner Wagen und auch sonst niemand.

ACHT

LINDENBLÜTENTEE

Obertraun lag wenigstens in der Nähe. Aber das Wetter! Der Regen setzte aus, das düstere, drohende Grau blieb. Sie sah sich ineinanderschiebende Wolken und dachte an Ellen. Berenike konnte sich kaum vorstellen, sich in der Freundin so getäuscht zu haben. Aber gut, sie kannten sich erst seit einigen Monaten. Auch wenn sie schnell vertraut miteinander geworden waren. Zumindest aus Berenikes Sicht. Das mochte Ellen ganz anders betrachten. Die Vorstellung, dass Ellen eine andere, eine ihr fremde, böse Seite haben sollte, verwirrte Berenike, sie brachte es einfach nicht mit dem Bild zusammen, das sie von der Freundin hatte. Vielleicht hing alles mit Sven zusammen, über den Berenike viel weniger wusste als über Ellen. Wie seltsam, in so einem verwirrenden Gespinst gefangen zu sein, in dem sämtliche Spuren nur immer dicker in die Verwicklung führten. Dazu machte sich jetzt Halsweh bemerkbar. Kein Wunder bei dem Wetter! Eiseskälte umschloss ihren Körper, ihr Herz.

Mühsam lenkte Berenike das schwere Motorrad, ihre

Arme fühlten sich kraftlos an. Wenn sie nur nicht krank wurde mitten in der Hochsaison.

Graue Pferde grasten trotz des Regens auf einer saftigen Wiese. Große, schwere, kalte Tropfen fielen, als Berenike vor Ellens und Svens Haus parkte. Es lag dicht am Seeufer, ein typischer 70er-Jahre-Bau versteckte sich in einem großen, verwilderten Garten. Ein Stück des kniehohen Grases war gemäht worden, auf dem stoppeligen Rasenstück stand eine undefinierbare Skulptur. Berenike war sich nicht sicher, ob sie Fremde willkommen heißen oder eher vertreiben sollte.

Auf Berenikes Läuten hin passierte nichts. Während sie wartete, fror und schwitzte sie gleichzeitig. Kein gutes Zeichen. Endlich kam jemand von weit hinten aus dem Garten auf sie zugestiefelt. Ellen, in einen leuchtend blauen Umhang gehüllt.

»Oh, hallo, Berenike!« Ellen schüttelte ihr mit festem Druck die Hand.

»Grüß dich, Ellen. Darf ich reinkommen? Ich möchte mit dir noch einmal über Caro reden. Oder eigentlich würde ich gern mit Sven reden.«

»Er … ist nicht da. Ich weiß nie, wo er ist. Aber mich kontrollieren. Krankhaft eifersüchtig, der Kerl, in letzter Zeit wird's immer schlimmer mit ihm. Aber komm nur.«

»Danke.«

Ellen sah erschöpft aus.

»Was für ein furchtbarer Abend.« Mit schief gelegtem Kopf sah Ellen knapp an ihr vorbei. »Ich hab mir einen Abend mit starken Frauen erwartet. Ich hab dir sicher schon erzählt, wie sehr mich Caro unterstützt hat. Und jetzt …« Sie wischte sich die Augen. »Ich halte das alles nicht aus. Caros Anblick geht mir nicht aus dem Kopf, Berenike!« Ellen schniefte, dann räusperte sie sich.

»Natürlich, mir auch nicht, Ellen.« Sie umarmten sich.

»Aber jetzt komm endlich weiter! Entschuldige, dass du so lang gewartet hast. Durchs Dach tropft es«, Ellen stapfte mit kräftigen Schritten durch die Wiese voraus, »deshalb hab ich mein Atelier ins Gartenhaus verlegt.« Sie zeigte nach hinten, wo es grün wucherte. »So, herein in die gute Stube.« Im Haus roch es nach frischem Putz. Ellen führte sie in ihr kuscheliges Wohnzimmer. Ein alter Holztisch, zur Hälfte mit Papierzeug angeräumt. Frauenzeitschriften, Rechnungen. Darauf etwas aus modelliertem Ton, wahrscheinlich ein Kopf, ganz sicher war sich Berenike nicht. An einem der großen Fenster war eine Holzjalousie halb heruntergelassen. Eine wuschelige braune Katze räkelte sich auf einem blauen Sofa. Dahinter ein riesiges Aquarium, exotisch bunte Fische. Weiße Wände, ein paar wenige Bilder – Fotografien von den Elementen, Wasser, Erde, Feuer.

»Neue Bilder? Sie sind wunderschön.«

»Ja, danke.«

»Und seit wann habt ihr ein Aquarium?«

»Svens Sache. Er redet mehr mit den Fischen als mit mir. Aber setz dich. Was möchtest du trinken?«

Berenike hustete. »Etwas Warmes wäre gut.«

Ellen sah sie prüfend an. »Irgendwo müsste ich Lindenblütentee haben. Die Kinder haben den früher oft getrunken, aber seit sie ausgezogen sind, weiß ich nicht mehr, ob wir so was vorrätig haben. Komm mit, ich sehe nach.«

In der geräumigen Küche herrschte das gleiche Durcheinander. »Er wollte wieder einmal was Tolles kochen, der Sven, weißt eh, das ist sein heimliches Hobby.« Ellen deutete auf den sechsflammigen Herd. »Wenn Männer was tun, geht's nicht unter perfekt. Da muss dann die teuerste Ausrüstung her.«

»Das stimmt!« Berenike lachte. »Ein Exfreund von mir hat auf Weinkenner gemacht. Da durften es nur handvergorene Weine aus dem chilenischen Hochland mit einer Note Pflaume sein. Oder so. Was weiß ich.«

Unwillkürlich prustete Ellen los, schlug sich jedoch gleich darauf erschrocken auf den Mund. »Die arme Caro. Und wir lachen hier.« Sie griff mit ihren großen Händen zum Wasserkocher, drückte anschließend an einer neumodischen Espressomaschine herum. In der Ecke neben dem Abwaschbecken bemerkte Berenike ein Messer auf einem Handtuch. Ellen verfolgte ihren Blick. »Das hab ich ganz vergessen. Ich wollte mir die Haare im Nacken rasieren. Aber dann hatte ich eine Idee und bin in mein Atelier und …«

»Ach so, ja. Woran arbeitest du?«

»Eine neue Serie. Frauenkörper in all ihren natürlichen Lebensphasen. Junge Mädchen, schau, hier ist eines. Frauen in der Blüte ihrer Jahre, wenn sie Kinder gebären. Und alte Frauen – die sieht niemand so recht an. Aber wie schön sind ihre Körper! Meinst du nicht?«

»Interessante Idee, Ellen! Ist die Skulptur im Garten dein Werk?«

»Ja. Sie stellt die Göttin dar, wie sie in uns allen lebt. Sie bewacht uns mit ihrer Stärke. Aber lass das nicht Sven hören.«

»Nein, natürlich nicht.« Berenike fiel nichts Kluges ein, das sie erwidern könnte. »Was machen deine Pläne wegen des Studiums? Weißt du schon, wann du anfangen kannst?«

»Bald, wenn alles gut läuft. So, gehen wir ins Wohnzimmer.« Am Weg zurück kamen sie an einer Tür vorbei. »Svens Zimmer. Neuerdings sperrt er ab, wenn er weg ist. Seltsam, nicht?«

Berenike zog eine Augenbraue hoch. »Irgendwie schon.«

Im Wohnzimmer setzten sie sich. Lustlos rührte Ellen in ihrer knallroten Tasse, auf die mit krakeligen Strichen weiße Blumen gemalt waren. Berenike hatte ein ähnliches Modell in Blau in die Hand gedrückt bekommen, darauf gelbe Sonnenblumengesichter. Jetzt fiel ihr auf, dass sie erst einmal zuvor hier gewesen war – sonst hatten sie sich immer außer Haus oder in Berenikes Salon getroffen.

»Die Tassen sind noch von den Mädchen«, Ellen grinste schief, »ich will immer neues Geschirr kaufen, aber Sven braucht das Auto …« In einer hilflosen Geste hob sie die Schultern und ließ sie wieder fallen. »Berenike, ich bin froh, dass du da bist. Die Sache mit Caro … und Sven …«

»Was ist mit ihm?«

»Er ist kaum da.«

»Und jetzt? Wann hast du Sven das letzte Mal gesehen?«

Ein Telefon klingelte, laut und altmodisch. Ellen sprang auf, tappte auf dicken Socken ins Vorzimmer. »Servus, Erika. Schön, dann sehen wir uns am Wochenmarkt. Gehen wir auf einen Kaffee, ja? Ich hab aber nicht lang Zeit, gell. Gut, griaß di!« Müde ließ sich Ellen wieder in ihren Sessel fallen. Sie sah Berenike an. »Wo waren wir stehengeblieben?«

»Wo ist er ständig, dein Sven?«

»Hast du nicht gehört? Über seine Arbeit? Es geht ihm nicht gut, dem Sven.« Ellen zerrte an ihrer ausgeleierten Strickjacke, die graue und blaue Streifen zierten. Sie schlang beide Arme um sich. »Kalt heut, gell?«

»Warum geht's dem Sven nicht gut? Hat er Probleme bei der Arbeit?«

»Wenn ich das so genau wüsste! Ich werd nicht schlau aus ihm. Weißt, früher war Koromar ein netter, überschaubarer Familienbetrieb. Dann wollte der Senior in Pension gehen. Die Erben haben das Werk verkauft. Jetzt gibt es ein japanisches Management. Seither tun's dauernd umstrukturieren und Sitzungen abhalten, wie sie alles noch effizienter machen könnten – angeblich. Der neue Chef – Country Manager nennen's das jetzt«, äffte Ellen, »ist Deutscher und läuft ständig g'sackelt herum. Er gibt den großen Ton an. Glaubt er zumindest. Katharina kennt ihn.«

»Ist das so ein junger, gelackter Typ?«

»Ja, aber woher weißt du …?«

»Ich war vorhin bei ihr im Frisiersalon. Einer, auf den deine Beschreibung passt, ist von dort weg. Privatkunde, sagt Katharina. Aber vielleicht ist er nur einfach ein … Lover?«

»Geh, Katharina hat nie mit wem was. Nicht, dass ich wüsste.«

»Stille Wasser sind bekanntlich tief.«

»Da sagst du was Wahres.«

Berenike nahm einen Schluck Tee. »Ah, das tut gut.« Sie mochte den Duft von Lindenblüten. Eine Weile sagte keine was.

»Jetzt ist bei Koromar wieder böses Blut, weil sie noch mehr Jobs abbauen wollen. Kennst es eh. Vielleicht ist der Sven deswegen weg. Er sagt mir ja nichts. Verhalten tut er sich höchst sonderbar. Schon seit Wochen.«

»Er arbeitet in der Security, richtig?«

»Ja.«

»Da muss er sich wohl keine Sorgen um seinen Job machen. Das ist doch das große Thema heutzutage. Industriespionage und so was.«

»Stimmt. Aber wenn der Mehmet auch noch zu spinnen anfängt …«

»Mehmet ist Svens Boss, hat mir Amélie erzählt.«

»Ja, darauf bildet sich die Beste was ein. Als hätt sie dem Mehmet Leben eingehaucht, wie diese Geschichte damals in Prag mit dem Golem.«

Berenike kannte die Legende: Der Golem war von Rabbi Löw aus Lehm erschaffen und anschließend zum Leben erweckt worden, um die Prager Juden vor Verfolgungen zu schützen. Immer wieder hatte man ihnen Ritualmorde an nichtjüdischen Kindern vorgeworfen. Nun sollte der Golem insbesondere vor dem Pessachfest durch die Stadt streifen und Nichtjuden davon abhalten, tote Kinder in das Judenviertel zu werfen. Damit wollte man solche Anklagen verhindern.

»Sven weiß halt viele Interna aus der Firma«, fuhr Ellen fort. »Die werden sich hüten, ihn zu kündigen. Jetzt haben's grad ein Problem mit anonymen Drohungen. Per Mail. Bei einigen der Vorwürfe geht es um … nun ja, heikle interne Themen. Hat er mir erzählt. Bei unserem letzten Streit, da ist es aus ihm herausgebrochen. Wegen der Sache steht er sehr unter Druck. Wahrscheinlich ist er deswegen wieder im Großeinsatz. Mah, früher haben's einfach einen Portier g'habt. Heute heißt das Security, und es nutzt nix! Die Mitarbeiter sind eh alle ang'fressen. Noch einen Tee?«

»Nein, danke. War gut, aber genug. Ich muss dann eh los.«

»Hat dein Jonas schon eine Spur?«

»Bitte! Nicht ›mein Jonas‹.«

»Ah so?« Forschend sah Ellen Berenike an. »Na ja, die Polizei. Das mit dem Freund und Helfer ist auch nicht immer wahr.«

»Nein, wem sagst du das.«

»Man müsste selbst was tun.«

»Genau. Drum würd ich gern mit dem Sven reden.«

»Sven, ja ja, natürlich.« Ellen sah blass aus, viel zu blass für ihren dunklen Teint.

»Könntest du ihm ausrichten, dass er mich anruft, bitte?«

Klimpernd rührte Ellen in der leeren Teetasse, starrte auf das Geschirr.

»Ellen, was ist wirklich los?«

»Ich …« Krachend flog die Tasse um. »Oh!« Ellen nahm sie, stellte sie wieder hin. »Er ist schon seit … einer Weile nicht da. Am Handy meldet er sich auch nicht. Du glaubst doch nicht …?«

Berenike fühlte sich müde, so müde. Sicher bekam sie Fieber. Diese Kälte! Sie wollte den Kopf in die Hände legen und einfach nur schlafen. Hinlegen wäre fein. »Ich glaub gar nix, Ellen. Hast du es bei seiner Familie probiert?«

»Fehlanzeige.«

»Ellen, sei ehrlich, seit wann hast du ihn nicht gesehen?«

»Du wirst weiß ich was denken. Er ist seit vorgestern weg.«

»Seit Caros Tod also.« Berenike würgte an einem Kloß im Hals.

»Ja.« Ellen sprang auf.

»Du weißt, was das bedeutet.«

»Natürlich.« Ellen rannte durch das Zimmer. Kam wieder zurück. »Ich glaube, er hat was von einer Besprechung gesagt, und da fehlen auch ein paar von seinen Sachen. Mehr weiß ich nicht. In sein Zimmer darf ich ja nicht. Er ist schon die längste Zeit so komisch.« Sie stolperte über die Ecke eines Teppichs, fing sich gerade noch.

»Inwiefern?«

»Was inwiefern?« Ellen schaute mit ihren wunderschönen blauen Augen ins Leere. »Früher war er mein Traumprinz.« Sie umarmte sich selbst und trat zum Fenster, vor dem der Regen monoton plätscherte. »So süß war er. Leidenschaftlich. Ganz anders als seine Familie. Ich hätte diese Eisbergkälte nicht ertragen. Auf der Bühne können sie sämtliche Gefühle höchst dramatisch in Szene setzen. Aber privat? Fehlanzeige. Sven war die Ausnahme. Aber dann …«

»Ja?«

»Sven will nicht, dass ich wieder studiere. Ich habe damals seinetwegen und wegen der Kinder meine Gesangsausbildung aufgegeben. Jetzt will ich zurück an die Uni. Bildhauerei studieren. Er versteht nicht, dass ich mich weiterentwickeln will. Mich weiterentwickelt habe. Die Mädchen sind ausgezogen und ich nehme Privatunterricht. Es könnte sein, dass ich in Wien einen Studienplatz bekomme. Aber Sven …«

»Ja?«

»Er hat früher alles gemacht. Die Mädchen abgeholt von der Schule und alles. Aber jetzt …« Ellen starrte ins Nichts. »Einmal hat er mich sogar hier im Haus eingesperrt, als ich einen Termin bei einem Professor in Wien hatte. Und so oft ist er einfach nicht da, der Sven.«

»Ich weiß, die Frage ist blöd, aber hat er vielleicht eine andere?« Eine heikle Frage, sie wusste nicht recht, wie sie die am besten stellen sollte. Die wirklich wichtigen Lebensanweisungen fanden sich leider nie im Knigge.

»Woher soll ich das wissen? Das war nie Thema zwischen uns. Treue ist«, Ellens Blick wanderte durch die Luft, »selbstverständlich, so haben wir gedacht. Ich zumindest. Bisher.« Sie sah Berenike offen an: »In letzter Zeit redet er auch so komisch, schwafelt von Bibelversen. Von der Strafe für Lots Weib und so. Solche Sachen. Was soll ich denn davon halten?«

»Das ist ja widerlich.« Berenike schüttelte den Kopf. »Und … ähm … Caro? Gesetzt den Fall, er … wäre mit ihr zusammen gewesen?«

Ellen schüttelte den Kopf. »Geh, bitte!« Ein Lachen, das kein Lachen war, kam ihr über die Lippen. »Was hast eigentlich mit Katharina geredet?«

»Nichts Besonderes. Wie gut kennst du die Friseurin?«

»Auch nicht besser als du. Wie man sich halt kennt in der Gegend.«

»Hast du irgendwas bemerkt an dem Messer, das Adi fallen gelassen hat?«

»Es war einfach ein Messer.«

»Wonach sah es deiner Meinung nach aus?«

Ellen überlegte. Stirnrunzeln. »Worauf willst du hinaus?«

Berenike wartete. Sah Ellen dabei zu, wie sie die Ellbogen aufstützte, den Kopf in die verschränkten Handflächen legte. Sich mit beiden Händen die dunklen Haare aus dem Gesicht strich. Ein Silberring blitzte auf. Plötzlich schlug Ellen sich an die Stirn. »Verflixt, natürlich. Ich war einfach schon zu lang nicht Haare schneiden! Es sah aus wie ein Rasiermesser, das die Friseurinnen verwenden!« Sie sah Berenike mit großen Augen an. »Katharina …!«

»Ja, das dachte ich auch. Das Schloss an ihrem Laden war nicht aufgebrochen, daran erinnere ich mich jetzt wieder. Der Mörder muss einen Schlüssel gehabt haben. Aber man kann ihr nichts nachweisen. Selbst wenn man Blutspuren fände.«

»Denk daran, wie Katharina uns angestarrt hat in der Nacht, als wir Caro fanden. Angst und bange ist mir geworden in ihrer Gegenwart.« Allzu begierig stürzte sich Ellen auf den Verdacht gegen die Hallstätter Friseurin.

»Hm«, machte Berenike.

»Katharina ist mit ihrer komischen Art immer so um Sven herum. Unsere ganze Familie ging früher zu ihr Haare schneiden. Bis Caro mir gezeigt hat, wie man das selbst machen kann.«

»Du bist nicht ausgerechnet auf sie eifersüchtig?«

»Lächerlich!«, wehrte Ellen sofort heftig ab.

»Du hast selbst so ein Messer da drüben liegen! Weißt sicher, wo man so was kaufen kann.«

»Berenike, bitte! Spiel hier nicht die Miss Marple. So ein Messer bekommt man überall. Jeder kann die Tatwaffe –

wenn sie es überhaupt ist – verloren haben. Und Adi kann sie überall gefunden haben.« Sie seufzte wieder. »Ich erzähl dir was anderes. Katharina hat sich gern mit Caro gefetzt. Weil die ihren Laden runtergemacht hat. Und ihre super Friseurinnenehre.«

»Aber deswegen bringt man niemanden um«, erwiderte Berenike.

»Hoffentlich«, antwortete Ellen forsch. »Ich glaub am ehesten an einen Serienmörder, was meinst du?«

»Keine Ahnung. Wenn ich's wüsste, wär ich ein Medium. Hat Sven Caro eigentlich gut gekannt?«

»Sie kannten sich natürlich. Klar. Aber …«

»Bist du eifersüchtig, Ellen?«

»Ich? Wieso? Auf Caro? Geh, bitte, fang nicht wieder von Affären an.«

»Die Frauen haben doch Anspielungen gemacht, während wir auf Caro gewartet haben.«

»Ehrlich, Berenike, ich kann mir nicht vorstellen, dass Sven ausgerechnet mit Caro ein Verhältnis gehabt haben sollte. Aber wenn sie mich derart hintergangen hat, dann … Sven kann charmant sein, wenn er will.« Abrupt sprang Ellen auf. »Und jetzt muss ich dich rauswerfen, meine Yogastunde fängt gleich an.«

»Schon gut.« Berenike griff im Aufstehen nach der leeren Tasse. »Ich habe dich überfallen!«

Ellen ging nach hinten und kam mit einem Seesack wieder, in den sie eine zerknautschte sumpfgrüne Trainingshose und ein weißes Leiberl stopfte. »So, fertig.«

Berenike trug die Tassen in die Küche. Vor der Tür verabschiedeten sie sich. »Wenn dir noch was einfällt …«

»Ja ja, ich weiß, Miss Marple.«

»Scherzkeks.«

Obwohl Berenike beim Weggehen ein komisches Gefühl

hatte, mochte sie Ellen. Sie war eine, die spät, aber doch ihren Weg gehen wollte. Als Künstlerin würde sie es nicht leicht haben. Aber etwas an dem Gespräch irritierte Berenike. Irgendetwas war nicht ganz stimmig. Berenike verfluchte die blöde Verkühlung, die ihr völlig den Kopf zu vernebeln begann. Sie zwang sich loszufahren.

NEUN

Tee erleuchtet den Verstand, schärft die Sinne, verleiht Leichtigkeit und Energie, und vertreibt Langeweile und Verdruss. (Aus China.)

Und dann war Berenike endlich unterwegs nach Wien, nachdem sie sich einige Tage nicht um den Mordfall kümmern hatte können. Ein Ortswechsel würde ihr guttun, bei dem Regenwetter war im Salzkammergut sowieso wenig anzufangen. Es goss wie aus Kübeln. Ein paar wenige Feriengäste verbrachten mehr Zeit in ihrem Salon als sonst wo. Wenigstens wurde der Bücherverkauf so angekurbelt. Zum Glück gab es Seminarbuchungen, der Literatursalon eignete sich hervorragend dafür. Jetzt war auch noch der Wasserstand des Sees in den letzten Tagen gestiegen, von vielen Orten hörte man von Hochwasser. Im Fernsehen kamen beständig neue Schreckensmeldungen. Berenike machte sich ein wenig Sorgen um ihren Salon, auch wenn Hans wusste, was zu tun war … Dass das Lokal nahe am Seeufer lag, bekam jetzt eine andere, bedrohliche Bedeutung.

Am Morgen ihrer Abreise nach Wien zappelte Berenike in ihrer Wohnung herum, dass die Miezen erschreckt das Weite suchten. Auch ihnen war schon langweilig, weil sie aufgrund des Regens zu viel Zeit im Haus verbrachten. Mit gutem Grund ließ sich Berenike diesmal mit dem Taxi zum Bahnhof bringen. Die dickliche Fahrerin erzählte etwas von einem vermissten und wahrscheinlich ertrunkenen Kind. Nicht nur der Augstbach war stark angeschwollen, Wiesen waren überflutet, die Freiwillige Feuerwehr pumpte ständig Keller aus. Die Wassermassen der Traun waren gigantisch. Grundlseer und Altausseer Traun gebärdeten sich an ihrem Zusammenfluss wie ein kleiner Amazonas. Beim E-Werk in Bad Aussee fürchtete man sich vor einer neuerlichen Überflutung, bei der es die Brücke wegreißen könnte. Das dahinrasende Wasser hatte die Höhe des Übergangs beinahe erreicht.

Am Bahnhof hetzte Berenike zum einzigen Fahrkartenautomaten, vor dem bereits vier Leute warteten.

»Der Zug nach Wien Westbahnhof mit der Planabfahrt 12 Uhr 34«, ertönte eine Durchsage, »hat voraussichtlich fünf bis zehn Minuten Verspätung.«

Beruhigend, alles war wie immer. Dann ging sich wenigstens der Ticketkauf aus.

Auf dem altmodischen Bahnsteig vertrat sich Berenike die Füße. Es war ungemütlich, der Wind peitschte den strömenden Regen unter das nach allen Seiten offene Dach. Also doch lieber drinnen warten.

Auf manchen Titelseiten der Zeitungen prangten immer noch Schlagzeilen wegen des Mordes an Caro. Wenn nur die Polizei bald den Schuldigen fand. Wütend dachte Berenike an Jonas. Sie hatte sich beinahe über seinen Anruf neulich gefreut. Doch der Mann horchte sie nur aus, ob sie wirklich die Finger von den Ermittlungen ließ. Erkenntnisse zum Mordfall konnte er keine anbieten. Ein echter Verlierer! Jetzt erst recht, hatte Berenike gedacht und Selma kontaktiert, um einen Termin im Frauenhaus in Bad Ischl auszumachen, das Kaiserstädtchen lag auf dem Weg nach Wien.

Außerdem hatte sie Horst angerufen, den Knaben, den sie letzten Sommer in Wien kennengelernt hatte, als sie wegen des Mordes in ihrem Salon eigenhändig zu ermitteln anfing. Sie war selbst unter Verdacht geraten. Das war Grund genug gewesen, ein wenig nachzuforschen, auch wenn sie keine Detektivin war.

Jetzt wollte sie auf andere Gedanken kommen, Freunde treffen, wenn sie schon nach Wien fuhr. Horst hatte sogar eine Übernachtungsmöglichkeit für sie organisiert. »Du kannst in der Wohnung meiner Schwester schlafen«, hatte er ihr angeboten, als sie ihre Pläne angekündigt hatte. »Sie ist zwei Wochen in Kuba. Es ist nur eine kleine Wohnung, sie studiert noch. Aber für einen kurzen Aufenthalt wird es reichen.«

Berenike hatte gespürt, wie er ins Telefon lächelte, wie ein Versicherungsvertreter wollte er ihr die Sache schmackhaft machen. Sie hatte zugesagt, dabei kannte sie den Mann kaum. Aber was sollte es. Er versprach, sie abzuholen.

In dem kleinen Salzkammergut-Bahnhof sehnte sie sich plötzlich nach dem lebendigen Gewurl der Großstadt. Hier war kaum was los, von den notorischen Zigarettenkäufern abgesehen, die sonntags zuschlugen, wenn alle anderen Trafiken zu waren. Lustlos drehte Berenike an dem Ansichtskartenständer. Die Motive kannte sie auswendig: Der Loser in Sommer- oder Herbststimmung, Ausseer See, Grundlsee, ein bisschen Bad Ischl. Und über all dem Sonne und blauer Postkartenhimmel. Very realistic, ha! Dazu die unsäglichen Narzissen, gemeinsam mit angeblich glücklichen Kindern in Dirndln oder Lederhosen. Bloß keine Narzissen mehr, dachte

Berenike. Ihren lieblichen Duft würde sie immer mit den schrecklichen Mordfällen letztes Jahr in Verbindung bringen und mit allem, was sie dabei mitgemacht hatte. Was musste sie auch ihre Amateurnase in so was stecken!

Das Bücherangebot am Bahnhof sah auch nicht origineller aus. Der x-te Komarek neben Donna Leon und Simmel, Konsalik und die unvermeidlichen Heimatromane samt Jerry Cotton-Heftln. Jemand sollte den Romanfiguren zu neuen Aufgaben verhelfen. Jerry Cotton könnte in Tirol zum Bergretter umgeschult werden. Komareks Polt hätte in Venedig mal ein echtes Einsatzgebiet, dafür aber auch Sprachschwierigkeiten. Und ob sich Konsalik als Heimatromanschreiber schwertun würde …? Berenike überließ den Bücherständer anderen, doch niemand kaufte etwas davon.

Die feuchte Luft schmerzte in der Lunge. Zum Glück hatte sie die drohende Verkühlung abwenden können, aber sie fühlte sich nicht gut, gar nicht gut fühlte sie sich. Diese lähmenden Ermittlungen! Und Sven war immer noch wie vom Erdboden verschluckt, wie sie von Ellen wusste, das hatte sie auch der Polizei mitgeteilt.

Endlich kündigte die Schauspielerin Chris Lohner, körperlos wie immer, die Einfahrt des Zuges auf Gleis 2 an. Kein Zug fuhr hier je auf einem anderen Gleis ein, aber bitte. Man musste als Reisende noch froh sein, wenn man nicht durch einen unterirdischen Tunnel gejagt wurde, um den Bahnsteig zu erreichen.

Es waren Berenikes erste freie Tage, seit sie mit Jonas in Venedig gewesen war, ein seltener Anfall von Harmonie zum Valentinstag. Der wahnsinnige Trubel um den ›Tag der Liebenden‹ musste sie rührselig gemacht haben, denn sie hatten sich während der ganzen Zeit wirklich nicht gestritten. Ungewöhnlich.

Berenike wanderte durch den mäßig vollen Zug und fand

schließlich einen ruhigen Sitzplatz. Sie packte den Laptop aus, wollte ein paar Mails beantworten, die an normalen Arbeitstagen oft liegen blieben. Dazu neue Veranstaltungen planen. Nein, sie wollte den Ausdruck Event nicht mehr in den Mund nehmen ... den Job in der Branche hatte sie mit gutem Grund an den Nagel gehängt. Veranstaltungsmanagement hörte sich viel besser an. Veranstaltungen rund um Tee, so lautete das Angebot. Zudem musste sie sich etwas wegen der Brotlieferungen für ihren Salon einfallen lassen. Helena hatte ihr kürzlich eröffnet, dass die Bäckerei Brot zum Leben in Schwierigkeiten steckte. Noch war nicht aller Tage Abend, aber es sah nicht gut aus für den Bäcker, der seine Power-Brote mit einem stilisierten Sonnenrad schmückte. Berenike zog online eine Tarotkarte und seufzte. Die Prinzessin der Schwerter, na super. Sie würde um ihr Glück kämpfen müssen. Mit klaren Aussagen. Es würde ihr nicht in den Schoß fallen. Nun gut, darüber musste sie noch nachdenken.

Von der Hitze im Zug schläfrig geworden, taumelte Berenike nach einer guten halben Stunde Fahrzeit in Ischl aus dem Zug. Die Fenster ließen sich nicht öffnen, die Luft im Abteil war verbraucht gewesen. Der Schaffner stolperte hinter ihr auf den Bahnsteig, dicklich und nach Schweiß stinkend.

Im strömenden Regen suchte Berenike nach der Adresse, die ihr Selma genannt hatte. Vorbei an Ischler Villen und eleganten Cafés, vorbei an den Touristenmassen bei der sogenannten Trinkhalle. Alle langweilten sich im Regen und gingen die immer gleichen Wege. Überall Kaiserkitsch hoch zehn, jede Menge Fassaden in hübschem, immer gleichem Kaisergelb. Berenike musste lachen. Rasch kaufte sie zwei Postkarten mit dem alten Kaiser Franz Josef und der ewig schönen Sisi, die würde sie ihren Nichten Jenny und Amélie schicken. Sie fand es lustig, dass ihre Freundin in Hallstatt genauso hieß wie ihre ältere Nichte. Und auch vom Temperament her waren sie sich irgendwie ähnlich, auch wenn sie völlig verschieden aussahen. Im Gegensatz zu so manchem kleinen Kind heute waren beide Amélies jedoch nicht nach dem bekannten französischen Film benannt worden.

Berenike ließ die berühmte Konditorei Zauner links liegen. Über die Esplanade ging es weiter. Die Traun rauschte seit eh und je wie in der Zeit, als sich hier famos Sisi und Franz Josef – im jetzigen Heimatmuseum – verlobt hatten. Zur Feier des Tages hatten die beiden anschließend Hallstatt besucht.

Hallstatt, immer wieder Hallstatt. Berenike ahnte, dass sich an dem geheimnisvollen Ort die Lösung verbarg, dass Hallstatt nicht zufällig zum Tatort geworden war. Aber jetzt Ischl, Konzentration bitte.

Sie ließ das belebte Zentrum und die Lehár-Villa am Traunufer hinter sich, in der der ungarischstämmige Operettenkomponist viele seiner Sommer verbracht und auch einige seiner Werke wie ›Die lustige Witwe‹ geschaffen hatte. Heute war das Haus ein Museum, das dem Künstler gewidmet war. Allzu viele Sehenswürdigkeiten hatte Ischl ja nicht. Schließlich gelangte Berenike am anderen Traunufer zum Frauenhaus. Ein normales Wohnhaus, seine graue Fassade sah abweisend aus.

Selma nahm sie am Eingang in Empfang und schloss das schwer gesicherte Tor sorgfältig hinter ihr ab. Berenike strich sich abwartend über die Arme. Eine Videokamera drehte sich sirrend.

»All diese Sicherheitseinrichtungen sind notwendig, um die Bewohnerinnen zu schützen. Schlimm, nicht wahr?«

Selma trug enge Jeans und ein naturweißes Hemd. Sie wirkte groß, wie sie energisch und doch irgendwie mütterlich vor Berenike herging, einen bunt bemalten Gang entlang. Zwei Frauen, der Sprache nach aus einem arabischen Land, kamen an ihnen vorbei und kicherten hinter vorgehaltener Hand.

»So, da wären wir. Mein Büro!« Selma hielt eine Tür auf und ließ sie offen stehen. »Bitte nimm Platz! Was kann ich dir anbieten? Mit deiner Teeauswahl im Salon kann ich nicht mithalten, Berenike, aber ich glaube, ich habe immerhin Lapsang Souchong da.« Sie kramte in einer Lade. »Da ist er ja.« Sie stellte eine schwarz lackierte Holzdose auf den Tisch, weiße Drachen waren darauf gemalt. Selma öffnete den Deckel und ließ Berenike daran schnuppern. »Ich muss diesen Tee verstecken, sonst ist er futsch. Sie würden ihn trinken, ohne zu wissen, was sie da genau zu sich nehmen.« Die Dose wurde wieder zugeklappt und Selma wandte sich zur Tür. »Bin gleich wieder da. Mach es dir gemütlich!«, sagte sie und deutete auf eine Sitzecke. Rote Polster zierten das Gestell aus hellem Kiefernholz. Ikea, what else.

Berenike sah sich um. »Entspann dich«, flüsterte sie sich zu. Vom Gang drangen aufgeregte Frauenstimmen herein, vor dem Fenster spielten ein paar Kinder in gelben Regenmänteln mit einem Ball. An der Wand hing ein Poster: ›Null Toleranz für Gewalt gegen Kinder & Frauen‹.

»So, hier ist der Tee.« Selma stellte eine blaue Steingutkanne und angeschlagene Tassen auf den Tisch, ebenfalls Kiefer. Kinderlachen war zu hören. »Sind sie nicht süß? Die sind zum ersten Mal in ihrem Leben übermütig. Weil sie in Sicherheit sind. Warst du schon einmal in einem Frauenhaus, Berenike?«

»Nein, zum Glück nicht.«

»Ich meine nicht aus persönlichen Gründen. Oh«, Selma griff nach der Teekanne, »Lapsang Souchong darf nur kurz ziehen, aber das weißt du ja.« Sie rupfte den Filter mit den Teeblättern aus der Kanne. Es duftete leicht rauchig. »Seit ich in Indien war, trink ich nur mehr Lapsang Souchong. Damals hat sich mein Leben verändert. Diese Erleuchtung, das kann man keiner anderen erklären, die nicht dabei war.« Abwägend sah Selma Berenike an und beugte sich vor, um einzuschenken. In dem weiten Ausschnitt schlummerten rund und weich ihre Brüste. »Du willst also mit mir über Caro sprechen, hm?« Selma stellte mit einer langsamen Bewegung die Kanne ab. »Wir werden sie vermissen. Sie war eine engagierte Mitarbeiterin. Aber auch schwierig.«

»Wie, schwierig?«

»Sie nahm alles persönlich. Das darfst du nicht in so einem Job.«

Vor der offenen Bürotür blieb eine Frau in einem grünen Pyjama stehen. »Mist, ich habe verschlafen.«

»Macht doch nichts«, war eine andere Stimme hinter ihr zu hören. »Du hast doch nichts vor, oder?«

»Ich habe heute meine Gerichtsverhandlung.«

»Oh.«

»Rachida, es wird schon!«, winkte ihr Selma zu. »Du weißt, Anna begleitet dich.« Die beiden gingen weiter.

»Ja, Berenike. Es ist erschreckend, dass jetzt eine von uns von der allgegenwärtigen Gewalt getroffen wurde. Ich kann es noch kaum fassen, dass eines dieser Arschlöcher, verdammt noch mal, Caro getötet hat.« In Selmas Stimme schwangen Tränen der Wut mit. Sie schlug auf den Tisch, die Tasse machte einen zornigen Sprung. »Und ich kannte sie so lange.«

»Ach ja, ihr habt von der WG gesprochen, in der du mit Caro und Gerhild gelebt hast. Habt ihr euch von früher gekannt?«

»Man kennt sich hier einfach.« Selma zuckte die Achseln. »Gerhild und ich wollten beide nach Wien gehen nach der Schule. Also haben wir uns gemeinsam eine Wohnung gesucht. Ein wenig später lief uns Caro wieder über den Weg.«

»Warst du an ihr … interessiert?«

»Ich? Steht auf meiner Stirn, dass ich lesbisch bin?« Selma setzte sich aufrecht hin und fing schallend zu lachen an. Von draußen pressten zwei Kinder ihre Gesichter gegen die Glasscheibe, sie sahen aus wie neugierige Frösche.

»Ich hab mit Amélie gesprochen und …«

»Ach, Amélie. Die sehnt sich insgeheim auch nach Abwechslung, wetten? Aber vor allem verträgt sie nicht, wenn jemand ihren tollen Hecht niedermacht. Caro hat sich dabei kein Blatt vor den Mund genommen.«

»Ja, das hab ich gehört.«

»Geh, bitte, der Kerl gibt doch echt nix her. Nicht einmal für eine Hetera! Oder?« Selmas Augen glitzerten, während sie Berenike neugierig ansah.

»Ich kenn Mehmet nicht gut genug.«

Selma seufzte. »Er würde dir also auch gefallen.«

»Hässlich ist er nicht gerade.«

»Nein. Aber schleimig.«

»Das hat Caro auch gesagt, oder?«

»Ja, darin waren wir uns einig.«

»Wart ihr euch immer einig?«

»Geh, nein. Das geht gar nicht. Ich bin ihre Chefin, da musste es Reibereien geben. Auch inhaltlich. Darüber, wie das Frauenhaus geführt wird und wer es wie nach außen repräsentiert. Sie glaubte nicht mehr, dass die bisherigen Aktivitäten was bringen.«

»Wie meinst du das?«

»Na ja«, erläuterte Selma, »sie wollte keine Medienberichte, beispielsweise. Die Frauen selbst stärken, das war ihr Ansatz. Deshalb hat sie ihre Gruppe gegründet. Die ich übrigens sehr schätze. Du hast sie ja kennengelernt.«

Lange und prüfend sah Selma Berenike an. Ja, dachte Berenike, sie passte gut in eine Leitungsfunktion.

»Hat die Polizei schon eine Spur zu Caros Mörder?«, wechselte Selma das Thema.

»Wieso fragst du mich das?«

»Du bist doch mit …«

»Na, bitte, net scho' wieder. Nur weil ich Jonas kenn …«

»Ja ja, Männer. Dein Blick sagt mehr als tausend Worte, Süße!« Selma legte ihr lächelnd eine Hand auf die Schulter. Ihre Brüste drückten sich warm und fordernd in Berenikes Seite. Weich, tröstlich und … eine Spur aufregend.

Selma grinste und lehnte sich wieder zurück. Unwillkürliches Bedauern in Berenike über den Verlust einer Nähe, eines überraschenden Gemeinschaftsgefühls, das sie mit Selma verbunden hatte. Ich bin wohl zu viel allein, dachte Berenike. Dann sprach Selma weiter. »Ich muss wissen, wer Caro auf dem Gewissen hat. Ich schwöre, ich war es nicht.«

Berenike räusperte sich. »Obwohl sie dich abgewiesen hat?«

»Woher willst du das wissen? Vielleicht haben wir eine leidenschaftliche Nacht miteinander verbracht?«

»Du, Selma«, eine Frau kam ins Zimmer gesegelt. Sie stoppte abrupt. »Oh, entschuldige«, murmelte sie zerknirscht. »Ich brauch nur eine Unterschrift, aber ich kann später noch mal …«

»Schon gut«, sagte Selma. »Eine Mitarbeiterin«, ergänzte sie Berenike gegenüber. »Aber klopf in Zukunft an, Milena, bitte!« Selma las das Papier mit gerunzelter Stirn, sie schien konzentriert zu sein, gar nicht hübsch sah sie dabei aus. Dann entspannte sie sich, fetzte ihre Unterschrift unter das Dokument und hielt es ihrer Angestellten hin.

Heulend tobte der Wind in den Bäumen vor dem Fenster, Regenschauer wurden gegen die Glasscheiben geworfen. Es zog durch die Fenster, dass Berenike fröstelte. Was für ein Sommer.

Berenike trank noch einen Schluck von dem leicht rauchigen Tee.

»Sag, Selma, Amélie hat mir erzählt, dass ein Mann Caro bis in ihr Tanzstudio verfolgt hat. Weißt du mehr darüber?«

»Solche Attacken kommen leider immer wieder vor. Die Männer wollen es nicht wahrhaben, wenn die Frau sie verlässt. Sie lungern hier herum, bedrohen uns und die Bewohnerinnen. In dem Fall war es der Mann von einer, die wieder zurück zu ihm ist. Wir möchten die Frauen zwar stärken, aber es ist ihre Entscheidung, was sie tun. Wir haben natürlich Anzeige gegen den Mann erstattet, der Caro nachgegangen ist.«

»Am besten wird es sein, du weist die Kriminalpolizei darauf hin.«

»Natürlich. Aber die sollten die Anzeige eigentlich sowieso finden, oder?«

»Hm«, machte Berenike. »Kannst du mir mehr über die Frauen erzählen, die dabei waren, als wir Caro gefunden haben?«

»Was soll ich dir über sie noch sagen?« Selma verschränkte die Arme.

»Selma, bitte! Caro ist tot. Ich bin nicht deine Feindin. Ich will Caros Mörder finden. So wie du.«

Die Frauenhauschefin atmete tief durch. »Also gut. Aber das bleibt unter uns, ja? Caro wollte unsere Weiberbande auf eine neue Stufe des Kampfes einschwören. Wozu es nicht mehr kam.«

»Eine neue Stufe des Kampfes?«

»Ja. Keine Gewalt ohne Antwort, hat Caro gesagt. Ich kann das nur voll unterstützen.«

»Wieso wollte sie das gerade jetzt?«

»Kannst du dir das nicht denken? Du hast doch sicher vom Nagelreiter gehört. Der Mann, der wegen Mordverdacht in

Untersuchungshaft saß und aus Mangel an Beweisen freikam. Das war zu viel für Caro und auch für mich. Und dann die Graffiti, die ständig überall auftauchen. Frauen, seid demütig zu eurem Herrn! So ein Mist. Da muss man was tun dagegen! Ich kann sie nicht mehr ertragen, diese erzkonservativen Stammtischler mit ihrer Doppelmoral. Wie sie sich ihre devoten Weibchen aus Asien bestellen. Manchmal ist Caro mit einem dieser Männer in die Kiste gehüpft. Das gehörte zur Freiheit dazu für sie. Die haben von der Heiligkeit der Ehe gefaselt und Caro als Hure beschimpft. Fanatiker, die sich freuen, dass die Kirche sie als Täter schützt. Homosexuell darfst sowieso nicht sein.« Wütend beugte sich Selma vor und blitzte Berenike heftig atmend an.

»Jetzt sag mir endlich, was mit dem Nagelreiter ist, bitte.«

»Du weißt es nicht? Ich hab ein paar seiner Opfer kennengelernt. Er war zuerst total nett zu ihnen. Sie haben mir erzählt, wie er sie verwöhnt, ihnen jeden Wunsch von den Augen abgelesen hat. Er hat sich als Masseur ausgegeben und das gefiel seinen Opfern natürlich. Es war wohl eine sehr starke erotische Komponente dabei, zunächst auf beiden Seiten. Doch wenn sie ihm dann hörig waren, bumm, war Schluss mit lustig. Da schaust du, gell. Hast dir die heile Welt anders vorgestellt, was?«

Früher ja, wollte Berenike einwerfen, jetzt nicht mehr. Aber sie schwieg und nippte am Tee. Plötzlich fiel ihr etwas ein. »Ist dir die Butter eh nicht schlecht geworden neulich?«

»Was für eine Bu… Ach so, ja, das ist gut gegangen.«

»Geh, komm, Selma, verscheißer mich nicht. Was war wirklich in dem Flascherl? Butter wohl kaum. Buttersäure, nehme ich an?«

»Wenn du es eh weißt, was fragst dann?« Die Frauenhausleiterin lehnte sich in ihrem Sitz zurück, kühl sah sie Berenike an, trotz des heißen Zorns, der aus ihrem Körper sprach.

»Was hast du mit der Buttersäure vorgehabt?«

»Das war ein Scherz. Das hast du nicht ernsthaft geglaubt? Wir machen uns doch nicht strafbar. Nicht wegen so einem Schwein.«

Ein Telefon klingelte. »Ja bitte?« Gleichzeitig kam wieder wer herein.

»Selma, ich brauch deine Hilfe!« Die Pyjamafrau von vorhin, diesmal in einen blauen Rock und eine Bluse gekleidet. »Oh, entschuldige.« Sie hielt sich so aufrecht wie die Vorzugsschülerin in einer Privatschule.

Selma deutete ihr, draußen zu warten. Sie legte auf.

»Berenike, ich hab zu tun. Ich muss mich von dir verabschieden. Milena wird dich rauslassen.«

Als sie längst im Zug Richtung Wien saß, verschränkte sie die Beine auf dem gegenüberliegenden Sitz und ließ das Gespräch mit Selma Revue passieren. Berenike wusste, dass sie auf sie reagiert hatte. Und sie wusste, dass Selma es wusste …

Was für ein Abenteuer. Noch war sie keinen Schritt weitergekommen in ihren Ermittlungen. Amélie, die sie nach Wien schickte, weil sie Mehmet, ihren Mann, mit der Toten in Verbindung brachte. Selma, die jede Art von Attacke abstritt und mit Caro als Mitarbeiterin ihre Brösln gehabt hatte. Dazu die Friseurin Katharina mit ihren seltsamen Schließzeiten und der Art, wie sie Sven in Schutz nahm. Und Ellen … Ellen schien die Einzige zu sein, die sich in diesem ganzen Wahnsinn halbwegs normal verhielt.

Schluss jetzt mit dem Detektivinnenspiel. Sie wollte sich lieber auf ihren Kurzurlaub freuen. Berenike lenkte ihre Gedanken zu Horst. Eine Weile dachte Berenike über ihn nach und ob sie ihn mochte. Was soll's, nur nicht so werden wie Selma, so radikal. Wobei, Selma sah gut aus. Neugierde packte Berenike. Was hinter Selmas Fassade steckte.

Hinter der schönen, aber gestressten Außenansicht dieser Frau.

Und damit fiel Berenike in einen unruhigen Schlaf, während der andauernde Regen die vorbeifahrende Landschaft vereinheitlichte. Sie hörte den Hagel noch kurz aufs Zugdach trommeln, dann dämmerte sie weg.

ZEHN

CHOCOLAT À LA CHÉ

Als Berenike am Westbahnhof in Wien aus dem Zug kletterte, hatte sie einen Moment lang das Gefühl, beobachtet zu werden. Blödsinn, schalt sie sich, das war nur die Großstadt, an die sie sich gewöhnen musste. Sie ließ sich mit der Menschenmenge den verstaubten Bahnsteig entlangtreiben. Schon sah sie Horst am Eingang zur Schalterhalle winken. Gut sah er aus mit seinen dunklen Haaren, heute im schwarzen T-Shirt zur edlen Jeans. Man sah den Jeans ihren Preis an.

Berenike schob das Gefühl weg, das sie ständig überfiel, sobald sie Wien besuchte. Die Erinnerung an etwas, das in einem anderen Leben geschah. Früher war ihr Wien Heimatstadt, Geburtsstadt sogar gewesen. Aber jetzt, auch wenn sie jetzt auf dem Land manchmal Sehnsucht danach verspürte, war sie doch die Menschenmenge nicht mehr gewohnt, so eng und dicht war alles, die Stadt übervölkert. Eben nicht wie das Ausseerland.

Horst kam ihr entgegengeschlendert, lässig und unverwechselbar. In der Masse gewöhnlicher Menschen stach er hervor wie eine Orchidee unter Gänseblümchen. Er war braun gebrannt und würde ihr wahrscheinlich später etwas über Marbella erzählen, Antigua, oder einen der anderen Orte, an die reiche Leut' wie er gern reisten.

»Berenike! Schön, dich wiederzusehen!« Küsschen links, Küsschen rechts, fast nur gehaucht. Flüchtig die Berührung. Und trotzdem – wie ein Brandmal.

»Komm mit«, sagte er mit seiner gefälligen Stimme, »ich bring dich in die Wohnung meiner Schwester, beim Südbahnhof. Anderer Bahnhof, ja leider. Und anschließend gehen wir eine Schoki trinken, was meinst? Ich kenn da ein neues Lokal.«

Diese Stimme, wie flüssiger Kakao, heiß und anregend. Speichel sammelte sich wolllüstig in Berenikes Mund, an ihren Lippen. »Gern.«

In Wien wirkte die Luft ebenfalls feucht, aber wärmer. Schwül fast. Die Kleidung, ausgerichtet auf Ausseer Temperaturen von nur knapp über 10 Grad Celsius, klebte Berenike auf der Haut, ihre Füße fühlten sich heiß an.

Natürlich brauchten sie nicht öffentlich zu fahren. »Bitte«, mit einer Selbstverständlichkeit, die Berenike nicht gewöhnt war, öffnete Horst die Autotür für sie. Schwarzer Alfa Romeo, was hatte sie auch anderes erwartet!

Nur unterbewusst bemerkte Berenike den grünen Wagen, der hinter ihnen aus einer Parklücke schoss. Kurz blitzte in ihr eine Erinnerung auf. Dieses Jadegrün sah man heute selten. Sie drehte sich um, das Auto war verschwunden. Sie wollte schon Horst darauf ansprechen, aber der griff gerade sachte nach ihrem Knie. »Wie geht's dir, Berenike?« Ein kurzer, intensiver Blick folgte.

Er fuhr schnell und gekonnt. So weit es der Feierabendverkehr eben zuließ. Es ging über den Gürtel, und weiter durch ein kompliziertes Geflecht aus Einbahnen und Linksabbiegeverboten. Vor einem Gründerzeithaus parkte Horst. Berenike betrachtete die graue Fassade mit ihren Frauengestalten. Argentinierstraße 15a, im besseren Teil des vierten Bezirks, wo auch einige Botschaften ihren Sitz hatten.

»So, wir sind da. Komm mit in Krokis bescheidene Bleibe.«

»Kroki?«

»Spitzname meiner Schwester. Als Kinder haben wir gesagt, sie schaut wie ein Krokodil aus.« Horst näherte sich Berenikes Gesicht. Sie musste lachen.

»Ihr wirklicher Name ist tabu. Keiner kann von ihr verlangen, dass sie den verwendet«, erklärte er mit theatralischer Stimme.

»So furchtbar?«

Horst nickte.

»Und du heißt gern Horst?«

»Na ja, geht so.«

Berenike dachte an das Horst-Wessel-Lied, aber vielleicht kannte er diese Nazihymne gar nicht. Und überhaupt wollte sie heute nicht an jene Zeit denken. Sie wollte sich ablenken heute, amüsieren. Und schließlich konnte man sich den eigenen Namen nicht aussuchen.

»Berenike.« Er ließ ihren Namen langsam auf der Zunge ausklingen. Ein sanftes, verheißungsvolles Versprechen. Mit schwungvoller Geste hielt Horst ihr das Haustor auf. Sie war nicht sicher, ob sie sich an diese Höflichkeit gern gewöhnen würde. Drinnen grün-weiß gekachelte Gänge und bunte Fensterscheiben. Auch hier auf der Wieden hatten die mehr als 100 Jahre alten Häuser ihre Schönheit in ein nüchternes 21. Jahrhundert gerettet. Mit dem alten Lift fuhren sie langsam hinauf. Horst stand ihr höflich und nett gegenüber. Scheppernd sperrte er eine mahagonifarbene, doppelflügelige Tür auf. »Ich darf vorangehen?«, wandte er sich an Berenike. Sie nickte.

Die Studentinnenbleibe präsentierte sich als Penthouse mit Blick über die Dächer Wiens. Wirklich armselig!

»Ich muss ein Bad nehmen, daran führt nach der Bahnfahrt kein Weg vorbei«, sagte Berenike nach ein paar sprachlosen Momenten, »wartest du?«

»Natürlich, gern.«

Sie legte ein frisches ärmelloses Hemd und einen langen Rock aus chinesisch gemusterter roter Seide heraus. Drei Zimmer, davon eine Bibliothek. Ein geräumiges Wohnzimmer, ein Schlafzimmer mit überdimensionalem Himmelbett. Berenike kamen die ungewöhnlichsten Fantasien, als sie schnell ins Bad huschte. Jetzt aber endlich Schweiß und Dreck von der Fahrt abwaschen! Und die unguten Energien des neuen Mordfalls. Heute wollte sie sich amüsieren!

Als sie aus dem Bad kam, ein Badetuch umgebunden, saß Horst in einem Lederfauteuil und sah sie lässig an. Wie nebenbei. Sie zog sich an, ihre Haut fühlte sich weich an vom warmen Wasser, und überhaupt, weich und offen und ehrlich. Plötzlich merkte er auf. »Was ist das für ein Geräusch?«

»Oh, mein Handy.« Der Erzherzog-Johann-Jodler, immer noch. Sie hätte längst etwas anderes programmieren sollen. »Entschuldige.«

»Kein Problem.« Horst ließ sie nicht aus den Augen.

Sie zerrte das Gerät hervor. Jonas, auch das noch. Gerade jetzt. »Du, ich bin grad …« Sie wandte sich ab, weg von Horsts neugierigen braunen Augen.

»Nike …«

»Es ist gerade ungünst …«

»Ich wollte dich nur warnen.«

»Du hast mir nichts zu sagen.«

»Lass mich ausreden, ich bitte dich. Du solltest vorsichtig sein. Dieser entlassene Verdächtige, du weißt schon, …«

»Nagelreiter? Der Sack, der …«

»Ja. Wir wollten ihn zu einer Einvernahme abholen.«

»Aus welchem Anlass jetzt auf einmal?«

»Er … der Mord an Caro passt in sein Schema. Er steht auf schöne Frauen, die er attackiert und verstümmelt haben soll. Früher. Man nannte ihn … den Beautykiller.«

»Wie bitte? Das ist ja schauerlich.«

»Er hat gern hübsche Mädchen angequatscht in Discos und so.«

»Und das Schwein läuft frei herum?«

»Du kennst den Hintergrund, Berenike. Es geschah aus Mangel an Beweisen. Das ist nun mal der Rechtsstaat. Aber jetzt hat er sich abgesetzt. Womöglich nach Wien. Dort hat er eine Freundin aus Jugendzeiten.«

»Und was hat das mit mir zu tun?«

»In Wien ist auch ein Mädchen verschwunden. Gestern.«

»Ein Mädchen? Ein Kind?«

»Eine junge Frau. Die Miss Austria vom Vorjahr.«

»Ach, dann sag doch Frau, bitte.«

»Hmhm«, brummelte es aus dem Hörer.

»Jonas?«

»Ja. Hmhm.«

»Trink Thymiantee gegen den Husten!«

»Danke für den Tipp. Pass auf dich auf, ja?«

»Hej, ich bin in dieser gefährlichen Stadt aufgewachsen, schon vergessen?«

»Es ist gefährlich, wenn du herumschnüffelst. Und du machst alle Zeugen rebellisch.«

»Und ich dachte noch, du rufst an, weil … das wäre ja zu viel verlangt.« Sie hustete jetzt auch. »Ich ermittle, weil sonst nichts weiter passiert. Du weißt, wie nah mir die Sache geht.«

»Natürlich weiß ich das. Wie könnt ich es vergessen. Meine liebe …«

»Dir ist ein Verdächtiger abhanden gekommen! Unfassbar. Hast du wenigstens eine Spur von Sven?«

»Nein. Bei Ellen ist er noch nicht aufgetaucht.«

»Siehst du!«

»Berenike, hör auf damit. Ich tue, was ich kann.« Er stöhnte. »Glaubst du, mir geht die Angelegenheit nicht nahe?«

Sie hustete immer noch. Horst schlich auf Zehenspitzen heran, klopfte ihr sachte den Rücken. Sie drehte sich weg. Horst zog eine Augenbraue hoch.

»Es gibt noch etwas. Neue Graffiti.«

»Ja?«

»Weißt du etwas darüber?«

»Jonas, jetzt lass mich zu Wort kommen. Ich bin in Wien und es ist gerade total …«

»Du hörst mir zu. Ob dir das passt oder nicht. Oder muss ich dich auch vorladen?«

»Wieso?«

»Weißt du etwas über diese Graffiti?«

»Verflixt noch mal, hörst du mir nicht zu? Ich bin in Wien!«

»Sie müssen gestern über Nacht gesprayt worden sein. In Hallstatt, überall. Mörderschwein, wir kriegen dich, steht da. Und: Rache für Caro. Und eine drohend geschwungene Hacke über einem Kopf.«

»Und was hat das mit mir zu tun?«

»Der Kopf sieht Nagelreiter ähnlich. Kapierst du jetzt, warum ich in Sorge bin?«

»Um den wär's nicht schad. Das sagt die Selma auch. Da gehört endlich etwas getan! Wenn ihn die Polizei nicht fängt …«

»Berenike, keine Alleingänge! Lynchjustiz ist strafbar und du bringst dich selbst in Gefahr!«

»Natürlich. Warte.« Berenike marschierte in die Küche und machte die Tür hinter sich zu. Ein Fenster gab den Blick frei auf eine Terrasse und kleine Balkons, darauf winzige Tische und Sessel, ein paar Kübelpflanzen. »Jonas, ich will nicht, dass du mir nachspionierst! Das nervt echt!«

»Du lässt mir keine andere Wahl.«

»Damit ist wohl alles gesagt.«

»Ja.«

»Gehen wir.« Horst drückte Berenikes Hand, als sie endlich aufgelegt hatte und zurück ins Wohnzimmer kam. Seine Haut fühlte sich warm und weich an. Zu weich. Mit dem Alfa ging es lässig stadteinwärts Richtung Margareten. Außen am Lokal hing ein großes Plakat von Che Guevara. Sie bekamen gerade noch einen Platz im Schanigarten, immerhin war das Wetter hier einigermaßen trocken. Sie sah in die Karte, die mit kleinen bunten Faksimiles von dem Helden der kubanischen Revolution geschmückt war. Berenike erinnerte sich daran, dass in der Guerilla auch Frauen gekämpft hatten. Daran sollte Jonas denken. Statt sie zu bevormunden, Polizei hin oder her.

Sie sah sich um. In dem Lokal kamen sich die Leute supergut vor. Sie waren wohl alle Kreative und Designer mit ihren absichtlich verschnittenen Haarsträhnen und den bunten Taschen. Die Tische standen eng beisammen, das Lokal war gut besucht und somit der Lärmpegel enorm.

»Was treibt dich diesmal nach Wien?«

Sie saßen sich gegenüber, zwischen sich Schokoladedrinks, gemixt aus Schokolade, Zimt und ein paar weiteren Gewürzen, aber der Zimt schmeckte hervor. Horst umschmeichelte sie. Sie rief sich ins Gedächtnis zurück, wie er sie unterstützt hatte bei den Morden letztes Jahr. Nicht wie Jonas. Jonas, der sie als Polizist von der Ermittlungsarbeit fernhalten wollte. Sie war wütend deswegen … und dennoch war da diese zittrige Sehnsucht, diese feurig schmerzenden Blitze. Obwohl sie so unterschiedlich waren. Etwas fehlte ohne Jonas. Etwas zog sie zu ihm hin. Sie blickte auf. Sie hatte nicht von den Ereignissen sprechen, sondern einfach Urlaub machen wollen. Aber … »Eine private Sache. Oder vielleicht auch nicht. Es ist ein Mord passiert. Ja, schon wieder. Und eine Bekannte macht sich in diesem Zusammenhang Sorgen um ihren türkischen Ehemann. Der arbeitet bei Koromar. Genaueres kann ich noch nicht sagen.«

»Ach, wie aufregend.« Horst streckte die Beine aus. »Koromar ist ein Kunde von mir, ich hab mit denen schon ein paar saugeile Events gecheckt. Die sind gut im Geschäft, wie es aussieht.«

»Leiterplatten sind überall in elektronischen Geräten im Einsatz und dementsprechend gefragt.« Sich nur nichts anmerken lassen von dem Ärger darüber, dass dieser Typ die Jobs zugeschoben bekam. Über seine Sozi-Seilschaft hatte sie letztes Jahr schon Bescheid gewusst. Es zählt nicht, was du kannst, sondern wen du kennst. Sie dachte daran, wie ein regionaler Manager von Koromar sie vor ein paar Tagen angerufen hatte. Nein, sie bräuchten kein Tee-Event mehr. Das hätte sich erübrigt. Und aufgrund der Gegebenheiten, neues Management, blabla, könne man leider nur eine geringe Abstandszahlung leisten für die Mühen, die sie schon gehabt habe. Sie habe sicher noch nicht viel dafür getan. Eine Frechheit war das. Trotz sämtlicher Absicherung saßen die Leute von Koromar einfach auf dem längeren Ast. Sie rechneten wohl nicht damit, dass eine kleine Unternehmerin gegen sie klagte … Männer – Feinde. Selmas Worte. Mit einem Mal hätte sie am liebsten den Tisch umgeworfen, Horst die heiße Flüssigkeit ins Gesicht geschüttet.

Sie schluckte ihre stumme Wut hinunter. »Mit wem hast du denn bei Koromar zu tun?«, säuselte sie stattdessen.

Horst winkte ab und nannte ein paar Namen, doch diese sagten ihr alle nichts. »Meine Ansprechpartnerin ist die Marketingchefin hier in Wien, Ella Sonnig. Sie ist nicht grad einfach, wenn du es so sehen willst. Aber was soll's, gute Kunden sind sie allemal. Koromar braucht viel Promotion, jetzt, wo sie einen japanischen Eigentümer haben, überhaupt. Doch wir haben uns nicht getroffen, um über Berufliches zu sprechen, oder?« Er sah sie heißblütig an. »Noch eine Schoki, Nike?«

Wie er ihren Namen aussprach und dabei sein Knie sachte zwischen ihre Beine drückte … Aber nicht … nicht wie Jonas. Jonas, immer wieder Jonas!

»Ja, warum nicht.« Che Guevara schien sie von der Wand herunter zu beobachten.

Hitze, angenehm aufregende Hitze. Sie schob den Gedanken an den Mordfall weg. Und den Neid ebenso. Die frische Schokolade kam, das Schlagobers mit einem Minzeblättchen dekoriert. Berenike schleckte Obers vom Löffel, ließ es in ihrem Mund zergehen, dann naschte sie das Minzeblatt. Reizvolle Geschmackskombination. Und das war alles, was Berenike im Moment interessierte. Nun ja, fast alles. Wer weiß …

ELF

TÜRKISCHER ÇAY

Der Morgen danach bescherte Berenike einen verflixten Kater. Berenike erwachte von einem Geräusch und starrte verwirrt das rosa Gewaber über sich an. Ach ja, der Betthimmel, der war wirklich gewöhnungsbedürftig. Sie schielte nach dem Wecker, einem stylishen Ding aus kühlem Metall. Harte blaue Digitalanzeige: 11.01 Uhr. Sie schloss die Augen, der Schlaf wollte sie überwältigen. Ohne drehendes Zimmer, ohne schwankenden Fußboden. Der kubanische Rum gestern …! Erst in der Schokolade, die sie ein paar Mal nachbestellt hatten. Dann pur. Was für ein Genuss. Aber nicht mehr am nächsten Tag. Automatisch erinnerte sie sich an die Zeit ihrer Krise, in der sie auf Alkohol verzichtet hatte. Abstinenz hatte doch ihren Sinn …

Ein Pochen drang an ihr Ohr. Sie wollte es auf das Kopfweh schieben, doch da war noch etwas. Einbrecher …? Ruckartig setzte sich Berenike auf. Warf sich schnell ihren Kimono über. Tapste auf nackten Sohlen durch die fremde Wohnung. Nur kein Geräusch machen! Sie ging durch jeden Raum, um zu kontrollieren, ob sie wirklich allein war. Ausgewachsene Hysterie, jawohl. Zum Glück fand sie keine Spur eines ungebetenen Gastes. Erleichtert sah sie, dass der Wohnungsschlüssel nach wie vor von innen steckte. Sie schlurfte in die Küche und ließ Wasser in ein Glas laufen. Gierig trank sie und fühlte sich ein wenig lebendiger. Diese Paranoia durfte so nicht weitergehen. Sie wollte nicht mehr überall Verdächtige, Mörder und Vergewaltiger sehen. Hatte sie doch ihre eigenen Erlebnisse bewältigt! Doch sämtliche

Beteiligten im Mordfall Caro drehten sich wie in einer fehlbesetzten Muppet Show vor ihrem inneren Auge. Dazu noch seltsame Traumfetzen … Horst, der einer Unbekannten nahekam, irgendetwas passte daran nicht. Die Unbekannte hatte sich in Katharina verwandelt und war in Handschellen von der Polizei abgeführt worden. Wirres Zeug, diese Träume. Sie hätte sich raushalten sollen aus diesem Fall. Wie Jonas ihr geraten hatte. In ihrem Bauch rumpelte eine plötzliche Sehnsucht … Sie fühlte sich einsam in der fremden Wohnung, hätte gern wen zum Reden gehabt.

Müde öffnete sie den Eiskasten. Die kühle Luft traf ihre nackte Haut, machte sie frösteln. Horst hatte gesagt, die Putzfrau habe das Nötigste eingekauft. Was für eine Welt, in der Putzperlen zum Alltag gehörten! Die Kaffeemaschine sah intakt aus und war deppensicher zu bedienen. Kaffee, ausnahmsweise. Was anderes würde ihr nicht viel helfen. Kaffee und irgendwas Deftiges … eine Eierspeis, genau. Tomaten waren auch da, umso besser. In der Kombination mit Zwiebeln und duftendem Brot würde Berenike das in einen denkfähigen Menschen zurückverwandeln.

Während sie werkelte, überlegte sie, wie sie die Suche nach Mehmet angehen sollte. Und der Geburtstag ihrer Nichte Jenny rückte immer näher. Sie musste ein Geschenk finden, das für eine Zwölfjährige als cool durchging. Wenn man heute überhaupt noch cool sagte. Mit einem Schlag fühlte sich Berenike alt. 37 … es war so lange her, seit sie selbst zwölf gewesen war. Ein Jahr hatte damals endlos lange gedauert, vom Schulbeginn bis zu den Ferien eine kleine Ewigkeit. Dagegen wurde heute ständig die Zeit knapp.

Berenike trug das Frühstück auf den Balkon. Auch wenn die Argentinierstraße stark befahren war, hier oben bemerkte man wenig von Lärm und Abgasen. Ihr Blick wanderte zu einer hübschen Kirche aus roten Ziegeln.

Mit einer müden Bewegung steckte sie sich einen Bissen in den Mund und nahm ihr Notizbuch zur Hand. Sie suchte nach den Tipps von Amélie, wo sie Mehmet finden könnte. Hier stand es: Das Café Istanbul in Wien Favoriten sollte Anknüpfungspunkt sein. Sie brauchte die genaue Adresse, also holte sie ihren Laptop heraus. Jetzt war sie auch schon wie diese Leute, die überall ins Netz gingen! Du brauchst eine Telefonnummer? – Internet. Du suchst eine Straße auf dem Stadtplan? – Internet. Hoffentlich würde sie diese Antwort nicht eines Tages ihren Gästen um die Ohren hauen, wenn die sich nach einer bestimmten Teesorte erkundigten!

Das Internet listete drei Lokale mit dem Namen ›Istanbul‹ in Wien auf. Zur Sicherheit notierte sie alle drei Adressen. Eines befand sich in der Leopoldstadt, eines in Ottakring und bingo, da war das im zehnten Bezirk, in der Quellenstraße 61. Sie seufzte. Wenn Amélie nicht angedeutet hätte, dass die Sache mit Caro zu tun haben könnte, Berenike hätte den Hut drauf geworfen.

Dann also los. Berenikes Herz polterte gegen die Rippen, als sie in der zunehmenden Schwüle durch die Gassen ging. Sie schleppte sich Richtung Südtirolerplatz, weil die U1 haarscharf am näher gelegenen Südbahnhof vorbeischrammte. Sie könnte auch gleich den O-Wagen nehmen, Straßenbahnfahren war sowieso angenehmer.

Gesagt, getan. In der schlecht gelüfteten Bim ging es den staubigen Gürtel entlang und dann in die Laxenburger Straße, immer geradeaus. Noch verkatert, hätte sie die Haltestelle Quellenplatz beinahe übersehen. Hektisch und schwitzend drängte sie sich zwischen unwilligen Fahrgästen zum Ausstieg durch.

Draußen erst einmal den Schweiß von der Stirn wischen. Suchend ging Berenike die Quellenstraße entlang. Matthias Sindelar und Pepi Bican fielen ihr ein, zwei legendäre Fußballer, die sie an eine Szenerie ihrer Kindheit erinnerten. Ein Stammkunde des großelterlichen Lebensmittelgeschäfts hatte vom Fußballwunderteam geschwärmt, zu dem in den 30er-Jahren die beiden tschechischen Jungs gehört hatten. Berenikes Großmutter, sonst nicht sehr ausländerfreundlich, hatte dem Kunden gegenüber nur genickt und sein Faible toleriert. Der Großvater mit seiner Deutschtümelei geriet zwar gern mit Andersgesinnten aneinander, beim Fußball allerdings war er überregional. Es war bei Feinkost Roither laut zugegangen, wenn er wieder einmal auf seinen fußballbesessenen Kunden getroffen war. Das Ende der Diskussion war immer der Niedergang des österreichischen Fußballs gewesen. Ein Niedergang, seit es keinen Sindelar mehr gab und keinen Bican. Die beiden waren in dem Viertel rund um die Quellenstraße aufgewachsen. Dass Sindelar nach seiner Profikarriere ein Café ›im 10. Hieb‹ besaß, hatte Berenike erst viel später herausgefunden, und auch, dass es ein arisiertes Lokal gewesen war. Da hatte der Großvater längst nicht mehr gelebt.

Neugierig sah sie sich nun in der Gegend um. Favoriten, um 1900 scherzhaft Österreichs größte tschechische Stadt genannt, war heute fest in türkischer Hand. Auch wenn es noch andere Zuwanderergruppen gab, die türkische Community gab hier ein kräftiges Lebenszeichen. Berenike kam aus dem Staunen nicht heraus, war sie doch lange nicht hier gewesen, nicht im Böhmischen Prater mit seinen uralten Ringelspielen und auch nicht im Amalienbad, wo sie früher gern die gemischte Sauna besucht hatte. Fasziniert betrachtete sie jetzt türkische Supermärkte und Juweliere. In den Modehäusern trugen die Schaufensterpuppen Kopftuch und typisch orientalische, den Körper bis zu den Knöcheln verhüllende Kleider und Kaftans. Aber auch glitzernde Brautkleider wurden ausgestellt und in einem Laden gab es bunt glitzernde Bauchtanzoutfits zu bestaunen.

Endlich stand Berenike vor Hausnummer 61 und da war auch das Café Istanbul, unverkennbar. Es sah aus, als wäre es in seinem vorigen Leben ein Wirtshaus gewesen, vielleicht sogar ein böhmisches. Durch die Fenster waren ausschließlich Männer an wackeligen Tischen zu erkennen. Das kannte sie aus Mehmets Erzählungen, dass türkische Frauen traditionell kaum ins Kaffeehaus gingen, vor allem nicht die vom Land oder aus den Kleinstädten. Aus solchen Gegenden stammten viele Zuwanderer, auch das hatte er ihr mal erzählt. Menschen, die in ihrer Heimat arm gewesen waren, oft nicht einmal lesen und schreiben gelernt hatten.

Berenike betrachtete das Cafe Istanbul genauer. Neonröhren beleuchteten die Szenerie, an der Seite stand ein großer Fernseher. Erst liefen Nachrichten, gefolgt von grünem Rasen. Ein Fußballspiel, irgendeine türkische Liga, der Satellitentechnik sei Dank war die Übertragung über Ländergrenzen hinweg heute eine Kleinigkeit. Auch Amélie und Mehmet hatten seit ihrer Hochzeit eine Satellitenanlage.

Und in diesem überfüllten Lokal sollte sie Mehmet ausmachen! Berenikes Kopf fühlte sich immer noch verdammt schwer an, schwer und müde. Sie schwitzte unter den Achseln und ihre Gedanken flatterten herum wie aufgescheuchte Vögel. Keinen konnte sie recht fassen. Sie musste sich besser konzentrieren! In einer türkischen Bäckerei gegenüber stärkte sie sich erst einmal mit einem Glas Tee, der stark und süß schmeckte. Damn it, mit dem ganzen Koffein, das sie heute bereits zu sich genommen hatte, würde sie noch an einem Herzinfarkt sterben … aber sei's drum! Der Sessel vor dem Lokal gab ein metallisches Geräusch von sich, als sie sich setzte. Die Cremeschnitte aus Nugat und Karamell war gut, aber zu üppig. Und sicher nicht aus biologischen Zutaten hergestellt. Sie sah nebenan Arbeiter Säcke voll Bauschutt aus einem alten Wohnhaus schleppen und musste husten. Umständlich kramte sie nach dem Bild von Mehmet, das Amélie ihr in letzter Minute in die Hand gedrückt hatte. Ein verwackeltes Foto, gelblich-grünstichig, und mit dem Kopierer vervielfältigt. Mehmet war etwa so groß wie Berenike und schlank. Müde starrte sie das Café Istanbul gegenüber an, das keinen Schanigarten besaß. Verflixt, was für eine idiotische Mission. Sie verfluchte sich jetzt schon, dass sie Amélie diesen Gefallen tat. Die Autos kurvten hektisch vorbei, sie sah auf die Uhr, nach vier, bald Feierabend. Für die, die Arbeit hatten. Berenike trank den letzten Schluck und trug das leere Geschirr hinein.

»Vielen Dank für den köstlichen Tee!«, lobte sie.

Die junge Frau mit Kopftuch nickte ihr freundlich zu. »Auf Wiedersehen.«

Wieder ging Berenike wie zufällig am Café Istanbul vorbei. Stellte sich seitlich, wartete ab. Wer wusste schon, ob Mehmet wirklich da drin war. Und wie lange er zu bleiben beliebte.

Lustlos bog Berenike um die Ecke. Drei dunkelhäutige junge Männer kamen ihr laut redend entgegen und nahmen die ganze Breite des Gehsteigs ein. Berenike blieb stehen, die Burschen reagierten überrascht, einer rannte beinahe in sie rein, bevor er auswich. Sie ging weiter. An einem Würstelstand schwankte ein offensichtlich schwer alkoholisierter Mann und schimpfte auf wen auch immer.

Auf der Suche nach Lesestoff, um sich die Zeit des Wartens zu vertreiben, betrat Berenike eine Buchhandlung. Dort gab es zwar keine Tageszeitungen, dafür entdeckte sie Bücher wie ›Ich lerne den Koran‹, sogar auf Deutsch. Das Cover zierte ein verschleiertes Mädchen, das nicht älter als vier oder fünf Jahre sein konnte. Der einzige andere Kunde ließ sie nicht aus den Augen, während er so tat, als würde er ein Buch aussuchen. Eigentlich dürfte niemand sie hier kennen, sagte sich Berenike, aber man wusste nie. Jetzt kam der Verkäufer näher. Die beiden beobachteten sie, während sie einige Worte in einer fremden Sprache wechselten. Männer – Feinde, da war er wieder, dieser Satz von Selma. Auch hier. Hier überhaupt. Rasch verließ Berenike das Geschäft.

»Allah!«, rief ein älterer Mann auf der Straße, im selben Tonfall wie andere ›Jessasmaria‹. Lustig. Jetzt aber zurück zum Ort ihrer Beschattung, dem Café Istanbul. Vorbei an einem Welcome Store mit Fahne samt türkischem Halbmond. Drin liefen auf mehreren Bildschirmen Bollywood-Streifen. Achtsam drehte sich Berenike während des Gehens immer wieder um. Ein älterer Türke schien ihr zu folgen, schnell schlüpfte sie in eine der offenen Telefonzellen. Zum Glück ging er weiter. Eine Überreaktion, sagte sie sich, das kam von dem Schock wegen Caros Tod. Dazu der Kater … sie wachte heute nicht recht auf.

An der International Baptist Church of Vienna vorbei ging es weiter. Beim Friseur Ohrid sah sie mehrere Männer sitzen, auch hier lief ein Fußballspiel im Fernsehen. Endlich war sie zurück in der Quellenstraße. Noch mehr Menschen waren jetzt unterwegs, hasteten in Richtung Fußgängerzone Favoritenstraße. Berenike überlegte mit einem Mal, ob Mehmet sich womöglich Urlaub genommen hatte und gar nicht in Wien war …, womöglich hatte er Amélie etwas vorgeschwindelt. Was dann, darüber musste sie erst nachdenken.

Und bevor sie sich dessen bewusst war, hatte sie die Zielperson überraschend identifiziert. Es war eindeutig Mehmet, der aus einem Laden auf der gegenüberliegenden Straßenseite kam. Mehmet mit seiner schlanken Figur und diesem knackigen Hintern. Jeans, schwarzes T-Shirt, breite Brust, muskulöse Arme. Und dieses gewisse Etwas … allein, wie er sich bewegte. Berenike konnte sich vorstellen, wie Frauen seinetwegen schwach wurden. Nicht sie, nicht jetzt. Sie hatte eine Mission. Aber …

Sie wollte die Straße überqueren, um ihm zu folgen, doch im selben Moment schoss ein Auto die Quellenstraße heran. Sie stoppte. Ein großer grüner Wagen, irgendein Geländewagen. Das Auto verlangsamte, die hintere Tür öffnete sich, als es noch gar nicht zum Stehen gekommen war. Berenike rannte wieder los, um endlich Mehmet einzuholen

Der Erzherzog-Johann-Jodler. Das Handy, verdammt. Wieder setzte sie an, um auf die andere Straßenseite zu gelangen, hinüber zu Mehmet. Eine Straßenbahn bremste knirschend. Berenike blieb im letzten Moment stehen. Die Bim fuhr weiter, nahm ihr die Sicht auf den Türken. Als die Tramway schließlich vorbei war, war auch Mehmet verschwunden.

ZWÖLF

Je dicker der Schleier, desto weniger lohnt es sich, ihn zu heben. (Türkisches Sprichwort)

What now? Berenike starrte auf das Geschäftsschild. Hairstyling by Gül. Aus diesem Laden war Mehmet eben gekommen. Ohne weiter nachzudenken, überquerte sie jetzt erfolgreich die Straße und sah durch das Schaufenster des Friseursalons. Hinter großen Auslagen saßen jede Menge Leute. Einige sahen mit ihren aluminiumumwickelten Haaren wie Außerirdische aus. Nirgends eine Spur von Mehmet.

Wenn sie nur wüsste, ob er in den grünen Wagen gestiegen war. Diesen Wagen von der Farbe, wie sie sie schon ein paar Mal beobachtet hatte. Ein großes Auto, irgendein Kombi, der ihr immer in Zusammenhang mit diesem Fall ins Auge gestochen war, wie sie meinte. Also zurück zum Café Istanbul, wie zufällig daran vorbeischlendern, schließlich hatte ihr Amélie erklärt, das Café sei seine Ausgangsbasis. Einen Blick durch die schon lange nicht geputzten Fensterscheiben werfen. Auch kein Mehmet. Das Lokal zu betreten, kam nicht infrage. Das wäre viel zu auffällig. Trotz ihrer schwarzen Haare sah sie nicht türkisch aus. Vor allem trug sie kein Kopftuch. Sie dachte wieder an den grünen Wagen. Ein bisschen oft waren ihr in letzter Zeit Autos in Jadegrün begegnet. Mindestens einmal zu oft, um Zufall zu sein. Das Kennzeichen hatte sie sich auch diesmal nicht merken können.

Da war wieder dieser Jodler. Sie zerrte das Handy heraus. Jetzt musste sie es aber endlich auf stumm …

»J.«, stand auf dem Display, dazu ein Herzerl, weil jeder Kontakt, den sie unter »Privat« abgelegt hatte, automatisch so im Handy markiert wurde.

»Ja?«

»Warum hebst du nicht ab?«

»Ich kann jetzt nicht reden.«

»Ist etwas passiert?«

»Ich ruf dich später zurück.«

Jonas legte kommentarlos auf. Damn, damn, damn! Auch noch das vergurkt. Knieschlottern, Zittern, fast fiel ihr das Telefon aus der Hand. Jonas, immer wieder Jonas! Wut und Verlangen. Diese Stimme! Und das, was sie seinen Kontrollwahn nannte. Auch wenn er sich Sorgen machte – sie wollte nicht ständig über jeden ihrer Schritte Auskunft geben.

Dann also Hairstyling bei Gül, dachte Berenike. Sie benötigte sowieso dringend einen Haarschnitt. Forsch betrat sie das geräumige Geschäft. Der chemische Geruch erzeugte kurz Beklemmung, aber sie ignorierte dieses Gefühl. Sanft tönte im Hintergrund orientalische Musik, was Instrumentales. Es erinnerte Berenike an ihren Tanzkurs.

Eine junge Frau in bodenlangem Jeansrock und langärmeliger Bluse kam auf sie zu: »Guten Tag, bitte schön?«

»Ich habe keinen Termin, kann ich trotzdem …?«

»Was hätten Sie gern?«

»Nur schneiden.«

Die Frau blätterte in einem großen Kalender, dessen Seiten voll beschrieben waren. »In einer halben Stunde? Möchten Sie Tee?« Sie zeigte auf die Sofaecke. »Ich bringe Ihnen ein Glas.«

»Sind Sie Gül?«, fragte Berenike kurz darauf neugierig die ebenfalls recht junge Friseurin, die ihre Haare kämmte. Sie war früher als angekündigt an die Reihe gekommen. Betont zwanglos lächelte Berenike ihr im Spiegel zu. »Ich meine, weil das auf dem Schild draußen steht.«

»Nein, diese Frau dort ist Gül.« Die Friseurin deutete auf eine zarte Frau, die über einer Jeans eine Art Kleid trug, dazu einen Schal lässig um den Kopf geschlungen. »Gül ist meine Cousine. Ihr Name heißt so viel wie türkische Rose. Schön, nicht? Ich bin Hepsen. Der Name bedeutet ›Immer fröhlich‹. Das ist lustig, nicht?« Sie kicherte. »Ich bin nur auf Besuch in Österreich.« Ihre kleinen Hände hantierten flink mit dem Kamm, deuteten eine künftige Frisur an. Fragend blickte sie Berenike an. Diese nickte. Die Friseurin griff zu ihrer Schere.

»Sie sprechen gut Deutsch.« Berenike kam sich komisch vor bei dem Satz.

»Sie auch!« schoss die Türkin als Antwort heraus. Berenike musste grinsen. »Ich bin in eine deutsche Schule gegangen in der Türkei«, fuhr die Friseurin dann fort. »Außerdem habe ich fleißig gelernt, weil mein künftiger Mann in Österreich lebt.«

»Ja? Werden Sie mit ihm hier leben?«

»Man wird sehen.« Hepsen wiegte sachte den Kopf und sah zur Tür. »Im Moment helfe ich meiner Cousine. Was dann kommt …«, sie hob die Hände, »… das kommt. Vielleicht werden wir uns in der Türkei etwas aufbauen, ein eigenes Geschäft.«

»Ein Friseurgeschäft?«

Die junge Friseurin sah weg und zuckte mit den Achseln. »Das weiß ich noch nicht. Aber mein künftiger Mann hat Sehnsucht nach daheim. Und vielleicht werden wir unser Glück machen.« Sie brach ab und sah Berenike immer noch nicht an.

»Gefällt Ihnen das so?«, lenkte Hepsen unvermittelt ab und drapierte Berenikes Haare neu.

»Das schaut gut aus, ja.« Berenike zerbrach sich den Kopf darüber, wie sie das Gespräch auf Mehmet bringen konnte. »Von wo in der Türkei kommen Sie?«, fragte sie dann ganz harmlos.

»Aus der Nähe von Izmir. Kennen Sie das vielleicht?«

»Izmir, so ein Zufall!« Berenike stockte. Izmir, dort hatte Amélie ihren Traumprinzen kennengelernt, dem Berenike jetzt erfolglos nachjagte. Das wäre ein großer Zufall, wenngleich … Vielleicht waren diese jungen türkischen Frauen Mehmets Verwandte, die er Amélie gegenüber erwähnt hatte. Oder er hatte sich, as simple as that, die Haare schneiden lassen. Verdammt gut sah das aus, was Hepsen mit ihren schwarzen Borsten anstellte. Nur Chemie verwendete sie leider zu viel. Mit Müh und Not wehrte Berenike den Spray und das Gel ab, das Hepsen ihr anbot.

»Vielleicht kennen Sie meinen Bekannten? Er stammt auch aus Izmir.« Berenike hatte Mehmets Foto aus der Tasche gekramt. Sie beobachtete Hepsen genau. Diese zuckte zurück, ganz kurz nur. Gefolgt von heftigem Kopfschütteln. »Ich kenne ihn kaum. Ein Kunde, er kommt ab und zu.« Hepsens Augen irrlichterten durch den Raum. Gül war nicht zu sehen.

»Sind Sie sicher?«

»Glauben Sie, dass ich lüge?« Schrill kam die Antwort, Hepsen hielt ihre Schere hoch, die Zacken bedrohlich geöffnet.

»Natürlich nicht, Hepsen, beruhigen Sie sich.«

Erhitzt kehrte Berenike in ihre Kurzzeit-Bleibe beim Wiedner Gürtel zurück. Sie öffnete ein Fenster, zog sich aus und ließ sich in das Himmelbett fallen. Sanft spielte der Wind mit einem Vorhang. Der Luftzug war zu sanft, um Abkühlung zu bringen. Vom grau verschleierten Himmel war keine Erfrischung zu erwarten. Berenike grübelte über ihre heutigen Beobachtungen nach, aber sie konnte sich einfach nicht konzentrieren. Sie dachte an Hepsen, ihre zurückhaltende Schilderung der Zukunft mit dem österreichischen Türken wirbelten durcheinander, vermischten sich mit Reisebürobildern von Izmir und Amélies Worten. Dazu Selmas ›Männer – Feinde‹. Sie musste … musste Amélie … benachrichtigen, aber wovon … bevor ihr etwas einfiel, war Berenike eingeschlafen.

Telefonläuten riss sie hoch. »Roither?«

»Hier ebenfalls.«

Das konnte nur eine sein.

»Hallo, Mama, ich wollt dich eh anrufen. Ich bin in Wien, aber nur kurz.«

»In Wien, a-aber davon weiß ich nichts, Berry.«

Oje, sie sagte schon wieder Berry. »Es ergab sich spontan.«

»Ach ja? Bist leicht bei … bei deinem Vater?«

»Nein, ich habe eine andere Wohnmöglichkeit gefunden.«

»Ach so, bei wem d-denn?«

»Über Freunde. Kennst du nicht.«

»Und wie«, ihre Mutter hickste laut in den Telefonhörer, »wie lang bleibst?«

»Weiß ich noch nicht. Ein paar Tage. Kommt darauf an, wie schnell ich alles erledigt habe.«

»Aber wir sehen uns d-doch?« Berenike stimmte ihrer wieder einmal betrunkenen Mutter zögernd zu. Spürte, wie lahm sie sich anhörte, widerwillig fast. Von der Geburtstagsfeier für ihre Nichte Jenny wusste ihre Mutter noch nichts. Und Fragen zu Berenikes Vorhaben stellte Rose Roither auch keine …

»K-komm morgen zu mir essen«, lud die Mutter sie ein. »Wenn du magst«, fügte sie rasch hinzu. »Ich mach uns … ach nein, Fleisch isst du ja immer noch nicht, oder? Wie wär's mit Eiernockerln? Die haben dir doch immer gut geschmeckt.«

Natürlich marschierte Berenike am nächsten Tag in die Josefstädter Straße. Die vertrauten engen Gassen boten Orientierungsrichtlinien in einer zerfließenden, nicht mehr präsenten Welt. Das Theater in der Josefstadt, der Löwenhof, in dem sie aufgewachsen war, alles seit Jahrzehnten das Gleiche in seiner abgelebten, protzigen Bürgerlichkeit.

»Neue Frisur?«, monierte Rose, nachdem sie Berenike umständlich die dreimal versperrte Wohnungstür geöffnet hatte. Beletage, von den Großeltern geerbt. Muffige Luft umfing Berenike. Das Vorzimmer, in das Jenny gerade gehüpft kam, war seit Berenikes letztem Besuch noch mehr vollgestellt worden. Das Mädel kam nach der Schule zur

Großmutter, während ihre Mutter arbeitete. Jetzt lauschte sie dem armseligen Fragment eines Gesprächs zwischen Rose und Berenike. Ach Mutter, dachte sie. Sie waren schon immer unterschiedlich gewesen. Auch wenn ihre Mutter ihr in ihrer Krise beigestanden war, so gestaltete sich das Verhältnis nicht gerade einfach. Rose hatte Berenikes Entscheidung, ihrem früheren Berufsleben abzuschwören und einen Neuanfang im Ausseerland zu machen, nicht recht verstanden. Jetzt starrten sie beide, Nichte und Mutter, Berenike minutenlang an, sahen ihr nicht in die Augen, sondern genau darüber.

»Na ja«, machte Rose. So fragmentarisch waren ihre Gespräche schon seit jeher gewesen. Und dann war das Essen fertig.

DREIZEHN

GRUSINISCHER TEE

Es war Samstag geworden und Zeit für den zweiten Versuch, Mehmet aufzuspüren. Sicherheitshalber wollte Berenike die anderen Cafés mit Namen Istanbul überprüfen. Falls sich Amélie geirrt hatte. Oder Mehmet eine falsche Spur gelegt hätte. Als Erstes ging es daher mit der Straßenbahn zum Brunnenmarkt. Ein Mann mit Bierdose in der Hand stieg schwankend ein und setzte sich Berenike gegenüber. Gut, dass sie bei der nächsten Station aussteigen musste. Diese Art von Großstadtflair war sie wirklich nicht mehr gewohnt.

Draußen schlich sie die herrlich bunte Brunnengasse auf und ab, in der Sarmakraut neben Halal-Fleisch angeboten wurde, aber auch das beste Fladenbrot, das sie kannte. Das alles wiederum gab es auf dem Land so gut wie nicht.

Sie schlenderte herum, immer einen jungen Türken suchend, mit knackigem Hintern und dem gewissen Auftreten. Hier war das zweite Café Istanbul – gleich neben einem Waffengeschäft. In der Auslage lauerten Messer, Schusswaffen, alles da für den Fall der Fälle … ein Mann kam heraus, ging nebenan ins Café. Es war noch nicht viel los dort, und sie konnte Mehmet nicht sichten unter den wenigen Gästen.

Auch hier, wie schon in Favoriten, Brautmodegeschäfte nach türkischem Stil, dazu Bobo-Lokale inklusive Erleuchtungsangebot, sobald man den indischen Laden beträte. Stattdessen roch es nach angebranntem Kaffee, schauderhaft. Zumindest war das Wetter heute eine Spur kühler, ein wenig Wind wehte. Berenike hatte ein weit ausgeschnittenes rotes T-Shirt zu einem kurzen Rock angezogen. Der Stoff klebte auf der Haut. Wieder ergriff sie für einen kurzen, heftigen Moment Sehnsucht nach Altaussee. Nach seinen grünen Wiesen, kühlen Wäldern, schmalen Pfaden und dieser frischen Luft, die es sonst nirgends gab. Ein Ausseer Geist musste sie bezaubert haben … Sie rief schnell Hans an. Glück gehabt: Die Lage am See hatte sich beruhigt, keine neuen Regenfälle. Dagegen waren in Bad Goisern Muren abgegangen.

Um die Ecke am Yppenmarkt gönnte sich Berenike eine Pause in einem kleinen Café. ›Grusinisher Tee‹ stand in altmodischen Buchstaben auf Teekisten, die protzig in der Auslage drapiert waren. Man machte hier gern auf international. Wie gut, dass auch die Bobo-Nomaden irgendwann weiterzogen ins nächste Stadtviertel. Sie sollten ›Georgischen Tee‹ schreiben, dachte Berenike. Dann würden sich die Schreibfehler für den aromatischen Tee aus der ehemaligen Sowjetrepublik Georgien verringern. Mit diesem Tee von den Südwesthängen des Kaukasus am Schwarzen Meer hatte der Zar früher sein Riesenreich versorgt. Offizirskij tschaj, der Tee der Offiziere – sein Genuss war auch außerhalb der russischen Armee ein festes Ritual gewesen.

Berenike betrat das Lokal und setzte sich. Am Nachbartisch ließ sich eine kleine, mollige, in ein rot-weiß gemustertes Kleid gewandete Frau auf einen Sessel fallen. Sie stöhnte so laut auf, dass Berenike sie neugierig ansah. Die Frau legte sofort los: »Ich soll ab sofort dreimal so viel Miete zahlen, weil das Haus renoviert worden ist.« Sie bestellte Tee bei einem Kellner, der wie ein mongolischer Nomade aussah. Berenike deutete ihm rasch, dass sie das Gleiche wolle.

Die Frau redete unterdessen weiter. »Wir sind ein Künstlerinnen-Kollektiv und haben die Straße echt aufgewertet und was passiert jetzt? Der Macho von Hausherr nutzt das aus und verkauft alle Wohnungen im Eigentum. Mich und meine Kolleginnen will er aus der alten Werkstatt rausekeln, die wir erst bewohnbar gemacht haben. Gentrifizierung heißt so was neudeutsch. Es ist immer dasselbe. Soll ich mir jetzt eine neue Bleibe suchen?«

Berenike zuckte mit den Schultern, aber die wortgewaltige Künstlerin achtete nicht darauf.

»Bleibt mir wohl nichts anderes übrig, wenn ich die Horrormiete nicht zahlen will und kann.«

Der Kellner servierte ihren Tee in rauchgrauen Gläsern. Die Künstlerin sah auf. »Darf ich Sie zu meiner Vernissage einladen? Heut Abend? Hier«, sie reichte Berenike eine Postkarte, die in kleine bunte Bildchen unterteilt war.

»Oh danke«, Berenike sagte es schnell.

Als die Künstlerin weg war, trank auch Berenike ihren Tee aus. Hippe Neo-Ottakringer versuchten gerade, ihren Nachwuchs ohne Erziehung zu erziehen. Das konnte nicht klappen. Die Kinder tobten, dass Berenike die Ohren schmerzten. Die Eltern gaben auf. Berenike auch. Sie zahlte an der Theke und ging.

Sie stromerte weiter durch die seinerzeit während des Gründerwahns des 19. Jahrhunderts rasterweise verbauten Gassen, die Augen weit aufgerissen nach Mehmet. Graue Häuser, graue Menschen. Kaum ein Baum. Die befanden sich in Wien, wenn überhaupt, leider nur in den Höfen. Man musste ja überhaupt noch dankbar sein, wenn ein paar verrückte Künstler dem was entgegensetzten, wie dieser wirre bunte Kram aus Computerteilen und Ziegelsteinen, der eine abgefuckte Geschäftsauslage schmückte, und vor dem Berenike neugierig stehen blieb. Auf einem handgeschriebenen Zettel daneben wurde das Kunstwerk als kreativ, progressiv und partizipativ bezeichnet. Aha. Drinnen saß eine einsame Frau, die durch Berenike hindurchstarrte.

Sie ging weiter, an einer Trafik schrie eine Zeitungsschlagzeile sie an: ›Warnung vor dem Beautykiller‹. Dazu ein Foto. Gut sah der Mann nicht aus. Und er kam ihr vage bekannt vor. aber eher so wie jemand, der nur einem anderen ähnlich sah.

An der Straßenbahnhaltestelle zurück in die Stadt kam ein Anruf von Berenikes Schwester Selene. »Jenny hat sich's überlegt«, sagte sie, »sie findet eine Familienfete nicht cool. Aber wir gehen morgen ins Kino, mit dem Opa, kommst du mit?« Ein Nein hatte keinen Platz, wo Berenike doch so selten in der Stadt war. Und einen Besuch bei ihrem Vater Fred konnte Berenike wenigstens gleich mit der Suche nach dem dritten Café Istanbul in der Leopoldstadt verbinden. Sie machte sich diesbezüglich keine Hoffnungen, wollte aber alles versuchen. In Ottakring hatte sie Mehmet jedenfalls nicht ausfindig gemacht.

Am Sonntagvormittag fuhr sie mit der U-Bahn in den zweiten Bezirk. Sie wusste, wie sich ihr Vater gegen seine Rückkehr auf die Mazzesinsel gewehrt hatte. Er hatte Angst davor, dorthin zurückzugehen, wo er als jüdisches Kind irgendwo hier in einem Keller die Nazijahre überlebt hatte. Eine ›arische‹ Frau hatte ihn, gemeinsam mit anderen Kindern, aufgenommen. Seine Eltern hatten ihn bewusst dort hingebracht, um ihm eine Überlebenschance zu geben. Sein Vater hatte ihn später wiedergefunden, aber die Mutter war im KZ ermordet worden. Berenike hätte gern die Adresse herausgefunden, auch wenn die damaligen Helferinnen – Fred erinnerte sich an zwei Frauen – längst nicht mehr am Leben sein konnten. Irgendwann einmal, das hatte Berenike sich vorgenommen, wollte sie ihre Familiengeschichte erforschen. Irgendwann, wenn die Zeit reif war.

Das dritte Café Istanbul sollte sich unweit des Pratersterns befinden, in der Springergasse. Berenike bog in die Heinestraße ein und fand die Adresse mühelos. Auch hier graue Häuser, graue Gassen. Kinderlachen als einziges Lebenszeichen. Berenike hätte sich den Weg sparen können, das Lokal sah geschlossen aus, vielleicht für immer.

Sie ging zurück zur Heinestraße. Hier herrschte eine Stille, wie sie in Wien nur sonntags zu finden war. Das Bimmeln der Straßenbahnen war beinahe das einzige Geräusch. Weil noch Zeit blieb, drehte sie eine kurze Runde im Augarten. Viele Menschen saßen allein auf Bänken oder gingen spazieren, vor allem Frauen.

Dann zu ihrem Vater. Ausgerechnet im ehemaligen Wohnhaus des Theaterdichters Jura Soyfer hatte Fred Stein vor einer Weile eine Wohnung gefunden. In ihrer Theaterzeit während des Studiums hatten sie auch ein Stück von ihm aufgeführt: ›Der Lechner Edi schaut ins Paradies‹. Es wäre schön, wieder etwas in diese Richtung zu tun. Vielleicht konnte sie ›Pessoas

Erben‹, die Schreibgruppe, die sich in ihrem Ausseer Salon traf, zu Theateraktivitäten motivieren. Eine Theatergruppe in Altaussee, das wäre was. Wenn es schon zum Schreiben nie reichte, egal, wie oft sich Berenike das vorgenommen hatte. Aber Theater, das ja! Sie würde mit Sepp reden, der den Schreibtreff leitete. Und dann mal sehen.

Die Mazzesinsel … hier wollte sie herumstiefeln, sich auf die Suche nach einer Vergangenheit begeben, die sich vor ihr verbarg, die nicht einmal ihr jüdischer Vater kannte. Aber über dieses Drama wollten sie heute nicht reden, nicht, wo Jelena dabei war, Freds … Berenike wusste immer noch nicht so recht, wie sie die Partnerin ihres Vaters nennen sollte. Seit Fred vor einem Jahr die russische Jüdin kennengelernt hatte, von Berenikes Mutter Rose lebte er seit Jahren getrennt, schien manches komplizierter, doch er wirkte gelöster. Lachend öffnete er Berenike die Tür im zweiten Stock des Hauses. Er führte sie in seine Wohnung, hell war sie und licht, aber sie sah immer noch wie Work in Progress aus. Typisch Fred Stein, mit der Ewigkeit hielt er es nicht. Bücher stapelten sich auf dem hellen Holzboden, ein Schreibtisch, aus rohem Holz gezimmert, wartete mit leerer Fläche in einer Ecke unterhalb des Fensters. Früher hatte er Journalist werden wollen, jetzt war er bereits in Pension. An einer Wand waren Regale zum Teil aufgebaut worden, in den oberen zwei Fächern standen Bücher neben Fotoalben. Und überall im Raum blieb viel Platz, Platz, sich zu bewegen.

Fred schaltete den Samowar ein, der neben dem Esstisch auf einem separaten Tischchen thronte. Ein Geschenk, das ihm Berenike gemeinsam mit Selene und Jelena zum Einzug überreicht hatte.

Jelena zog Berenike mit in die Küche. »Er geht jetzt zu einer Gesprächsgruppe für Überlebende des Nazi-Wahnsinns«, vertraute ihr die Russin an, während sie auf einem

Tablett Tassen und einen Teller mit Keksen bereitstellte. Eine Schale Würfelzucker folgte, dann ein Glas Erdbeermarmelade. »Selbst gemacht«, strahlte Jelena.

Berenike schnupperte an der Marmelade, sie duftete, als hätte man die Erdbeeren eben gepflückt.

Dann nahm Jelena eine Teedose aus dem Kasten. »Grusinischer Tee«, lächelte sie, »damit verknüpfen sich viele Kindheitserinnerungen.«

Was für ein Zufall, dachte Berenike.

»Die Sommer meiner Kindheit«, fuhr Jelena fort, »habe ich bei meinen Großeltern in ihrem Blockhaus verbracht. Es war eine wundervolle Zeit. Wir haben Beeren gepflückt und Pilze gesammelt … und viel Tee getrunken.«

Gemeinsam trugen sie die Speisen ins Wohnzimmer. Berenikes Nichten, Amélie und Jenny, lümmelten auf dem Sofa.

»Ach ja, Jenny … Happy birthday!« Berenike kramte in ihrer Tasche nach dem Kuvert, auf das sie eine einzelne Rose geklebt hatte.

»Oh – danke, Tante Berry.« Neugierig riss Jenny das Kuvert auf, die blonden Locken flogen. Freudig überrascht zog sie den Geldschein heraus. »Danke!«

»Damit kannst du dir selbst einen Wunsch erfüllen.«

Dann las Jenny den Text auf der Karte von Kaiserin Sisi, die Berenike in Ischl gekauft hatte. »Oh, wie hübsch!«, rief sie aus. Die Kleine, die gar nicht mehr so klein war, fiel Berenike um den Hals, weich und anschmiegsam, das war sie immer schon gewesen. Ihre Küsschen verteilte sie großzügig und Berenike mochte das, liebte ihre zarte Haut, strich ihr kurz bewundernd über die seidigen Haare. Jenny war wie ihre Mutter Selene. Die stand mit dem Vater am Fenster, leise Worte drangen herüber, ohne dass man sie verstanden hätte.

Berenike ließ sich in einen Lehnsessel sinken. Ah, das tat den Füßen gut nach ihren anstrengenden Recherchen, die sie durch die halbe Stadt geführt hatten! Die Mädchen fingen an, miteinander zu flüstern. Amélie trug, ganz ungewohnt, einen langen weißen Rock und eine taillierte blaue Bluse. Sonst war um sie immer diese dunkle und rebellische Aura gewesen …

»Seit wann kleidest du dich so feminin?« Berenike hatte die Mädels eine Weile nicht gesehen. Amélie war jetzt auch schon 15.

»Feminin?« In Amélies Augen standen Fragezeichen.

»Wahrscheinlich dein Röckchen«, Jenny kicherte und zupfte an dem Stoff, den Amélie über die Knie drapiert hatte. »Muss Liebe schön sein!«, säuselte sie der Älteren in die Ohren und zog dabei das Ö in die Länge.

Amélie versetzte der Schwester einen Schubs. »Ayhan gefall ich so besser.«

»Er hat eine Braut in der Türkei.«

»Na und, er liebt nur mich.«

Jenny schwenkte die Karte. »Immer bist du neuerdings im Bad und machst dich hübsch! Wie Sisi!«

»Wer ist Ayhan?«, fragte Berenike.

»Ein Schulkollege.« Die Mädchen sahen sich an, kicherten.

»Er nervt.«

»Das verstehst du nicht, Kleine. Er ist süß.«

»Ein Schulkollege? Und der hat schon eine Braut?«

»Tante Berry! Du bist so von gestern wie unsere Mami. Natürlich hat er eine Braut. Das ist in der Türkei so üblich. Er macht das nur wegen seiner Familie mit.«

»Und das stört dich nicht?«

Amélie schüttelte den Kopf.

»Bist du mit ihm zusammen?«

Amélie kicherte. So kannte Berenike das Mädchen nicht.

»Seine Eltern sind gegen eine österreichische Ehefrau. Sie wollen keine Hexe …«

»Wieso Hexe?«

»Wir sind ihnen zu freizügig. Seine Familie kommt vom Land. Sie sind altmodisch.«

Berenike seufzte. »Kinderehe, Zwangsehe, man hört leider immer wieder davon.«

»Ayhan ist echt anders.« Amélie grinste. Jenny piekste sie in die Achselhöhle. Amélie kreischte. »Hör auf, du Winzling! Du hast keine Ahnung.«

Berenike sah Amélie an, sah ihr auf einmal kindliches Gesicht, die dunklen Haare rahmten es wie ein Gemälde ein. »Ich hoffe, du tust, was dir gefällt. Lass dich nicht von ihm ausnutzen, nur damit er sein Vergnügen hat.«

»Natürlich nicht, Tante Berry.«

»Männer sind manchmal …« Berenike brach ab.

»Unsere schlaue Hexe Berry kennt sich aus«, Jenny boxte Amélie in die Seite. »Hör auf sie.«

»Was habt ihr nur immer mit Hexen, ihr zwei?«

Die Mädchen zerkugelten sich vor Lachen.

»Habt ihr in der Schule etwas über die sogenannten Hexenverfolgungen gelernt?«

Die Mädchen nickten, sahen sich an, schauten Berenike an, ließen das Grinsen aus ihren Gesichtern fallen.

»Jede Menge Frauen wurden damals verfolgt und lebendig verbrannt. Weil man keine starken Frauen wollte. Denkt daran, und macht keine solchen Scherze.« Sie dachte an Caro, wie sie in dieser Auslage drapiert war. »Frauen haben es nicht leicht, schon gar nicht, wenn sie ihr eigenes Leben leben wollen. Pass auf jeden Fall gut auf«, sie sah Amélie ernst an, »und lass diesen Burschen nicht über dich bestimmen, ja?«

»Na klar, Tante Berry. Wir leben nicht anno dazumal.«

»Dann ist es ja gut.«

Jenny wedelte mit einem winzigen Zettel. »Frag doch diesen Hellseher, wie deine Zukunft aussieht, liebe Schwester.«

Berenike nahm ihr das Papierchen aus der Hand: Professor Amorgu – Medium, Hellseher, Spezialist für Liebesbeziehungen in jeder hoffnungslosen Lage. Schutz gegen alle Gefahren und Verzauberungen.

»Den Kram glaubst du hoffentlich nicht, oder?« Früher hätte sich Berenike vielleicht dafür interessiert, aber jetzt ... Wie gut, dass sie ihre Krise aus eigener Kraft überstanden hatte.

»So, genug emanzipiert«, Fred winkte den Mädchen und sah Berenike mit einem Blick an, den sie nicht zu deuten wagte. »Zu Tisch, zu Tisch!«

»Lass sie reden«, beruhigte ihn Jelena. »Heute ist das so.«

»Ist das so? Auch für Mädchen?«

»Ja.«

Er verzog den Mund und sie stürzten sich auf die Süßigkeiten. Wie Verhungernde.

VIERZEHN

PERSISCHER TEE

Am Montag landete Berenike neuerlich in der Quellenstraße, gleich in der Früh hatte sie sich auf den Weg gemacht. Die feuchte Luft war einer staubigen Saharahitze gewichen. Sie vermisste einen Spritzwagen, der die Straßen reinigen würde, heute herrschte wohl auch hier der Sparkurs.

Aber das war ihr kleinstes Problem. Heute hatte sie einen speziellen Plan. Sie huschte in ein Fast-Food-Lokal, wo niemand auf sie achtete. Auf der Toilette fischte sie aus ihrer Umhängetasche das alles entscheidende Requisit: Ein zwischen aschgrau und dunkelbraun changierendes Stück Kunstseide in Dreieckform: ein Kopftuch. Amélie im Tanzstudio hatte ihr einmal gezeigt, wie man ein solches Kopftuch auf türkische Art umband. Die Chefin des Tanzstudios kleidete sich zwar kaum je so, außer bei Besuchen bei Mehmets Familie in der Türkei. Mit diesem Tuch getarnt, wollte Berenike unauffälliger ermitteln. Sie hatte vor, Mehmet endlich auf den Pelz zu rücken, ihn im Café Istanbul zu suchen. Also musste sie auch das Cafe betreten. Sie hoffte außerdem, dass er sie mit Tuch und dem weit geschnittenen Kleid nicht gleich erkannte.

Berenike starrte in den Spiegel. Ihr zweites Ich blickte kritisch zurück. Bäh! Sie zeigte sich die Zunge. Fuhr sich durch die borstenkurzen Haare. Cooler Schnitt. Sie legte das Tuch an. Normal trug sie Kopfbedeckungen äußerst ungern und nur bei großer Kälte, aber auf keinen Fall im Sommer. Entsprechend widerwillig zog sie sich das Tuch weit ins Gesicht, band es unter dem Kinn fest und fixierte es mit ein paar

Haarnadeln. Na, das sah zwar ungewohnt, aber einigermaßen echt aus.

Sie fühlte sich seltsam, als sie die Toilette verließ, doch die Thekenkräfte achteten gar nicht auf sie. Sie sahen kaum zu den Hereinkommenden oder Hinausgehenden hin. Ihre Veränderung war wahrscheinlich gar nicht aufgefallen. Draußen auf der Straße schlug die Hitze über ihr zusammen. Das Tuch engte sie zusätzlich ein und nahm ihr die Luft zum Atmen.

Dieses Abenteuer würde sicher noch lustig werden, versuchte sie sich Mut zuzusprechen. Auch für andere, die sie beobachteten. Sie tastete nach dem Kopftuch, es schien zu halten. Die Kunstfaser juckte an der Stirn. Ein weit geschnittenes, knöchellanges Jeanskleid ergänzte Berenikes Maskerade. Erstanden in einem dieser Geschäfte, die solche kaftanartigen Kleidungsstücke verkauften. Sie hätte keines je betreten, wenn sie nicht so übergeschnappt wäre, für Amélie zu ermitteln. Ohne etwas daran zu verdienen. Weil sie mit Amélie befreundet war und weil sie wissen wollte, was hier wirklich lief. Sie spürte, dass etwas nicht stimmte, was, musste sie herausfinden.

Berenike kam ins Schwitzen. Sie war viel zu warm angezogen. Wie man so etwas tragen konnte bei der Hitze! Sie stolperte unelegant über den ungewohnt langen Saum. Kleine Schritte machen, Berenike! Sie setzte an, die Straße zu überqueren. Ein Lieferwagen raste vorbei, sie rettete sich auf den Gehsteig. Tja, jetzt ein Auto zu haben, hätte ihre Unternehmung vereinfacht. Egal, nun war sie, wo sie war. Aber sie musste aufs Klo. Damn, Matula im Fernsehen passierte das nie!

Berenike verkniff sich ihren Drang und zwang sich stattdessen, konzentriert nach ihrem Zielobjekt Ausschau zu halten. Im Vorbeigehen warf sie einen zaghaften Blick in den Spiegel eines Friseurs. Die verfolgten sie, diese Friseursalons! Mit ihren türkischen Besucherinnen, die sich nie aufzulehnen wagten, so wirkte es zumindest auf Berenike. Die sich unterwürfig zeigten, vorauseilend gehorsam aufgrund jahrhundertelanger Einschüchterung. Es war zum Wändehochgehen …! Machos überall – bei den Türken war es noch stärker zu bemerken. Calm down, Berenike!, redete sie sich zu. Sonst machst du die Verfolgung kaputt mit deinen Emotionen, bevor sie überhaupt begonnen hat.

Also gut. Heute war sie wenigstens besser vorbereitet. Eine Flasche Wasser und zwei Tafeln Bio-Schokolade schlummerten in ihrer Tasche. Nur dieser unterwürfige Gang ging ihr ab, wie ihn einige Türkinnen an den Tag legten, die Augen zu Boden gerichtet. An einer solchen Haltung musste Berenike noch arbeiten. Vielleicht wenn sie an gewisse Erlebnisse dachte, die sie früher, als Karrierefrau, niemals für möglich gehalten hätte, nicht heute, nicht hier mitten in Europa. Sie hatte wie so viele gedacht, Gewalt passiere nur Frauen in sogenannten Entwicklungsländern. Dem war nicht so, wie sie nach der Attacke gegen sie selbst immer wieder gehört hatte. Diese allgegenwärtige Gewalt, allein der Gedanke daran brachte sie um den Verstand. Dass sie Angst haben musste, allein weil sie eine Frau war! Dass die Polizei Frauen nicht genügend schützte. Es war zum Verrücktwerden.

Grübelnd schlich Berenike um den Block. Was, wenn das Café Ankara hieß, fiel ihr auf einmal ein. Oder Marmara. Was, wenn sich Amélie geirrt hätte! Hoffentlich nicht …

Unvermittelt drangen türkische Worte direkt neben ihrem Ohr in ihr Bewusstsein.

Eine junge Türkin war vor Berenike stehen geblieben und schien etwas fragen zu wollen. Apart, rotes Kopftuch, hübsche dunkle Augen, die sie groß und fragend auf Berenike richtete. Berenike wollte ›keine Ahnung‹ flüstern, im letzten Moment bremste sie sich. Sie schüttelte stumm den Kopf, setzte einen Blick auf, der ›Tut mir leid‹ signalisieren sollte.

Schnell hetzte sie davon. Verdammt, wenn sie sich jetzt verraten hätte durch deutsche Worte! Womöglich wären andere auf sie aufmerksam geworden, hätten neugierige Fragen gestellt, die sie auch nicht verstanden hätte. Sie wäre als Nichttürkin erkannt worden, als Schwindlerin noch dazu. Nicht auszudenken, wenn dann Mehmet davon erfahren hätte! Er wäre gewarnt. Immerhin kannten sich viele Türken hier in ›Klein-Istanbul‹, wie sie von Amélies Mann erfahren hatte. Und dabei wollte sie unauffällig im Viertel herumschnüffeln.

Geduckt schlich sie weiter. Plötzlich läuteten Kirchenglocken. Berenike spürte, wie sich ihr ein Grinsen ins Gesicht schob und die Anspannung ein wenig nachließ. Ein christliches Gotteshaus mitten in diesem Viertel!

Jetzt drehte sie schon eine Stunde ihre Runden hier.

Gedankenfetzen jagten durch ihren Kopf. Sie sollte in ihrem Salon nachhaken, wie es lief. Für eine neue Anfrage wegen einer Veranstaltung musste sie sich etwas einfallen lassen. Abergläubisch wagte Berenike kaum, einen Auftrag abzulehnen. Sie brauchte auch mehr Werbung für ihre Literaturveranstaltungen, im Zeitalter des Wassermanns sollte ihr esoterisches Angebot doch gefragt sein.

Aber zuerst wollte Berenike Amélie Bescheid geben, was sich hier abspielte. Nämlich NICHTS. Bloody hell! Die Hitze killte den Rest ihrer vorhandenen Nerven. Sie spürte, wie sie unter dem dicken Stoff schwitzte. Ihre Füße taten weh. Am liebsten hätte sie diese dämliche Mission abgebrochen.

Nachdem Berenike im Fast-Food-Laden endlich die Toilette aufgesucht hatte, gab sie der Sache eine weitere Chance. Sie schlich noch einmal durch die Quellenstraße. Sie musste an den türkischen Schriftsteller Orhan Pamuk denken und daran, dass ihr ständig die Zeit zum Lesen fehlte. Wieder am Café Istanbul vorbei, ein ständiges Dacapo. Täglich grüßt das Murmeltier oder der türkische Macho in Reinkultur. Kaffee, Zigarette, Bart und lüsterne Blicke. Da war Berenike bald noch froh über diese Verkleidung! Ein Mann rempelte sie an, drehte sich nach ihr um, grinste und machte eine obszöne Handbewegung. Wütend wollte Berenike ihm den Mittelfinger zeigen – und hielt sich erneut zurück. Sie wollte nicht auffallen, um endlich voranzukommen. Sie wollte dieses Café entern. Ohne weiter zu überlegen, stürmte sie los. Irgendwo musste sich der türkische Ersatz-Gigolo verstecken. Vielleicht gab es Hinterzimmer, von denen sie nichts ahnte, oder einen geheimen Ausgang über den Hof. Sie würde es erfahren. Nichts und niemand konnte sie abhalten. Ready steady go!

Heftig riss Berenike die Tür auf. Breitbeinig saßen sie da. Männer, nichts als Männer. Stille, plötzlich, nachdem die Tür mit einem quietschenden Geräusch hinter ihr zugefallen war. Eine Million Blicke. Viele saßen da und sahen unbeteiligt drein. Einer wollte ihr gleich wieder die Tür aufhalten. Berenike überfiel wieder Wut. Überall das Gleiche, welcher Nationalität die Männer auch waren! Sie rotteten sich zusammen, grenzten Frauen aus, demütigten sie und Schlimmeres.

Ein hässlicher kleiner Mann spielte an seinem Hosenlatz. Ein anderer zog provokant an seiner Zigarette, spreizte seine Beine und sah Berenike herausfordernd an. Der Fernseher lief noch immer. Türkisches MTV oder so, ohne Ton. Zigarettenrauch vernebelte das Bild. Ein Kellner sprach Berenike an, sie verstand kein Wort. Aber seine Körpersprache! Er wollte, dass sie verschwand, ohne weiteres Aufsehen. Das würde sie nicht tun. Nicht ohne zu checken, ob Mehmet hier war!

Sie brauste durch den Raum, nach hinten, der Kellner ihr nach. Die Köpfe der Gäste drehten sich. Sie spürte, wie ihr Kopftuch verrutschte. Streckte schnell die Hand danach aus. Falsch gebunden, es war sicher falsch gebunden. Sie hatte sich das einfacher vorgestellt. Trat auf den Saum ihres Kleides. Stolperte einem Mann in die Arme. Der drückte ihren Busen, rasch und listig, und ließ sie sofort wieder los. Sein Nachbar sah sie ebenso wuterfüllt an wie der Kellner. Wieder unverständliches Kauderwelsch. Sie versuchte, dreinzublicken, wie wohl eine Ehefrau dreinblicken würde, die hier auf Rache sann, weil sich der Partner zu lange herumtrieb. Eine, die vorhatte, ihren Mann zu verprügeln. Aber das Türkisch, ihr fehlten türkische Worte, verdammt! Sie hatte nicht bedacht, dass sie wirklich etwas reden würde müssen. Schön blöd.

Wieder der Kellner. Ein durchdringender Blick. »Gehen Sie.« Auf Deutsch. »Keine Frauen hier.« Er schob sie zur Tür. Diese bedrohlichen Blicke von allen Seiten. Wenn arabischer Machismo auf die latente katholische Frauenfeindlichkeit in Österreich traf, konnte nichts Gutes herauskommen. Hatten sich ihre Geschlechtsgenossinnen, so fragte sich Berenike, so lange für Frauenrecht eingesetzt, nur damit diese jetzt wieder mit Füßen getreten wurden? Nur weil man nicht wagte, mit einer anderen Kultur anzuecken? Sie dachte an Caro und an das, was Selma ihr über die Bewohnerinnen des Frauenhauses erzählt hatte. Sie fühlte mit all den geschlagenen und verletzten Frauen, mit den erniedrigten und gedemütigten. Nein, sie durfte nicht wegschauen, nicht nachgeben. Dafür war die Sache zu wichtig.

Ihr Blick glitt über die Versammlung, die sich jetzt angestrengt über Mokkatassen beugte. Testosteron lag drohend in der Luft. Berenike tastete nach dem Tuch, es hing nur mehr schief auf ihrem Hinterkopf. Ihr Jeanskleid fühlte sich mit einem Mal falsch an, ganz falsch. Sie wusste, dass die anderen wussten, dass sie nicht war, wer sie vorgab zu sein. Sie hatte gehofft, dass ihre Verkleidung eine Weile glaubhaft wäre, solange sie sich umschauen wollte. Man hatte sie zu früh enttarnt. Der Kellner griff ihren Arm fester. Er öffnete die Tür und schon war sie draußen.

Sie stolperte, übersah die Stufe vor dem Eingang. Mit einem höhnischen Quietschen fiel die Tür hinter ihr zu. Sie stampfte los, wohin nur mit dieser Wut! Raste an Geschäften vorbei, sah eine Bäckerei, ›Isfahan‹ hieß sie. Am besten eine Kleinigkeit trinken, um diesen missglückten Einsatz zu verarbeiten. Sie hämmerte ihre Absätze in den Boden. Riss sich das Kopftuch vom Kopf, fuhr sich durch die wilden Strähnen, die ihr wie elektrisch geladen zu Berge standen. Das Kunstfasertuch entfaltete seine Wirkung.

Sie war der einzige Gast in der Bäckerei, was für ein Glück. Die junge Kellnerin trug ihre langen schwarzen Haare offen, das gab es zum Glück auch. Berenike fühlte sich ihr gleich verbunden. »Möchten Sie persischen Tee? Dafür wird schwarzer Tee mit Kardamom und Rosenblüten zubereitet.«

»Gerne, da bin ich neugierig darauf!« Ein paar Worte wechseln, normale, belanglose Worte. Runterkommen von der Aufregung, dem Adrenalin.

Berenike setzte sich draußen an einen der Tische, die vor der Bäckerei aufgestellt waren, so lässig und provisorisch wie irgendwo im Süden. Im Schanigarten vor dem Wirtshaus direkt nebenan saß ein dickbäuchiger Mann über ein Bier gebeugt. Unwillkürlich sah sie auf die Uhr. Halb elf am Vormittag. Fasziniert betrachtete sie ihn. Er machte nichts, gar nichts, saß nur da, sah nicht einmal die Passanten an.

»Was glotzen Sie so?«, fuhr er Berenike auf einmal an, »die haben mich gekündigt! Nach 29 Jahren im Betrieb haben sie mich rausgeworfen.« Er zündete sich eine Zigarette an, hielt sie in seinen fleischigen großen Händen zwischen Daumen und Mittelfinger. Seine Haut sah verwittert aus, sein Haar irgendwie verstaubt oder einfach nur grau geworden.

Sie wandte sich kommentarlos ab, als ihr Tee in einem Silberkännchen serviert wurde, dazu stellte die Kellnerin ein kleines rotes Glas mit goldener Verzierung auf den

Tisch. Berenike lehnte sich zurück, sie fühlte sich von einem Moment zum anderen unendlich müde. Der Tee duftete vielversprechend nach Rosenblüten und schmeckte auch so. Ihre Anspannung begann, sich ein wenig zu lösen. Jetzt kam auch noch ein Teller mit Gebäck. »Das ist für Sie, vom Haus«, erklärte die Kellnerin. In ihrem Lächeln kann man versinken, dachte Berenike, das eigene Innere auftauen lassen und zu sich finden. Oder zu etwas Neuem. Wer weiß.

»Hervorragender Tee«, Berenike griff nach einem Keks. »Und was ist das alles?«

»Baklava kennen Sie vielleicht.« Die junge Frau deutete auf ein Stück Blätterteigkuchen.

»Natürlich. Der Mann meiner Freundin ist Türke.«

»Dann haben wir hier getrocknete Feigen, Nüsse und das, was Sie in der Hand halten«, die junge Frau zeigte auf das zarthelle Gebäck, »ist unsere Spezialität, persische Mandel-Pistazien-Kekse.«

Berenike knabberte zaghaft daran. »Wow, die schmecken wirklich köstlich.« Aus dem Geschäft drang leise Musik.

»Sie werden mit Rosenöl gemacht«, erklärte die junge Frau stolz, »eine Kostbarkeit aus dem Orient. Wir backen sie nach einem alten Familienrezept.«

»Woher kommen Sie? Wenn ich so neugierig sein darf?« In Situationen wie dieser brach sich – selten, aber doch – Berenikes bürgerliche Erziehung Bahn. Dieses Konventionelle, die Höflichkeit, auf die vor allem ihre Familie mütterlicherseits so geachtet hatte. Heute gingen diese Umgangsformen im hektischen Stadtalltag mehr und mehr verloren.

»Ich komme aus dem Land, das einmal das Königreich Persien war.« Traurigkeit hatte sich in das Gesicht der Kellnerin geschlichen. Berenike wollte etwas antworten, da wurde sie sich einer Bewegung gewahr, nur aus dem Augenwinkel. Sie traute ihren Augen nicht. Ihr Zielobjekt, Amélies Mehmet! Schwer zu sagen, woher er so plötzlich aufgetaucht war. Taumelnd überquerte er die Fahrbahn und peilte Güls Friseursalon an! Er schien getrunken zu haben, dabei war Alkohol für Moslems doch tabu. So wie sie Mehmet bisher kannte, waren ihm diese Gesetze wichtig, auch bei seiner Hochzeit hatte er nichts getrunken. Berenike sprang auf, warf Geld auf den Tisch. Zerrte ungeduldig am Saum ihres Kleides, der am Sessel hängen geblieben war. Ein Ratschen verriet gerissenen Stoff, egal. Dafür war jetzt keine Zeit. Später würde sie sich umzieh … Berenike richtete sich auf und glaubte ihren Augen nicht zu trauen. Was Mehmet da machte, das war …

FÜNFZEHN

… das war einfach nicht zu fassen! In knallengen Jeans stand er in Güls Laden und … und umarmte die Mitarbeiterin Hepsen! Selbst auf die Entfernung spürte Berenike die Vibrations zwischen den beiden, das Knistern übertrug sich auf sie selbst. Ganz eng drängte sich Hepsen an ihn. Shocking, diese Beobachtung. Zu blöd, dass sie keine Kamera dabeihatte. Wie unprofessionell. Dann musste sie es mit dem Handy probieren. Wieder hastete Berenike über eine Straße, wieder zerrte sie das Telefon hervor. Eine Tramway klingelte ungeduldig, aber sie rannte weiter, und da stand Mehmet, direkt in der Auslage. Noch immer schwankend, aber Hepsen hatte er losgelassen und wandte sich ab. Zu spät für ein Beweisfoto.

Polternd riss Berenike nur Sekunden später die Tür des Friseursalons auf. Sie überblickte rasch das Eckgeschäft. Viel los, kein Mehmet mehr.

»Wo ist er?«

Gül kam auf sie zu. »Suchen Sie jemanden?«

»Was machen Sie hier?« Hepsens Blick wanderte über Berenikes Kleid, blieb an ihrem zerrauften Haar hängen. Die junge Türkin strich sich über ihr schwarzes Oberteil, das sich figurbetont an ihren Busen schmiegte.

»Ich suche Mehmet«, brachte Berenike keuchend hervor. »Oder nennt er sich hier anders?«

»Von wem sprechen Sie?« Hepsen schien größer zu werden, reckte die Schultern, in ihren Augen schwarze Blitze. »Was wollen Sie von ihm?«

»Schon verstanden.« Langsam kam Berenike etwas zu Atem.

»Was läuft hier?« Gül sah fragend von Hepsen zu Berenike und wieder zu ihrer jüngeren Cousine.

»Das würde ich auch gern wissen«, sagte Berenike bestimmt.

Drohend näherte sich Hepsen ihrem Gesicht. »Was geht es Sie an, wo mein Verlobter steckt?«

Berenike wich zurück. Sie wollte keinen Körperkontakt mit dieser fast Unbekannten haben, ihr nicht zu nahe kommen.

»Verlobter? Besser, Sie setzen sich, bevor ich Ihnen die Wahrheit erzähle. Die wird Ihnen nämlich nicht gefallen. Mehmet ist bereits verheiratet.«

»Wie bitte?« Gül starrte Berenike wie eine Erscheinung an.

»Beleidigen Sie nicht meinen Verlobten!« Hepsen griff wie nebenbei in das Wägelchen mit dem Frisierwerkzeug. Hatte plötzlich eine Schere in der Hand. Eine kleine, spitze Schere.

»Was er macht«, sie musste unerwartet nach Atem ringen, »ist unsere Sache. Meine und seine. Nicht Ihre!«

Was für eine blöde, blöde Situation! Mit einer zusätzlichen Verlobten hatten weder Amélie noch Berenike gerechnet. In dem Bemühen, beruhigend zu wirken, legte sie Hepsen einen Arm auf die Schulter. »War Mehmet am 31. Juli hier bei Ihnen?«

»Lassen Sie mich.« Hepsen schüttelte sie ab. »Das geht Sie gar nichts an.«

»Ich …«

»Was poltern Sie eigentlich hier herein und machen meine Cousine fertig?«, schnitt ihr Gül das Wort ab.

Berenike sah sie forschend an. »Sie haben doch auch was gegen Männer wie Mehmet, die Frauen anlügen, stimmt's?«

»Und wie!« Gül hatte Hitze im Blick. »Die arme Hepsen.«

»Aber …« Hepsen wollte auf Berenike losgehen, die Faust erhoben.

»Lass das«, zischte Gül. »Kommen Sie«, wandte sie sich an Berenike. »Und du, Hepsen, gib die Schere her. Ja, so ist es brav.« Sie nahm der Jüngeren das Schneidewerkzeug weg und steckte es in die Tasche ihres Arbeitsmantels. »Wir beide reden nachher.« Gül rief einer älteren türkischen Angestellten etwas zu. Dann winkte sie Berenike, mitzukommen. Durch einen Pausenraum gelangten sie zu einer Panzertür. Gül hielt sie für Berenike auf. »Mehmet wohnt hinten, bei einem Onkel, der schon lange hier arbeitet. Den werden wir jetzt zur Rede stellen!«

Knallend flog die Tür hinter ihnen zu. Sie waren in einem grauen Gang gelandet, es roch nach Kochdünsten und ein wenig vergammelt. Überlagert wurde das Ganze vom Geruch nach Desinfektionsmitteln. »Ähm, Gül, warten Sie.« Berenike musste niesen. Seit es kaum mehr Hausbesorgerinnen in Wien gab, die im Gebäude wohnten, putzten die beauftragten Reinigungsfirmen am liebsten gleich mit der stärksten Chemiekeule. »Gül, ich kann verstehen, dass Sie diese Information aufwühlt.«

»Ich habe eine Riesenwut auf diesen – diesen –«

»Ja, ich auch, das können Sie mir glauben. Meine Freundin … egal. Ich finde, es ist besser, ich rede erst einmal allein mit Mehmet. «

»Ja?« Gül überquerte gerade einen winzigen Hof, in dem zwei überquellende Mülltonnen standen. Hinter der einen bewegte sich etwas.

»Ein Ratz?«, schnaubte Berenike erschrocken, aber Gül reagierte nicht darauf.

»Dieses Arschloch.« Sie sah fauchend zu den Fenstern am Hinterhaus hoch. »Na schön. Zweiter Stock, Tür 11. Dort finden Sie Mehmet, er wohnt bei einem Verwandten. Ich muss zurück in mein Geschäft …«

»Wann war er denn zuletzt auf Besuch?«

»Tut mir leid, ich schreibe nicht mit, wann Mehmet sich bei Hepsen blicken lässt. Selten genug für eine Brautwerbung jedenfalls.«

»Es ist sehr wichtig. Jemand ist ermordet worden …«

Gül riss die Augen auf. »Was? Wie schrecklich. Wer?«

Berenike schilderte in Stichworten, wie sie ihre Tanzlehrerin Caro tot aufgefunden hatte. Gül schlug sich aufkeuchend die Hand vor den Mund. Die Details, auch dass Caros Körper in der Mitte zersägt worden war, verschwieg Berenike der Friseurin.

»Und was hat das mit Hepsen zu tun?«

Berenike zuckte die Achseln. Mit einem zweifelnden Blick, undefinierbar und überwältigend, ließ Gül sie stehen.

Berenike stieg die Hinterhaustreppe hinauf in den zweiten Stock. Schwarzer Dreck klebte an den Mauern, vielstimmige Unterhaltungen drangen aus Wohnungen hinter Türen, die alle anders aussahen. Eines der Gangfenster war zerbrochen, die Scherben lagen noch am Boden.

Gerade wollte sie bei Nummer 11 klopfen, da öffnete sich die Tür von innen. Da war er ja, der Star zwischenmenschlicher Unannehmlichkeiten. Mehmet taumelte und sah Berenike aus unruhigen Pupillen an.

»Hallo, Berenike, was machst du hier?«, fragte er mit stockender Stimme. Dabei knallte er mit einer Schulter gegen den Türstock. Er plagte sich sichtlich dabei, seinen Blick auf Berenike zu fixieren. Meist sprach er Hochdeutsch, jetzt verschluckte er zischelnd manche Buchstaben, es hörte sich an, als wären in seinen Sätzen viel mehr S verborgen als üblich.

»Schöne Grüße von Amélie.«

Mehmet stöhnte.

Lauernd sah Berenike den Türken an. »Deine Frau macht sich Sorgen. Weil sie dich nicht erreicht. Und da ich zufällig in Wien bin …«

Er seufzte. »Aber ich hab ihr doch erklärt, dass ich geschäftlich voll im Einsatz bin.«

»Na ja, dann ruf sie halt an, um sie zu beruhigen. Was ist denn so stressig?«

»Meine Position gestattet mir nicht … du weißt schon, sensible Informationen.«

»Das kannst du der Kaswaberl erzählen.«

»Wie bitte?« Er sah sie verwirrt an.

»Mehmet, lüg mich nicht an.«

»Ich sage die Wahrheit. Stress mich nicht.«

»Ach ja?«

Wie er ihr auf den Busen glotzte. Immer noch trug sie das

lächerliche Kleid. Eindeutig grinsend sah er ihr in die Augen. »Wie gefällt dir Amélies Tanzkurs?«

»Gut, aber … meine Lehrerin …«

»Ja?«

Berenike bildete sich ein, dass er sie forschend ansah. »Sie ist tot. Caro war ihr Name. Du kennst sie?«

»Ich erinnere mich an sie, ist das nicht so eine Verrückte mit … Hühnerfedern?« Er deutete auf seinen Haarschopf und blickte an Berenike vorbei zum Stiegenhaus.

Sie erwiderte nichts und beobachtete den mitgenommenen, im Türrahmen lümmelnden Türken genau.

»Komm.« Er warf die Tür ins Schloss und ging hinunter, Berenike folgte ihm. Sie rechnete jeden Moment damit, dass er stolpern und die Stiegen hinunterstürzen würde, aber er hatte seinen Körper überraschend gut unter Kontrolle. Im Hof setzte er sich auf die Stufen vor dem Eingang. Berenike lehnte sich gegen die Mauer. Sie blickten in ein kleines Fenster gegenüber, ein weißer Vorhang bewegte sich sachte im Wind. Sie hörte eine arabische Melodie, dann schrie eine Frau auf. Stille folgte. Unerträgliche Stille.

»Ich bin«, fing Mehmet wieder an, »wegen einer schlimmen Sache hier. Sven hat …« Er schlug die Hand vor den Mund.

»Ja?«

»Mir ist so schlecht.«

»Du hättest keinen Alkohol trinken sollen, wenn du ihn nicht verträgst. Trinkst du oft?«

»Nein, nie. Die Kollegen wollten, dass ich mit ihnen essen gehe. Sie haben Wein bestellt.« Er hielt sich den Magen. »Und ich wollte mithalten. Egal. Hat dir Amélie von den Drohbriefen erzählt? In der Firma? Sie werden immer in der Nacht verschickt. Der neue Chef ist wütend, er hat ebenfalls einen erhalten. Die Aufklärung – nun, ich bin vor die Wahl gestellt worden, ein schnelles Ergebnis zu bringen oder …«

»Oder was?«

»Oder sie brauchen meine Dienste nicht mehr. Gemeinsam mit Sven und den anderen arbeite ich mit Hochdruck an den Nachforschungen. Da bleibt keine Zeit für sonst was. In der IT haben wir vollste Unterstützung, aber sonst begegnen uns die Leute mit Argwohn und Skepsis.« Er schluckte wieder krampfhaft, schien sich aber an der frischen Luft etwas zu erholen. »Aber ich sage dir, das ist ein Wespennest, in das wir stechen. Wir vermuten, dass die Briefe von einem Mitarbeiter stammen. Du hast vielleicht gehört, wie es zugeht. Der neue Eigentümer, niemand liebt ihn. Es wurde viel verändert. Die Kollegen stehlen wie die Raben … Sie haben keine Hingabe, kein Interesse, Teil von etwas Großem zu sein. Jeder ist auf seinen eigenen miesen kleinen Vorteil bedacht. Und dann Sven mit seinen Fliegerstiefeln und seinem sogenannten ›Fitnessverein‹. Aber was erzähl ich dir, ich darf ja nicht … muss den Mund halten über alles. Deshalb bin ich hier im Einsatz. Hier in Wien sitzen die Oberbosse, die haben die schlimmsten Drohungen erhalten. Man will sie töten. Quälen und töten. Und ich muss ermitteln.«

Ermitteln, ermitteln, niemand tut mehr was anderes, dachte Berenike gequält. Man könnte in dieser Zeit so viel Sinnvolleres machen. Sich weiterbilden, Sex haben, Nähe erleben. Aber ermitteln … Sie seufzte, aber ihre seltsame Stimmung löste sich davon nicht auf. »Welche Spuren verfolgst du?«

»Ich bin nicht befugt«, fuhr Mehmet fort. »Ihr Frauen versteht das nicht. Ist streng geheim. Wenn ich Sicherheitschef im Konzern werden will …«

»Soso, hat man dir wieder einen Aufstieg in Aussicht gestellt?«

»Ich bin eben gut.«

»Aha. Und was ist mit Sven?«

»Er hat Hinweise auf den Täter gefunden, sagt er.«

»Weißt du, wo er steckt?«

»Bin ich sein Kindermädchen? Männer müssen selbst auf sich aufpassen. Er war bei der Besprechung dabei, aber seither …«

»Ja?«

»Seither hab ich ihn nicht mehr gesehen.«

»Ellen macht sich Sorgen …«

»Ellen? Dass ich nicht lache. Die verfolgt doch ihre eigenen Pläne. Sven …«

»Ja?«

»Ach nichts.«

»Weil wir grad bei dem schönen Thema Beziehungen sind … Hast du Caro gut gekannt, Mehmet?«

Sein Blick wurde herablassend. »Wieso bringst du mich mit diesem seltsamen Weib in Verbindung?« Er rutschte auf dem Stein herum, schlug ein Bein übers andere, stellte sie wieder nebeneinander auf den Boden.

»Geht dich das was an?«

»Mehmet, sag mir die Wahrheit. Hast du ein Verhältnis mit Caro gehabt?«

»Geh, bitte, und wenn schon. Das ist Männersache. Du hast keine Ahnung, wie sehr ich in der Firma unter Druck steh. Wenn ich nicht Ergebnisse bringe, bekomme ich Probleme. Dazu Amélies Ansprüche an mich … Ein Mann braucht Entspannung, wenn du verstehst?«

»Nein!«, rief sie, sie bemerkte, dass sich hinter dem Vorhang jemand bewegte, und dann flüsterte sie: »Ich verstehe das nicht. Ich weiß nur, was Amélie zu diesen Dingen sagen würde. Sie hat mir erzählt, du bist immer dann nach Wien verschwunden, wenn Caro da war, hm?« Sie fixierte Mehmet mit den Augen. »Sie ahnt etwas, das kann ich dir sagen. Also, mach's nicht schlimmer, als es ist. Habt ihr euch getroffen?«

Er starrte an ihr vorbei.

»Caro war ein schlechtes Weib. Sie hat mich verführt. Und dann abserviert. Kaltblütig. Dabei hat sie ihren Spaß gehabt, sie hat die Sache genossen. Bei uns wäre sie eine Hure.«

»Das wird Amélie aber nicht gerade freuen zu hören. Denkst du eigentlich auch mal mit bei dem, was du tust?«

»Wie redest du mit mir?« Er sprang auf, wankte kurz und wollte nach ihrem Arm greifen, aber Berenike war schneller.

»Fass mich nicht an! Hast du Caro auch so angegangen, ja?«

»Ich bin kein Mörder!« Jetzt hatte er Berenikes Arm doch gepackt, mit einer einzigen Bewegung schüttelte sie ihn ab.

»Du hast eine Chance, deine Unschuld zu beweisen: Wo warst du in der Nacht vom 31. Juli auf den 1. August?«

»Auf dem Weg nach Wien, was sonst? Wir hatten eine Besprechung am frühen Morgen.«

»Bist du mit dem Auto gefahren?«

»Natürlich. Und zwar allein. Ach, Berenike, du kennst mich doch. Du verdächtigst mich doch nicht wirklich?«

Berenike reagierte nicht auf sein Gejammer. »Hat dich jemand gesehen?«

»Nein, ich bin auch nicht von der Polizei geblitzt worden, wenn du es wissen willst. Was veranstaltest du hier für Spielchen, Berenike?« Seine dunklen Augen zielten wie Dolche auf sie. »Hepsen dagegen …«

»Was ist mit Hepsen?«

»Ach.« Er machte eine wegwerfende Bewegung. »Eine Verwandte.«

»Ja? Das glaube ich nicht.«

»Dann glaub es nicht. Ist mir egal.« Er krümmte sich und setzte sich wieder. »Mir ist schlecht. Muss ich jetzt sterben, Berenike?«

Wie kindlich er mit einem Mal wirkte! Das sollte Mehmet sein, auf den die Frauen flogen, Mehmet, der Heiratsschwindler? »Wir holen die Rettung.«

»Nein, nur das nicht!« In einer schnellen Bewegung hatte er sich mitten im Hof auf den Boden gelegt. Kein Mensch war an den Fenstern zu sehen. Er hechelte, atmete viel zu schnell.

»So wie du keuchst, wird es besser sein …«

»Das lass meine Sorge sein. Nur keine Rettung. Das muss … muss man bezahlen. Bitte nicht.« Er hielt beide Hände in die Luft, als wäre er ein Hund, der Pfötchen geben wollte.

»Dann geh hinauf und leg dich ins Bett.«

»Ich dachte, die frische Luft …«

»Ich bringe dich hinauf.« Berenike streckte eine Hand aus, um ihm aufzuhelfen.

»Nein, lass.« Er wich ihrer Bewegung aus. »Wirst du …?«

»… mit deiner Frau reden?«

»Meiner Frau?« Verwirrt sah Mehmet sie an.

»Amélie! Schon vergessen vor lauter Hepsen?«

»Woher kennst du Hepsen?«

»Das spielt jetzt wirklich keine Rolle.«

»Hepsen ist so, wie eine gute Frau sein soll. Bei ihr fühle ich mich wohl.«

»Also willst du sie wirklich heiraten?«

»Hepsen will mich heiraten. Wie sollte ich dieser süßen Frau widerstehen? Nach traditionellem Recht kann ein Mann viele Frauen …«

»Aber nicht in Österreich. Und Amélie?«

»Ach, Amélie. Sie kehrt nur den Boss hervor.«

»Sie hat gesagt, ihr wollt gemeinsam in die Türkei gehen.«

»Das verstehst du nicht.«

»Ach.«

»Ja.«

»Angeblich wollt ihr euch dort was aufbauen.«

»Sie verkauft ihr blödes Studio ja nicht. Dabei gäbe es tolle Chancen in der Türkei. Mit dem Geld bekäme sie ein ganzes Hotel.« Mehmets Unterlippe zitterte beim Sprechen, krampfhaft stützte er sich auf die Türklinke. »Bitte erzähl ihr nichts.«

»Du weißt, dass deine Aufenthaltsgenehmigung von Amélie abhängt.«

»Aber …«

»Nix aber. Wenn sie sich scheiden lässt, wirst du ausgewiesen. Ihr seid erst ein Jahr verheiratet. Da bekommst du noch kein Visum, ohne Amélies Mann zu sein.«

Er starrte sie an, sprachlos, während aus seinen Augen ein Höllenfeuer zu schlagen begann.

»Du wirst die Sache klären, Mehmet. Verstanden? Sonst muss ich mit Amélie offen sprechen.«

Er nickte, zuerst noch zaghaft. Wahrscheinlich die Wirkung des Alkohols.

»Und ich werde ihr alles erzählen.«

»Alles?« Er sprang auf, fuhr in seine Jackentasche, starrte Berenike entgeistert an.

»Ja. Du weißt, was das bedeutet. Über Hepsen und deine Betrügereien, und auch über die Sache mit Caro.« Der Vorhang an dem kleinen Fenster gegenüber bewegte sich, als Berenike aufstand. »Also dann, mach das Beste draus, Mehmet. Bis ich zurück im Salzkammergut bin, will ich, dass du alles aufgeklärt hast!« Sie wollte dem besäuselten Türken eben die Hand geben, als sie einen Tropfen spürte. Viele Tropfen, die rasch zu einem Schauer wurden. Sie flüchtete ins Vorderhaus. Mehmet ihr nach. Mit einem Schrei.

SECHZEHN

Er spurtete ihr nach und … war auf einmal verschwunden. Berenike lehnte sich an die hässliche Mauer in dem verwinkelten Gang. Weg war er. Sie hetzte die Stiegen ein Stück hinauf, aber überall war es still. Also wieder hinunter, aber leise. Dann Frauenschreie und ein seltsames Lachen. Schwer zu sagen, ob es dieselbe Frau war, die vorhin geschrien hatte. Die schlechte Luft und all das Gesagte schnürten ihr die trockene Kehle zu. Sie hustete und trat an das offene Haustor. Es regnete in Strömen, abwartend blieb Berenike stehen. Gedankenchaos in ihrem Kopf. Das Gespräch mit Mehmet ließ sie nicht los, hallte immer wieder nach. Vorher die Türkinnen. Ein buntes Durcheinander drängte sich in ihre Überlegungen. Wenn nur endlich die Wahrheit ans Licht käme! Langsam wusste sie nicht mehr, was sie glauben sollte und vor allem wem. Sie hatte so viele sich widersprechende Informationen erhalten. Mehmet, der Alkohol nicht vertrug und mit mindestens drei Frauen eine G'schicht rennen hatte. Für die Rolle als James Bond vom Bosporus musste er allerdings noch üben. Amélie hatte theoretisch ein starkes Motiv gehabt, Caro aus dem Weg zu räumen, doch Berenike mochte das kaum glauben, sie konnte sich nicht vorstellen, dass die Freundin das wirklich getan hatte. Die junge Hepsen in ihrem Temperament sah hingegen nicht nach einem Vaserl aus, das lang zögern würde. Wenn sie von der Affäre was erfahren hatte. Aber ob die junge Frau wiederum die Tote so grausam entstellt hätte?

Endlich ließ der Regen nach, Berenike wandte sich zum Gehen. Da baute sich vor ihr ein grauer Schatten auf, grau und nach Rosen duftend.

»Gül! Haben Sie mich erschreckt!« Im Gegenlicht war der Gesichtsausdruck der Türkin nicht recht zu erkennen. »Was ist denn mit Ihnen?«

»Hepsen ist weg. S-sie«, Gül fing unerwartet zu stottern an, fing sich aber gleich wieder. »Sie sind doch von der Polizei?«

»Nein.«

»Detektivin?«

»So was in der Art.« Nur nicht genauer darüber nachdenken. »Ich heiße Berenike.«

»Freut mich, ich bin Gül.« Die Friseurin gab ihr eine kleine, warme Hand. »Ich weiß nicht, was ich denken soll. Etwas geht hier vor, aber ich komme nicht dahinter, was. Darf ich Sie auf einen Tee einladen?«

»Wasser wär mir im Moment lieber.«

»Natürlich, wenn es so heiß ist.«

In der kleinen Garderobe des Friseurgeschäftes waren sie unter sich. Die Geräusche aus dem Laden drangen nur gedämpft herein, wie ein fernes Echo.

»Ich weiß nicht, was ich machen soll. Seit Sie hier angekommen sind, laufen die Dinge aus dem Ruder.«

»Ich hab ja gesagt – meine Freundin – sie und Mehmet …«

»Glauben Sie mir, ich versteh Sie! Aber meine Cousine und ich, wir sind wie Schwestern aufgewachsen. Ich fühl mich für sie verantwortlich.« Gül ließ Wasser in ein Glas laufen, schnitt eine Scheibe von einer Zitrone ab, gab sie in das Glas und reichte es Berenike. Die Kühle drang in ihre Handflächen, beruhigte ein wenig in der schmierigen Hitze. Gül hantierte mit einer Kanne, die auf einer elektrischen Herdplatte stand. Sie bemerkte Berenikes neugierigen Blick. »Ich koche immer noch Tee wie in der Türkei. In die obere Kanne kommt der starke Teeaufguss, im unteren Gefäß befindet sich heißes Wasser. Praktisch, nicht wahr? Solchen Traditionen kann ich etwas abgewinnen.« Sie lächelte. »Aber darüber wollte ich nicht mit Ihnen reden.«

Berenike winkte ab. »Ich liebe Tee. Nur habe ich heute schon so viel davon getrunken.«

»Ich möchte mit Ihnen über Hepsen sprechen. Und über Mehmet. Haben Sie denn schon mehr herausgefunden? Das ist eine wilde Geschichte, dass der Mann schon verheiratet ist. Er hat immer behauptet, er sei geschäftlich viel auf Reisen.«

»Ha, dasselbe hat er Am … seiner Frau auch gesagt.«

»Na super. Und was machen wir jetzt?«

»Bigamist ist er ja – zumindest noch – nicht. Aber …«

»Aber er hat meiner Cousine die Ehe versprochen. Das bedeutet bei uns viel. Wissen Sie, ich habe Hepsen zum ersten Mal gesehen, als sie einen Tag alt war. Das verbindet. Mehmet hingegen kenne ich zu wenig …« Gül nahm einen Schluck Tee. »Hepsen macht mir Sorgen. Sie ist jung und unbedarft und so leidenschaftlich. Alles ist bei ihr tausendprozentig. Ich möchte sie beschützen … Ich weiß, das Leben läuft nicht immer so, wie man es gerne hätte. Vor allem, wenn man so jung ist. Ich wurde von meiner Familie verheiratet, als ich 14 war. Ich bin hier in die Schule gegangen, meine Eltern gehörten zu den ersten Gastarbeiterfamilien in Österreich. In den Ferien in der Türkei hat man mir meinen künftigen Mann vorgestellt. Er kam nach der Hochzeit mit mir nach Österreich, 16 war er. Ich habe mich bald von ihm getrennt, bei so einem Pascha hätte ich es nicht ausgehalten! Ich sollte viel arbeiten, meine Lehre zur Friseurin gut abschließen. Er wollte überhaupt nichts tun, ich sollte ihm mein ganzes Einkommen abliefern. Nein, wirklich nicht. Ich habe mich scheiden lassen. Das war ungewöhnlich, aber meine Eltern haben meine Entscheidung mit der Zeit akzeptiert. Jetzt bin ich Geschäftsfrau und verfüge über mein eigenes Geld. Aber

Hepsen … hoffentlich macht sie keinen Unsinn … Ich hab schon alle angerufen, niemand hat sie gesehen. Sie malt sich alles Mögliche aus mit Mehmet. Na, ich würd mich nicht mehr so leicht auf einen Mann einlassen.«

»Wem sagen Sie das.« Wieder fiel Berenike Jonas ein. Hätte ihr früher jemand gesagt, sie würde mit einem Polizisten etwas anfangen … ha! Wie ungewöhnlich für ihn, er hatte schon lang nicht angerufen. Stopp, jetzt fing sie schon an wie er!

»Hepsen verhielt sich schon ein Weilchen anders als sonst. Mehmet war länger als üblich nicht hier, da hat sie sich Sorgen gemacht.«

»Wann war diese … Pause, in der er Hepsen nicht besucht hat?«

»Letzten Monat, ich müsste lügen, wann genau.«

»Vielleicht gegen Ende Juli?«

»Es könnte sein, sicher bin ich mir nicht. Hepsen wird sich schon daran erinnern.«

»Verflixt, aber Hepsen ist nicht da! Hat Ihre Cousine einen Kalender, in den sie das eingetragen haben könnte?«

»Glauben Sie, ich schnüffle ihr nach? Aber wirklich nicht.« Gül sah abweisend aus.

Berenike wechselte das Thema. »Wie lange sind Hepsen und Mehmet verlobt?«

»An die zwei Jahre.«

Die Verlobung musste also stattgefunden haben, bevor Amélie ihren Traummann, oder besser Alptraummann, kennengelernt hatte.

»Hepsen ist eifersüchtig, stimmt's?«

»Ja, das haben Sie bemerkt, nicht wahr? Hepsen hat Mehmet hinterherspioniert. Sie ist ihm sogar nachgefahren. Hat ihn im Salzkammergut aufgestöbert. Er hat behauptet, er arbeite dort.«

»Wie bitte?« Na super, eine mehr, die zum Zeitpunkt des

Mordes an Caro in der Nähe war. Statt dass man die Verdächtigen der Reihe nach ausschließen konnte, wurden ständig mehr präsentiert.

»Sie hat wirres Zeug geredet, dass sie Mehmet mit einer anderen Frau gesehen hat. Wenn er sie entdeckt hat, wie sie hinter ihm herschnüffelt – so wie ich ihn kenn, muss er das Heft fest in der Hand haben. Und Hepsen ist temperamentvoll. Er war jedenfalls nervös, als er nach Hepsens Reise wieder nach Wien kam.«

»Trauen Sie ihr einen Mord zu? Ich habe Ihnen von der getöteten Frau erzählt. Vielleicht hat sie etwas über sein Doppelleben herausgefunden und ihn damit konfrontiert. Ich weiß, dass die Tote gern Tacheles geredet hat.«

»Tacheles?«

»Die Wahrheit.«

»Ach so. Hepsen? Nein. Doch nicht Hepsen! Sie ist jung und ungestüm, aber … also wirklich nicht.«

»Es könnte sein, dass Mehmet in der Ermordeten eine Mitwisserin aus dem Weg geräumt hat, damit sein Doppelleben nicht auffliegt. Nur die Art des Tötens – so ritualhaft – ganz schrecklich –, die passt nicht in dieses Bild.«

»Ritualhaft? Was meinst du damit? Entschuldige, ich habe Du gesagt.«

»Bleiben wir dabei, ja?«

»Gern.«

Berenike schilderte, wie sie Caro gefunden hatten. Diese Schönheit in all dem Blut, der Grausamkeit. Gänsehaut kroch ihr über die Arme, während sie erzählte.

»Wie erschütternd.« Gül schüttelte den Kopf. »Hoffentlich tut die Polizei alles, was sie kann.«

Jonas, dachte Berenike. Hoffentlich kam er jetzt in seinen Ermittlungen besser voran als vor ihrer Abreise. Schließlich ermittelte sie wegen seiner mangelnden Erfolge.

»Normalerweise kenn ich Mehmet als lässigen Typen. Könnte mir auch gefallen, wenn …«

Nein, nicht auch noch Gül!

»Aber ich lebe viel lieber allein. Dass er jetzt so viel getrunken hat, passt nicht zu ihm. Er hätte das normalerweise nie getan. Da war er seiner Kultur immer treu. Er muss irgendein Problem haben, er steht unter Druck, das spüre ich.«

Eine Weile sagte keine was.

»Hepsen … wenn sie mit Mehmet weitergegangen ist, du weißt schon …«

»Klar.« Das Wort Sex auszusprechen, war hier wohl zu viel verlangt.

»… dann bekommen wir ein Problem. Mein Bruder denkt sehr traditionell. Wenn Hepsen ihre Ehre … du weißt schon.

»Hoffen wir, dass Hepsen bald zurückkommt. Dass nicht … noch was passiert.«

»Ja.«

Sie verabschiedeten sich mit freundschaftlichem Händedruck. Berenike verschwand durch die hintere Tür. Sie trat in den Hof, wo es jetzt in der grellen Hitze noch mehr stank. Das plötzliche weißliche Licht knallte auf eine Tür, die sie zuvor nicht bemerkt hatte. Wahrscheinlich eine ehemalige Werkstatt. Sie setzte sich auf die Stufe. Nur kurz, eine Pause! Berenike wischte sich den Schweiß von der Stirn. Dieses verdammte Kleid! Ihre Beine schmerzten unter dem dicken Jeansstoff. Dazu die geschlossenen schwarzen Schuhe.

Sie ging langsam durch den hässlichen Gang Richtung Haustor. Ganz finster war es mit einem Mal wieder. Ein echtes Gewitter, das wäre schön. Berenike fühlte sich wie betrunken von der Hitze, dazu der ganze Tee dauernd … komisch, sie hätte es nie für möglich gehalten, dass er ihr einmal zu viel werden konnte. In Gedanken, wie sie war, bemerkte sie den schwarzen Schatten zu spät. Er flog auf sie zu und dann lag sie am Boden, eine Stimme über ihr, eine Stimme, geheimnisvoll wie aus 1001 Nacht, eine Stimme wie die Rache persönlich, eine Stimme, die …

»Hepsen! Was willst du?« Warum nur hatte sie sich schon wieder in so einen blöden Fall verstricken lassen! »Was ist los?«

Da lag ein Ungeheuer auf ihr und setzte ihr eine Waffe an, Metall, das scharf war und wehtat, unglaublich weh, und eine Stimme schrie: »Was willst du von meinem Mehmet?«

Es war die kleine Hepsen, die so harmlos aussah. Und aus allen Fenstern glotzten Leute, aber keiner sagte etwas und niemand kam Berenike zu Hilfe. Und dann sah sie das Messer, das Friseurinnenmesser, mit dem Hepsen ihr den Nacken ausrasiert hatte, gestern erst. Ein Messer wie …

SIEBZEHN

TIBETISCHER BUTTERTEE

»Du bist die Mörderin!«, brüllte Berenike. »Warst du an dem Tag in Hallstatt? Du hast Caro getötet! Gib es zu!« Sie schrie und schrie. Dachte an das Messer, mit dem man Caro umgebracht hatte. Sah das andere Messer, so nah an ihrer Kehle. Wie Caro, fuhr es ihr durch die Gedanken. Dann rannte das türkische Mädchen weg, hinaus aus dem Hof und durchs Haustor. Ihre Schritte waren noch eine Weile zu hören, doch

Berenike zu langsam, bis sie aufgestanden und losgerannt war … und das doofe Gewand, das sie trug …

Es war vorbei, die Kleine war weg.

Berenike fühlte sich alt, steinalt. Sie lehnte sich an eine Häuserwand und atmete keuchend, wie ein Sportler, der die Ziellinie gerade noch als Letzter geschafft hat. Das ganze Training hatte nichts genutzt, Karate, Tanzen und Krafttraining, weiß der Teufel. Ihr Gewand sah erbarmungswürdig aus. Dumpfer Schmerz drang aus dem Knie in ihr Bewusstsein. Der Aufprall vorhin. Ihr Hals fühlte sich staubtrocken an. Die Luft dampfte unter einer heißen, gelangweilten Sonne.

Wen anrufen …? Sie tippte auf dem Handy herum. Horst, warum nicht. Zitternd sprach sie. Auf Horst konnte man bauen, er würde in seinem Alfa angerauscht kommen, verlässlich wie ein Pfarrer, und das, obwohl sie so gespottet hatte über den Angeberschlitten!

Im Auto tauschte sie ihre Schuhe gegen Flip-Flops aus, die sie in ihrer Tasche mitgebracht hatte. Was für eine Erleichterung!

»Fahren wir zum Wienerberg?«, schlug Berenike vor.

»Wohin?«

»Geh, kennst dich in deiner Heimatstadt nicht aus? Als Mundl tätest du nie durchgehen.«

»Hier jedenfalls war ich noch nicht oft.«

»Eher in Döbling, was?«, stichelte Berenike.

Er zuckte mit den Achseln.

»Ich tät gern die Füße ins Wasser halten, der Ziegelteich dort liegt am nächsten.«

Horst sah sie blitzend an. »Na gut, wenn du willst.« Er parkte in der Nähe der gläsern spiegelnden Bürotürme, stieg aus, sah sich mehrmals wachsam um. »Ist die Gegend hier wirklich ungefährlich?«

»Was weiß ich, aber du bist doch versichert?«

»Ja schon …«

»Na eben.«

In dem Erholungsgebiet mit seinen Sträuchern, Wiesen und Teichen war trotz des Regens von vorhin einiges los. Die Wärme hatte nicht nachgelassen. An den Büschen sah man erste Hagebutten, halb grün noch, nur einen allerersten roten Schimmer hatten sie. Hunde plantschten im Wasser, laute Musik erschallte, irgendein Technozeug. Dazu Jugendliche mit jeder Menge Tätowierungen und dem gewissen herausfordernden Blick, Bierdosen in der Hand.

An einem abgelegenen, halbwegs ruhigen Plätzchen ließen sich Horst und Berenike nieder. Was für eine Wohltat, die heißen, geschwollenen Beine ins Wasser zu strecken. Und durchatmen, einfach nur sitzen, atmen, sich ablenken lassen von dem eben Erlebten. Schwimmen wollte Berenike hier nicht, an einen Badeanzug hatte sie nicht gedacht. Fürs Nacktbaden war zu viel los. In der Nacht vielleicht … Außerdem wusste sie nicht, ob die Wasserqualität zum Baden reichte. Horst sah sich neugierig um.

»Wo du jetzt stehst und staunst«, erklärte Berenike, »haben sich einst die sogenannten Ziegelbehm, Arbeiter aus Böhmen, abgerackert, um für die Wiener Ringstraße das nötige Baumaterial aus dem Lehm zu schlagen.« Geplapper, nichts als Geplapper. Das musste der Schock sein.

»Was du alles weißt. Ich kenn nur den Golfplatz …«

»Das ist wieder typisch.«

Später saßen sie in Wiens einzigem Tibet-Restaurant in der Nähe der Volksoper. Ein weiterer Regenguss hatte sie vom Wienerberg vertrieben. Wolkenungeheuer waren über die Hochhäuser hereingebrochen, das Donnergrollen hatte mächtig gehallt. In der dampfenden, feuchten Hitze hatte die

Sicht plötzlich gegen null tendiert. Der Teich hatte von einer Minute auf die andere feindselig gewirkt, tödlich einsam und dunkel. Berenike hatte das kühle Nass auf der Haut genossen. Ihren heißen Wangen tat das gut, ebenso wie den Füßen, als sie durchs weiche Gras ging. Zwischen den Zehen drang Feuchtigkeit durch, Grashalme duckten sich sanft unter ihren Sohlen. Und den Gedanken tat das sowieso gut, erhitzt, wie sie von der Mörderjagd waren.

Jetzt lümmelten Berenike und Horst in dem Lokal auf lässigen Sofas. Noch immer mochte Berenike nicht recht an Hepsen und ihre Attacke denken. Lieber die Bilder an den Wänden bewundern, Fotos aus dem tibetischen Hochgebirge. Sich ganz auf das Jetzt konzentrieren. Es gab Buttertee, die Mischung aus starkem schwarzem Tee, fetter Butter und Salz war allerdings gewöhnungsbedürftig. Traditionell bereitete man das Getränk mit Yakbutter zu, in Europa kam normale Butter zum Einsatz. In den 4.000 Meter hohen Bergen galt Buttertee als unverzichtbarer Energielieferant. Früher hatten die Menschen aus Tibet mit China Handel getrieben, indem sie chinesischen Tee gegen Pferde eintauschten …, so friedlich ging es heute dort beileibe nicht mehr zu. Die Tea Horse Trade Route hätte Berenike aber wirklich gern besucht.

»Du erlebst Sachen!«, schnurrte Horst, während er ihr den Nacken massierte.

Sie hatte angefangen, von ihren Erkenntnissen zu berichten und von Hepsens Überfall. »Soll ich glauben, dass diese kleine türkische Maus Caro getötet hat? Hepsen steckt voller ungezügelter Leidenschaft, aber eine Mörderin? Gül glaubt das nicht.«

»Die Verwandten glauben so was nie.« Horsts Finger spielten an Berenikes Kreuz. »Hej, entspann dich! Ich weiß, was dir jetzt guttut.« Er reckte die Beine weit auseinander. »Du hast doch gesagt, Mehmet hat ein Verhältnis mit dieser Caro zugegeben. Er könnte sie umgebracht haben, weil sie ihm zu weit ging und mehr als Sex von ihm wollte?« Bei den letzten Worten leuchtete Horsts Gesicht auf wie eine glitzernde Sternennacht. Er grinste, rekelte sich und nahm langsam einen Schluck Tee.

»Von Mehmet? Geh, bitte. Sie hat ihn verachtet, das hat sie allen klar gemacht. Wie sich zeigt, zu Recht.«

Horst fing an, ihre Schultern zu kneten. Er machte es genau richtig, nicht zu fest und nicht zu leicht. Die Wärme seiner Berührung tat gut, lebendig, wie sie war. Sie verscheuchte die Gedanken an dieses ewige Töten.

»Lass los, lass alles los«, hauchte Horst auf ihre Nackenhaut. Das war gut, das war aufregend …

Berenike schob die Hand weg. »Ich muss nachdenken. Da ist zu viel Chaos in Bezug auf den Mord an Caro. Es gibt zu viele Verdächtige. Mehmet, Hepsen, ja sogar Amélie, aber das glaub ich am allerwenigsten. Adi find ich seltsam in seiner Art, auch wenn ihn Selma als harmlos einschätzt. Aber die hat selbst ein Glas mit Buttersäure herumgetragen und das normal gefunden. So viele hätten ihre Gründe gehabt, Caro zu töten. Amélie will auf keinen Fall, dass sie wegen ihrer Ehe mit Mehmet ausgelacht wird. Er hat ein Verhältnis mit Caro zugegeben. Niemand ist frei von Eifersucht … Hepsen am allerwenigsten. Und Mehmet auch nicht, falls Caro sein Doppelleben aufgedeckt und ihn zur Rede gestellt hat. Ich weiß übrigens immer noch nicht, weshalb Caro so überstürzt Amerika verlassen hat.«

»Amerika?«

»Ja, sie hat drüben große Erfolge als Tänzerin gefeiert, das hat mir Amélie erzählt. Das ist die Leiterin …«

»… des Tanzstudios, ich weiß, du hast es mir erzählt. Die Mischpoche muss ich mir einmal ansehen. Ich könnt dich besuchen …, was meinst du? Na, reden wir später darüber.

Also haben sie alle einen Grund gehabt, Caro aus dem Weg zu räumen.«

Sieh an, wie er sprach, der Mann hatte unerwartet Vorstadtslang drauf. Sein elegantes Gehabe, alles Show. Alles Schein, um zu beeindrucken.

»Wobei, wieso sollte Amélie das Zugpferd ihres Tanzstudios umbringen? Das wär schön dumm.«

»Eifersucht hat schon manche Leute zu kopflosen Aktionen getrieben.«

»Stimmt.«

Horst hob die Hände und ließ sie sachte auf ihren unteren Rücken sinken. Warm blieben sie dort liegen.

Berenike zuckte mit den Achseln, um Horst abzuschütteln, er machte sie ganz … Sie war sich nicht ganz klar, was er sie machte. Er brachte sie durcheinander, dass sie ganz aufgeregt wurde, viel zu viel lächelte. »Es muss etwas passiert sein in Amerika, Caro hätte sonst nicht ihren luxuriösen Lebensstil hinter sich gelassen.«

Horst nickte. Das verstand er, der Vorstadtvillenbewohner. Man musste ihm mit Geld kommen, immer. Auch mit dem Geld anderer. Das zog.

»Caro hat jahrelang nicht viel auf ihre alte Heimat gehalten.« Berenike probierte den ersten Bissen ihrer Thukpa, einer wohlschmeckenden klaren Suppe mit Nudeln und jeder Menge Gemüse, angeblich nach einem Rezept des Dalai Lama gekocht. Den beteten ja jetzt viele an. »Ich vermute, irgendeine Gefahr hat Caro in die Flucht getrieben.« Sie winkte der Kellnerin und bestellte Ayurvedatee.

»Amerika«, Horst legte seinen Löffel hin und wischte sich geziert den Mund ab, »ich hab drüben studiert, Fulbright, Auslandssemester. Einer meiner Kollegen hat beim FBI Karriere gemacht. Ich könnte ihn fragen wegen deiner Toten. Was hältst du davon, wenn wir gemeinsam rüberjetten? So eine

Auszeit täte dir gut, deine Muskeln sind völlig verhärtet.« Er klopfte wieder die schmerzenden Stellen in ihrem Nacken. »Wir lassen es uns gut gehen«, seine Hand wanderte kurz wie ein heimliches Versprechen über ihre Brust, »und nebenher besuchen wir den Michael …, was meinst du?«

»Mein Salon, du weißt ja, Geschäftsaufbau.«

»Klar, verstehe ich. Ich werde Michael kontaktieren. Dann seh'n wir weiter.«

»Gerne.« Berenike lehnte sich zurück. Horst war so anders als Jonas. Er unterstützte sie, wo er konnte, sogar mit seinen Kontakten. Doch er rührte ihr Inneres nicht so, wie es Jonas tat. Das wurde ihr mit einem Schlag sonnenklar. Aber darüber wollte sie später nachdenken.

Und dann sah Horst sie groß an und sagte: »Ich bring dich nach Hause.« Und los ging es in seiner Kapitalistenkutsche, aber mit nach oben wollte sie ihn nicht nehmen, den Schnösel.

ACHTZEHN

Handyläuten trieb sie aus dem Schlaf. Na, bitte, net jetzt! Damn, sie hätte das Ding in der Nacht ausschalten sollen. Sie wusste nicht einmal, aus welcher Richtung das Läuten kam. Gerade war sie dabei einzuschlafen, hatte sehnsüchtig an ihren Salon und den See gedacht. Sie zog sich das Polster über die Ohren, aber das Handy dudelte unermüdlich. Der

Erzherzog-Johann-Jodler war schon mal witziger gewesen. ›Wo i geh und steh, tuat mir's Herz so weh‹ – was hatte sie sich dabei nur gedacht! Fehlte noch, dass sie künftig im Steirerjanker herumrannte oder zu jodeln anfing.

Müde tastete sie nach ihrer Tasche, stieß gegen das Nachtkästchen, das Telefon fiel schmetternd zu Boden, jodelte aber unaufhörlich weiter. Endlich hatte sie das Gerät unter dem Bett hervorgefischt. Eine Turnübung mitten in der Nacht, das förderte den Kreislauf. Auch schon was.

»Ja?«, murmelte sie lustlos.

»Ich bin's. Hilf mir, ich bitte dich.«

»Wer spricht da?«

»Mehmet.«

»Mehmet? Was willst du mitten in der Nacht?«

»Es gibt eine Tote.«

»Was?« Jetzt saß Berenike kerzengerade im Bett und drehte das Licht auf.

»Eine Tote in der Firma.«

»Jetzt?« Berenike rieb sich die Augen. »Es ist fast Mitternacht.«

»Ich, äh«, Mehmets Stimme schwankte holprig. »Wir hatten ein wichtiges – äh – Meeting.«

»Hast du wieder getrunken?« Sie hörte sich streng an, sie wusste es.

»Ja. Nein. Aber …«

»Wo bist du genau?«

»Bei Koromar, im Headquarter. Dritter Bezirk; Am Modenapark 5. Bitte, kannst du herkommen? Ich weiß nicht, was wir tun sollen. Du hast doch Erfahrung mit … äh … Todesfällen.«

»Ruf die Polizei, Mehmet! Das muss sowieso jemand tun.«

»Ja, aber ich habe Angst. Du bist meine einzige Hoffnung.

Ich als Ausländer … Mich verdächtigen sie doch als Ersten. Und wenn sie mich verhaften … mein Job … Amélie …«

»Ruf doch deine hübsche Hepsen an oder die clevere Gül!«

»Bitte, Berenike. Ich werde dir ewig dankbar sein.«

»Na gut, aber du bezahlst das Taxi.«

»Ja ja, natürlich.«

Wenige Minuten später hastete Berenike hinaus auf die Argentinierstraße. Am Gürtel war das Verkehrsrauschen etwas erträglicher als tagsüber, aber immer noch heftig. Zum Glück bekam sie gleich ein Taxi, einen taubengrauen Mercedes.

»Zum Modenapark, bitte«, nannte sie dem Fahrer ihr Ziel. Als sie dessen ratlosen Blick im Rückspiegel wahrnahm, ergänzte sie: »Das ist in der Nähe von Wien Mitte. Landstraße. Die Schnellbahn, kennen Sie das?« Er nickte, sie war nicht überzeugt. Aber nach einigen, wie es schien, zusätzlichen Runden setzte er sie tatsächlich auf dem kleinen Platz ab.

Sie zahlte und sprang hinaus. Ruhig lag die kleine Grünfläche da, nur auf einer Parkbank saß eng umschlungen ein Pärchen. Der Ballspiel-Käfig wartete verlassen auf den nächsten Morgen. Auf der gegenüberliegenden Seite konnte Berenike das Verwaltungsgebäude einer Bank ausmachen. Ihr Blick wanderte zurück zu Hausnummer 5. Nachdenklich sah sie die dunkel daliegende Fassade hoch. Ihr schauderte bei dem, was sie da oben erwarten mochte.

Ein Signaltonhorn schnitt scharf in ihre Gedanken. Tatütata, die Polizei war auch schon im Anrollen. Noch konnte sie kein Blaulicht ausmachen. Rasch ging sie auf das Gebäude zu, um noch vor den Beamten am Tatort einzutreffen und ein paar Worte mit Mehmet zu wechseln. Sie wollte den Täter, den wahren Täter, nicht einfach nur einen Schuldigen. In Kürze würde hier die Hölle los sein.

Seltsam – die Tür war mit einem Stück Holz aufgeblockt. Na, das würde die Security freuen. Vorsichtig ging Berenike weiter. Im Foyer war es bis auf eine Notbeleuchtung dunkel, zum Glück schien das Licht der Straßenlaternen ein wenig herein. Eine weitere Tür, diesmal aus Glas, stand ebenfalls einen Spalt weit offen, irgendwelche Lichter an dem kleinen Kästchen an der Wand, das wahrscheinlich den Zutritt regelte, blinkten aufgeregt bunt. Dahinter lag ein langer, einsamer Gang. Es war still. Viel zu still.

Sie hastete zum Lift. Der war zum Glück nachts in Betrieb. Nicht auszudenken, wenn sie in diesem Bürogebäude das Stiegenhaus hätte suchen müssen! Zweiter Stock, Zimmer 2 Punkt 11, hatte Mehmet ihr den Weg beschrieben.

Na, komm schon, feuerte sie den Aufzug in Gedanken an. Endlich bremste er sich mit schmerzenden Quietschgeräuschen im Erdgeschoss ein. Berenike sah durch ein Fenster, dass die Ordnungshüter schon näher kamen. Sie zerrte die schwere Aufzugtür auf, sprang hinein, der Lift gab ein Rumpeln von sich, setzte sich quälend langsam in Bewegung. Im zweiten Stock wurde die Tür von außen aufgerissen. Grelle Beleuchtung, dazu weiße Wände, das trieb Berenike Tränen in die Augen. Vor ihr stand Mehmet, der Mann, der in die interessantesten Situationen geriet. Wie ein Nachwuchsgangster hatte er sein Haar mit Gel nach hinten geschleckt, aber immerhin trug er ein Sakko zur Jeans und den Stiefeln.

»Komm mit, bitte.« Zweimal links herum, Mehmet öffnete eine weiße Tür, und sie standen vor einer auf dem Boden liegenden Frau. Einem Frauenkörper, berichtigte sich Berenike. Drei stumme, reglose Gestalten umringten die Tote. Ebenso grelles Licht wie am Gang fiel auf einen o-förmigen Besprechungstisch mit weißer Oberfläche. Atmen war zu hören, dazu das sirrende Geräusch einer Klimaanlage. Kühl war es im Raum, verglichen mit der Hitze draußen. Berenike rieb sich die nackten Arme, schauderte im Nacken. Sie hatte vorhin nur schnell ein T-Shirt und Jeans angezogen.

»Wir haben die Anlage kühler gestellt, damit die Leiche …« Einer der drei Männer, ein Rockertyp mit braunen Haaren und Springerstiefeln, stockte und schluckte. Er sah Berenike kaum an, sein Blick war wie erstarrt zu Boden gerichtet, weg von der Toten.

»Wer sind Sie? Wer hat Sie gerufen?«, kam es von draußen, mit einer herrischen Stimme.

»Sven, das ist Berenike«, Mehmet klopfte dem anderen aufmunternd auf die Schulter. »Du weißt doch, aus Altaussee. Sie kann uns sicher helf …«

»Ach so?« Jetzt traf Berenike ein kritischer Blick aus den verschwommenen dunklen Augen des Unbekannten.

»Sven Gerling meint es nicht so, Berenike«, fuhr Mehmet mit der Vorstellung fort, als wären sie auf einer Party. Der Angesprochene sah auf, als wollte er etwas sagen. Dann schüttelte er reflexartig Berenikes Hand. Seine große, unwillig dargebotene Pranke drückte kräftig zu, zu kräftig.

»Ellen hat mir«, er schluckte und wandte den Blick zur Toten, »von deinem komischen Lokal erzählt.«

»Kinder«, ein Anzugträger, von Kopf bis Fuß Business, sogar im Gesicht, meldete sich zu Wort und räusperte sich, eher er weitersprach. »Bleiben wir bei der Sache.«

»Das ist Herr Möller«, warf Mehmet ein, der nun im Raum hin und hertigerte .

»Ja. Also. Was ist der Status? Was ist geschehen, soweit wir es wissen? Und wo wollen wir hin?«

Ach, wie Berenike diese aufgeblasene Businesssprache zuwider war. Herr Möller sah die Tote an und dann in die Runde. Merkwürdig kühl hörte sich seine Stimme an. Die Lautstärke schmerzte in den Ohren.

Neben dem Anzugheini und dem Rocker stand noch einer in Jeans, weißem Hemd und Sakko, sehr blass sah der aus und verbraucht, starker Raucher vielleicht. Okay, und jetzt die Leiche. Berenike schloss einen Moment die Augen und konzentrierte sich dann auf den Anblick der toten Frau. Die Tatsachen, sie würde einfach die Tatsachen registrieren. Die Frau lag auf dem Bauch, eine Hand grotesk von sich gestreckt. Der braune Kostümrock war hochgerutscht, gab helle, seidenbestrumpfte Beine frei. Sie war groß für eine Frau und schlank. Einer der dunkelbraunen, teuer aussehenden Pumps musste ihr beim Sturz halb vom Fuß geglitten sein. Braunes, langes Haar begrub ihren Kopf unter sich. Es wirkte weich und glänzte mit den Strümpfen um die Wette. Zu gern hätte Berenike ihren Gesichtsausdruck gesehen, aber das ging nicht, man durfte sie nicht einfach umdrehen.

»Was ist passiert?«, fragte sie stattdessen.

Mehmet blinzelte und atmete hektisch. Sven sah zu Boden, der Anzugmann starrte. Nur der Jeansträger hielt Blickkontakt, obwohl er aussah, als würde er jeden Moment umkippen. Eine Fliege summte am Fenster. Bevor jemand reagieren konnte, hatte Sven die Hand auf das Tier geklatscht. »Tot«, murmelte er und hielt sie hoch.

»Wenn ich helfen soll«, wiederholte Berenike, die ihren Blick nicht von Sven mit dem toten Insekt lösen konnte, »dann sagen Sie mir bitte, was passiert ist.«

»Müssen wir ihr das?«, fragte der Typ im Anzug mit unbeteiligter Businessstimme.

»Sie ist eine gute Freundin«, Mehmet sah um Zustimmung heischend zu Berenike, »sie wird uns helfen. Sie ist so was wie eine Detektivin.«

Schön umschrieben. Jonas würde es anders sehen … aber der war nie da, wo Berenike ihn brauchte. Dafür schneite jetzt Jansky herein. Auch so ein alter Bekannter, der Chefinspektor Jansky von der Kriminalpolizei in der Berggasse, mit seinem ewigen Adjutanten Hochfeld. Bezirksinspektor Hochfeld, wie der Jungspund nicht müde wurde zu betonen.

»Was machen Sie wieder hier?«, quengelte Jansky erwartungsgemäß und sah Berenike ungehalten an. Er sprach nie anders mit ihr, seit sie sich letztes Jahr begegnet waren. Sein schnöseliger Kollege Hochfeld ergänzte: »Wir treffen Sie ein bissl zu oft neben auf unklare Weise zu Tode Gekommenen. Wir sprechen uns noch, Frau Roither.«

Ja ja, red du nur, dachte Berenike, ich mach nicht noch einmal den Fehler und lass mich von dir hops nehmen. U-Haft, tss. Eine Nacht in einer Gefängniszelle zählte zu den Erfahrungen, auf die sie gern verzichtet hätte. Zumindest hatte sie die Tote diesmal nicht gefunden und dafür gab es Zeugen. Ein absoluter Pluspunkt. Mann, war sie müde, das überdeckte sogar die Übelkeit angesichts der Toten.

Hochfeld wollte sie hinausschicken.

»Sie bleibt, bitte«, Mehmet sah die Kriminalpolizisten eindringlich an. »Sie ist eine Vertraute, ich fühle mich besser, wenn ich nicht auf mich allein gestellt bin.«

»Also gut.« Hochfeld wandte sich an den Manager im Anzug. »Wer hat die Tote gefunden?«

Alle vier Männer setzten zum Reden an.

»Ich kam als Erster zurück«, meldete sich der Mann im Anzug.

»Ihr Name?«

»Möller.«

»Sie sind im Unternehmen tätig?«

»Ja.«

»Als was?«

»Berater.«

»Geht's genauer?«

»Sie würden's eh nicht kapieren.«

»Das lassen Sie meine Sorge sein«, zischte der Bezirksinspektor und sah sich um. Falls er Kaffee suchte, Berenike kannte seine Sucht, dann würde es hier schwierig für ihn werden. Die Männer im Raum wirkten alle nicht gerade so, als könnten sie Kaffee kochen. Und kein Automat in Sicht.

»Ich habe einen Beratungsauftrag«, ergänzte Möller widerwillig. »Und ein Büro hier, aber ich bin nicht in der Firma angestellt.«

Sven wollte auffahren, aber Mehmet griff mit einer Hand nach seinem Ellbogen.

»Aha«, murmelte Jansky, als würde er verstehen.

»Was ist hier passiert?«, fragte Hochfeld und riss sich von seiner Suche los. Dieselbe Frage, nun würde sie beantwortet werden, weil ein Polizist sie stellte. Ein Kriminalpolizist.

»Inge Starkmann ist … war unsere Chefin. Sie war der Si-Äs-Oh.«

»Wie bitte?« Verständnislos glotzte Jansky Möller an. Berenike konnte es ihm nachfühlen. Ausgerechnet mit Jansky konform zu gehen, da gab es Besseres.

»CSO«, buchstabierte Möller auf Deutsch, »die Abkürzung für Chief Security Officer. Sie ist die konzernweite Sicherheitschefin.«

»Eine Frau als Chefin der Security?« Der hochnäsige Hochfeld hatte mehr als Bedenken in der Stimme.

Der Anzugträger nickte. »Sie haben recht, darüber haben wir uns auch gewundert. Aber als Chefin koordiniert und plant sie mehr, als dass sie vor Ort im Einsatz wäre.«

»Ihr wolltet ja bei dem Stratätschi-Meeting …«, fuhr Sven auf und machte Anstalten, sich auf Möller zu stürzen.

Der Manager unterbrach ihn. »Wir hatten heute ein wichtiges Meeting.« Der Mann sprach kühl, als wäre er der Spion, der aus der Kälte kam.

»Ein was?«

»Eine Besprechung zur künftigen Sicherheitsstrategie, Herr Oberkommissar.« Möller stöhnte.

»Chefinspektor.«

Jetzt sah der Anzugträger blöd drein, kommentierte es aber nicht. Stattdessen erläuterte er den Abendtermin. »Das Treffen zog sich in die Länge. Wir hatten viele künftige Dinge abzustimmen und dann war da ein akutes Problem zu lösen, nicht wahr, Sven?«

»Ja, ähm –«

»Das da wäre?«

»Mehr dürfen wir nicht sagen.«

»Das werden wir ja noch sehen«, beschied Hochfeld. »Wie lange befinden Sie sich bereits im Büro?«

»Seit dem Morgen, wie mein Kollege hier aus dem Haus.« Er deutete auf den Jeansträger. »Mehmet und Sven trafen zur Sitzung ein, wobei«, er sah Sven an, »Herr Gerling ziemlich spät kam. Die beiden sind an unserem Produktionsstandort in Hallstatt tätig.«

»So. Wann begann das Meeting?«

»Gegen 17 Uhr, vielleicht zehn Minuten später. Wir besprachen die verschiedenen Punkte der Tagesordnung. Unter anderem neue Pläne der Umstrukturierung, um noch effizienter für die Sicherheit des Konzerns zu sorgen. Frau Starkmann hat Sven eine Stelle in Bulgarien angeboten. Es soll in Zukunft ein Unit geben, in dem die Sicherheit in CEE gebündelt wird.«

Berenike sah zu Sven hinüber, aber der war nur mit seiner Fliege beschäftigt.

»CEE?«, fragte Jansky.

»CEE ist die Abkürzung für Central East Europe.«

Geschliffene Aussprache, jahrelanges Training. Oxford Englisch. Berlitz, tippte Berenike.

»Zentral- und Ost-«

»Ich verstehe schon«, konnte sich Jansky nicht verkneifen.

»Frau Starkmanns Vorschläge gefielen Sven nicht.« Möller lachte abfällig. »Wir waren mit dem Meeting fast fertig, als sich meine Chefin kurz entschuldigte. Sie musste wohl zur Toilette. Als sie zurückkam, lächelte sie und meinte, wir sollten Schluss machen. Ihr sei nicht gut. Dann brach sie ohne ein weiteres Wort zusammen. Ich …«

»Ja?«

»Ich wollte auf sie zu und sie stützen. Aber sie … sie war bereits auf dem Boden aufgeprallt. Als ich sie ansprach, reagierte sie nicht mehr. Mehmet hat dann sie angerufen.« Der Mann deutete auf Berenike.

»Hat jemand die Rettung verständigt?« Janskys Blicke wanderten von einem zum anderen.

»Ich – nein – Frau Starkmann rührte sich ja nicht mehr. Ich wollte sie umdrehen, um zu sehen, ob sie atmete. Mehmet meinte, ich solle nur ihren Puls kontrollieren. Der war nicht vorhanden. Weder am Handgelenk noch an der Schläfe.«

»Soso. Aha«, murmelte Jansky. Hochfeld telefonierte kurz. Dann wandte er sich lauernd an Möller. »Wollte Frau Starkmann Sie feuern? War sie mit Ihrer Arbeit zufrieden?«

»Natürlich war sie zufrieden mit mir.« Der Manager schlug sich plötzlich die Hände vors Gesicht und schluchzte unterdrückt auf. »Ich habe sie perfekt consulted.«

»Consulted?«

Möller zerrte ein Taschentuch aus dem Hosensack und wischte sich damit über die Augen. Er schniefte. »Wenn ich's für Sie übersetzen muss: Consulting heißt Beratung.« Er warf das Tuch weg und heulte mit offenen Augen.

»Hat Sie Ihnen womöglich den Auftrag kündigen wollen? Ja? Und Sie haben sie dafür so gehasst, dass Sie sie umgebracht haben?«

»Nein, natürlich nicht. Ich – wir hatten ein ausgezeichnetes Verhältnis, Frau Starkmann und ich. Ein rein berufliches Verhältnis, wenn ich das betonen darf.«

»Von mir aus.« Hochfeld nickte Möller zu und besprach sich mit Jansky. Möller murmelte: »Welche Referenz hat dieses Projekt jetzt noch, mitten im Prozess unterbrochen, das ist …«, aber keiner achtete auf ihn.

Getöse von draußen, der Amtsarzt traf mit seiner großen Tasche ein, gefolgt von den Spurensicherern. Die weiß gewandeten Männer verteilten Schilder im Raum. Schwarze Zahlen auf gelbem Grund. 1 – die Leiche. 2 – Frau Starkmanns Stöckelschuh. Wie in der Buchhaltung. Auf eine morbide Weise fasziniert, sah Berenike ihnen zu.

»Bitte warten Sie draußen.« Hochfeld komplimentierte alle übrigen Anwesenden hinaus. Auf dem Gang, auf dem ein dicker grauer Teppichboden jeden Schritt schluckte, blieben sie stehen. Mehmet, Sven, Berenike und die anderen Mitarbeiter der Firma, der Mann in Jeans ein wenig abseits. Berenike erkannte noch, wie der Arzt die Tote sanft umdrehte und bei ihrem Anblick die Stirn runzelte. Er tastete ihre Brust ab und murmelte: »Interessant …« Dann fiel die Tür zu.

NEUNZEHN

KAMILLENTEE … WÄRMT DIE SEELE

Sie warteten wie die Verrückten. Schlechte Metapher, dachte Berenike, aus mir wird nie eine Autorin. Schusterin, bleib bei deinen Leisten, sagte sie sich, bleib Gastgeberin. Wenigstens ein Sprichwort bekam sie korrekt hin.

Sie gähnte und dachte an den Zug, den sie morgen früh zurück ins Ausseerland nehmen wollte. Wenn sie jetzt nicht bald schlafen gehen konnte …

»Ich geh Kaffee machen, sieht aus, als würde das eine lange Nacht werden.« Mehmet rieb sich die rot brennenden Augen.

»Gibt es auch Tee?«

»Komm mit, Berenike, wir sehen nach. Ich bezweifle es allerdings.«

Einer der Streifenpolizisten folgte ihnen. »Anweisung«, murmelte er, als Berenike ihn fragend ansah. »Ich darf niemanden aus den Augen lassen.«

In einer kleinen Teeküche fanden sie tatsächlich Kamillenteebeutel. Besser als nichts. Berenike kochte Wasser, während sich Mehmet eine große Tasse Kaffee aus einer bereitstehenden Thermoskanne einschenkte. Seine Hand zitterte.

»Du solltest es auch lieber mit Kamillentee probieren. Der beruhigt.«

Er sah sie entgeistert an. »Das willst du wirklich trinken? Für mich ist das nichts.«

Seine Sache.

Auf dem Weg zurück zum Besprechungsraum sah Berenike ein Schild mit der Aufschrift ›Toilette‹. Damen, stand da. Wenigstens eindeutig, ohne die verwirrenden Zeichnungen oder Schuhe, die heutzutage gern auf den WC-Türen in Gasthäusern montiert waren. Sie stupste Mehmet an und deutete auf die Tür. Der Polizist nickte ihr zu, die beiden gingen ein paar Schritte weiter.

Drinnen sah es so unscheinbar aus wie auf allen Firmentoiletten. Steril weiß, die üblichen Seifen- und Papierhandtuchspender mit dem Logo einer Reinigungsfirma. Nirgends eine Spur, was Frau Starkmann passiert sein mochte. Wenn sie überhaupt dieses WC aufgesucht hatte. Sinnierend schaute Berenike auf der Suche nach einer Eingebung in den Spiegel. Im Abfalleimer fand sie nur ein zerknautschtes Papierhandtuch. Keine Lippenstiftspuren. Gosh, dachte sie, andere gehen nach Feierabend aus oder lesen ein Buch, während sie in fremdem Müll wühlte. Angeekelt ließ sie das Zeug in den Kübel fallen. Sie drehte das Wasser auf, nahm Seife, wusch sich die Hände, immer und immer wieder. Sie wandte sich zum Gehen – und erstarrte in der Bewegung.

Schwärze umgab sie schlagartig. Das Licht war ausgegangen. Sie versuchte sich zu erinnern, ob sie einen Zeitschalter gedrückt hatte. Aber nein, da war gar kein Lichtschalter gewesen, die Beleuchtung war beim Eintreten angegangen, wahrscheinlich Bewegungsmelder. Anklagend schlug das Herz gegen ihre Rippen. Sie machte ein paar Bewegungen, eigentlich müsste doch das Licht wieder angehen. Sie wartete – nichts. Dunkel. Schweigendes Dunkel.

Also gut. Die Tür hatte sich links vom Waschbecken befunden, sie tastete sich daran entlang. Nässe, dann ein Schmerz im Handgelenk. Sie war gegen irgendwas gestoßen. Don't panic, redete sie sich zu. Eine Mauer. Kacheln, kühl unter der Handfläche. Sie überlegte. Wie dumm man im Dunkel wurde! Sie bewegte sich weiter. Spürte Holz. Eine Schnalle, na bitte. Sie drückte sie – und erstarrte neuerlich.

Abgeschlossen! Sie lehnte sich gegen die Wand. Sie musste klopfen, natürlich!

»Hallo!«, rief sie, immer wieder. »Hallo, hört mich jemand? Ich bin hier eingesperrt! Im Damenklo!« Sie horchte. Trat gegen die Tür. Nichts, keine Reaktion. Sie dachte an das Handy … Das lag irgendwo, in der Teeküche oder auf dem Tisch neben dem Kopierer, wo sie auf die Polizei warten sollten.

»Haaaalloooo!« Wieder hämmerte sie gegen das Türblatt, diesmal mit der ganzen Handfläche. »Mehmet! Sven! Herr Inspektor! Hilfe! Polizei!« Sie wollte sich wieder gegen das Türblatt lehnen, das wenigstens nicht so kühl wie diese verdammten Kacheln war. Ließ ihren Oberkörper dagegen sinken … und fiel … fiel durch die plötzlich offene Tür. Licht blendete sie.

»Berenike, was machst du hier?« Svens Stimme ertönte. Streng hörte er sich an und sah ihr dabei auf den Busen, heftete sich an den Ausschnitt, ohne ihr ins Gesicht zu sehen.

»Sven! Du hast mich gerettet! Ich war eingesperrt.«

»Hast nicht aufgepasst, ha!« Er bemühte sich um einen besorgten Blick, doch hinter der Oberfläche lauerte irgendwas anderes. Er sah sich im Waschraum um, riss jede Toilettentür auf, ganz der eifrige Securitymann. »Sicher hast du verwechselt, dass die Tür nach außen aufgeht und nicht nach innen«, grantelte er.

»Ich weiß nicht, ich hab an der Klinke gerüttelt …«

»Ja ja. Womöglich war das eine der Tussis vom Reinigungspersonal. Die machen, was sie wollen. Sollten längst fertig sein um die Uhrzeit! Ich werde das morgen sofort überprüfen. Die können sich auf etwas gefasst machen.«

»Danke, Sven«, sagte Berenike, »es ist ja alles gut gegangen.« Sie wollte ihm eine Hand auf seinen Arm legen, aber er zuckte zurück. Sie gingen in Richtung der anderen, da fiel ihr etwas ein. »Ellen«, fing sie an.

Sven unterbrach sie, sah sie eindringlich an. »Was ist mit Ellen? Hast du sie gesehen?«

Berenike schüttelte den Kopf. »Nicht, seit ich von Aussee weg bin.«

»Ich«, er zerrte hektisch ein Handy aus der Hosentasche, »ich muss sie anrufen. Wenn sie jetzt endlich ans Telefon geht.« Bei seinen Worten wurde sein Blick immer düsterer, er sah Berenike nicht an dabei.

»Sven, es ist mitten in der Nacht. Du erschreckst sie.«

»Geh – wer weiß, ob sie überhaupt zu Hause ist. Jetzt, wo ich weg bin …« Er wählte, nichts passierte. Er legte auf. »Siehst du? Wo sich die wohl wieder herumtreibt!«

»Geh, Sven, sie schläft wahrscheinlich.«

»Ja?« Fragend sah er sie an und drehte sich schließlich um. Er stapfte los, schaudernd rieb sich Berenike die Arme und ging ihm nach.

»Sven, warte einen Moment!«

»Was ist noch?« Er blieb stehen, verdrehte unwillig die Augen.

»Weil ich dich grad unter vier Augen spreche. Die Polizei sucht dich. Also die Kripo daheim im Salzkammergut. Weil du Caro als Letzter lebend gesehen hast.«

Er machte eine wegwerfende Handbewegung. »Pah, Caro. Was soll mit so einer schon sein? Sie war wie immer. Die is' mit jedem mitgegangen, hast du sicher schon gehört.«

»Na und? Bei Männern ist das doch auch …«

»Na und! Na und!«, äffte er sie nach. »Das ist nicht dasselbe! So etwas ist widerlich. Alles Schlechte kommt vom Weib. Kein Wunder, dass Caro tot ist! Diese Schlampe.«

»Wohin bist du mit ihr gegangen, als ihr von Katharina weg seid?«

»Warum soll ich dir das eigentlich sagen, ha?« Angriffslustig glotzte er Berenike an. »Ein bisschen spazieren. Sie hat auf mich eingeschwafelt. Was die Weiber halt so reden.«

»Wo wart ihr?«

»Nur ein Stückerl den Salzbergweg lang.«

»Das musst du der Polizei sagen.«

»Die sollen selbst sehen, dass sie mich finden.« Er ballte eine Hand zur Faust.

»Ich kann dir die Nummer von Inspektor Lichtenegger …«

»Das ist der Kieberer, der dich vögelt, gell?« Sven stellte sich noch breitbeiniger hin. Sein lächerlicher Schnurrbart zuckte bedrohlich. »Macht er's gut, ja?«

»Arschloch.«

Das Warten dauerte. Die Tür zum Meetingraum blieb zu. Ein Streifenpolizist stand etwas abseits, ließ das kleine Grüppchen Zeugen nicht aus den Augen. Draußen lag still und geborgen der Park, an allen vier Seiten umhegt von Häusern. Die Nacht war warm, doch in kaum einem Fenster brannte noch Licht. Nur von gegenüber aus dem Gemeindebau drangen die lauten Worte einer besoffenen Streiterei.

»Wir dürfen der Polizei auf keinen Fall sagen, dass alle hier jederzeit hereinkönnen«, fing der Anzugträger auf einmal leise an, beinahe flüsternd. »Nur weil wir so blöd waren, unten offen zu lassen. Wenn das jemand aus der Firma erfährt, dann Gnade uns.«

»Glaubst du, dass der Täter ein Fremder war?«, fragte der Mann in Jeans. Sein Gesicht sah immer noch blass aus, aber er machte nicht mehr ganz so einen mitgenommenen Eindruck.

»Wer sonst? Einer von uns?« Der Berater schaute ungläubig von einem zum anderen.

»Sie selbst waren mit der«, er schnaubte, »der Starkmann allein.« Sven baute sich vor Möller auf. Sie maßen sich mit

Blicken, gleich groß, wie sie waren. »Sollen wir das auch der Polizei verschweigen?«

»Ich war mit der Chefin allein, weil ihr alle den Raum verlassen habt. Herr Gerling, Sie sind als Erster hinausgegangen. Wohin eigentlich?«

»Muss ich mich vor Ihnen rechtfertigen, Herr Oberklug-Berater?« Drohend machte Sven noch einen Schritt näher auf Möller zu. Kaum ein Zentimeter Abstand war noch zwischen den beiden.

Revierverhalten, kaum eine Regung in den verbissenen Gesichtern. Dann ließen sie voneinander ab.

»Gehen wir den Ablauf des Abends noch einmal durch. Am besten fangen wir bei dir an, Joe Willinger«, der Mann im Anzug wandte sich an den Jeansträger, der bisher kaum ein Wort gesagt hatte. »Du wolltest in dein Büro, um zu telefonieren, kaum dass Frau Starkmann weg war. So hast du zumindest behauptet.«

»Bezichtigst du mich der Lüge?« Farbe kam in Willingers Gesicht zurück, als er Möller ungnädig ansah.

»Ich halte nur die Fakten fest. Bist du der Starkmann gefolgt?«

»Natürlich nicht. Ich war in meinem Büro, habe mein Telefonat geführt und anschließend eine Zigarette geraucht. Du weißt, dass in den Gängen und Meetingräumen Rauchverbot herrscht.«

»Ja, zum Glück. Wir werden deine Angaben überprüfen, Joe.«

»Spiel dich nicht zum Ermittler auf, Möller!« Willinger trat mit neuer Energie auf den feinen Berater zu und bohrte mit einem Finger in seine Brust. »Was hast du in der ganzen Zeit getan?«

Der Anzugmann schnappte kurz nach Luft. »Darauf gehen wir später ein.« Er nahm Sven ins Visier.

»A-aber«, murmelte Willinger, Möller beachtete ihn nicht. »Als Nächster haben Sie, Herr Gerling, den Raum verlassen. Wir alle wissen, dass es zwischen Ihnen und Frau Starkmann … nun ja, Konflikte gab. Sie hat Sie karrieremäßig überholt und wollte Sie nach Bulgarien abschieben.«

Sven ballte die Hände zu Fäusten.

»Dabei habt ihr beide gleichzeitig bei Koromar angefangen. Sie war clever und hat es nach oben geschafft. Im Gegensatz zu Ihnen, Herr Gerling. Sie sind ja nur um Ihr … Privatleben bemüht. Ihre Neidkomplexe und Ihre aufbrausende Art sind leider nicht unerkannt geblieben.«

Mit einem einzigen Satz sprang Sven auf Möller zu. »Lassen Sie Ellen aus dem Spiel! Ich an Ihrer Stelle«, fauchte er ihn an, »würde mich nicht so aufführen. Wer hat ein mehr als eigenwilliges Verhältnis zur Chefin gehabt? Zu dieser rücksichtslosen, karrieresüchtigen Person? So etwas ist unnatürlich. Eine Frau gehört ins Haus.«

»Mein Privatleben geht keinen was an«, zischte Möller, seine Stimme scharf wie ein Messer.

»Ich denke, jetzt schon.« Sven richtete sich zu voller Größe auf, zeigte seine starken Schultern, die trainierten Armmuskeln. Er sah Möller grinsend an. Der Ausdruck in seinem Gesicht erinnerte an einen Wolf, einen Wolf vor dem Angriff.

»Reden wir noch von Ihnen, Herr Yilmaz.« Möller ließ Sven mit seinem Testosteron links liegen und wandte sich an Mehmet. »Sie sind mit dem Handy rausgegangen.«

»Ach? Ist das verboten, Herr Möller? Sie selbst waren allein mit Frau Starkmann im Raum, als ich wieder zurückkam. Wer weiß, was in der Zwischenzeit wirklich passiert ist?«

»Nicht, dass mich jetzt alle verdächtigen, weil ich mit unserer Chefin allein im Raum war.«

»Was sollen wir sonst glauben?«

»Mörder!«, zischelte es. Berenike sah sich um, doch sie wusste nicht, wer das Wort ausgesprochen hatte, das hart und klar im Raum stand.

»He, nur mit der Ruhe. Die Polizei ist da und wird sich um alles kümmern.«

»Wer es glaubt. Einige sind doch immer gleicher als gleich.« Sven sah Möller mit kaum unterdrückter Aggression an. Als würde er jeden Moment losspringen wollen, weil die Beute so nah war, wie ein wildes Tier, das den besten Zeitpunkt für den Angriff abwägt.

Da öffnete sich die Tür des Meetingraums. Jansky kam heraus, Hochfeld ihm nach, offensichtlich lechzend nach Koffein. Berenike erhaschte einen Blick auf die Tote. Und auf den Arzt, der einen länglichen, schmalen Gegenstand in der Hand hielt. Eine Feile? Eine etwas größere Nagelfeile, genau. Sie musste an Kaiserin Elisabeth von Österreich denken, die mit einem solchen Werkzeug erstochen worden war. Der Mörder hatte ihr am Ufer des Genfer Sees aufgelauert, hatte sie angerempelt. Erst am Schiff war die Monarchin zusammengebrochen. Man hatte zunächst einen Schwächeanfall vermutet, ausgelöst durch den Schock. Erst spät hatte man das kleine Mordwerkzeug entdeckt, das kaum eine Blutspur hinterließ. Und dann fiel Berenike das Gerücht vom Beautykiller ein. Der würde zu Sisi passen …

Mit Donnerhall schlug die Tür zu. Berenike hörte, wie Jansky um einen Raum für die Zeugenbefragungen bat.

»Kommen Sie, bitte.« Möller in seinem Anzug ging voran und bot ihnen sein Büro an. »Bitte, fühlen Sie sich wie zu Hause.« Der Raum war mit teuren Möbeln ausgestattet, aber auf dem gläsernen Designerschreibtisch herrschte Chaos.

Sie wollten alle hineinströmen, Jansky hielt sie zurück. Er winkte Sven zu sich, der einen Moment hilflos wirkte. Der

Polizist schloss hinter ihm und Hochfeld die Tür. Und da standen sie wieder, wie bestellt und nicht abgeholt.

Sven machte ein fürchterliches Gesicht, als er zurückkam. Er trug eine steinerne Miene zur Schau, presste die Lippen zusammen und sagte etwas, das sich anhörte wie »Scheißweiber, sogar als Tote.«

Als Nächster kam Mehmet dran, der nicht ohne Berenike aussagen wollte. »Meine Vertrauensperson«, wiederholte er ein ums andere Mal. Im Gespräch mit den zwei Polizisten äußerte er nichts Neues. Wenn er der Mörder war, verstellte er sich hervorragend.

»Sie dürfen gehen«, sagte Jansky endlich, obwohl Hochfeld ihn zweifelnd ansah. »Sie überhaupt, Frau Roither. Bitte. Sie haben hier nichts verloren.«

»Also dann«, sagte sie draußen zu Mehmet. Sie stiegen in den Lift. »Da hast du wohl umsonst Angst gehabt. Und denk dran …, klär die Sache mit Amélie und Hepsen.«

»Ja.« Er nickte, mit einem Mal eifrig. Berenike sah ihn nicht überzeugt an. Der Lift brachte sie ruckelnd nach unten. Endlich im Freien, verschwand Mehmet in der kühlen Nachtluft … wie ein Phantom.

ZWANZIG

PFEFFERMINZTEE

Neuer Tag, neues Glück. Oder so. Berenike war schon mal schwungvoller aufgestanden. Nach einer Katzenwäsche schleppte sie sich ein paar Häuser weiter ins Café Goldegg. Letzte Nacht war es so spät gewesen, dass an das Erreichen des Frühzuges nach Bad Aussee nicht zu denken gewesen war. Bis zum nächsten blieb noch Zeit.

Auf dem Weg durchs Stiegenhaus hörte sie ein Geräusch, so leise, als ob es sich selbst wohl gern verborgen hätte. Sie meinte, an einer Tür eine Bewegung wahrzunehmen, doch als sie näherkam, war da nichts, nur die glitzernden Messingbeschläge und der mahagonifarbene Lack.

Vor dem Café stieg ein älterer Mann aus einem Auto. Er ging um den Wagen herum, öffnete die Beifahrertür. Sehr zuvorkommend, wollte Berenike schon denken, da begann er, auf eine alte Frau zu schimpfen, die sich mithilfe eines Stocks herausmühte. »Nimm deine Handtasche! Bist du blöd?«

Weißhaarig war die Dame und klapprig, sah ängstlich zu dem Mann auf.

»Lassen Sie sich nicht beschimpfen!«, rief Berenike. Die Frau sah sie an, schien unfähig zu sein, etwas zu erwidern.

»Mischen Sie sich nicht ein«, schimpfte der Mann.

»Mit Ihnen red ich nicht.«

Berenike näherte sich dem Eckcafé. Die gelbe Fassade hieß sie im Morgenlicht willkommen. Völlig überraschend schien seit der Früh die Sonne, die Luft wirkte klar, der Dunst hatte sich endlich verzogen. Im Café war es ruhig. Die Fenster waren weit geöffnet, die Sonne beleuchtete altmodisches Interieur, zu dem auch ein Billardtisch zählte. Karambol, natürlich. Berenike bestellte eine Eierspeis und Brot, dazu Pfefferminztee.

Was für eine Nacht! Sie erinnerte sich kaum mehr daran, wann sie zuletzt ein Privatleben gehabt hatte. Ein Radio dudelte. ›Grausamer Mord in Wiener Firmenzentrale‹, hieß es, ›Karrierefrau tot aufgefunden‹. Müde schnappte sich Berenike eine Illustrierte. Doch auf die aktuellen Tops und Flops der Promis konnte sie sich kaum konzentrieren. Also beobachtete sie die anderen Gäste, schaute aus dem Fenster, sah der Kellnerin zu. Aß mit Hingabe die knusprig gebratenen Eier mit Zwiebeln und Tomaten. Der Tee belebte sie ein wenig. Gierig trank sie von dem dazu servierten Wasser. Sie dachte an alles und nichts. Ob das wohl schon Zen war …

Zurück in der Wohnung von Horsts Schwester, warf sie ihre Siebensachen in die Reisetasche, als es läutete. Sie erwartete eigentlich niemanden, erst Horst ein wenig später, um sie zum Bahnhof zu bringen. Berenike ließ ihre rote Seidenbluse fallen und ging zur Tür. Kaum ein Lüftchen regte sich, obwohl sie durchziehen ließ. Sie drückte das Ding mit Kamera, das ihr Horst kurz erklärt hatte. Früher hätte so etwas einfach Sprechanlage geheißen. »Ja bitte?«

Auf dem Bildschirm erschien eine magere Gestalt, verzerrt, schwarz-weiß. Jeans, eine Kapuze verdeckte das Gesicht. Wer immer es war, er oder sie hatte die Schultern hochgezogen.

»Kann ich mit dir reden? Bitte!«

Die Stimme kam Berenike bekannt vor. »Gül, bist du das? Was machst du hier?«

»Lass mich rein, bitte. Ich muss –«

Drrrr. Berenike drückte den Öffner, der wenigstens mit einem Schlüsselsymbol gekennzeichnet war. Kurz darauf stürmte die türkische Friseurmeisterin herein, die weiblichen Formen in eine teuer aussehende Jeansjacke gehüllt, ihre dunklen Haare wehten hinter ihr her. Bewundernswert, dieses Haar, so glatt und elegant.

Gül sah sich um. »Du verreist?«

»Ich fahre zurück ins Salzkammergut, wo ich lebe.«

»Aha.« Wieder sah sich Gül prüfend um.

»Kann ich dir eine Tasse Tee anbieten, Gül?«

»Danke, das ist lieb. Aber dafür ist jetzt keine Zeit. Ich möchte dich bitten …« Gül kramte mit ihren manikürten Fingern in ihrer Jacke. Endlich brachte sie ein zerknittertes Foto zum Vorschein. »Das war meine Nachbarin.«

»War?«

»Den Rest erkläre ich dir gleich. Komm mit.«

»Aber ich muss zum Zug.« Von draußen hörte man Donnergrollen.

»Komm, nur kurz.«

»Bitte, Gül, ich hab eine furchtbare Nacht hinter mir …«

»Es dauert wirklich nicht lange.« Gül zog Berenike unerbittlich mit dem Griff ihrer kleinen, kühlen Hand mit sich, zur Wohnungstür und hinaus, die Wendeltreppe hinunter.

»Also gut.« Zumindest die Wohnungsschlüssel hatte Berenike schnell geschnappt. Wind rüttelte an den alten, klapprigen Gangfenstern. Eine Krähe flog schreiend vorbei.

Gül öffnete die Beifahrertür eines Autos, das direkt vor dem Haus parkte. »Ehrlich, es dauert nicht lang, steig ein.«

Berenike überlegte, was hier gespielt wurde, ob das wohl der zweite Akt des Dramas um Hepsens Attacke war. Auf eine türkische Racheaktion hatte Berenike keine große Lust.

Gül legte einen Blitzstart hin. »Du wirst es gleich sehen.«

Mit einem Schlag strömte der Regen herab, Hagel mischte sich laut trommelnd darunter. »Bitte, Gül, fahr vorsichtig.«

»Natürlich, was hast du gedacht?« Im Schritttempo ging

es den Gürtel entlang. Berenike zappelte auf ihrem Sitz. Wenige Minuten später bremste Gül. »Steig aus, ich will dir was zeigen.« Die Türkin zog ihre Kapuze über den Kopf. Sie marschierte voraus, auf eine mannshohe Mauer zu. Berenike blieb nichts übrig, als ihr zu folgen. Hinter der Mauer waren Bäume und Sträucher zu sehen. Der Regen knallte hart auf ihren Kopf. ›Evangelischer Friedhof Matzleinsdorf‹ las sie auf einem Schild. Und die Öffnungszeiten. Zielstrebig rannte Gül durch den Regen, Berenike stolperte ihr auf dem glitschigen Boden hinterher. Einen breiten Weg in der Mitte entlang, irgendwo links, dann wieder rechts, noch einmal links, geradeaus. Mittlerweile waren sie patschnass wie junge Hunde.

»So, hier sind wir.« Gül blieb stehen.

›Geliebte Leyla‹, las Berenike, ›1971 bis 2004‹. Sie sah zu Gül und wieder auf das Grab. Schmucklos, keine Blumen, nur harter, nackter Stein. Das helle Material war leicht vermoost.

»Der Name passte zu ihr, so klein und zierlich und schön, wie sie war, wie eine schimmernde Sternennacht.« Gül verstummte. »Niemand kommt hierher außer mir, glaube ich. Der Mann … er ist nach wie vor flüchtig.«

»Er hat …?« Berenike sah sich um. Der Friedhof lag von Verkehr umtost da, kaum Besucher waren außer ihnen beiden zu sehen. Von den umstehenden Gebäuden lugten geschlossene Fenster abweisend herüber.

»Ihr Mann hatte sie jahrelang geschlagen und terrorisiert. Sie war so eine liebe, kluge Frau. Hatte ein Diplom von der Uni in Ankara. Aber so klein und zart und schüchtern. Ich hab ihr meine Hilfe angeboten, immer wieder. Sie wusste sich nicht zu wehren.« Gül schluckte. »Gehen wir.«

Stumm stapften sie durch den Regen. Berenike fühlte sich so hilflos, und die Wut fraß sie von innen her auf. Als sie endlich im Auto saßen, sagte Gül: »Ich will nicht, dass Hepsen so was passiert.«

»Überall tote Frauen um mich herum. Ich halte das nicht aus.« Berenike hieb auf das Armaturenbrett vor ihr, zuckte zurück vor Schmerz. Wenigstens überdeckte das kurz den anderen, den inwendigen Schmerz, dieses Feuer der Not.

»Was ist, Berenike?«

»Weißt du das Neueste noch nicht? Hat dir Mehmet nichts gesagt?«

»Ich habe ihn seit unserem letzten Treffen nicht mehr gesehen.«

»Es gab einen Todesfall in der Wiener Zentrale seiner Firma.«

»Ein Unfall?«

»Nein. Mord.«

»Wie schrecklich. Was ist passiert?«

»Mehmets oberste Chefin ist tot. Erstochen, wie's aussieht. Euer kluger Freund hat mich angerufen. Weil er Angst hatte, verdächtigt zu werden.«

»Mehmet?«

»Ja.«

»Komisch. Er ist Securitymann, er müsste doch selbst mit so was fertig werden.«

»Stimmt.«

»Ich bin total verwirrt. Aber froh, dass ich dich aufgesucht habe. Ich will nicht, dass Hepsen …«

»Dass ihr das Gleiche wie deiner Freundin Leyla passiert? Wieso das denn?«

»Du lebst in Mehmets Nähe, lass ihn nicht aus den Augen. Ich bitte dich. Ich bitte dich sehr. Vielleicht ist er …«

»… ein Mörder?«

»Mörder? Ich weiß nicht. Er benimmt sich so anders in letzter Zeit, er sollte nicht trinken. Vielleicht ist es nur das.«

»Wie geht es Hepsen überhaupt?«

»Sie ist noch immer wie vom Erdboden verschluckt. Ich mach mir solche Sorgen.« Güls glattes Gesicht zerfurchte sich mit einem Mal, in ihren Augen schwammen Tränen.

»Aber wo kann sie sein?«

»Ich weiß es nicht. Ich hab alle Verwandten und Bekannten durchtelefoniert. Keiner hat sie gesehen. Die Kleine dreht durch.«

Na super. Was für ein Fall! Alle tauchten sie nacheinander ab. Erst als Berenike wieder allein in der Wohnung von Horsts Schwester war, fiel ihr ein, was sie an Güls Besuch so irritiert hatte: Sie hatte der Friseurin nie verraten, wo sie in Wien nächtigte.

EINUNDZWANZIG

FIVE O'CLOCK TEA

Der Zug war voll. Es sah aus, als stellten die ÖBB jetzt absichtlich zu wenige Züge bereit, um den verbliebenen Passagieren vorzugaukeln, wie gefragt Bahnfahren war. Horst hatte Berenike in letzter Minute abgeholt. Sie war schon drauf und dran gewesen, ein Taxi zu rufen.

»Ein Stau«, kommentierte er schnaufend. Und: »Sehr zivilisiert, Kroki wird nicht einmal bemerken, dass hier jemand übernachtet hat. Die Bedienerin kommt sowieso jede Woche.«

Auf der rasanten Fahrt schwatzte er wieder von einem Besuch im Ausseerland und von einer gemeinsamen Reise nach Amerika. Berenike ließ ihn reden und kommentierte seinen Vorstoß nicht weiter. Rasch hatten sie sich dann verabschiedet.

Ein sportlicher Mann half Berenike im Abteil, ihre Tasche ins Gepäckfach zu befördern. Sie war erfreut über diese unerwartete Geste der Höflichkeit. Das Zugabteil füllte sich mit hektisch durcheinanderstolpernden Menschen. Wären sie Kinder gewesen, hätte man bei ihnen Aufmerksamkeitsdefizit diagnostizieren können. Eine Frau plumpste auf einen Sitz und brabbelte in ihr Handy, dass sie einen anderen Zug hatte nehmen wollen, doch der sei ausgebucht gewesen, der Schaffner habe niemanden einsteigen lassen.

»Frechheit«, keppelte sie ins Telefon. Sie klappte das Tischchen auf, wieder zu, wieder auf. Wuchtete eine Laptoptasche darauf, schaltete das Gerät ein, laut erklang der Windows-Startton, während sie das Mobiltelefon grußlos weglegte.

»Ist hier noch frei?« Ein junger Mann hatte die Abteiltür aufgestoßen und hechtete herein, bevor jemand eine Antwort gab. Irgendwer nickte ihm zu. Er stemmte Reisetaschen ins Gepäckfach, eine kleine Frau, noch jünger als er, folgte ihm stumm auf Schritt und Tritt. Die beiden setzten sich nebeneinander. Noch ein Laptop, noch eine Startmelodie. Der Mann blickte auf den Bildschirm, fummelte mit einer Hand an seinen Jackenschößen, kramte in den Taschen, suchte offenbar irgendwas, die Finger der anderen Hand hämmerten auf die Tasten. Wieder irgendein elektronisches Geräusch, ein Handy wohl. Der ständige Lärm erschöpfte Berenike. Der Adrenalingeplagte, natürlich. Er sah lange und überlegend auf das Display, während das Gerät weiter vor sich hin dröhnte. Dabei trat er Berenike auf den Fuß.

»Oh, ’tschuldige.« Endlich nahm er das Gespräch an. »Kramer.« Mit dem Ding am Ohr schob er sich hinaus auf den Gang. Stieß an Berenikes Knie. Sah sie böse an. Zerrte die Tür von außen zu. Man sah ihn ins Telefon keuchen, dann verschwand er zum Glück aus Berenikes Blickfeld.

Endlich lag die Stadt hinter ihnen, sie fuhren durch saftiges Wienerwaldgrün, Felder und kleine Dörfer. Das Handy weckte Berenike aus dem Trancezustand, den Bahnfahren bei ihr auslöste. Etwas bewegte sich, wenn sie sich bewegte, alles schien unterwegs und im Bereich des Möglichen.

Jonas holte sie in die Realität zurück. »Servus, Berenike. Wo bist du gerade?«

»Im Zug, zurück nach Aussee.«

»Dann ist es gut. Der Beautykiller – es sieht danach aus, dass er wieder zugeschlagen hat. In Wien.«

»Meinst du den Tod von Frau Starkmann? Ich war am Tatort, Jonas.«

»Wie bitte? Sag mal, hörst du mir eigentlich zu? Ich bat dich in deinem eigenen Interesse, dich rauszuhalten.«

Die Abteiltür sperrte sich, als sie sie öffnen wollte, nur mit Mühe kam sie hinaus. Im Gang sprach es sich leichter, auch wenn dauernd Leute vorbei wollten, so voll war der Zug. »Du hast mir nichts zu befehlen, Jonas. Und überhaupt. Was kann ich dafür, wenn Mehmet mich anruft?«

»Mehmet?«

»Die Tote war eine Kollegin von ihm, besser gesagt, seine und Svens Chefin. Er hatte Angst, als Türke gleich verdächtigt zu werden.«

»So, Sven hast du auch gesehen?«

»Ja – kurz.«

»Und wo steckt er jetzt?«

»Keine Ahnung. Irgendwo in Wien wird er schon sein.«

»Berenike, verarsch mich nicht.«

»Aber woher denn. Ich hab ihm gesagt, dass ihr ihn sucht.«

»Er hat aber noch nicht angeru …« Ein Tunnel schluckte seine nächsten Worte. »… Amtshilfe … ermittelnde Beamte … Fahndung«, drang es undeutlich an Berenikes Ohr.

»Jansky leitet die Ermittlung. Auf den stehst du doch, Jonas, oder?«

»Bitte, Nike«, hörte sie Jonas jetzt wieder klar und deutlich, »spar dir die Scherze. Die Sache ist ernst.«

»Davon hab ich bis jetzt nichts bemerkt.«

»Dieser Fall ist anders, schwieriger. Wir haben Pech, der Täter hat Glück. Aber wir werden ihn kriegen.«

»Habt ihr schon einen Anhaltspunkt?«

»Die Ermittlungen sind in vollem Gange. Das ist mein Job, Nike. Übrigens hat Hans nach dir gefragt, als ich im Lokal war. Dort ist dein Job.«

»Ach!« Irgendwie hatte er ja recht …

»Und was tut sich sonst in Aussee?«

»Das Hochwasser im See geht langsam zurück.«

»Das ist gut so.« Beim Gedanken an ihren Salon fiel Berenike tatsächlich ein Stein vom Herzen. Sie fühlte sich leicht werden, leicht und frei.

»Also dann, gute Fahrt. Und sei vorsichtig.«

»Ich kann auf mich aufpassen, Jonas. Ciao.« Sie drückte den roten Knopf. Schade, Handys konnte man nie so schwungvoll auf die Gabel werfen wie den Hörer beim Festnetztelefon.

Im Abteil stand die Luft. Seit man im Zug kein Fenster mehr öffnen konnte, vermischten sich die Körpergerüche der Leute ins Unerträgliche. Aber was sollte es? Sie würde ein Nickerchen einlegen, Ohropax sei Dank.

Der Hektiker mit seiner stummen Freundin stieg zum Glück in Linz aus. Eine Frau gegenüber las eine Tageszeitung. ›Blutiger Mord in Wiener Konzernzentrale‹, schrie die Schlagzeile. Berenike wollte sich damit nicht mehr beschäftigen. Jetzt reichte es wirklich. Sie dachte an die Natur im Ausseerland, an das Rauschen der Wellen im See. Das würde sie besänftigen, heil machen, wie schon einmal in ihrem Leben.

Wie im Flug verging die Fahrt. Vogelflug, dachte Berenike. Frei sein … Sie ließ ihre Blicke über die Landschaft schweifen. Traunsee, Traunstein, die Kaiserstadt Bad Ischl. Weiter ging die Fahrt entlang des romantischen Hallstätter Sees. Die Wasser der Traun rauschten noch wilder als sonst, Berenike erschauderte.

Kaum stand Berenike auf dem Bahnsteig in Bad Aussee, blies ein Sturm ihr durch und durch. Egal, sie sog heftig die gute Luft ein. Es regnete, aber was machte das schon, hier.

Vor dem kleinen Bahnhof lief ihr Jonas in die Arme. Der Herr Bezirksinspektor. »Hallo, Jonas.« Ruhig bleiben, Berenike. Einmal sanft sein, bei sich bleiben. Dabei tat ihr schon der Magen weh von dem ganzen Ärger.

»Hast du Feierabend?«

Jonas schüttelte den Kopf.

»Hast du meine Ankunft abgepasst?«

»Keine Spur davon, Nike. Ach, Nike!« Seine Hand streckte sich nach ihrem Haar aus, verharrte dann in der Luft. »Was ist denn? Ich wollt dich abholen!«

»Ja?« Sie war misstrauisch, aber vielleicht … vielleicht war er wirklich nur nett.

Er nickte, irgendwie brav. Deutete auf seinen Wagen. Ein Blondschopf auf dem Beifahrersitz. »Ich bin im Dienst. Das ist meine neue Kollegin, Mara Wander. Der Kollege Schlager ist in Pension gegangen.«

»So so, im Dienst bist du.« Die Kollegin sah jung aus. Zu jung. Ein seltsamer Stich durchfuhr Berenike. Eifersucht, wie lächerlich. Aber wenn man 37 war, bald 38 wurde und die Falten am Kinn hasste, dann war alles ein Grund zum

Unwohlsein, was jünger aussah. Ihr Alter zu akzeptieren, daran musste sie noch arbeiten. Man war ja immer nur so alt, wie man sich fühlte, hieß es.

»Nike, ich bitte dich, lass uns vernünftig reden. Nicht streiten. Ja, Nike? Komm, ich lass mich ablösen und fahr dich nach Hause!«

»Jetzt auf einmal hast du Zeit für mich?«

Er nickte und funkte nach den Kollegen, damit jemand an seiner Stelle die Observation aufnahm. Wenig später kam eine Funkstreife angerauscht. Inspektor Kain stieg aus und hob grüßend die Hand, ein weiterer Uniformierter blieb sitzen. Die Kollegin von Jonas stieg auch aus. Lange Beine, Wahnsinn. Berenike ließ sich auf den Beifahrersitz fallen.

Jonas fuhr los und Berenike sah Schatten unter seinen Augen. Sie wollte ihn berühren, wollte das Grau wegschieben, aber – da war immer noch die Wut. Sie wollte keine Beziehung mit Eigentumsanspruch. Liebe und Besitzen, das widersprach sich, dazu war sie zu sehr Freigeist. Nein danke, sie hatte genug davon gesehen! Das war nichts für sie!

»Gibt's schon weitere Ergebnisse in dem Mordfall?«

»Nein. Im Gegenteil.«

»Aber ich hab etwas herausgefunden. Über Mehmet, Amélies Mann. Der hat ein Verhältnis mit Caro gehabt. Und eine sogenannte Braut hat er auch, in Wien, in Little Istanbul.« Sie schilderte ihm die Erkenntnisse, die sie so mühsam gewonnen hatte. »Na, was sagst du jetzt? Ich musste das rausfinden, die Polizei schafft das nicht!«

»Ach, Nike. Es ist schwer, weißt du. Aber danke, dass du dieses Wissen mit mir teilst. Trotzdem, es war … gefährlich für dich.«

»Ja ja. Ich kann einfach nicht tatenlos zusehen, wie nichts passiert.«

»Es passiert genug.«

»Nein. Du hättest das über Mehmet nicht rausgefunden.«

»Vielleicht doch. Versteh mich nicht falsch, aber überall wird eingespart, auch bei der Polizei. Ich hab seit Caros Tod keinen Tag frei gehabt und keine Nacht viel geschlafen. Glaub's mir.« Er griff nach ihrer Hand. Sie ließ ihn einen Moment gewähren. Dann zog sie sie weg.

Auf dem Armaturenbrett lagen Fotos von Sven und einem weiteren Mann. »Wer ist das?«

»Das ist der sogenannte Beautykiller, der Nagelreiter.«

»Selma sagt, Caro hat diese Geschichte völlig verrückt gemacht. Sie hat seine Opfer gekannt.«

»Er ist untergetaucht. Alle sind sie wie vom Erdboden verschluckt, Sven Gerling ebenso, der ist nicht einmal mit dem Familienauto unterwegs, findest du das nicht seltsam?«

»Ellen braucht wohl das Auto, auch wenn es ein Firmenwagen ist. Sie haben nur den einen Wagen. Ich habe Sven kurz in Wien getroffen. Na, das ist ein Typ, sag ich dir! Ich kannte ihn bisher nicht, hat sich nicht ergeben, weiß nicht, warum. Der hat echt Probleme. Und eifersüchtig ist gar kein Ausdruck. Einen Kontrollwahn hat der! Du solltest dich mit Inspektor Jansky in Verbindung setzen.«

»Ja ja«, wimmelte er ab. Er seufzte müde. »Meine neue Kollegin, die Mara, die ist Profilerin. Sie verfolgt den Verdacht, dass wir es mit einem Serientäter zu tun haben. Der Mörder hasst schöne Frauen, schließlich verwendet er Schönheitsaccessoires als Tatwaffen. Das Messer einer Friseurin, eine Nagelfeile. Schon eine sechs Zentimeter lange Klinge reicht, um mit einem exakten Stich das Herz zu treffen ...« Er griff sich unwillkürlich an die Brust. »Aber das willst du nicht wirklich wissen.«

»Erzähl es mir.«

»Bist du sicher?«

»Ich bin nicht aus Zucker, wie du weißt.«

»Na schön. Wenn man jemand so ins Herz trifft, verblutet man nach innen, in den Herzbeutel und die Brusthöhle. Das Herz ertrinkt gewissermaßen im Blut. Das führt zu einer mangelnden Sauerstoffversorgung im Gehirn. Man lebt noch ein Weilchen weiter. Eine Viertelstunde, sagt der Gerichtsarzt.« Jonas sah sie an, während sich draußen die Straßenbeleuchtung einschaltete.

»Ein Schönheitshasser, das passt zu vielen«, überlegte Berenike. »Sven schimpft über seine Schauspielermutter, sagt Ellen und auch Katharina hat so was angedeutet. Vielleicht hasst er sie immer noch …, aber Sven ein Mörder, das glaub ich nicht.«

»Was glaubst du, wie oft ich den Satz bei meiner Arbeit höre!« Jonas versuchte, sich bequemer hinzusetzen. »Einem Mörder siehst du sein Tun nicht an, er rennt nicht mit blutunterlaufenen Augen herum. Früher haben's geglaubt, dass die Kopfform auf eine verbrecherische Veranlagung schließen lässt. Aber das ist Humbug.« Er schlug auf das Lenkrad und fuhr die Kurve an der Scheichlmühle vorbei, hinein nach Altaussee. »Ach, es ist zum Aus-der-Haut-Fahren. Nichts passiert! Dabei tun wir alles, Handy peilen und die Wohnorte überwachen …«

»Da werden sich die Frauen aber freuen. Wenigstens wird sich Adi nicht mehr an sie ranmachen.«

»Hmhm.« Jonas war in Gedanken woanders.

»Eins ist aber komisch. Wenn es ein Serientäter sein soll, warum wurde dann nur Caro so verstümmelt?«

»Gute Frage.«

»Und er hat einen Teil der Leiche versteckt – ist der eigentlich schon aufgetaucht?«

»Nein, leider nicht. Dabei wurde überall rund um den See und sogar entlang der Traun danach gesucht.«

Eine Weile schwiegen sie beide. Der Weg führte sie am See vorbei, er kleidete sich dunkel und kühl heute Abend. Keine Sonne ließ seine Kristalle glitzern. Wie steinern lag er da.

»Dieser Fall zieht sich fürchterlich, Nike«, seufzte Jonas, man hörte immer noch den Druck in seiner Stimme, »schon wieder hält mich eine Ermittlung hier fest. Nichts ist es mit einem raschen Geständnis. Und nichts, so leid es mir tut, mit unserem Privatleben. Verstehst du das?«

»Aber ich bin doch nicht irgendwer, Jonas. Mir kannst du trauen.«

»Die Spur zum Mörder ist bereits erkaltet. Wir müssen froh sein, wenn wir die Taten überhaupt aufklären. Ich fühl mich wie hinter den sieben Bergen hier. Während meine Mutter daheim in England … die Weite zwischen den sanften Hügeln …«

»Geh, du wolltest selbst weg aus Großbritannien, weil dir in deiner Jugend fad dort war. Das hast du mir so erzählt.«

»Hast eh recht, Nike. Es ist nur, ich hab es so satt. Nichts geht weiter.«

»Den Eindruck hab ich allerdings auch.« Wieder brach sich ihre Wut Bahn, brennend rot und heiß. Wut darüber, wie sehr die Polizei sie im Stich ließ.

»Die meisten Morde werden binnen weniger Tage aufgeklärt«, murmelte Jonas. »Da kannst du dir unsere Kriminalstatistik ruhig anschauen.«

»Ja ja.« Niemand gestand offiziell ein, dass die geschönt wurde. In den Medien wurden gern Andeutungen gemacht. Bessere Aufklärungsraten trotz steigender Kriminalität in der ehemaligen Insel der Seligen, man wollte die Menschen eben beruhigen, wenn schon eine Einbruchsserie die nächste jagte und die Polizisten die Delikte nur verwalteten und zu den Akten nahmen.

Berenike seufzte schwer. Der Mörder ging einfach zu

schlau vor. Ihr graute. So etwas konnte nur eines bedeuten: Er würde wieder und wieder zuschlagen.

Sie waren vor Berenikes Haustür angekommen. Hoffentlich blieb wenigstens Frau Gasperl hinter ihrer Tür, Berenike hätte nicht von ihr angesprochen werden wollen, nicht jetzt.

»Lass uns ein anderes Mal weiterreden, ich bin müd.« Mit diesen Worten küsste er sie auf die Wange. Das war's, das war schon viel im Moment.

Es war fast finster, als Berenike aus dem Wagen stieg. Die Hausfrau ließ sich nicht blicken. Dafür flackerte bläulichweißes Licht in einem der Fenster. Der Fernseher. Da konnte Berenike sich morgen auf ein Gespräch gefasst machen, Frau Gasperl hielt Wien für den Sündenpfuhl schlechthin, das moderne Babylon. Womit sie vielleicht recht hatte, momentan sowieso. Noch berichteten die Medien wenigstens über den Mord an Inge Starkmann, vielleicht nicht als Aufmacher, jetzt schon nicht. War ja nur eine tote Frau.

Oben in ihrem gemütlichen Zuhause ließ Berenike alles fallen. Die Katzen kamen angetrabt, strichen ihr um die Beine. Rasch ein paar Streicheleinheiten für jeden der felligen Detektive.

Berenike zog sich um und bereitete Tee vor. Sie wählte englischen five o'clock Tea, der typische Nachmittagstee würde auch für den Abend passen. Sie stellte die Teeuhr auf viereinhalb Minuten und griff zum Telefon. So durfte es nicht weitergehen in diesem Mordfall. Es galt, etwas Größeres zu unternehmen. Auch wenn Berenike die Nase voll hatte von Mörderischem. Lynchjustiz konnte sie nichts abgewinnen. Eigentlich.

Während es am anderen Ende läutete, gähnte Kater Marlowe sie unbeteiligt an. Eine Schwalbe, im Finstern kaum erkennbar, flog draußen vorbei, aber er reagierte nicht. Zum Profiler war er wirklich nicht geboren.

ZWEIUNDWANZIG

ANREGENDE KRÄUTERTEEMISCHUNG

So konnte es wirklich nicht weitergehen. Zwei Wochen waren seit Caros Ermordung vergangen, ohne dass der Rest ihres Körpers gefunden worden wäre. Jetzt noch ein zweiter Frauenmord in Wien, und ähnliche Beteiligte waren irgendwie in den Fall verwickelt.

Berenike rief Ellen an, und dann der Reihe nach all die anderen Frauen, mit denen sie sich in der Nacht von Caros Tod getroffen hatte. Sie mussten einander wiedersehen und sich beraten. Selma und Ellen, Gerhild, Helena und Valerie, die versprach, Denise mitzubringen. Sogar Katharina war bereit, zu kommen. Nur unter Ritas Handynummer tönte es anonym und blechern: Der gewünschte Teilnehmer ist derzeit nicht erreichbar. Womöglich hatte die junge Frau ein Engagement als Tänzerin gefunden, es war ihr zu wünschen. Umgehend spürte Berenike wieder ihre Nerven flattern. Wenn nur nicht noch was passiert war! Zumindest gab es auch einen Festnetzanschluss, unter dem Berenike eine Nachricht auf Band sprechen konnte. Hoffentlich meldete sich Rita bald!

Nach den Telefonaten lag Berenike die halbe Nacht wach. Sie versuchte, sich zu beruhigen, indem sie die kühle, nach Tannen duftende Luft tief einatmete. Doch der Druck auf der Brust wollte nicht so recht nachlassen. Ihre Gedanken flogen zwischen den Erlebnissen hin und her. Die toten Frauen, die Verfolgung Mehmets, die jungen Türkinnen in Wien und dazu Sven und seine Kollegen. Berenike suchte nach der Verbindung zwischen der Managertussi aus Wien und der Hallstätter Tänzerin, ihr fiel keine ein.

Als sie halb in einen nervösen Schlaf gefallen war, wurde sie von lauten Geräuschen geweckt. Ein Sturm rüttelte an den Fenstern und klapperte mit den Blumentöpfen am Balkon. Selbst die Katzen waren in der Wohnung. Berenike hörte Frau Gasperl auf dem Dachboden rumoren, was immer sie dort zu tun hatte mitten in der Nacht. Hoffentlich bekam der Blitzableiter nichts ab. Gewitter waren eines der Dinge, vor denen Berenike wirklich Respekt hatte hier auf dem Land.

Sie wollte sich umdrehen und schlafen, doch sie fühlte sich hellwach. Die Einsamkeit loderte in ihr. Vermischte sich mit Angst. Und mit den wilden Gedanken über diese Mordserie. Hoffentlich fiel sie selbst nicht in das Beuteschema des Täters. Sie dachte an ihre Oma Roither, die Mutter ihrer Mutter, und wie die von den Gefahren des Krieges erzählt hatte. Ja ja, die Frau Greißlerin mit ihrem unerschütterlichen Lächeln. Ständig ein Bonmot auf den Lippen, bis zum Tod. Nur privat, da wusste man nie, woran man war bei ihr. Ihr eisenhartes Lächeln, nie aus dem Gesicht geputzt, als wären ihre Verwandten nichts anderes als Kunden, denen sie das Beste zum bestmöglichen Preis verkaufte. Über diesem Gedanken schlief Berenike endlich ein.

Sie erwachte von Rasenmähergeräuschen. Berenike zog einen grünen Kimono über und trat mit nackten Füßen auf den Balkon. Der Holzboden war feucht und über dem See waberten ein paar kleine weiße Wolken, Reste von Nebelfetzen. Klar und grün lagen die Berge da, selbst der Dachstein war deutlich zu sehen, als hätte ihn jemand frisch gewaschen. Jetzt nutzten alle das gute Wetter gleichzeitig für sämtliche liegengebliebenen Arbeiten.

Während sie zur Feier des Tages draußen frühstückte, erhob sich die Sonne über der Trisselwand. Auch die Katzen spazierten vorsichtig hinaus, hatten wer weiß was nachzuforschen. Später besuchte Berenike ihr Kräuterbeet in Frau Gasperls Garten, wo sie heuer Rosmarin, Thymian und Oregano anbaute, außerdem Frauenmantel und Salbei, der als Würzkraut ebenso Verwendung fand wie als Heiltee. Das Wasser stand noch recht üppig auf den kleinen Wegen zwischen den Pflanzen, ein paar frische Setzlinge hatte es weggeschwemmt. Berenike zupfte am Unkraut herum. Insgesamt wirkte die Lage aber nicht mehr so dramatisch, wie sie befürchtet hatte.

Mit dem Motorrad fuhr sie bald darauf los, gekleidet in eine schwarze Lederhose und ein T-Shirt in Regenbogenfarben, darüber die Lederjacke. Bei einem Hollerbusch hielt Berenike an, um die Früchte zu prüfen. Sie waren erst leicht violett, es dauerte wohl noch ein Weilchen, bis die Beeren geerntet werden konnten. Gegenüber saß eine Katze maunzend vor einem Haus und sah Berenike hoffnungsvoll an. Das Holzhaus stand inmitten eines Gartens voller Obstbäume, das Gras war hoch und voll bunter Blumen. Das Katzentier strich ihr um die Beine. An dem Haus waren sämtliche Fenster und Türen geschlossen, offenbar war keiner daheim. Morgenstund hat Gold im Mund, hier ganz besonders. Mah, sie fing wirklich schon an, ihrer Oma zu gleichen! Berenike streichelte der Mieze kurz über das nasse Fell. Die Katze sah ihr nach, als sie wieder losfuhr.

Sie näherte sich ihrem Lokal in Seenähe, die Sonne glitzerte auf den Wellen, als gäbe es kein Gestern und kein Morgen. Boote wurden gereinigt, Fußwege gekehrt. Berenike parkte und sah sich kurz um. Das Wasser ging endlich zurück. Alle nahmen es gelassen.

»Ist eh ein sauberes Wasser«, erklärte ihr eine Frau, die vor einem Bootshaus werkte. Die Wasserwehr brachte gerade ein paar Blumenkisten, die über den See davongeschwemmt worden waren. Trisselwand samt Loser verdoppelten sich im

Wasser, das mit einem Mal friedlich aussah, beugten sich wie eitel über den See, um sich selbst zu bewundern. Ein paar Vögel schimpften, zwei Schwäne schwammen majestätisch über den See. Die Pflanzenvielfalt war, wenn möglich, noch üppiger geworden. Huflattich, Margeriten, Dotterblumen. Verlockendes Moos, saftige Wiesen. Und kaum schien die Sonne, drohte es heiß zu werden.

Ihr Weg führte Berenike heute nur kurz in ihren Salon für Tee und Literatur. Sie grüßte die ersten Gäste und ließ sich von Hans auf den neuesten Stand bringen. Rasch teilten sie die Arbeit auf: Berenike würde nächste Woche eine neue Teebestellung aufgeben. Susi wollte die restlichen Lebensmittel einkaufen und die immer wieder beliebten Kuchen backen. Hans war im Lokal als Kellner im Einsatz. »Chief of Service«, kicherte Berenike und wurde von beiden verständnislos angeglotzt.

Anschließend packte Berenike Teeutensilien und eine ausgiebige Jause ein. Zum Glück war noch Shortbread da, diese köstliche Nascherei aus Schottland. Und schon ging es wieder los, nach Hallstatt, die Frauen treffen. Sie würden alles absuchen. Und sehen, was sie tun konnten.

Diesmal lag der Hallstätter See im prallen Sonnenschein, wofür kaum ein Blick blieb. Während Berenike mit der Standseilbahn fast senkrecht nach oben fuhr, tauchten vor ihrem inneren Auge Bilder vom Leben in Urzeiten auf. Diese Menschen würden sich wundern angesichts der modernen Welt mit ihrer Hektik. Und über die Morde wahrscheinlich auch.

Oben eröffnete sich Berenikes Augen das Hochtal in seiner ganzen weichen Schönheit. Wie ein Gedicht, das von der richtigen Person vorgetragen wurde. Bergspitzen und Baumwipfel, Berenike ließ sich bezaubern. Lichtes Grün, und sie mittendrin, im Bemühen, denselben Weg zu finden, den sie vor zwei Wochen gegangen war. Damals war sie im schummrigen Licht aufwärts marschiert, hatte die gleichen Pflanzen beiseite geschoben wie heute, aber sie war guter Dinge gewesen. Jetzt wärmte Sonnenlicht, doch die bedrückte Stimmung wollte nicht weichen.

Am liebsten hätte sie mit einem Mal auf das Treffen verzichtet, hätte alles der Polizei überlassen und gar nicht mehr daran gedacht. Das war natürlich unmöglich. In dem magischen Tal schon gar nicht. Und nicht, wenn sie Gerechtigkeit finden wollte, Gerechtigkeit für die toten Frauen.

Sobald sie in den Wald kam, strich feuchte Kühle über Berenikes Haut. Düster lockten alte, hohe Bäume, sich zwischen ihnen zu verlieren. Verwachsen war der Weg wie der zu Dornröschens Burg. Sie seufzte. Märchen und Sprichwörter, weit hatte sie es gebracht! An einer kleinen Quelle trank Berenike einen Schluck Wasser. Die Kühle rann glatt ihren Hals hinunter, pure Kraft des Lebens! In der Stille atmete sie wohlig auf. Wenn nur nicht diese Mordserie wäre! Sie musste ständig an Sven denken, der überraschend häufig vor den Taten auftauchte und mit seiner hysterischen Art alle nervös machte. Und an Mehmet mit seinem Doppel- oder Dreifachleben. Dazu der Beautykiller und die Gerüchte über ihn. All die Frauen, die sich nicht gerade unverdächtig benahmen. Eine Klammer legte sich um Berenikes Brust. Diese allgegenwärtige Gewalt. Sie könnte glücklich sein, so glücklich. Ihr Leben im Ausseerland leben. Das Sonnenlicht, klar und fein. Die Stille, in die ein Vogel fröhlich und beschwingt piepste. Doch die Gewalt sollte nicht ohne Antwort bleiben. Der Wahrheit war sie auf der Spur, nichts als der Wahrheit.

Also weiter. Endlich kam sie auf der Lichtung an. In den letzten 14 Tagen war so viel passiert und gleichzeitig so wenig. Ein Gefühl von Unwirklichkeit machte sich in Berenike breit.

Vom Waldrand her winkte jemand schemenhaft aus dem Schatten. Berenike legte eine Hand über die Augen, suchte über das hoch stehende Gras hinweg etwas zu erkennen. Eine Frau stand dort drüben, sah aus wie Rita. Mehr noch aber glich sie … Berenike schlug die Hand vor den Mund … Sie sah aus wie Caro. Eine jüngere, frohere Caro. Berenike wollte einen Arm heben und winken, aber der Arm hing schwer wie Blei an ihrer Seite. Hinter ihr ein Rufen. Berenike zwinkerte und wandte sich um. Niemand zu sehen. Sie drehte sich zurück und auch hier war niemand mehr. Hexerei? Ein Albtraum! Der ewige Schlafmangel!

»Huhu, Berenike!«

Blitzartig drehte sich Berenike um. »Ellen, hast du mich erschreckt!«

»Wen hast du erwartet, den Mörder?«

»Scherzkeks.« Berenike warf noch einen Blick auf die dicht stehenden Bäume auf der anderen Seite. Alles lag ruhig da. Nicht einmal ein Vogel sang.

»Sorry.« Ellen zitterte trotz der Wärme und sah sich sorgfältig um.

»Wie geht's dir, Ellen?«

»Danke, was soll ich sagen. Sven ist wieder da.« Sie verstummte und sah düster auf ihre Schuhspitzen. Cowboystiefel mit verstärkten Spitzen, wie ungewöhnlich. »Er checkt's nicht, in was für eine Situation er mich gebracht hat, als er weg war und die Polizei nach ihm gefragt hat. Keiner hat mir geglaubt, dass ich nicht weiß, wo er ist.«

Stimmt, ich auch nicht, dachte Berenike.

»Aber er selbst sagt mir gar nichts! Und ständig seine Kontrollanrufe. Ich weiß nicht einmal, ob er die ganze Zeit in Wien war. Vorhin ist er wieder wutentbrannt weg, er hat mir vorgeworfen, dass ich mich rumtreibe! Ha. Ich war nur was einkaufen. Fürs Abendessen, im Übrigen. Wohin er geht, sagt er nicht.« Sie schluckte und sah Berenike endlich an.

»Es wird gut, Ellen. Und wenn du Hilfe brauchst ...«

»Ja ja, ich weiß. Was tut sich bei dir?«

»Es läuft so weit.« Weil sich Berenike nicht lächerlich machen wollte, erwähnte sie ihre seltsame Beobachtung eben nicht. Nacheinander kamen jetzt die anderen Frauen, Gerhild trat aus dem Gebüsch, vielleicht hatte Berenike ihre Umrisse vorhin gesehen. Dann folgten die beiden Jüngsten, Denise und Valerie, gemeinsam, und schließlich Helena, wie immer mit einem Lächeln auf den Lippen. Da war Selma, mit frisch rasiertem Kopf, und Katharina, wie üblich in Braun gekleidet. Somit waren sie komplett.

»Weiß eine von euch was von Rita?«, fragte Berenike.

»Nein.« Betroffenes Schulterzucken rundum. »Hoffentlich ist nichts passiert.«

»Hoffen wir's.«

Selma seufzte, die anderen sahen düster drein.

»Okay, ich mach Tee und wir beratschlagen, wie wir vorgehen.«

Weil es noch feucht war, setzten sie sich auf mitgebrachte Isomatten, Katharina etwas abseits. Ellen fing an, leise mit Selma zu tratschen.

Berenike bereitete einen mild anregenden Kräutertee aus Schafgarbe, Gundelrebe und Himbeerblättern zu. Während der Aufguss zog, teilte sie die Tassen aus und reichte das Gebäck herum.

»Ihr wisst, warum wir uns heute hier treffen«, begann sie, nachdem alle versorgt waren. Sie nickten. Denise starrte Berenike unverwandt an, sie trug heute ein schwarz-weiß gepunktetes Kleid à la 50er-Jahre, das nicht recht in den Wald passen mochte. Unter ihrem Pagenkopf blickte sie, wenn möglich, noch bleicher hervor.

»Wir werden den Mörder festsetzen und dasselbe mit ihm tun, was er den Frauen antut«, keuchte Selma.

»Jawohl, entmannt gehört er«, ergänzte Denise hämisch.

»Diese Diskussion finde ich wirklich nicht gut.« Berenike blickte streng von einer zur anderen. »Sie führt zu nichts. Wir werden das Gebiet, in dem Caro ihrem Mörder in die Hände gefallen sein muss, gründlich absuchen. Vielleicht finden wir etwas, das der Polizei bisher entgangen ist.«

»Haben die hier nicht gesucht?«

»Soweit ich weiß, haben sie hauptsächlich die Wege rund um den Fundort von Caros Leiche durchkämmt.«

»Ach.«

»Ja. So ist das eben.« Berenike unterbrach sich. »Hört ihr das?«

»Was?«

»Ein Geräusch.« Berenike hielt den Atem an.

»Das ist nur der Wind.« Valerie kramte in ihrer Jacke, fischte ein Packerl Zigaretten hervor.

»Es ist windstill, Valerie!«

»Ach so. Hm.«

Sie lauschten, Ellen zitterte, Berenike griff nach ihrer Hand.

»Vielleicht eine Schulklasse auf Wandertag.«

»Kann sein. Wie auch immer. Wo habt ihr euch bisher getroffen, wenn ihr eure Rituale gefeiert habt?«

Helena kramte in ihrer Korbtasche. »Ich hab die Plätze auf dieser Wanderkarte eingezeichnet. Caro hat sie sorgfältig ausgewählt.«

»Lass sehen, bitte.« Caro, die tote Caro war immer noch präsent, hatte sie doch diesen Wald geliebt, ihn oft aufgesucht. Es war, als wäre ihr Geist an diesem Ort immer noch anwesend.

»Schau«, erklärte Helena, »hier ist das Salzbergwerk, übrigens das älteste der Welt. Deshalb ist es ja so mystisch hier, zusammen mit dem Gräberfeld, nach dem die Hallstätter Zeit benannt ist. Auf dem Lehrpfad turnen jede Menge Kinder herum, aber wenn wir mit Caro nachts herkamen, war das anders. Dann war die Magie zu spüren.« Sie senkte für einen Moment die Lider.

Die dunklen Augen von Denise glitzerten. »Für mich als angehende Drehbuchautorin ist es sehr … aufregend, das hier in echt zu erleben.«

»Spinnst du?« Gerhild trat heftig auf Denise zu, rüttelte sie an den Schultern.

»Sorry, ich will niemandem zu nahe treten.«

Selma zerrte Gerhild von Denise weg. Im Weggehen sah sie die Jüngere böse an. »Du hast einen Vogel.«

»Eine von uns könnte die Täterin sein«, sagte Ellen laut und deutlich. Sie durchbohrte Denise mit ihren Blicken.

»Spinnt ihr jetzt alle?« Valerie stellte sich neben Denise und nahm sie beruhigend in ihre muskulösen Arme.

»Ellen, du weißt nicht, was du sagst.« Katharina wickelte sich fester in ihren Mantel.

»So, und wie kam dein Messer in Adis Hände?«

»Wer sagt, dass das Werkzeug mir gehört hat?«

Berenike sah die Gesichter der Reihe nach an. Und wurde selbst misstrauisch beäugt.

»Keine von uns ist allein durch den Wald gegangen. In der Zeit, in der Caro getötet wurde, haben wir sie hier gesucht.«

»Stimmt. Nur Helena ist früher abgestiegen.«

Daran hatte Berenike noch gar nicht gedacht. Freundschaft konnte blind machen. Auch Ellen, die sich mit Helena recht gut verstand, sah diese jetzt kritisch an.

»Ähm, ja. Aber ich war es nicht.«

Berenike wüsste auch nicht, welches Motiv Helena gehabt haben sollte. Trotzdem würde sie mit ihr nächstens reden, allein.

Alle tönten durcheinander, aufgeregt, müde. »Das sagen sie alle, wie wir aus den Fernsehkrimis wissen.«

»Lasst die Streitereien, bitte.« Berenike sammelte die leeren Tassen ein. »Machen wir uns auf den Weg.«

»Und was tun wir, wenn wir den Täter finden?«

»Ihn abmurksen natürlich.« Ellen mit ihren seltsamen Scherzen.

»Aber nicht allein. Wir bringen ihn hierher und halten Tribunal.« Selma war auch nicht ohne.

»Geht's, bitte.«

»Scherz. Ich bin nicht für Lynchjustiz.«

»Da bin ich aber froh.«

Still schwärmten sie jeweils zu zweit in unterschiedliche Richtungen aus, um Hinweise aufzustöbern. Sie sahen sich dabei skeptisch an. Wenn sie glaubten, die jeweils andere merkte es nicht. Das Misstrauen war gesät.

DREIUNDZWANZIG
CEYLON DIMBULA

Stunden später hatten sie noch nichts entdeckt, was entfernt einer neuen Spur nahe käme. Sie trafen einander wieder an der Lichtung. Alles fühlte sich zäh an, lähmend und trostlos. Trotz oder gerade wegen des strahlenden Sonnenscheins. Bei diesem Postkartenwetter schien es noch absurder, einen Mörder zu jagen. In der Ferienkatalogidylle schleppte sich eine Gruppe Jugendlicher bergan, dick und verschwitzt waren sie und der Bewegung sichtlich entwöhnt. Manchmal drang ein Lachen zu den Frauen her. Erschöpft saßen sie jetzt am Nachmittag wieder in der Wiese, während Berenike Ceylon-Tee aus Dimbula zubereitete. Sie dachte an Sri Lanka, wo der Tee herkam. Ihr Rücken schmerzte, die Beine waren müde. Ohne wirklich etwas zu schmecken, knabberte sie an einem der letzten Kekse. Ihr Magen knurrte, sie hoffte auf eine warme Mahlzeit später im Salon. Als sie reihum Tee einschenkte, beruhigte sie sich ein wenig. Das Teeritual vermochte immer, die Dinge zurechtzurücken.

»Ich bin dafür, dass wir eine Detektivin einschalten, um die Suche voranzutreiben.« Selma schlürfte hörbar. »Wir haben im Frauenhaus gute Erfahrungen mit einem privaten Ermittlungsbüro in Wien.«

»Und die kommen bis hierher?«

»Wenn du die Spesen übernimmst.«

»Ich hab mit meiner Ausbildung genug Ausgaben.« Ellen sah Selma kühl und abwehrend an.

»Ellen«, Berenike hätte ihren Tee gern allein genossen, »sie meint nicht dich persönlich, sondern dass die Kunden die Spesen übernehmen.«

»Ach so.«

»Im Übrigen halte ich das für eine gute Idee, eine professionelle Ermittlerin zu beauftragen.« Der Tee war stark und Berenike spürte ihre Kräfte zurückkehren.

»Caro war unsere Mitarbeiterin, das Frauenhaus kann sicher einen Teil des Honorars übernehmen, wir werden darüber reden. Ich werde die Detektivinnen fragen, vielleicht kommen sie uns mit dem Preis entgegen.«

Berenike wunderte sich, dass Selma auf einmal dermaßen an der Aufklärung interessiert war. Neulich bei ihrem Treffen im Frauenhaus hatte sie noch ablehnend reagiert. Oder, ein ungeheurer Verdacht beschlich Berenike, die lesbische Frauenhauschefin hoffte auf andere Spuren. Wenn sie die Täterin war. Spuren, die von ihr selbst wegführen sollten.

»Ich versteh einfach nicht, wie diese Mordfälle zusammenhängen.« Ellen griff nach dem letzten Keks. »Caro und die andere. Der angebliche Beautykiller, das ist doch Blödsinn. Ich kann mir nicht vorstellen, dass wir es mit einem Serienkiller zu tun haben.«

»Genauso wenig, wie die Männer hier ihre Frauen misshandeln, nicht wahr, Ellen?« Selma sah Svens Frau provokant an.

»Der Sven ist …«, fuhr Ellen auf, der Keks zerbrach zwischen ihren Fingern und fiel ins Gras.

»Ein Psychopath ist er. Erinnere dich daran, wie er dir dein Handy weggenommen hat. Und das war noch harmlos.«

Ellen nickte und vermied es, eine der Frauen anzusehen.

»Da ist mir mein eigenes Geschlecht immer noch lieber«, fuhr Selma fort.

»Ach ja?« Denise strich sich über ihr Haar und sah neugierig zwischen den anderen hin und her. Sie wirkte so feminin, wie Doris Day in einem 50er-Jahre-Film.

»Du weißt nicht, was du dir entgehen lässt, Denise. Aber du bist jung, es kann ja noch kommen …« Selma lachte anzüglich.

»Nein, sicher nicht!«, rief Denise.

Jetzt waren sie enthemmt, Berenike konnte es körperlich spüren. Die Suche, der Verdacht. Caro hatte die Gruppe wohl geeint. Jetzt hieß es: jede gegen jede.

»Brechen wir ab?« Berenike sah in die Runde. Einstimmiges Nicken. Ellen half ihr, alles wieder einzupacken. Selma rauchte gemeinsam mit Gerhild noch eine Zigarette. Valerie war in den Wald gegangen, pinkeln. Einsam stand

Denise herum, zupfte an ihrem Kleid und sah finster zu Selma.

Im letzten Tageslicht machten sie sich auf den Weg hinunter in den Ort. Die Seilbahn verkehrte nur bis 19 Uhr. Trotzdem begegneten sie keinem Menschen auf dem Serpentinenweg.

»Ich kenn eine Abkürzung«, schlug Ellen nach einer Weile vor.

»Ja? Wo denn?«

»Hier.« Ellen zeigte auf einen kaum sichtbaren, schmalen Weg.

»Sollen wir das wirklich riskieren?«

»Es geht wirklich bedeutend schneller«, Ellen klapperte ein wenig mit den Zähnen vor Kälte.

»Na schön.«

Ellen ging voran, auf einmal stoppte sie. Ein Geräusch. Auch die anderen bemerkten es.

»Was ist das?«, flüsterte Ellen und klammerte sich an Berenikes Arm wie ein Äffchen, obwohl sie so groß war.

»Jemand singt«, murmelte Denise und sah gar nicht mehr selbstsicher aus.

Schritte. Unterholz knackte. Das Geräusch kam näher. Ein Singsang.

»Seht ihr das?« Valerie flüsterte. Jemand kam auf sie zu, tatsächlich. Bewegte sich schief und gebückt, einseitig wie ein alter Mann, schob mitunter in den Weg gewachsene Zweige zur Seite.

»Adi!«, kreischte Selma, dass Berenikes Herz Salto mortale schlug. »Wie oft hab ich dir gesagt, du sollst die Leute nicht erschrecken?«

»Tut mir leid, Selma.« Der verrückte Hallstätter Müllmann strich sanft, so sanft über Selmas Jackenärmel, während er weiter vor sich hinsummte. »Komm mit, bitte.« Seine

Stimme war ein raues Flüstern. Er zupfte an Selmas Ärmel. »Ich muss – muss dir was zeigen, Selma.«

»Na gut, aber nur, wenn du uns nicht mehr solche Angst einjagst.«

Adi nickte demütig und ging los, sie folgten ihm. Seine speckige Kluft hatte er auch heute nicht abgelegt. Es ging durch den Wald, ein Stück bergauf, dann bergab. Laute kamen aus seinem Mund, es war fraglich, ob Selma ihn verstand. Der Wald war finster und sie folgten einem Gestörten. Blendend. Auch wenn Selma immer wieder betonte, dass er harmlos war. Arm und harmlos. Zumindest waren sie viele. Viele gegen einen, der geistig nicht auf der Höhe war. Trotzdem war es ein ungutes Gefühl für Berenike.

Adi schwenkte auf einen Weg ein, den sie alle übersehen hätten. Einen ausgetretenen Weg, wenn man die Heckenrosen überwunden hatte. Hinter den bockigen Zweigen mit ihren Dornen tat sich eine Mulde auf. Laub, das Adi wegschob. Darunter kam eine Steinplatte zum Vorschein. Ein Gitter, das sich ohne Mühen zur Seite bewegen ließ. Etwas wie ein Bunker. Ein schmaler Gang, der abwärts führte. In den Berg hinein. Sie standen auf Beton. Und darauf … rote Flecken. Die sich in den alten Stein eingefressen hatten. Nur wenn man genau schaute. Wirklich nur dann. Waren sie als Blutflecken erkennbar.

Übelkeit und Hinknien waren eins. Berenike würgte.

Adi zerrte an Selmas Jacke. »Bitte.« Nur ein Wort. Eindringlich.

Also stand Berenike wieder auf. »Bleibt hier stehen«, bat sie die anderen. Sie folgte Adi und Selma. Zu dritt standen sie gleich darauf in einer Art Bunker. Adi brachte nur mehr unverständliche Laute heraus. Berenike zerrte an Lumpen, legte Kisten und Gerümpel frei. Zerbrochene Flaschen, alte Dosen. Wieder eine rote Spur. Blut. Vielleicht von einer

Jagdbeute, nicht von einem toten Menschen. Die Hoffnung bäumte sich auf.

Adi zappelte, seine muskulösen Arme schlenkerten an seinen Seiten. Ein Schaudern, leise noch, dann immer stärker, das in ein Zittern überging. Selma deutete auf die Wand, wies auf rote Spuren, die jemand mit den Fingern auf die Mauer gemalt hatte. Ein seltsames Symbol. Einem Hammer ähnlich. Thors Hammer, dachte Berenike noch. Sie wollte nur noch weg von diesem Typen, der sie mitten im Nirgendwo an einen blutigen Ort führte.

Adi nahm Selmas Hand, dann die von Berenike. Zerrte sie mit sich, weiter, immer weiter. Blickte auf sie, blickte auf das im Dunkel liegende Innere, und dann …

Der Geruch. Nicht Adi stank. Oder nicht nur er. Das kam aus dem Inneren, diese Fäulnis.

Weg jetzt. Endlich weg.

VIERUNDZWANZIG
ENGLISH ROSE

Hinaus!

Berenike rannte, sie rannte immer weiter. So schnell es auf dem unebenen, schmalen Waldpfad in der Finsternis möglich war. Stolperte, fing sich gerade noch. Der Weg war steil und sie sah kaum den Grund unter den Füßen. Eine Brille, sie brauchte tatsächlich eine Brille. Wenn sie nur endlich unten im Dorf wäre, ach Erdmutter. Sie taumelte an den anderen Frauen vorbei auf den richtigen Weg. Weiter, nur weiter. Irgendwo ließ Berenike sich fallen. Weiches Moos, sie achtete kaum darauf. Sie übergab sich endlich. Es durfte nicht wahr sein. Nicht das!

Adi war wieder hinter ihr, brüllte Unverständliches. Dieses Bild! Es würde sie nie wieder loslassen. Überall eingetrocknetes Blut, massenhaft verteilt. Körperteile. Beine, ein Knie. Die Füße, Sohlen. Zerfressen. Angefault. Braunrot. Das Gewimmel von Tieren, sie wollte gar nicht so genau wissen, welche das waren. Und die Zehen: Sie hatte noch bemerkt, dass sie fehlten. Hatte noch hingesehen, bevor sie getürmt war!

Berenike richtete sich auf. Man durfte nicht tun, als ob nichts wäre. Sie tastete nach dem Handy. Kein Netz, na super.

»Geh weg!«, schrie sie Adi an, der sich ihr lallend näherte. Seltsam genug, woher er wusste, dass Caros noch vermisste Leichenteile sich hier befanden. Sie würgte wieder einmal. Galle, nichts als Galle.

Da war ja Ellen.

»Bitte, kannst du die Polizei rufen?«

»Natürlich«, Ellen fuhr sich an die Kehle, ließ sich neben Berenike fallen. »Mist, ich hab kein Netz.«

»Aber ich hab eins.« Selma schluckte heftig, während sie mit fliegenden Fingern wählte. Die Tasten leuchteten bläulich im Dunkel.

Und wieder das Spiel von vorne. Funkstreife, Mordkommission, Amtsarzt, Tatortgruppe, Sargträger. Jonas kam mit seiner tollen Kollegin, der Profilerin Mara Wander. Sie nickte Berenike zu und machte einen auf Intuition. Schnupperte in die Luft. Hatte wohl alles nichts genützt, das ganze Täterprofilerstellen und Co.

»Bist du jetzt zufrieden, ja?«, schrie Berenike Jonas nach. »Bringt dich das karrieretechnisch voran, so ein Serienmörder? Dazu müsstest du ihn aber erst fassen, du Loser!«

Sie zerrte an ihren schwarzen Haarborsten, dass es in den Wurzeln schmerzte. Wenigstens ein Gefühl, irgendeines. »Ein Irrer muss euch den Weg zeigen! Wo habt ihr bisher gesucht, ihr Superpolizisten? Im Wirtshaus, oder was?«

»Schsch.« Selma nahm Berenike in den Arm. Streichelte ihr über die Schulter. Berenike brach in hysterische Tränen aus.

»Es tut mir so leid, Berenike«, Jonas war zurückgekommen. »Wir haben überall im Ort gesucht, aber das hier …« Er zuckte die Achseln. Berenike sah noch immer in seine Richtung, als er schon lange weg war. Selmas Arm und die Wärme, die er ausstrahlte, taten gut.

Das Menschengewurl nahm sie kaum wahr. Sie machte ihre Aussage, wie die anderen. Hörte, dass sie am nächsten Morgen das Protokoll unterschreiben kommen sollte, am Polizeiposten in Hallstatt. Sie hörte alles, konnte aber nichts wirklich erfassen. Dass der Täter hier Caros Körper zersägt haben musste. Nach ihrem Tod, wurde gemutmaßt, denn es war gar nicht so viel Blut gefunden worden, wie man erwartet hätte, hätte sie bei der Verstümmelung noch gelebt

»Die Zehen haben wir hinter der Hütte gefunden«, ertönte eine kratzige Männerstimme.

Und eine Frauenstimme: »Aha, sie sind lackiert, dunkelrot. Das könnte von Bedeutung sein.« Das war Mara Wander. Überrascht stellte Berenike fest, dass ihr die volle, tiefe Stimme der Profilerin gefiel. »Der Täter hasst Schönheit … schöne Frauen. Er will sie zerstören. Schaut, wie schön sich die Frau hergerichtet hat mit Nagellack auf den Zehen und Ringen. Die Zehen stellen wohl ein Souvenir dar, und sie sind Warnung zugleich.« Sie sagte: »Die Opfer sind zufällig gewählt. Irgendein optisches Signal, das den Täter anspricht. Jede kann das nächste Opfer werden. Wenn sie in sein Raster passt.«

Berenike wand sich aus Selmas Umarmung. »Müssen wir uns jetzt alle fürchten?«, schrie sie, nachdem sie um die Ecke gehetzt war, auf die Stimmen zu.

Mara Wander brüllte: »Was haben Sie hier zu suchen? Das ist eine polizeiliche …«

»Was machst du hier, Nike?« Jonas, was redete er denn? Und wo war das Absperrband? Schlampig, wer sagte es denn.

»Schon vergessen? Wir haben euch gerufen.«

»Bitte, lass uns unsere Arbeit tun.«

»Und?«

»Was und?«

»Müssen wir uns Sorgen machen? Wer wird die Nächste sein?«

»Die Nächste?«

»Stellst du dich so blöd? Die nächste Tote natürlich.«

»Ach, Nike.«

»Nix, ›Ach, Nike‹. Mich kotzt das an! Ich stolpere über Tote und ihre Körperteile, und du sagst ›Ach, Nike‹!«

Er wandte sich ab. Wandte sich einfach ab! So kam er ihr nicht davon. »Ich kotze auf euch und eure Arbeit!«

Er winkte ab. »Wir werden unsere Suche intensivieren. Jetzt entkommt uns der Täter nicht mehr. Verlass dich drauf.«

»Ach ja, ich glaub's nur nicht.«

»Wir tun unser Bestes.«

»Hast du das von eurer Presseerklärung?«

»Nike …«

»Lass mich in Ruhe. Wir werden selbst sehen, dass wir uns schützen.«

Völlig fertig machten sie sich eine Weile später auf den Weg hinunter in den Ort. Sehr still gingen sie hintereinander her. Berenike rief wieder bei Rita an, aber niemand meldete sich. Verdammt!

An einer Abzweigung blieb Selma stehen: »Ich werde mich hier verabschieden. Seit Caro«, sie stockte und suchte nach Worten, »seit sie nicht mehr da ist, muss ich im Frauenhaus in der Nacht einspringen.«

»Ich komme mit dir«, schloss sich Denise der Frauenhauschefin an, »ich hab noch was zu erledigen.«

Alle anderen begleiteten Berenike in ihren Salon. Keine wollte jetzt allein sein …

Hans ließ sie ein. Das Schild ›Sorry we're closed‹ hielt andere Gäste ab. Wieder einmal musste die Teemusik-CD herhalten, um zu beruhigen. Sanfte Klänge aus Asien ertönten.

»Wie seht ihr denn aus?«, bemutterte sie der Kellner.

Berenike schilderte ihm das erlebte Grauen.

»Wie fürchterlich«, Hans sah sie besorgt an. »Da hilft nur eins.« Er servierte English Rose Tee. Eine Darjeeling-Ceylon-Mischung mit Rosenblüten und Vanille, Berenike hielt sich an Vertrautes. Dazu zauberte Hans einen Topf Suppe aus Gemüseresten. Begnadet, der Mann!

»Ich kann nichts essen«, ächzte Valerie.

»Unmöglich«, ergänzte Gerhild, deren Stimme in Tränen schwamm, die sie zurückzuhalten suchte. »Ich halt das nicht aus. Gerade erst hab ich mich gefreut, dass ich Caro und Selma wiederseh, und jetzt …«

Selbst Berenike, deren Magen eigentlich schon vor Stunden das erste Mal geknurrt hatte, konnte sich nicht vorstellen, je wieder etwas zu sich zu nehmen.

»Nur eine kleine Schüssel«, gluckte Hans um sie herum. Der plötzliche Heißhunger überraschte Berenike, als sie den Duft der Suppe roch, den ersten Löffel voll schmeckte. Ah,

Kresse und Karotten. Sie tunkte Brot ein, biss ein winziges Stück ab. Kaute lange. Vielleicht konnte sie diesen Fall doch überleben.

Während die Diskussion sich um das Erlebte drehte, betrachtete Berenike gedankenverloren die Fotos von Teeplantagen an den grün gestrichenen Wänden. Es war so wichtig, das Schöne zu sehen, das Gute am Leben. So wichtig – und so schwierig.

Das Telefon läutete, ohne dass es Berenike richtig wahrnahm.

»Für dich, Berenike.« Hans nickte ihr zu.

»Roither, ja bitte?«

»Ist Selma bei euch?«

»Wer spricht da?«

»Milena vom Frauenhaus. Selma hat gesagt, dass ihr euch trefft, und mir deinen Namen genannt. Sie hätte mich ablösen sollen, schon vor einer Stunde.«

»Tut mir leid, bei mir im Salon ist Selma nicht.«

»Komisch. Dann probiere ich es nochmals bei ihr daheim.«

»Vielleicht hat sich was verzögert.«

»Sie hätte mich angerufen, wenn sie sich verspätet, das hat sie immer gemacht.«

»Ja.« Berenike legte auf. Alle starrten sie an. »Selma ist weg«, sagte sie langsam.

»Das … das gibt's ja nicht«, stammelte Ellen. »Rita erreichen wir nicht und jetzt Selma …«

»Wir müssen Denise fragen.«

»Ja.«

Doch es stellte sich heraus, dass keine Denise näher kannte. Niemand wusste ihre Telefonnummer, nicht einmal Valerie. »Ich werd sofort meinen Chef fragen. Er muss das Gästeblatt raussuchen.«

Wann hörte dieser Wahnsinn endlich auf?

FÜNFUNDZWANZIG

GRIECHISCHER BERGTEE

Es wurde eine lange Nacht. Zumindest hatte die Polizei sofort auf den Hilferuf aus dem Frauenhaus reagiert. Typisch: Erst musste was passieren, damit was passierte. Mit dem so gut versteckten alten Bunker hatten die Ermittler wohl wirklich Pech gehabt.

Nach und nach versanken die Frauen in Schweigen, während sie auf eine Nachricht warteten. Eine Stille, die in den Ohren schrillte, untermalt vom Brummen des Eiskastens. Berenike legte eine Beatles-CD ein. Yesterday, all my troubles seemed so far away … gestern war tatsächlich alles anders gewesen.

Als jemand an die Glastür des Salons klopfte, zuckten alle zusammen. Berenike öffnete. Sterne funkelten, erzählten von fernen Träumen und unbekannten Königreichen. »Ragnhild! Dich hab ich schon lang nicht gesehen.«

»Du weißt, ich hab viel zu tun. Der Stress macht mich noch wahnsinnig.« Ragnhild hatte letztes Jahr eine Pension übernommen und sie nach Feng Shui-Prinzipien eingerichtet. Selbst das Frühstück bereitete sie nach der traditionellen chinesischen Medizin zu. »Gerade muss ich mich mit einem Gast herumschlagen, der kein Acconto zahlen will, dabei hat er schon viele Nächte hier geschlafen. Er sagt, er zahlt jeweils einmal im Monat. Dabei hab ich's als Nicht-Ausseerin eh nicht leicht.«

Berenike zuckte mit den Achseln. Sie hatte oft mit Ragnhild reden wollen, jetzt war sie es, die keinen Kopf für die Trouble der Norwegerin hatte.

Mit hängenden Schultern stand Ragnhild in der Tür. »Was ist bei dir los? Ich hab Licht gesehen und mich gewundert, es ist doch schon spät.« Sie stützte sich an der Wand ab, den Rücken leicht gebeugt. Ihr Blick fiel auf die anderen Frauen. »Was macht ihr für Gesichter?«

Berenike schilderte ihr die Vorfälle, kurz, knapp, sie war müde, so müde. »Und jetzt ist Selma wie vom Erdboden verschluckt.«

»Um Himmels willen! Selma Stauder vom Ischler Frauenhaus?«

»Ja, du kennst sie?«

»Nun«, Ragnhild beugte sich näher zu ihr. »Darf ich reinkommen?«

»Natürlich.«

»Ich spreche ungern davon. Als es mit meinem Ex so schlimm war, hab ich mich kurz ins Frauenhaus geflüchtet. Wo hätte ich sonst hingehen sollen? Meine Familie ist in Oslo und hier kannte ich damals kaum wen.«

Ragnhilds Männerwahl! Endlich ein anderes Thema! Um sich abzulenken, fragte Berenike: »Was ist mit deinem anderen Verflossenen? Weiß er schon, ob er schwul ist?«

»Geh, woher denn. Der wird das nie rausfinden, ein super Schmäh, um sich nicht festzulegen. Soll er gleich sagen, dass er polygam leben will. Aber dazu ist er zu feig.«

Berenike sperrte die Tür hinter Ragnhild ab und drückte ihr eine Tasse in die Hand. Sie stellte frisches Teewasser auf und wählte einen Bergtee aus Kreta. ›All you need is love‹, schmetterte John Lennon.

»Wie lange ist Selma schon verschwunden?« Ragnhild lehnte sich an einen Barhocker und sank in sich zusammen.

Berenike sah auf die Uhr, während sie die im Ganzen getrockneten Teepflanzen zerbrach und sie in die Kanne gab. Fast elf Uhr. »Seit dem frühen Abend.« Sie nahm einen Fetzen und wischte den Tisch ab, um den die Frauen saßen. Alltagsdinge, tägliche Handgriffe, sie halfen, sich aufrecht zu halten.

»Die Polizei sucht seit Stunden. Sie wollen keine weiteren Fehler riskieren. Es ist schon genug schiefgegangen. Immerhin etwas.« Berenike wusste von Jonas, dass Hunderte Beamte das Gebiet zwischen Ischl und Hallstatt absuchten, darunter auch Hundeführer. Sie durchkämmten die Wälder; sobald es hell wurde, wollten sie Taucher in die Salzkammergutseen schicken. Selbst die Bundesländergrenzen wurden überschritten, Polizeikommandos aus Oberösterreich, Salzburg und der Steiermark bündelten ihre Kräfte.

Ragnhild zog sich einen Sessel zum Tisch und setzte sich zwischen Ellen und Valerie, während John Lennon weiter sein ›Love is all you need‹ jubelte.

»Kannst du den Mist abdrehen, bitte?«, brauste Gerhild auf. »Unter dem Deckmantel der Liebe sind schon zu viele Verbrechen geschehen.«

»Da hast du recht.«

Die Stille ergriff Besitz von ihnen, vom Raum. Sie warteten, dass etwas geschah, dass ein Handy läutete. Irgendjemand roch nach einem Parfum, das zu blumig und anbiedernd war. Vielleicht Ragnhild.

»Was ist mit Denise?«, wandte sich Berenike an Valerie.

»Offenbar abgereist«, Valerie hielt das Handy hoch. »Die Chefin hat mich eben zurückgerufen, sie sagt, sie kann kein Gästeblatt finden.«

»Sehr merkwürdig.«

Es war total irrwitzig. Plötzlich hatten sie es mit einem Phantom zu tun.

Dann endlich ein Anruf von Jonas: »Leider noch nichts Neues, Berenike.«

»Ich komme und helfe suchen.«

»Nein, Berenike, das ist keine gute Idee.«

»Ich bin gleich unterwegs. Du wirst mich nicht aufhalten.«

»Es kann gefährlich werden, Nike!«

»Trotzdem. Schließlich bin ich mit den Frauen bekannt, und ich habe sowieso keine Ruhe hier.«

»Also schön. Ich warte bei der katholischen Kirche in Hallstatt auf dich.«

Ächzend legte Berenike auf. »Ich fahre hin«, sagte sie laut. Alles war besser als warten. Dabei fehlte ihr schon so die Zeit für all ihre Arbeit.

»Gute Idee, wir nehmen meinen Wagen.« Helena sprang auf. Auch Ragnhild wollte mitkommen.

»Nichts da«, wehrte Hans ab. »Ich werde fahren. Ihr seid zu aufgeregt, nicht dass noch ein Unfall passiert.«

»Das ist lieb von dir.« Berenikes Körper fühlte sich erdenschwer an. Nur noch diese Suche – und dann schlafen.

»Gehen wir. Das Geschirr räumen wir später weg.« Die anderen Frauen wollten mit Susi im Salon bleiben. So konnte wenigstens jemand das Telefon abheben. Just in case.

Los ging es, den Weg zurück nach Hallstatt. Hans fuhr routiniert. Berenike war ihm dankbar, dass er nichts sagte, nichts zu beschönigen versuchte. Vor der Kirche trafen sie wie besprochen auf Jonas. Scheinwerfer, deren Licht auf das Blau der Polizistenuniformen fiel. Gemeinsam suchten sie jeden Zentimeter Waldboden ab, Berenike erzählte Jonas von Denise und beschrieb haargenau den Weg, den sie alle gemeinsam gegangen waren.

»Ja, ich werde die Fahndung …«, sein Handy piepste dezent. »Lichtenegger? Aha. Wo? Danke.« Er legte auf und sah Berenike an. »Wir haben sie gefunden. Tot.« Ein hartes Schlucken. »Wie es aussieht …« Im Reden ging er schon bergab.

»Ermordet?«

Jonas rannte. Berenike ihm nach. »Ja. Vor einer Massagepraxis in Ischl. Der Beautykiller.«

»Hat ein neues Opfer. Hat er sie erstochen?«

»Woher weißt du das?«

»Ich habe geraten.«

»Na gut. Ich muss los.«

»Ich komme mit.«

»Nein.« Sie hatten auf ihrer Suche eine Runde gezogen, jetzt waren sie wieder an ihrem Ausgangspunkt bei der Kirche angelangt. Bevor sie reagieren konnte, war Jonas in seinem Auto davongeprescht, hob nur grüßend die Hand. Sie fühlte sich furchtbar hilflos. Pannen und Pech für die Polizei. Und der Mörder hatte Glück. Verdammt.

Hans rannte zum Auto, raste heran. Die Frauen sprangen ins Auto, Berenike stieß sich den Kopf am Wagendach an, aber was machte das jetzt schon. Los ging es, im Höllentempo dem Kriminalpolizisten nach. Zum Glück kein Verkehr. »Ich fass es nicht, könnt ihr das glauben?« Berenike sprach wie zu sich selbst. »Dass Selma tot ist.«

»Dabei trainieren sie Selbstverteidigung im Frauenhaus.« Ragnhild starrte auf ihre Füße, sah niemanden an. Angst vor dem, was noch kam, kroch Berenikes Nacken hoch.

SECHSUNDZWANZIG

PFIRSICHTORTE MIT GRÜNTEE

Die Fahrt zum Fundort von Selmas Leiche kam ihr unwirklich vor. Wie eine einzige Graffiti-Ausstellung, der in dunkler Nacht das Publikum fehlte. Berenike war fassungslos. An die Fassade des altmodischen Ischler Bahnhofs stand geschmiert: ›Weiber entwaffnen!‹ Oberhalb einer Konditorei: ›Frauen an den Herd‹. Dann: ›Wir kriegen jede Frau‹. Wie entsetzlich, so als lebten sie in einer Zeit, in der Frauen keine Rechte hatten. Die Buchstaben glühten rot, trieften vor Farbe. Kräftiges, kriegerisches Rot. Blutrot. Am Ende war es wirklich der Körpersaft. Von wem so viel Blut stammte, daran wollte sie lieber nicht denken, ihr war so schon übel genug

Hans bremste jäh, als aus einer Seitengasse Jungs auf röhrenden Motorrädern angerast kamen. ›Frauen versklaven‹ prangte an dem Eckhaus. Berenike kam das Kotzen. Sie bewegten sich im Schritttempo die immer noch Hochwasser führende Traun entlang.

Blaulichter, Polizisten. Ein Geschäftsportal: Wohlfühlmassagen. Hans hielt an und blieb sitzen. Berenike stieg aus, sah sich suchend um. Absperrbänder, Scheinwerfer, die das Portal bestrahlten und … da lag sie. Mit den Beinen zur Tür, der fast kahl geschorene Kopf nach hinten verbogen. Selma, eindeutig. Ihre verdrehten Augen schienen Berenike anzustarren. Der gelbe Pulli gab ein Stück weißen Bauch frei. Etwas glitzerte metallisch an ihrem Körper. Angestrahlt von 1.000-Watt-Birnen und ausgeleuchtet vom Blitzlicht des Polizeifotografen, der die Lage aus allen Winkeln festhielt. Unter dem Strickstoff zeichneten sich Selmas Brüste ab. Wie weich sich noch vor Kurzem Selmas Haut angefühlt hatte! Und jetzt war die Frauenhauschefin tot, ihre weiblichen Formen bald Beute der Würmer.

Berenike glotzte die Wand an, ohne zunächst wahrzunehmen, was sie las: ›Vergeltu…‹, die letzten zwei Buchstaben fehlten.

Plötzlich Schritte, irgendwo in der Finsternis. Männer, die es eilig hatten. Springerstiefel, die Köpfe unter Kapuzen verborgen. Einer von ihnen stolperte und zögerte. Etwas leuchtete in seiner Hand auf. Eine Spraydose? Sah so aus!

»Das ist Ellens Sven!«, schrie sie, schon startete Hans das Auto.

»Weiber!«, brüllte einer der Männer.

Berenike gab einem Streifenpolizisten ein Zeichen, der sich ebenfalls ins Auto setzte und losbrauste. Endlich mal einer, der schnell reagierte!

Minuten später waren sowohl Hans als auch der Polizist wieder zurück. Ohne die Verdächtigen. Damn, dachte Berenike. Wie konnte in einem Nest wie Bad Ischl mit seiner kaisergelben Vergangenheit jemand verschwinden?

Wieder betrachtete sie Selmas kahlen Kopf. Ihre verdrehte Körperhaltung auf dem nächtlichen Asphalt. Dazu die brutale Schleifspur aus Blut und Dreck. Sie erkannte eine Tatortlampe, Jonas hatte ihr mal davon erzählt. Die Polizisten würden mit dieser Lampe, die in unterschiedlichen Wellenlängen strahlte, alle möglichen Spuren erkennbar machen, die mit freiem Auge nicht zu sehen waren.

Berenike schob sich näher an die Absperrung heran, obwohl alles ihr zuzuschreien schien ›geh weg!‹. Sie wollte wissen, was so glänzte an Selmas nacktem, blutigem Hals. Erst vermutete sie eine Kette, aber das glänzende Ding steckte im Hals der Toten. Berenike griff sich an die Kehle, fühlte mit den rauen Fingerkuppen die weiche Haut. Eine Brosche musste das sein, oder eine Anstecknadel. Das Metall steckte in der … das musste die Halsschlagader sein. Berenike dachte, seltsam kühl, an das, was sie im Kampfsportunterricht über Anatomie gelernt hatte. Das war eine äußerst sensible Stelle des Körpers. Unterbrach man dort die Sauerstoffzufuhr des Gehirns, konnte das tödlich sein. Sie musste in Erfahrung bringen, was der Täter mit dem Schmuckstück angerichtet hatte.

»Ist sie verblutet?« Berenike sagte es zu niemand Bestimmtem. Hans zuckte die Achseln, und da war auch Jonas wieder: »Bitte geht jetzt, das ist Sache der Kriminalpolizei.«

»Kommst du später zu mir?« Dass sie je so einen Mann anbetteln würde, hätte sie früher auch nicht gedacht. Noch vor Kurzem nicht.

Jonas seufzte müde. »Ich weiß nicht, wie lange wir hier brauchen werden.«

»Schon verstanden.«

Sie standen im Weg herum, Berenike und Helena und Ragnhild, während Mara Wander, Inspektor Mara Wander, mit nach innen gekehrtem Blick die Tote auf sich wirken ließ und erst dann näher ging.

»Das ist Gerhilds Praxis«, Ragnhild sagte es, als wären sie auf einem Sonntagsausflug. »Gerhild macht tolle Sachen.« Dann würgte sie, fing an zu kotzen.

»Gerhild? Dieselbe Gerhild, die …?«

»Pah, ist mir schlecht. Ja, Gerhild bietet den Bewohnerinnen vom Frauenhaus einen stark vergünstigten Preis. Damit sie sich … uff … einmal was Gutes tun können. Sie weiß wohl noch nichts von dem Ganzen.«

»Oder doch.« Ein knallvioletter Mini näherte sich im grellen Scheinwerferlicht. Gerhild stieg aus, sah sich um. Und damit ging wieder alles seinen Gang, grausame Routine, nicht erst seit heuer. Der Amtsarzt zog eine glitzernde Brosche aus

Selmas Hals, sah nach Strass aus, wohl kaum Diamanten. Die Leute von der Tatortgruppe nahmen schnüffelnd wie Hunde ihre Spur auf. Da waren auch die Gaffer. »Scheiß Emanze«, schimpfte einer.

Und da waren die lieben Medien. Berenikes besondere Freunde, damn it. Flash, das nächste Bild. Eine Fernsehkamera rückte näher, filmte die Tote, ihre Umrisse in den engen Jeans. Die Bilder würden bald über die Bildschirme laufen und im Internet zu sehen sein. Nichts wie weg hier, sagte sich Berenike. Es hatte lange gedauert, bis ihr Ruf nach der Mordserie letztes Jahr wiederhergestellt gewesen war.

»Hans, fahren wir?«

»Ja.«

Das Frühstück am nächsten Tag führte die Frauen wieder in Berenikes Salon zusammen, ohne dass sie sich abgesprochen hätten.

»Ist schließlich Sonntag«, murmelte Katharina und bestellte English Breakfast Tea mit Nusskuchen. Als Hans servierte, musste Berenike absurderweise grinsen: Der Kuchen hatte dieselbe Farbe wie Katharinas Kleidung.

Rasch wurde sich Berenike wieder ihrer Lage bewusst. Die Lücken in den Reihen der Frauen erinnerten an Agatha Christie. Sah aus, als spielte jemand mit ihnen ›Zehn kleine Weiblein‹. So leid es Berenike tat, sie konnte sich nicht zu den Frauen setzen, dazu war im Salon zu viel los. Zum Glück lief mit Susi und Hans alles wie geschmiert. Neben der frischen Pfirsichtorte mit Grünteegelee gab es Salat aus Kohlrüben und Kresse. Berenike stand an der Theke und schenkte aus, vor allem Eistee, den sie an heißen Tagen in vielen Sorten bereithielt. Sie bemühte sich um Höflichkeit, dabei war ihr das Herz so schwer. Doch die Gäste konnten ja nichts dafür.

Wieder schwang die Tür auf, Gero kam herein. »Servus, na, hast wenigstens heute frei?«, begrüßte ihn Berenike.

»Ja danke. Am Montag geht's wieder los. Nach dieser Gruppe hab ich endlich Urlaub, da flieg ich tauchen, in die Südsee. Lauter exotische Fischerln. Raubfische, weißt. Der Rochen zum Beispiel, weißt, wie schnell der töten kann?«

Berenike nickte ihm kurz zu und ging zur Theke. Sie war heute froh über die viele Arbeit. Sie stellte zwei Kannen grünen Tee mit Minze zum Auskühlen aufs Fensterbrett. Sie würde ihn mit Eiswürfeln und frischem Zitronensaft in Gläsern servieren, deren Rand sie zuerst in Kristallzucker tauchte.

Kurz darauf tauchte Amélie auf. »Puh, einen Tag frei, was für ein Luxus.« Sie wischte sich die verschwitzten Locken aus dem Gesicht. »Ich hab noch aufräumen müssen, meine Putzfrau ist krank.« Sie trug einen ausgebleichten Rock mit Blümchenmuster, dazu eine zerknitterte weiße Bluse.

»Mehmet«, murmelte sie, es wirkte fragend, sie sah dabei Berenike an, aber jetzt war keine Zeit, um Amélie von ihren Nachforschungen in Wien ausführlich zu berichten.

»Wir reden in Ruhe.«

Sinnend starrte Berenike Amélie an. Diese drei Morde passten einfach nicht unter einen Hut. Gehörten sie überhaupt zusammen? Waren es Beziehungstaten? Mehmet hatte mit Caro ein Verhältnis gehabt und mit seiner kleinen Türkin, nicht mit Frau Starkmann und nicht mit Selma.

»Katharina, was machst du hier?« Amélie glotzte die Hallstätter Friseurin an. Zum Glück kam Hans, um nach Amélies Wünschen zu fragen: »Irish Breakfast Tea für dich?«

Amélie nickte. »Ja ja, egal.« Sie drehte sich mit einer müden Bewegung zu Gerhild, als diese plötzlich losbrüllte: »Das ist er!«

»Wer?«, rief Berenike und ging auf den Tisch mit den Frauen zu. »Wer?«, rief sie noch. Dann wurde es finster um sie.

SIEBENUNDZWANZIG

I'm not interested in immortality but only in tea flavour. / (Übersetzung von A.Bu:) Ich interessiere mich nicht für die Unsterblichkeit, nur für die Aromen von Tee. (Lu Tung)

Verwirrt kam Berenike zu sich. Sie sah eine grüne Mauer vor sich, die ihr bekannt vorkam, ein Schmerz stach durch die linke Schulter. Sie hockte irgendwie schief auf dem Boden, in einem Spalt zwischen Wand und Sofa. In ihrem eigenen Salon. »Was ist passiert?«, murmelte sie, mehr zu sich selbst.

Neben ihr stammelte jemand. Amélie! Sie putzte sich gerade ihren Rock ab. »Er ist weg.«

»Wer?«

»Der Mann da drüben. Der die ganze Zeit zu uns herübergeglotzt hat. Er war's.«

Berenike rappelte sich auf, versuchte aufzustehen. Sie fühlte sich benommen. »Er war was?«

Gerhild beugte sich über sie. Ellen streckte ihr eine Hand entgegen. »Ich habe nichts gesehen, Berenike, leider. Erst als ihr beide da gelegen seid …!«

Amélie half Berenike auf. »Er hat mich geschubst und ich bin auf dich draufgeplumpst. Warst du kurz weg oder was?«

»Mein Kopf tut weh«, Berenike ertastete eine Beule an ihrem Hinterkopf und ließ schnell die Finger davon, »ich kann mich an nichts erinnern.«

»O je, Berenike, du wirst doch nicht eine Gehirnerschütterung haben? Ist dir auch schlecht?« Ellen sah sie aus großen Augen besorgt an, als wäre Berenike eine ihrer Töchter.

»Nein, oder ja, ein wenig.« Berenike ließ sich auf das Sofa

fallen. »Es geht gleich wieder.« Nur nicht nachlassen, nicht jetzt. Sie hatte Schlimmeres erlebt, hatte es überlebt.

»Nicht bewegen, Berenike, das ist das Beste.«

»Du musst was trinken.« Glühende grüne Augen – Amélie beugte sich jetzt auch über sie und machte Ellen mit guten Tipps Konkurrenz. Berenike sah Amélie forschend an. Am Ende hatte die Blondine sie selbst außer Gefecht setzen wollen. Aber nein, dafür hätte es zu viele Zeugen gegeben. Berenikes Hals fühlte sich rau an. Zu rau zum Sprechen. »Bitte einen Schluck Tee.«

Hans stand schon bereit. »Hier, Kräutertee.« Jetzt standen sie zu dritt da wie besorgte Glucken und machten sich den Platz um sie streitig. Berenike trank gierig. Tee half, half fast immer.

»Wer war das, Berenike?«

»Was meinst du?« Sie wollte sich aufrechter hinsetzen und zuckte vor Schmerzen zusammen. »Au, mein Schädel.«

»Vielleicht brauchst du einen Arzt?« Hans hatte das Rennen gemacht und beugte sich an vorderster Front über Berenike.

»Nein, lass. Ich brauche nur Ruhe …«

»Wer war der Mann dort auf dem Sofa?«

»Gero? Was ist mit ihm?«

»Das versuch ich dir die ganze Zeit zu sagen. Er war's.«

»Was?«

»Er hat's getan.«

»Was denn? Dich geschubst?«

»Er war der Mann, der Caro bedroht hat.«

»Wie bitte?«

»Er ist ihr ins Tanzstudio gefolgt, kurz vor ihrem Tod. Ich hab dir davon erzählt.«

»Ja, hast du.« Der Schädel brummte. Jeder Gedanke schien sich zu verstecken, gut gepolstert, um nicht gedacht werden zu müssen.

»Zum Glück hat Mehmet den Angreifer damals verscheucht. Wenn ich daran denke, wie aggressiv dieser – Gero, sagst du? – wie brutal er damals wirkte, wird mir heute noch schlecht. Er schien zum Äußersten bereit. Das hat sich jetzt wieder gezeigt.« Amélie lächelte, es wirkte fehl am Platz. »Ihr könnt Mehmet fragen, er würde diesen Gero auch wiedererkennen. Mein Mehmet hat was drauf.«

Wenn du wüsstest, Berenike musste sich zurückhalten, um ihrem blond gelockten Gegenüber nicht die Illusionen zu rauben. Dieses emotionsgeladene Gespräch musste warten.

»Und wo ist Gero hin?«

»Weg. Nachdem ich ihn erkannt hab.«

»Weg? Wohin?« Berenike sprang auf. »Aua. Wir müssen zu Ragnhild, komm.« Noch immer pochte es in Berenikes Kopf, dass sie glaubte, die Schädeldecke würde ihr platzen und das Hirn davonfliegen. Vielleicht wäre dann endlich Ruhe. »Er wohnt dort. Wir müssen ihn in der Pension überrumpeln. Schnell!«

Ragnhild sah überrascht von ihrem kleinen Empfangstresen auf, als Berenike und Amélie in ihr helles Foyer stürmten.

»Wir müssen zu Gero, schnell!« Berenike bemühte sich, nicht zu schreien.

»Gero? Den hab ich nicht gesehen.«

»Wo ist sein Zimmer?«

»Er hat das Apartment nach hinten raus. Kommt mit.«

Gemeinsam schlichen sie auf Zehenspitzen den Gang entlang. Ragnhild klopfte, wartete – nichts. Mit ihrem Zentralschlüssel sperrte sie auf. Der große Raum ging auf eine Veranda, deren Tür sich zum Garten öffnete. Sie stand offen. Und das Apartment … war leer. Gero war weg, mitsamt seinem Trainingszeugs. Seile, Tauchanzüge, Hanteln und sonst noch was, mit dem Berenike ihn im Lauf der Zeit gesehen hatte. Nicht ein einziges Papiertaschentuch lag im Mistkübel.

»Er muss über den Garten geflüchtet sein, sonst hätte ich ihn gesehen. Ich war die ganze Zeit an der Rezeption und habe Reservierungen überprüft.« Ragnhild keuchte beim Reden und raufte sich die roten Locken. An der Stirn mischten sich ein paar graue Haare in das Rot. »Ich hab's gewusst. Ich hab geahnt, dass er abhaut, ohne seine Rechnung zu bezahlen. Das Schwein. Und ich lasse mich drauf ein, weil er mir von Klunkern aus Afrika erzählt.«

»Ragnhild, darum kümmern wir uns später. Er hat Amélie attackiert. Und früher schon Caro. Wir müssen ihn suchen.«

»Der Mann einer Frauenhaus-Bewohnerin, soweit ich Caros Worte in Erinnerung hab.«

Die Norwegerin stand wie angewurzelt da. »Aber das ist ja gruselig, so was! Furchtbar!« Die Pensionsbesitzerin riss die Tür des Bades auf, auch dort Leere. Sie schlug die Tür wieder zu. »Ich bin froh, dass der weg ist. Wie unheimlich. Aber meine offene Rechnung, blöd ist das, ich brauch das Geld.«

»Was fährt er für ein Auto?«, unterbrach Amélie, schon auf dem Weg nach draußen. Sie sprang in ihren Wagen, startete. »Das Kennzeichen, Ragnhild, weißt du, wie es lautet?«

»Ich erinnere mich nur an einen grünen Geländewagen und ein Salzburger Nummernschild.«

Grün, wieder einmal grün! »Was für ein Grün, Ragnhild?«

»Ein helles Grün, schwer zu beschreiben.«

Wenn sie nur endlich das Rätsel um diese grünen Autos lösen könnten, die ständig auftauchten! Berenike griff sich an den Kopf. Sie wurde von einem plötzlichen Schwindel erfasst, die pralle Mittagssonne tat ein Übriges. Amélie ließ den Motor aufheulen. »Du kannst nicht allein los!«, schrie Berenike sie an, doch da war Amélie schon mit quietschenden Reifen auf die Hauptstraße eingebogen.

»Ruf Jonas an!«, brüllte Ragnhild.

»Aber …«

»Für eure persönlichen Reibereien ist jetzt keine Zeit, Berenike! Oder willst du noch mehr Tote?«

»Natürlich nicht.«

Berenike wählte, erreichte aber nur die Mobilbox. »Hier spricht Berenike«, stieß sie hervor, und fuhr überdeutlich fort: »Ruf mich bitte sofort an!« Für Höflichkeiten war keine Zeit.

Dann hämmerte sie die Nummer 133 ins Telefon. »Inspektor Lichtenegger, bitte. Mein Name ist Berenike Roither. Aus Altaussee. Was, worum es geht? Um Leben und Tod natürlich. Wir haben einen Verdächtigen im Mordfall – wo ist er? – Ja danke.«

»Wander, grüß Gott?«

»Frau Inspektor, Jonas … egal. Wir haben hier einen Verdächtigen für die Frauenmorde. Er hat Caro schon einmal attackiert. Und jetzt meine Freundin und mich. Gero heißt er. Und er ist flüchtig. Mit einem Salzburger Kennzeichen. Kommen Sie her?«

Das tat die junge Polizistin gnädigerweise. Gefahren wurde sie von Inspektor Kain. Großartig. Mara Wander sprach ausgiebig mit Ragnhild und Berenike, sah sich in der Pension um. Auch Geros Zimmer ließ sie auf sich wirken. Dass es leergefegt war, hätte man ihr sagen können.

»Er muss schon vorher geplant haben abzuhauen, und hat deshalb gepackt«, überlegte Berenike. »Als Amélie ihn erkannt hat, ist er herübergekommen und hat nur noch seine Taschen schnappen brauchen.«

»Er hat seinen Aufenthalt nicht bezahlt«, regte sich Ragnhild schon wieder auf.

»Schicken Sie ihm die Rechnung per Post«, empfahl Mara Wander. »Vielleicht hilft das. Wenn er überweist, haben wir zumindest eine Spur.«

Ragnhild sah hilflos drein. »Die Adresse hab ich nicht. Er hat das Gästeblatt nicht ausgefüllt. Ich weiß nicht, wie das passieren konnte.«

»Na, wäre sowieso unwahrscheinlich, dass er seinen richtigen Namen angegeben hätte. In diesem Fall«, reagierte Mara Wander schnell, »wird er umgehend zur Fahndung ausgeschrieben.« Sie ging zu Kain hinüber, der am Funkgerät hantierte.

Ragnhild schaltete den Fernseher ein. »… weitere Tote im Salzkammergut gefunden«, berichtete ein Nachrichtensprecher aufgeregt. »Bei der Toten handelt es sich um die Leiterin des Frauenhauses in Bad Ischl, Selma Stauder. Wie man munkeln hört, wurde ihr das Gift des Kugelfisches verabreicht. Schon eine kleine Menge davon genügt, um jemand ins Jenseits zu befördern. Von der Polizei gibt es dazu keinen offiziellen Kommentar. Wir werden weiter berichten.«

Gebannt starrte Berenike das Gerät an. Gero mit seiner exotischen Taucherei. Und Svens seltsame Liebe zu Aquarien. Sie berichtete der Polizistin davon.

»Ich werde dem nachgehen«, versprach Mara Wander.

Kaum war Berenike zurück im Salon, läutete das Telefon.

»Roither?«

»Hallo, hier spricht Milena vom Frauenhaus. Berenike, bist du das?«

»Ja.«

»Peri, unsere Detektivin, hat angerufen.« Milena schluckte heftig. »Hier geht es drunter und drüber, wie du dir vorstellen kannst. Die Frauen sind schockiert und haben noch mehr Angst. Also, jetzt, wo auch Selma tot ist, übernehmen wir erst recht die Honorarkosten für eine Privatermittlerin. Irgendwie werden wir das schon finanzieren.« Milena brach ab und schniefte. Dann gab sie sich einen Ruck. »Willst du die Telefonnummer der Detektei und sie kontaktieren?«

Berenike zögerte. Wie es bisher lief, kam sie auch auf keinen grünen Zweig.

»Ja, bitte gib mir die Nummer«, sagte sie. »Hoffentlich geht so endlich was weiter.« Berenike musste husten, so trocken war ihr Hals.

ACHTUNDZWANZIG

RINGELBLUMENTEE

Also weiter im Alltag, musste ja sein. Berenike gab zumindest vor, so was wie einen Alltag zu leben. Dabei blieb Amélie verschwunden, ebenso wie Gero, seit sie ihm hinterhergerast war. Denise war wohl abgereist, weil sie die Schnauze voll hatte von der ganzen Sache. Und ob jemand Rita erreicht hatte? Sie hatte vergessen, nochmals bei der Tänzerin anzurufen.

Jetzt blieb nur die Hoffnung, dass die Kripo Gero verhaftete. Zumindest lenkte die viele Arbeit im Salon Berenike von ihren Sorgen ab. Irgendwann musste sie sich ein Veranstaltungsprogramm für den Herbst einfallen lassen. Sie hatte einige Ideen, aber noch nicht die Zeit, diese weiterzuverfolgen. Auch die Literaturgruppe ›Pessoas Erben‹ wollte wieder etwas machen, wofür sie dankbar war, schließlich lief der Alpenkitsch auch literarisch gut. Sepp brachte meist Musiker aus der Gegend mit, die mit Hackbrett und Harmonika zusätzliches Publikum anzogen.

»Frau Roither?«

Berenike trat schwungvoll mit einem frischen Blech Marillenkuchen aus der Küche – und prallte mit einer Frau in bunter Hose und T-Shirt zusammen. »Wer lässt fragen?« Unwillig sah sie auf. Und blickte in die lustigsten grünen Augen, die sie sich vorzustellen vermochte. Die roten Locken hatte ihr Gegenüber unter einem blauen Kopftuch gebändigt. Statt sich zu entschuldigen, fasste die Frau Berenike am Arm.

»Sieglinde, du sollst die Leute nicht so erschrecken!«, kam es von einer jüngeren, dunkelhaarigen Person im kurzen schwarzen Rock, die hinter ihr stand. Beide schienen nicht so recht ins Salzkammergut zu passen.

»Tolles Outfit«, der Blick der Älteren wanderte über Berenikes roten Sari.

»Ja?« Jetzt besaß Berenike doch wieder ein solches indisches Kleidungsstück. Eigentlich mochte Berenike die bis zu neun Meter Stoff nicht so recht.

Endlich ließ die Frau ihren Arm los. Die Rothaarige drückte ihr jetzt die Hand und hielt ihr eine Visitkarte entgegen. »Sieglinde Henn, von den Detective Chicks.«

»Bitte …!«, rief ein Gast neben der Tür.

»Einen Moment, bitte!«, antwortete Berenike. Und zu der Frau: »Entschuldigen Sie, wer sind Sie?«

»Privatdetektivin, und das«, sie zeigte auf die schwarzhaarige Schönheit, »ist meine Partnerin Peri. Milena vom Frauenhaus hat Sie doch informiert?«

Berenike bejahte schnell.

»Wir wollten mal vorbeischauen und ein wenig vorfühlen. Frau nimmt schließlich nicht jeden Auftrag an.« Sieglinde lächelte geschäftstüchtig. »So eine Art Vor-Observierung. Wir haben gedacht, wir nutzen das schöne Wetter und verbinden das Angenehme mit dem Nützlichen. Und lernen einander kennen. Na?«

»Und? Hab ich Ihren Test bestanden?«

Die Frau nickte lachend. »Ein Scherz!«

»Sehr witzig«, Berenike sah zu Hans hinüber, aber der hatte nichts mitbekommen. »Haben Sie mir einen Schrecken eingejagt!« Sie erinnerte sich, dass Milena das Ermittlungsbüro erwähnt hatte.

»Frau Roither, wollen wir nicht Du sagen? Ich kenne Milena und die anderen schon eine Weile.«

»Ja, gern. Was kann ich euch anbieten? Bio-Nilgiri habe ich neu auf der Karte, einen schwarzen Tee aus Südindien.«

»Wenn's schon Tee sein muss …«

»Kaffee führen wir nicht.« Berenike deutete auf das grüne Schild mit der handgeschriebenen Aufschrift: ›Strictly Tea is Served.‹

»Dann Kräutertee, ich bin schon zu angeregt.« Sieglinde zwinkerte fast unmerklich.

»Wie wäre es mit Ringelblumen? Sie wirken ausgleichend.«

»Gern.«

So sehen also Detektivinnen aus, dachte Berenike, als sie kurz darauf servierte. »Tragt ihr eigentlich Waffen?«, fragte sie neugierig.

»Geh«, lachte Sieglinde, »wozu denn? Und heut überhaupt. Also, können wir über den Fall reden?«

»Entschuldigt bitte, das muss warten. Ihr könnt am Abend

wiederkommen, wenn Sperrstunde ist. Ihr seht ja, wie viel Betrieb hier herrscht.«

Gerade winkte ein Gast aus dem Literatursalon, ein Kochbuch in der Hand: »Können Sie das als Mitbringsel empfehlen für jemanden, der noch nie im Ausseerland war?«

»Ja, ist eine gute Wahl«, rief Berenike.

»Gut, du hast recht. Wir kommen später wieder«, verabschiedete sich Sieglinde. Peri hob grüßend die Hand. Könnte sie nur zum See, dachte Berenike, den naturbelassenen Uferweg entlangspazieren, bei der Seewiese einkehren, irgendwo die Füße ins Wasser hängen lassen …, aber nichts da. Arbeit stand an. Und sie hatte es so gewollt. Wollte es immer noch.

Die beiden Detektivinnen kamen zurück, als der Salon bereits geschlossen war. Hans und Susi waren schon weg. Berenike bot den Frauen frischen Minzetee an und setzte sich mit ihnen in den Garten.

»Was soll ich sagen? Die Aufklärung stagniert. Mittlerweile gibt es drei tote Frauen.« Es fiel Berenike nicht leicht, die Ermittlungen zusammenzufassen. »Erst ist meine Tanzlehrerin Caro getötet worden, und ich fand reihum Verdächtige. Darunter Katharina, eine Friseurmeisterin in Hallstatt, in deren Geschäft die Tote gefunden wurde. Die Kehle durchgeschnitten, der Körper entzweigesägt. Dann bin ich in Wien quasi über eine Leiche gestolpert, Inge Starkmann, die Chefin von Mehmet und von Sven. Ob derselbe Täter sie getötet hat, wer weiß das schon. Und letztlich Selma – ich fasse es nicht. Dass ausgerechnet die Chefin vom Frauenhaus ermordet wurde, geht über meinen Horizont.« Jetzt nicht losheulen, Berenike! Nicht vor diesen toughen Privatermittlerinnen! Von Gero und seinem Verschwinden in dem geheimnisvollen grünen Auto erzählte sie auch.

»Und Amélie ist weg. Ich mach mir Sorgen.« Da war sie wieder, die Unruhe, die nur manches Mal im Alltag ein wenig unterging.

»Natürlich«, Sieglinde legte eine Hand auf Berenikes Arm. »Wir tun alles, was wir können, um Amélie zu finden. Das ist die Leiterin vom Studio Elfentanz, gell?«

»Ja.«

»Gut, dann kenne ich sie eh. Jetzt was anderes: Was meinst du, haben die toten Frauen gemeinsam?«

Sieglinde nickte Peri zu, die folgsam einen Schreibblock und bunte Stifte aus der Tasche zog.

»Hm. Sie sind unabhängig«, Berenike stützte die Hand grübelnd auf, »sie haben Karriere gemacht. Aber sonst …«

»Das könnte es sein. Ein Täter, der sich selbst wie ein armes Würschtl fühlt. Einer, der mit Frauen nicht kann – der nicht will, dass Frauen sich wehren können. Dass sie ins Frauenhaus flüchten können. Dass sie Karriere machen.«

»Aber Caros Karriere war vorbei.«

»Trotzdem. Sie war mal richtig gut und hat sicher einiges verdient. Man müsste herausfinden, weshalb sie aus L.A. weg ist.«

»Ja, ich habe mich auch immer gewundert.«

»Hat schon jemand in Amerika nachgeforscht?«

»Nicht, dass ich wüsste.« Horst hatte sich nicht mehr gemeldet. Alles Blenderei, seine angebliche Quelle im Land der Cowboys.

»Wenn du einverstanden bist«, Peri schlürfte genüsslich am Tee, »mhm, lecker, hätte ich gar nicht erwartet. Also, dann werden wir in Amerika nachbohren.«

»Gute Idee.« Sollte der Mörder auf amerikanischem Boden gefunden werden, umso besser. Wenngleich dann ein anderer Selma und Frau Starkmann auf dem Gewissen haben musste. Berenike seufzte.

»Nach Amélie halten wir auch Ausschau und natürlich versuchen wir, Denise aufzutreiben.«

»Ja. Danke. Fahrt ihr bitte auch bei Rita vorbei? Wahrscheinlich hat sie ein Engagement als Tänzerin, aber ich mach mir Sorgen.«

»Klar, dass man es mit der Angst zu tun bekommt. Bei drei ermordeten Frauen.«

Müde schloss Berenike bald darauf den Salon ab, nachdem die Detektivinnen sich verabschiedet hatten. Ihr Blick fiel auf die Kuckucksuhr, die sie immer noch nicht repariert hatte. Sie ging um die Ecke zu ihrem Motorrad und erstarrte. Etwas Rotes war da an der Fassade ihres Lokals. Brennend rote Buchstaben. ›Wir ficken euch alle‹, hatte jemand an die Wand gemalt. Die Farbe tropfte noch ein wenig. Was für eine Sauerei. Ebenso rot flammte die Wut in Berenike auf, dass sie glaubte, gleich zu zerspringen. Dazu gesellte sich … nein, Angst würde sie nicht mehr zulassen. Jetzt nicht! Das hier musste getan worden sein, während sie seelenruhig nur ein paar Meter weiter mit den Privatdetektivinnen gesprochen hatte. Sie hatte sich endlich ein wenig sicherer gefühlt, ein bisschen nur. Damit war es sofort wieder vorbei. Sie stolperte rückwärts, zu ihrem Motorrad, konnte die Augen nicht von der Fassade lenken. Jemand berührte sie von hinten, sie kreischte und dann …

Dann packte sie jemand gewaltsam an der Schulter. »Ja, schau's dir nur an!«, raunte eine Stimme an ihrem Ohr. Sie versuchte den Kopf zu drehen, doch der Typ hielt sie zu fest gepackt. Eine vermummte Gestalt, die Stimme eindringlich, aber undeutlich durch den schwarzen Schal zu vernehmen. »So wird es euch allen gehen!«

Sie stand und starrte, während dieser Mensch sie plötzlich losließ. Sie taumelte und hörte Schritte, der Übeltäter lief weg! Und lachte! Das erinnerte sie doch an wen …

Berenike rannte zum Motorrad, startete. Sie fühlte sich ganz durcheinander. Sven – ihn hatte sie mit einer Spraydose in der Hand in Ischl gesehen! Dann war er also wieder im Lande. Sie sah sich um, konnte aber niemanden mehr auf der Straße sehen.

Sie war so müde. Ihr Weg führte sie wie üblich durchs Ortszentrum den Berg hinauf. Niemand außer den Katzen würde sie daheim erwarten. Sie dachte an Jonas, ob er und sie … ob sie sich wiedersehen würden. Nach einem dermaßen intensiven Tag spürte sie die Einsamkeit. Jonas anrufen, natürlich. Vielleicht ließ sich die Sache bereinigen, bereden und neu beginnen. Sie spürte das dringende Bedürfnis, ihm von diesen ekelhaften Schmierereien, von dem Vermummten zu erzählen.

Etwas gefasster fuhr Berenike weiter Richtung Lichtersberg. Gleich war sie da, gleich würde sie die Haustür aufsperren, sich an Frau Gasperl vorbeidrücken, dann die Katzen begrüßen, die Dusche aufdrehen und …

Berenike stutzte. Irgendwas hatte sie an dem alten Holzhaus irritiert, an dem sie meist achtlos vorbeifuhr. Es war etwas verwahrlost, die Äste eines hohen alten Baumes verdeckten den Blick zu einem großen Teil. Auch der Garten insgesamt wirkte verwildert. Die meiste Zeit des Jahres sah das Grundstück unbewohnt aus, aber das war im Ausseerland auch nicht so ungewöhnlich, schließlich gab es hier viele Zweitwohnbesitzer. Zum Verkauf stand das aber nicht, so viel wusste sie. Die Bremsen quietschten, sie drehte um, fuhr ein Stück zurück, blieb stehen, sah sich um. Betrachtete das Haus genauer, Zentimeter für Zentimeter. Irgendetwas hinter der Hecke musste ihr unbewusst aufgefallen sein, etwas leuchtete dort heller als es sollte, als es der Natur zuzutrauen war. Ein helleres Grün inmitten der dichten, leicht verwilderten Büsche und der hohen Bäume. Sie ließ das Motorrad stehen und schlich vorsichtig näher. Zum Glück waren alle Fenster des Hauses dunkel. Trotzdem fühlte sie sich beobachtet, als ob jemand hinter den Vorhängen stehen würde. Sie schob sich noch näher, hoffend, dass sie mit der schwarzen Lederjacke einigermaßen getarnt war im Dunkel der Nacht.

Und da war es: Das Glitzern, das sie irritiert hatte, kam von der Karosserie eines Autos. Genauer gesagt, eines grünen Autos. Noch genauer, eines wahrscheinlich jadegrünen Autos, soweit das im Licht der Straßenlaterne zu erkennen war. Ihr Scheinwerfer musste darauf reflektiert haben.

Berenike überlegte. Das Auto konnte sonst wem gehören. Und doch dachte sie an Gero. Und an seine Flucht. Daran, dass ihn niemand fand. Und dann fiel ihr ein, wie ihr ein Auto gefolgt war, in der Nacht von Caros Ermordung. Dass sie sich gefürchtet hatte. Zu Recht, sagte sie sich jetzt. Wenn dieser Wagen Gero gehörte, und wenn er der Täter war, dann … Sie rannte zum Motorrad zurück. Nichts wie los, starten, und weg von hier!

Natürlich kam jetzt Frau Gasperl aus ihrer Küche. Berenike hetzte mit einem »Gute Nacht« an ihr vorbei. Kaum grüßte sie den Buddha in der Nische neben ihrer Tür.

»Frau Roither?« Die Stimme ihrer Vermieterin folgte ihr durchs Treppenhaus.

»Sorry, ich hab's eilig.« Berenike warf die Tür zu.

»Frau Roither!«, drang es gedämpft herein. »Nicht so laut!«

»Ja ja.« Berenike ignorierte die Katzen, die ihr zwischen die Füße stolperten, sperrte die Tür dreimal ab.

Sie packte das Telefon, Inspektor Mara Wander war wenigstens gleich zu sprechen. Ja, sie würde sich darum kümmern. Die Hausnummer? Darauf hatte Berenike nicht geachtet. »Zwei Häuser weiter unten von mir aus gesehen. Und dann ist da noch eine furchtbare Schmiererei an meinem Salon. Jemand hat mich bedroht.« Auch darum würde sich Mara Wander kümmern. »Kommen Sie morgen zum Polizeiposten wegen der Anzeige, ja?«

»Einverstanden, das mache ich«, bestätigte Berenike. »Danke.«

Müde legte sie sich ins Bett. Draußen donnerte es, ein nächtliches Gewitter entlud sich. Die drei Katzen kuschelten sich zu ihr ins Bett. Noch lange lag Berenike wach, beobachtete das Spiel der Blitze an der Wand. Blaulichter konnte sie nicht erkennen.

Am nächsten Morgen Business as usual im Salon für Tee und Literatur, nachdem sie kurz auf der Polizei gewesen war. Die Detective Chicks hatten noch nichts Neues herausbekommen, ließen sie telefonisch ausrichten. Auch Jonas ließ sich nicht blicken. Berenike hatte gehört, dass er wieder im Hotel Seebrise logierte. Ragnhild hätte gern gesehen, dass er in ihre Pension einzog, hatte ihm einen guten Zimmerpreis geboten. Sie hatte die kleine Unterkunft erst vor einem Jahr übernommen und warb seither sehr offensiv um Gäste. Besonders Dauergäste wie den Outdoortrainer hatte sie gern, vereinfachten sie ihr doch die Arbeit und bescherten ein sicheres Einkommen. Hoffentlich ermittelte Mara Wander jetzt anständig.

Müde schnappte sich Berenike die Kleine Zeitung. Im Leitartikel wurde die junge Profilerin ausgiebig zitiert. Der Beautykiller sei gestört worden, als er Selma umbrachte. Das unvollendete Graffito am Tatort in Ischl deute darauf hin. Zumindest nahm Mara Wander die Wut der Frauen ernst. Die Angst, das nächste Opfer zu werden, dauerte schon zu lange an. Zwischen dem Mord an Caro und jenem an Frau Starkmann waren 14 Tage vergangen. Danach nur fünf, bis man Selma tot aufgefunden hatte. Und das war auch schon ein paar Tage her. Hoffentlich würde der Täter das Tempo nicht noch mehr steigern. Berenike fror im Sonnenlicht. So ging es nicht weiter. »Hans? Ich geh Holler brocken!«

Also Alltag, wieder einmal. Im Salon bedienen, den ganzen Tag. Am Abend zum See, schwimmen, endlich, das Hochdruckwetter hielt jetzt an. Man merkte bereits, wie die Tage im August kürzer wurden. Noch im Juli hatte alles ganz anders gewirkt. Jetzt herrschte erste Melancholie, Einstimmung auf den Herbst, der hier noch früher als in Wien eintraf.

Gero blieb verschollen. Offenbar war er auch nicht in seiner Salzburger Bleibe. Die observierte die Polizei, zumindest das bekam Berenike aus Mara Wander heraus. In das Haus in Berenikes Nähe hatten sie keinen Zutritt bekommen. Wieder einmal verbarg sich jemand.

Als Ellen im Salon vorbeikam, erzählte sie, dass kein weiteres Seminar mit Gero bei Koromar stattfand. Mussten sie ohne ›Outdoor-Teambuilding‹ auskommen. Sicherheitshäuptlinge im Clinch untereinander, das konnte heiter werden. Seit die oberste Chefin gestorben war, ging es noch kämpferischer zu, glaubte man Ellens Erzählungen, die das vom wieder aufgetauchten Sven erzählt bekommen hatte. Frau Starkmanns Posten wurde einstweilen interimistisch besetzt. Niemand wusste, wer der nächste Boss sein sollte. Die Konzernführung hielt sich offenbar bedeckt, die Leute aus der Abteilung machten sich Hoffnungen.

»Auch Sven. Aber sie sagen, dazu müsse er sein Engagement beweisen«, äffte Ellen. »Er macht halt nicht gern Überstunden und gegen Seminare hat er was. Er hofft, dass seine langjährige Unternehmenszugehörigkeit zählt. Das sollt was wert sein, was meinst du, Berenike?«

»Eigentlich schon. Aber die Zeiten ändern sich.«

»Wem sagst du das. Dieser Türke schleimt sich ein, wie ich höre.«

»Mehmet?«

»Genau. Ich glaub nicht, dass die für einen Ausländer in Führungsposition reif sind.«

»Wer weiß. Amélie wird mehr erfahren haben.«

»Amélie, ja.« Aber Amélie war und blieb verschollen. Jeder Gedanke an sie rief Herzklopfen in Berenike hervor. Keine sprach aus, was sie alle fürchteten: Die Entdeckung eines vierten Mordopfers.

Berenike wollte etwas sagen und vergaß es, als sie einen Mann hereinstürmen sah. Sie glaubte schon, es sei Gero, dann erkannte sie Sven. Er sah sich suchend um und steuerte auf Ellen zu.

»Da bist ja!«, donnerte er und griff nach ihrem Arm, zog sie hoch. »Gehen wir!« Es hörte sich wie ein Befehl an. Ellen nickte. Gemeinsam verließen sie das Lokal.

Die nächsten Tage ging alles wieder seinen mühseligen, immer gleichen Gang. Die Berge erfreuten kaum, der See lähmte. Die Luft stand so still wie das ganze Leben in dieser seltsamen Hochdruckwetterlage, dieser ganz und gar untypischen Schönwetterphase. Und in diese seltsame Stimmung hinein erhielt sie einen furchtbaren Anruf. Der Tag war schon so komisch gewesen, nichts hatte hinten und vorne gepasst. Sie verspürte Unruhe seit dem Morgen, die Katzen hatten sie nervös gemacht. Am Weg zum Salon nur neue Baustellen und die Gäste waren heute auch alle sonderbar. Und dann das bedrohliche Läuten des Telefons.

Es war Jonas. »Wir haben Amélie gefunden.«

Berenike wartete, aber es kam nichts weiter. »Ja?« Nur keine Hoffnung, keine unnütze Hoffnung.

»Freust du dich nicht?«

»Ja, aber …«

»Sie lebt. Schwer verletzt, aber sie lebt. Ein Spaziergänger hat sie nahe des Traunufers zwischen Bad Aussee und dem Hallstätter See gefunden. Sie wurde schlimm zusammengeschlagen und liegt jetzt mit einer Kopfverletzung und mehreren Rippenbrüchen im Krankenhaus.«

»Aber sie lebt! Sie lebt!« Berenike musste sich setzen. Hans kam angerannt, sah, dass es ihr nicht gut ging, brachte ein Glas Wasser und blieb abwartend stehen.

»Sie ist noch nicht bei Bewusstsein, aber die Ärztin sagt, es kann nicht mehr lang dauern. Sie hat, wie es scheint, Glück gehabt.«

»Glück? Das soll Glück sein, Jonas?«

»Glück im Unglück, Nike. Wenn dieser Passant sie nicht gefunden und sofort ins Spital gebracht hätte …, ihre Kopfverletzungen hätten schlimm ausgehen können und sie hat viel Blut verloren.«

»Hat der Mörder Amélie so zugerichtet?«

»Das weiß wohl nur er selbst. Es könnte sein, wenn er sich in die Enge getrieben fühlt.«

In all die Sorgen um Amélie platzte Ellens Anruf: »Willst du dir einen Kurzurlaub verdienen, Berenike?«

»Jetzt? Ich hab alle Hände voll zu tun!«

»Sie laden Sven ein. Seine Firma, Koromar. Nach Bulgarien. Er soll sich im Land umsehen. Du weißt ja, sie haben ihm einen Job angeboten. Zumindest wird er nicht gekündigt! Er soll Head of Security von ganz Osteuropa werden. Nicht schlecht, oder?«

»Ich dachte, du und er …«

»Ich geb ihm, ich geb uns eine neue Chance. Weißt du, Berenike, so lang, wie wir beiden zusammen sind, das kann niemand nachvollziehen, der das nicht erlebt hat.«

»Verstehe.« Nichts verstand Berenike.

»Das Gehalt ist super. Dazu ein schönes Eigenheim, das

uns nichts kostet, und ein Dienstmädchen, ein Auto mit Chauffeur, einfach alles. Luxus pur. Eine tolle Chance für meinen Mann.«

»Was ist mit deinem Studium?«

»Ich werde sehen. Meine Kunst geb ich nicht auf. Sie zahlen Sven und mir die Reise. Kommst du auch mit? Ich bezahl das Ticket für dich. Was meinst du? Mir wär wohler …«

»Wegen Sven? Dann ist er also immer noch so brutal zu dir?«

»Ja. Er ist … jetzt ist er grad süß wieder. Also, überleg es dir.«

»Ich werde es mir überlegen.«

Natürlich flog Berenike mit. Trotz ihrer Sorgen um Amélie, sie lag nach wie vor im Koma. Noch hatte man sie nicht befragen können, was passiert war. Ein Kurzurlaub, das war mehr, als sich Berenike für das heurige Jahr erhofft hatte. Jetzt, wo die Aussicht bestand, sehnte sich Berenike mit einem Mal nach einem Tapetenwechsel, nach neuen Erfahrungen, wie früher. Nachdem sie sich mit Susi und Hans abgesprochen hatte, buchte Ellen die Flugtickets. Montag, 6.30 Uhr Wien-Sofia, zu einem ziemlich günstigen Preis. Aber das war nicht der Punkt.

NEUNUNDZWANZIG

Der Punkt war Sven.

Im Flugzeug war er gerade noch zu ertragen. Er meckerte zwar, dass er für Essen und Getränke zahlen sollte. Rempelte die Stewardessen an, wenn er was wollte, fuchtelte unhöflich mit den Händen, weil die Damen kein Deutsch sprachen. Aber sonst ging es. Über die Durchsagen auf Englisch und Russisch machte er sich sogar lustig. Billiges Personal für die Billig-Airline, Koromar musste sparen, wo es möglich war. Zum Glück saß Berenike durch den Mittelgang getrennt von Sven und Ellen. Sven zappelte auf seinem Gangsitz herum, gekleidet in einen für ihn eher untypischen beigen Leinenanzug. Seine Armmuskeln sprengten beinahe den leichten Stoff. Er kramte in seiner Brusttasche, dann in seiner Reisetasche, schließlich fand er eine Notiz, die er offenbar gesucht hatte.

»Irina Radanova«, buchstabierte er stolpernd.

Ellen sah ihn abwartend an, direkt unterwürfig. »Ja?«

»Das ist der Name der bulgarischen, äh, Kollegin, die uns am Airport in Sofia abholen wird. Schon wieder eine Tussi.«

Wenigstens brauchten sie sich um nichts zu kümmern, hatte Ellen versprochen. Die Leute von Koromar übernahmen die komplette Organisation. Ein Besichtigungsprogramm ebenso wie die Fahrt zum Standort der bulgarischen Niederlassung in Plowdiw. Berenike war neugierig auf die alte Hauptstadt Bulgariens, die mit ihren 8.000 Jahren die meisten anderen europäischen Städte in den Schatten stellte.

»Wenn Sven beschäftigt ist«, hatte Ellen gesagt, »machen wir beide uns eine schöne Zeit.« Sie hatte bei diesen Worten so jung ausgesehen, unbeschwerter, als Berenike sie je zu Gesicht bekommen hatte. Sexy sah sie aus, wie sie da im Flugzeug saß, mit ihren blauschwarzen Haaren und dem kniekurzen Jeansrock. Ihre Haut glühte froh. Ja, offensichtlich hatten sich die beiden versöhnt. Hoffentlich besserte sich Svens Verhalten endlich und er behandelte Ellen in Zukunft angemessener.

Nach weniger als zwei Stunden Flugzeit landeten sie in Sofia. Das Flugzeug rollte an Kühen vorbei, die neben der Piste weideten. Dann die kleine Ankunftshalle, Terminal 1, Passkontrolle. Alles wirkte so übersichtlich, wie ein Flughafen auf einer Ferieninsel. Gemeinsam traten sie vor das Gebäude. Sven mit einem Rollkoffer, Ellen eine teure Reisetasche in der Hand. Berenike hatte nur einen Rucksack gepackt. Die Ankommenden stiegen in Taxis oder wurden abgeholt, Ruhe kehrte ein, sie waren fast allein. Nach einer Weile war kein einziges der Taxis, die zuvor in einer langen Schlange gewartet hatten, übrig. Nur das Radio aus einer kleinen Imbissbude dudelte noch, während ihnen die Kellnerin scheußlichen Instantkaffee verkaufte.

Nach einer Weile sah Sven missmutig auf die Uhr. »Wo bleibt sie denn? Ich weiß ja, warum ich nicht mit Frauen …« Böse glotzte er Ellen an.

Und so fing es an. Sven moserte nach Leibeskräften. Er meckerte, dass er warten musste. Regte sich über die streunenden Hunde auf. Trat nach einem, der ihm zu nahe kam. Fluchte, dass kein Supermarkt in Sicht war. Schimpfte, als er bemerkte, dass sein Handy keine Verbindung zustande brachte. Ließ sich missmutig Berenikes Handy geben. Er tippte die Nummer von seinem Notizzettel ein. Dann erreichte er endlich seine bulgarische Kontaktperson. Er schimpfte in einem grottenschlechten Englisch ins Telefon, dass Berenike die Luft anhielt. Legte auf und wetterte, wie dumm diese Bulgarin sein müsse, wenn sie am anderen Terminal auf sie gewartet hatte. Svens Kollegin hatte nämlich geglaubt, alle Airlines aus dem Westen würden auf dem neuen Terminal 2 landen.

Endlich eilte eine Dame im blauen Businesskostüm und hochhackigen Schuhen auf sie zu. »Mister Gerling?«

Ein Handschlag folgte.

»Please call me Irina«, lächelte die Dame. Ihren Nachnamen könne sowieso keiner aussprechen.

»Stimmt«, brummte Sven. Irina starrte ihn überrascht an, sagte aber nichts. Sie strebte zum Parkplatz und auf ein grünes Auto zu.

Berenike erstarrte. »Ist das Ihr Wagen, Irina?«, fragte sie.

»Yes«, kam prompt die Antwort, ein Firmenwagen sei das. Nach einem Jahr ginge er in ihren Privatbesitz über, erklärte Irina stolz und voller Vorfreude. Berenike schlug sich an die Stirn. Natürlich, sie hätte auch eher darauf kommen können.

»Interessante Farbe«, stotterte sie.

»Our corporate colour, you know.«

Und Sven ergänzte: »Die Japaner bilden sich ein, dass jadegrün Glück bringt. Vollkoffer.«

Berenike ließ die neue Information auf sich wirken. Dann war ihr also jemand von Koromar gefolgt, und zwar mehrmals. Warum, blieb vorläufig unbeantwortet. Und dann der jadegrüne Wagen in dem Haus unweit ihrer Wohnung. Sie überlegte, ob womöglich der Mörder ein Angestellter von Koromar war. Sie dachte an den unbekannten Fahrer, der ihr den Weg abgeschnitten hatte, sodass sie fast einen tödlichen Unfall gebaut hätte. Dieser Umstand schränkte die Verdächtigen nicht gerade ein. Sven und Ellen, Mehmet und Amélie. Auch Rita arbeitete für den japanischen Multi. Wieder zitterte Berenike trotz der Hitze, die junge Tänzerin hatte sich noch nicht gemeldet. Und was war mit dem flüchtigen Gero? Ganz zu schweigen von Frau Starkmanns Mitarbeitern in Wien.

Ihr Blick wanderte zwischen Sven und Irina hin und her. Sich jetzt nichts anmerken lassen! Auf dem Weg nach Plowdiw grummelte Sven vor sich hin. Über die staubige bulgarische Hauptstadt, die sie bald hinter sich ließen. An den Gebäuden, die sie passierten, beklagte er die mangelhafte Bausubstanz. Irinas Auto sei schlecht gefedert. Und natürlich befand sich die Autobahn in einem miserablen Zustand, seiner Meinung nach.

»Look, storks!«, suchte Irina die Situation aufzuheitern und zeigte auf ein paar Störche, die in den Feldern zugange waren. »They are a lucky sign for your career in Bulgaria!«

Sven reagierte nicht. Grimmig saß er neben Irina. Ab und zu sagte seine Frau etwas, aber er antwortete kaum. Berenike war hinten neben Ellen eingestiegen.

Nach fast zweistündiger Fahrt waren sie am Ziel angekommen. »Welcome to Plovdiv, my beautiful home city«, sagte Irina in Berenikes Gedanken. So könnte es in einem Roman stehen, dachte Berenike. Die Wirklichkeit sah anders aus.

»Sind wir da?«, murrte Sven, als Irina im Stadtverkehr verlangsamte. Sie nickte. Eben kamen sie an einem Industriegebiet vorbei, gefolgt von einem Shoppingcenter und Garagen mit Graffiti. Sie erklärte eben, dass sich in diesem Viertel auch das Büro von Koromar befinde. Sven bequemte sich zu einem Nicken.

Nach dem Einchecken im Hotel ging es zur Stadtbesichtigung. Irina hatte in der kleinen Lobby gewartet. Sie wollte ihnen Plowdiw ein wenig zeigen, danach sollten sie einen Imbiss nehmen.

»Later in the day, you might want to come to the office

and meet your future colleagues, Sven?« Sie formulierte es zögernd und fragend. Als Assistentin des Personalchefs hatte sie den Auftrag, ihm den Aufenthalt in ihrem Land so angenehm wie möglich zu gestalten. »Just ask me whatever you'd like to know, ok?« Wieder ein fragender Blick. Und wieder nur ein undefinierbares Brummen von Sven als Antwort.

Los ging es. Berenike und Ellen fielen mit ihren schwarzen Haaren kaum auf in der Menschenmenge. Einzig Sven ragte fremd heraus mit seinen grau-braunen Haaren und seiner Größe, er war viel größer als der Durchschnitt hier. Einmal rempelte er Ellen dumpf an, schimpfte irgendwas. Er legte ihr kurz eine Hand auf die Schulter, lächelte und bog ihr dann blitzschnell den Arm nach hinten. Berenike hatte es genau gesehen.

»Brauchst du Hilfe?«, fragte sie einen Moment später, aber die Freundin wehrte ab.

»Alles im grünen Bereich.«

Na schön. Trotzdem behielt Berenike ein Auge auf sie und auf Sven. Sie wollte das Zusammensein mit Ellen genießen und von dieser Reise profitieren.

Das große Amphitheater war eine Ruine und verführte zum Träumen. Vor Berenikes Augen entstanden Bilder von jubelnden Zuschauern, von Löwenkämpfen und mutigen Matadoren, die Jahrhunderte vor ihnen gelebt hatten, von Wagenrennen und Belohnungen für die Sieger. Aber natürlich auch von unterlegenen Kämpfern. Heute fanden vor den erhaltenen alten Säulen Konzerte oder Theateraufführungen statt. Auf den steinernen Sitzrängen rekelte sich eine graugetigerte Katze, die bei Berenikes Näherkommen weglief.

Weiter ging es durch die Altstadt, alles war sehr gemütlich. Plowdiw war die erste Hauptstadt Bulgariens gewesen und ursprünglich von den Thrakern auf drei Hügeln gegründet worden. Verwinkelte Gassen, holpriges Pflaster, streunende

Katzen, die sich von Berenike willig fotografieren ließen. Überall befanden sich riesige Holunderbüsche, fast Bäume. Alles wirkte sehr entspannt.

Sie begutachteten das römische Stadion an der Fußgängerzone, die Moschee daneben und auch das Standbild von Filip Makedonski, dem Vater Alexanders des Großen, der die Stadt kurzzeitig erobert hatte. Bald nach seinem Tod hatte sie jedoch wieder den Thrakern gehört. Die alten Häuser mit ihren roten, blauen, weißen Fassaden begeisterten Berenike, einige gammelten vor sich hin, viele waren wunderschön renoviert worden. Mit ihren vorspringenden Veranden waren sie kaum höher als ein Stockwerk.

»Everything is so beautiful and green, amazing for a city«, schwärmte Berenike, als sie bei den Überresten einer alten Burg hoch über dem Fluss Maritsa ankamen. Sie sagte es, weil es ihr wirklich gefiel und weil sie Svens Unfreundlichkeit ausgleichen wollte.

»Oh yes, green. People like trees.« Von Irina erfuhren sie, dass die Menschen hier gern Bäume pflanzten. »To make their life worth it.« Und dann erzählte Irina eine alte Legende: Die Bulgaren seien bei der Verteilung der Natur zu spät gekommen. Zum Trost gab ihnen Gott ein Stück vom Paradies. »And that's what it is: A piece of paradise.«

Sven lächelte kurz. Ellen hielt seine Hand.

»So, how do you feel?«, fragte Irina mit Seitenblick auf Sven. Einen Augenblick Stille. Er ging weiter, Ellen an der Hand.

»I am so relaxed here«, antwortete Berenike stattdessen.

»You're on the Balkan«, lachte Irina. »And now, let's have some coffee somewhere.«

»Or tea, maybe? If it's possible?«

»We'll see what we can do.« Irina blieb vor einem Café stehen.

Sven blitzte Berenike an. »Führ dich nicht so auf, du!«

Es war der erste vollständige Satz, den er in einer langen Zeit sprach. Und damit fing der Horror an.

DREISSIG
MOUNTAIN TEA

Beim Hotelfrühstück am nächsten Tag war Berenike zeitig dran. Sie wurde gleich von einer Gruppe junger Leute freundlich willkommen geheißen. Ob sie auch die Trade Fair, die Messe, besuche, wurde sie befragt. Ein kurzes Gespräch entspann sich. Zwei Bulgaren hatten bereits in Österreich gearbeitet.

Berenike bestellte ihr Frühstück, es gab sogar Tee zur Auswahl, sie nahm English Breakfast Tea, dazu ein Omelette mit Schafskäse und Tomaten. Lustvoll knabberte sie an der frisch zubereiteten Speise, die mit frischen Kräutern bestreut war, Bohnenkraut stach geschmacklich hervor. Ellen und Sven tauchten auf, als Berenike schon fertig war. Sie entschuldigte sich, dass sie bereits gegessen hatte. Er sah wieder griesgrämig drein, diese Missstimmung brauchte sie jetzt echt nicht. Sie wollte ein wenig spazieren gehen, bis Ellen und sie um elf Uhr zu ihrem Ausflug in die Berge aufbrechen wollten. Sven würde den Tag in der bulgarischen Niederlassung von Koromar verbringen, da hatten seine Kollegen sicher Freude an ihm, so wie er sich gab. Den Ausflug hatten die Frauen einiger ausländischer Mitarbeiter von Koromar organisiert.

Entspannt ging Berenike die Gassen entlang. Kleine alte Häuser wechselten mit moderneren Gebäuden ab. Gras wuchs zwischen Pflasterritzen, ein Hund kläffte sich, an einer Kette angebunden, die Seele aus dem Leib. Sie hielt die Augen offen nach einem Supermarkt, fand aber nur einen Minimarkt und besorgte sich eine Flasche Wasser.

Während sie in der kleinen Rezeption wartete, kam sie mit dem Portier ins Plaudern. Sie unterhielten sich über Korruption, die schlechten Straßen, das dafür vorgesehene Geld aus Brüssel, das verschwunden war. Der ›Kauf‹ von Posten in politischen Parteien. Um zehn nach elf kam Ellen, sie sah ein wenig verunsichert aus, nicht mehr so rosig wie zuvor.

»Ellen, wie geht's, ist alles ok?«

Ellen zuckte mit den Achseln. »Er ist so eifersüchtig, dass ich noch wahnsinnig werde«, flüsterte sie Berenike zu und sah sich nach allen Seiten um. »Stell dir vor, der macht mir eine Szene, weil ich angeblich dem Kellner schöne Augen gemacht hab. Als ob ich mich darum kümmern tät! Er hat mich im Zimmer eingesperrt, vorhin. Stell dir vor! Ich musste den Portier anrufen und der hat das Zimmermädchen raufgeschickt, damit sie mich rauslässt!«

»Wie bitte? Und so etwas lässt du dir gefallen? Vergiss diesen Idioten doch endlich!«

»Ach«, murmelte Ellen. Und »hm«, dann tauchte Irina auf, es war schon halb zwölf. Sie entschuldigte sich wortreich für ihre Verspätung, doch Berenike winkte ab. Das Zeitgefühl, so viel hatte sie begriffen, war hier ein anderes als im Salzkammergut.

Irina lobte das sonnige Wetter. Berenike freute sich auf Abkühlung in den Bergen. Im Auto warteten zwei andere

Frauen. Immer weiter ging es hinaus aus der Stadt, in eine verzauberte grüne Landschaft hinein. Irina erzählte dies und das. Fragte Berenike nach ihrem Beruf. Die erzählte vom Teesalon. Irina geriet ins Schwärmen.

»It's a pity we don't have something like this here in Bulgaria.« Sie selbst hatte Wirtschaft studiert und plante, später im Ausland zu arbeiten, vielleicht sogar in Österreich. Nun, da Bulgarien bald der EU beitrete, werde alles noch einfacher werden. Die meisten hier wollten weg, erklärte Irina, die Jungen überhaupt. Die Bevölkerung Bulgariens sei in den letzten Jahren deutlich geschrumpft.

Berenike entspannte sich ein wenig. Sie wollte die Natur genießen. Der Anblick, der sich vor ihren Augen ausbreitete, ähnelte den Alpen, allerdings sah es hier wilder und ungezähmter aus. Schließlich ging es enge, kurvenreiche Bergstraßen hinan.

»Don't worry about the roads«, versuchte Irina zu beruhigen. »I am an experienced driver.« Die Straßen seien von den kürzlichen Unwettern beschädigt, und außerdem …, es folgte Gejammer über Korruption und dass zu wenig passiere. Im Ausland sei das wohl anders. Nun ja.

Endlich waren sie am Ziel. »Welcome to the Wonderful Bridges.« Zu Fuß ging es ein Stück weiter zu dem Naturdenkmal. Das Wasser hatte hier riesige Brücken in den Stein gewaschen. Niesel begleitete ihren Abstieg, dann Eisregen. Die Berge eben.

Die anderen ausländischen Frauen nahmen Ellen in Beschlag. Anders als Irina waren die beiden Deutschen Hausfrauen, seit sie ihre Männer hierher begleitet hatten. Ellen schien sich bei ihnen wohlzufühlen. Die Frauen erzählten ihr von ihrem Alltag in Bulgarien, wo man am besten einkaufte, dass sie auf einem eigenen Auto bestehen solle. »Haben Sie selbst einen Beruf?«

Ellen verneinte.

»Und Ihre Kinder?«, fragte eine. »Die deutsche Schule …«

»Meine Töchter sind bereits erwachsen.«

»Aha, ach so.«

Ein Schleier senkte sich über Ellens Blick, doch sie ließ sich gleich wieder ablenken. Es war ein fröhlicher Tag und Berenike versuchte, sich von der guten Stimmung anstecken zu lassen. Wenn da nicht ihre Sorgen um Amélie wären! Sie konnte ja sowieso nichts für die arme, verletzte Amélie tun, aus der Ferne schon gar nicht. Noch war nicht einmal der erlösende Anruf gekommen, dass sie aus der Bewusstlosigkeit aufgewacht wäre.

Nach der Besichtigung der Wonderful Bridges spazierten sie zu einer urigen Berghütte in der Nähe. Die Luft war kühl hier im dichten Wald, kühl und feucht, erinnerte beinahe ans Ausseerland. Ein kleiner Mann, der so gemütlich wie ein Holzfäller in der Stube saß, hieß sie willkommen. Ein offenes Feuer knisterte, rot-weiße Decken auf den Tischen luden ein, sich bequem einzurichten. Die Wärme tat wohl, durchfroren, wie sie mittlerweile waren. Die Wirtin war ebenso klein wie er, verfügte über üppige Rundungen, aus ihren Augen blitzte es schalkhaft. Irina sprach mit ihr, kurz darauf servierte ein junger Mann ein heiß dampfendes Getränk in weißen Plastikbechern. Bergtee, wurde ihnen stolz erklärt. Er duftete wirklich märchenhaft und schmeckte auch so. Berenike wollte wissen, welche Blüten im Tee waren, Irina übersetzte. Erdbeerblüten, lautete die Antwort, sie waren neben anderen Kräutern in den Tee gemischt worden. Interessant, das musste sich Berenike merken. Etwas später bekamen sie Schopska-Salat serviert, Hirtensalat mit Tomaten, Gurken und weißem Käse. Dazu gab es kleine Gerichte, Blätterteig mit Käse und eine Speise aus Mais.

Nach einer Weile des Geplänkels und Gelächters mit den Wirtsleuten fuhren sie weiter zum Kloster Bachkovo. Während sie die Souvenirstände entlangschlenderten, hängte sich Irina bei Berenike ein und erklärte ihr, was es hier zu kaufen gab. Auch Grüppchen anderer Frauen schlenderten eingehakt umher. Diese Nähe hatte etwas freundschaftlich Vertrautes. Berenike schnupperte an einem Fläschchen Rosenöl. Irina erzählte ihr etwas über die hübschen Keramikgefäße mit traditionellen Gewürzen des Landes. Lachend erwarb Berenike beides, weil sie sich nicht entscheiden konnte.

Über einen grünen Hof ging es in die alte Kirche des Klosters. Das Innere lag im Dunkeln, nur erleuchtet von unendlich vielen Kerzen, die die Besucher entzündeten. Berenike ließ sich von der mystischen Stimmung davontragen. Sie reihte sich in die Schlange der Wartenden ein, um die Ikone von der Mutter Gottes und ihrem Kind zu berühren, ins Zwiegespräch mit ihr zu treten, wie es im orthodoxen Christentum üblich war. Plötzlich war der Wunsch in Berenike da, Jonas stand vor ihrem inneren Auge. Ein Wunsch nach Nähe ... Wie alle anderen entzündete sie lange dünne Kerzen aus Bienenwachs. Eine für die Verstorbenen, eine für die Lebenden, wie es Brauch war. Dabei dachte sie an jene Verwandten, die sie nie kennengelernt hatte, aber auch an ihren Vater und ihre Mutter. Ein Gruß an alle.

Nur schwer fand sie in die Realität zurück. Beim Ausgang erwarb sie eine Postkarte, als ihr Handy läutete. Der Erzherzog-Johann-Jodler passte noch weniger hierher als sonst wohin. Ein paar Besucher drehten sich um. Rasch nahm sie flüsternd das Gespräch an und trat vors Tor.

»Ich habe Gero!«, brüllte eine verzerrte weibliche Stimme über lautes Rauschen in der Leitung hinweg.

»Wer spricht da?«, stammelte Berenike. Sie lehnte sich gegen einen Baumstamm.

»Sieglinde«, raschelte es durch die Leitung. »Du weißt schon, vom Ermittlungsbüro. Wir haben Gero aufgespürt, aber er sagt, er war's nicht.«

»Was?«

»Krschtkrmmm«, machte das Handy.

»Hallo? Sieglinde? Bist du noch da?«

»Amélie …«

»Geht es ihr besser? Spricht sie?«

»Krschtkrmmm«, tönte es in ihrem Ohr, »krschtkrmmm.« Dann war Stille. Tödliche Stille. Berenike kontrollierte das Display. Verflixter Mist! Die Verbindung war unterbrochen. Sie versuchte, zurückzurufen.

»The number you have dialed is currently not avaibable«, informierte sie eine Automatenstimme. Damn, damn, damn!

»I need a telephone, could you please help me? It is really urgent«, rief sie Irina zu.

Irina bot ihr eigenes Mobiltelefon an. Berenike zeigte ihr die Nummer, Irina wählte – wieder nur die Automatenstimme. »Ellen, funktioniert dein Telefon?«, rief Berenike. Ellen kramte in der Tasche und beförderte das Handy zu Tage. Wieder kam keine Verbindung mit Österreich zustande.

»We will find you a telephone in Plovdiv, I'll drive fast.« Sie seien nicht mehr weit von der Stadt entfernt. Wie ein Armeekommandant sammelte Irina ihre Schäfchen ein und los ging es. Berenike konnte kaum stillsitzen. Wieder ein Handyklingeln. Diesmal das von Ellen. ›Always walk on the bright side of life‹. Sie konnte also telefonieren. Zumindest innerhalb des Landes.

»Sven«, murmelte Ellen, als sie auf das Display sah, und

meldete sich mit einem knappen »Ja?« Berenike wunderte sich, dass sie nicht freundlicher zu ihrem Ehemann war.

»Du brauchst mir nicht zu drohen, Sven! Was heißt, wir sind geschiedene Leut, wenn ich nicht mit dir … du willst mich fertigmachen …? Was?«

Sie nahm das Handy in die andere Hand: »Schrei mich nicht an! Warte, wir sind jeden Moment da.« Sie blickte Irina fragend an, die Bulgarin nickte, deutete ›fünf‹ mit der Hand. »Fünf Minuten, Sven! Sven? – Aufgelegt. Der Mistkerl hat aufgelegt. Er hat was von Kaltmachen gesagt.« Sie sah Berenike groß an. »Wenn er nicht sofort wegkann! Ihm reicht es. Er will zum Flughafen. Jetzt sofort. Und mir drohen …! Für diesen Mann habe ich so viel getan.«

»Das tut mir leid!« Berenike fühlte sich hilflos, sie strich Ellen leicht über den Arm.

»Er hat gesagt, jetzt wird er uns zeigen, was in ihm steckt. Berenike, ich …«

»Alles wird gut, Ellen«, murmelte Berenike, aber sie war sich nicht sicher.

»Jetzt hab ich wirklich Angst.«

Mit quietschenden Reifen bremste Irina vor dem Hotel. Der Portier kam müde aus seinem Hinterzimmer getaumelt, als sie mit klappernden Absätzen in die heiße Halle liefen.

»Four-fourteen«, schrie Ellen.

»Mister Gerling has«, fing der Mann an, aber Ellen rannte schon los, die Treppe hinauf.

»Four-twenty«, versuchte Berenike, an ihren eigenen Zimmerschlüssel zu gelangen.

»Pardon?«

»Four-Twenty.«

»Oh, you mean fourhundredandtwenty.« Der Portier kramte langsam unter seinem Pult herum. Reichte ihr den

Schlüssel. Jetzt Ellen nach. Der Lift ... nicht da. Also zu Fuß nach oben. Sie nahm zwei Stufen auf einmal. Jemand hinter ihr. Irina, na gut. Ellens Klopfen war schon zu hören. Dann Hämmern gegen die Zimmertür.

»Sven! Mach auf!« Endlich ging die Tür einen Spalt auf. Eine Hand zeigte sich, zog Ellen hinein. Etwas blitzte kurz auf, ein Handydisplay vielleicht. Berenike hörte Sven irgendwas sagen. Dann flog krachend die Tür zu. Berenike klopfte.

»Ellen?«

»Alles ... alles ok, Berenike, danke! Es ist – es war alles ein Missverständnis.«

»Wirklich?«

»Ja ja. Du kannst – kannst beruhigt sein.«

Würden sie sich wirklich küssen und versöhnen, wie so oft? Berenike sah fragend Irina an. Sie machte sich Sorgen um Ellen. Um Sven. Und wie es weitergehen sollte.

»Alles in Ordnung, Berenike!«, ertönte nun auch die Stimme von Sven. Wenigstens war Berenikes Zimmer neben dem von Ellen und Sven. Sie würde wachsam sein, sehr wachsam. Wenn das half.

EINUNDDREISSIG

Vom Zimmer aus bestellte Berenike eine Kanne Kamillentee im Restaurant, diese wurde gleich gebracht. Dann rief sie Sieglinde in Österreich zurück. Der Anruf würde sie ein kleines Vermögen kosten, aber das war zweitrangig. Endlich ging in diesem verkorksten Mordfall etwas weiter. Schon nach dem zweiten Läuten meldete sich eine melodiöse Stimme: »Privatermittlungen Henn und Co., guten Tag.«

»Berenike Roither, ich möchte gern Sieglinde Henn sprechen, bitte.«

»Gerne, ich verbinde.«

»Sieglinde Henn, guten Tag.«

»Hallo, ich bin's, Berenike. Ich ahnte nicht, dass ihr so ein edles Büro seid.«

»Sind wir nicht. Unsere Assistentin hat grad eine Telefonschulung hinter sich. Deswegen rufst du aber nicht an, oder?« Mühsam unterdrückter Stolz schwang in Sieglindes Worten mit. Frauen waren im Detektivgewerbe selten, hatte sie ihr beim letzten persönlichen Treffen erzählt.

»Was gibt es Neues bei Amélie?«

»Es scheint ihr besser zu gehen, was ich gehört habe. Genaueres weiß ich noch nicht, aber hoffen wir, dass sie der Polizei sagen kann, wer der Täter war.«

»Und was habt ihr alles herausgefunden?«, stellte Berenike die alles entscheidende Frage. Sieglinde legte los wie eine Wettkampfschwimmerin beim Startschuss.

»Gero«, verkündete sie aufgeregt, »wir haben ihn dingfest gemacht.«

»Nein!«

»Doch!«

»Wo hat er sich versteckt?«

»Mitten im Ausseerland, wo ihn niemand vermutet hat. In dem Haus in Lichtersberg, wo du das Auto gesehen hast.«

»Und die Polizei hat es nicht gecheckt.« Wut kochte wieder in Berenike hoch. »Samt ihrer dämlichen Handypeilung und allem.«

»Das hätte nicht passieren dürfen. Aber wir hatten Erfolg. Wie sind wir vorgegangen?«, dozierte Sieglinde. »Sein Handy würde Gero nicht mehr benutzen, haben wir uns gesagt. Was würde jemand in so einer Situation tun? Ein neues Handy erstehen. Entweder auf dem Schwarzmarkt oder legal. Also haben wir herumgefragt, eine Beschreibung seines Äußeren hatten wir ja von dir und Ragnhild.«

»Surflehrertypen gibt's viele.«

»Auch wieder wahr. Aber Gero war so dumm, gleich in die Post in Bad Aussee zu marschieren. Natürlich hat er ein Wertkartentelefon gekauft, das kann man nicht mit ihm in Zusammenhang bringen. Doch er hat den Postler unterschätzt, der sich im Gespräch mit uns an Gero erinnert hat.«

»Wahnsinn.«

»Da dachten wir uns schon, dass er nicht weit sein kann. Wir hofften es zumindest. Gleichzeitig legten wir uns vor dem Haus auf die Lauer, das du genannt hast. Wir haben halt die Zeit dafür, während das bei der Polizei wahrscheinlich schon dem Sparstift zum Opfer fällt, wenn es keinen dringenden Verdacht gibt.«

Berenike schauderte. Sie war dem Täter so nahe gewesen. Hätte sie nur von Anfang an auf ihre Eingebung gehört!

»Als Nächstes haben wir uns dezent umgehört, wessen Haus das ist. Du wirst es nicht glauben ...«

»Mach's nicht so spannend. Meine Telefonkosten!«

»Oh, arme Berenike. Woher kommt eigentlich dein Name?«

»Sieglinde! Das erzähl ich dir ein anderes Mal.«

»Na gut. Das Haus gehört Mahmud Meierboden.«

»Was soll das für ein Name sein?«

»Der Mann heißt eigentlich Markus Meierboden, du kennst ihn vielleicht, war einmal Politiker. Ein Hinterbänkler.«

»Ich glaube, ich erinnere mich an den Namen.«

»Er ist zum Islam übergetreten, seither nennt er sich Mahmud. Bezeichnet sich als Botschafter der wahren Religion in Österreich.«

»War er ein Reaktionär?«

»Er selbst gab sich als Liberaler aus. Aber sein Schmiss auf der Wange …«

»Jetzt weiß ich, wen du meinst. Der ist Moslem?«

»Ja. Und was das Größte ist: Er will die traditionelle Rolle der Frau fördern. Das tat er schon als Politiker, er kämpfte für einen sogenannten Mutterbonus, für jedes Kind, das in einer Gemeinde geboren wird und dort aufwächst. Sie wollten damit Familien anlocken beziehungsweise vom Wegzug abhalten. Wenn so ein Gedankengut auf das traditionelle islamische Frauenbild trifft …«

»Prost Mahlzeit.«

»Wir entschieden uns, das Haus Tag und Nacht zu observieren. Ein bissl ermüdend, weil tagelang nichts passiert ist. Wir dachten schon, es sei tatsächlich unbewohnt. Aber irgendwann musste die Zielperson das Haus verlassen, zumindest um einzukaufen. Und bingo! Ein grüner Geländewagen mit Salzburger Nummernschild schoss aus der Einfahrt heraus. Und wir ihm nach.«

»War das so ein helles Grün? Ein Jadegrün?«

»Ja, genau. Das Aussehen des Fahrers passte auf den Gesuchten. Er war übrigens früher bei Koromar beschäftigt, das Auto stammt aus der Zeit, die Firmenwägen gehen nach einem Jahr in Privatbesitz über. Wo fuhr er hin, glaubst du?«

»Sieglinde!«

»Schon gut. An den Hallstätter See. Wir dachten, dass er seinen ersten Tatort wieder aufsuchen will. Aber er fuhr zu Koromar.«

»Ach?«

»Ja. Für dieses Unternehmen hatte er Seminare abgehalten. Wahrscheinlich wollte er Geld beschaffen, wie auch immer. Beim Betreten des Firmengeländes wirkte er sehr wichtig und seiner selbst bewusst. Zurück kam er nach kurzer Zeit mit säuerlichem Gesicht. Zugriff, sagte ich zu Peri, und wir schnappten ihn uns.«

»Wie aufregend.«

»Wie man es nimmt. Wir luden ihn ganz simpel auf einen Kaffee ein.«

»Nein.«

»Doch. Er kam mit. Freiwillig. Weißt du, Peri kann sehr charmant sein. Und Gero haben wir gleich so eingeschätzt, dass er auf so was fliegt. Im Gespräch überzeugten wir ihn mit ein bisschen weiblichem Charme davon, sich der Polizei zu stellen. Wie lange wollte er noch auf der Flucht sein, fragte ich ihn. Außerdem waren wir zu zweit und ihm damit sicher überlegen.«

»Und war er's?«

»Der Mörder? Ich weiß nicht. Dass er Caro bedroht und attackiert hat, kurz vor ihrem Tod, das hat er nach langem Hin und Her zugegeben. Vielleicht nur eine Masche, um nicht als Mörder dazustehen – das wird sich zeigen. Wir haben ihn ordentlich unter Druck gesetzt. Er ist so wütend geworden und hat zugegeben, Caro habe ihn bis aufs Blut gereizt. Seine Ex-Frau hatte Zuflucht im Frauenhaus gesucht. Die Weiber haben ihn genervt, so hat er geredet. Ich hab das Kotzen nur mühsam unterdrückt. Es ist immer wieder das Gleiche.«

»Und so freundlich hat er getan, wenn er bei mir im Salon war.«

»Die Morde streitet er jedoch ab. Wegen einer Scheißlesbe gehe er nicht ins Kriminal, sagt er.«

»Er kennt alle drei Ermordeten. Und bei allen könnte er ein Motiv dafür gehabt haben, sie zu töten.«

»Wir haben ihn der Polizei übergeben. Die verhören ihn jetzt.«

»Hoffentlich mit mehr Erfolg.«

»Abwarten. Gero hat keine Hemmschwelle, Frauen zu attackieren.«

»Jetzt, wo du es sagst, sie haben ihn im Lokal schon einmal mit seiner angeblichen sadistischen Ader aufgezogen. Ich hab das nicht so ernst genommen.«

»Seine Ex-Frau Kim kann ein Lied davon singen.« Die Detektivin seufzte. »Amélie hat ihn verfolgt, er ist ihr nach und hat sie verprügelt. Er wollte nicht als Misshandler auffliegen. Vielleicht gesteht Gero die Morde noch. Er hat Selma ebenso gehasst wie Caro. Die Lesben hätten ihm seine Frau weggenommen, sagt er. Nur, was ist mit der dritten Toten, der Managerin Inge Starkmann?«

»Sie war zuständig, ihn mit Seminaren zu beauftragen. Wenn sie gedroht hat, ihn nicht mehr zu engagieren …«

»Stimmt, seine Kontolage ist nicht berauschend, um es mal so auszudrücken.«

»Du hast Zugang zu so was?«

»Was glaubst du?«

»Hm. Oder jemand anderer hat die Businesslady getötet.«

»Was weiß ich.«

»Und noch eine Neuigkeit. Ich habe einen Informanten in Amerika aufgetan. Er kannte Caro in ihrer Zeit in L.A.«

»Bravo, jetzt bin ich gespannt.« Berenike ließ sich aufs Bett plumpsen. Wenn die Klärung des Falles bevorstand, konnte sie ihren Kurzurlaub in diesem schönen grünen Land umso mehr genießen. Sie schenkte sich endlich von dem Kamillentee ein, der beruhigend duftete.

In dem Moment hörte Berenike einen Schrei, der ihr durch Mark und Bein ging. Eine Erschütterung, die sich auf ihre Knochen übertrug. Es war der Hilferuf einer Frau in Lebensgefahr. Berenike ließ den Hörer fallen und rannte los.

ZWEIUNDDREISSIG

Berenike hatte das Gefühl, nicht vom Fleck zu kommen, als sie über den Gang zu Ellens Zimmer stolperte. Sie hämmerte an die Tür. »Ellen? Bist du okay? Ellen! So sag was.«

Stille. Dann ein Kreischen. Von weiter weg. Wie im Fieber drehte sich Berenike um ihre eigene Achse, ratlos, von wo die Stimme kam. Sie hastete zur Stiege, rutschte auf einem Stück Zellophan aus, das auf dem Teppichboden lag, fing sich im letzten Moment, ging ein paar Stufen hinunter, hier war aber nichts zu hören. Hinauf – ebenfalls Stille. Sie wollte schon zweifeln, dass sie wirklich Ellens Stimme gehört hatte. Die Stille knallte ihr wie eine Bestrafung um die Ohren. Dann wieder die normalen Geräusche eines Hotels. Ein Fernseher, das Lachen eines Paares, Gläserklirren. Damn, sie musste herausfinden, wer in Not geraten war. Womöglich machte sie sich gerade lächerlich und die Schreie gehörten zu einem Fernsehkrimi. Bei den Essensdüften, irgendwas Gegrilltes, knurrte ihr Magen plötzlich verlangend.

Dann also zum Portier. Sie hetzte hinunter, zwei Stufen auf einmal nehmend. »Haben Sie die Schreie gehört?«, fragte sie den Dicken. »Did you hear someone crying – eh, shouting?« In der Hektik vergaß sie fast ihr Englisch.

»No. Yes. Something. Nothing wrong, we have thin walls.«

Berenike verlangte einen Schlüssel für Ellens Zimmer, jetzt fiel ihr die Nummer nicht ein. Damn! »A key to Mr Gerlings room, please. Maybe you have a key that unlocks all doors?«

»What?«

»It's urgent, I worry for my friend«, versuchte sie dem grauhaarigen Typen klarzumachen. »We have to look in my friend's room!« Ihr Englisch litt, aber für sprachliche Präzision war jetzt keine Zeit. Die beiden würden doch nicht einfach so abhauen, Sven und Ellen! Sven, sie hatte ein mehr als ungutes Gefühl bei ihm, nach allem, was sie über ihn wusste, wie er sich verhalten hatte die letzte Zeit. Er ging mit Ellen nicht gerade zimperlich um. Selma hatte von Gewaltattacken gesprochen, Ellens wechselndes Verhalten sagte auch einiges aus.

Der Portier erhob sich, endlich, schob rumpelnd seinen Sessel weg.

»Please hurry!«, rief Berenike. Sie drehte sich um. »What is that noise?«

Der Lift! Gedämpfte Stimmen aus der Aufzugskabine. Berenike rannte in den ersten Stock, legte ihr Ohr an die Aufzugtür, nichts war zu hören. Im zweiten Stock ein Murmeln, eine Männerstimme. Berenike keuchte. Die Fahrgastkabine befand sich zwischen zwei Stockwerken. Ein weiterer Schrei ließ sie zurückschrecken. Jemand war in Lebensgefahr.

»Ellen! Bist du da drin?«

Ein gedämpftes »Hmpf« erklang.

»Ellen?«

»Sve-!«, hörte sie Ellens erstickte Stimme, die in irgendwas unterging.

»Ich hole Hilfe!«

Berenike polterte wieder hinunter, sie schwitzte, aber das war egal. »We need a key for the lift. Hurry up!«, schrie sie den Portier an. »Go find it and come to the second floor! The lift is blocked there!«

Sie hastete wieder nach oben. Im ersten Stock wich ihr ein anderer Gast in letzter Sekunde aus. Berenike hetzte an ihm vorbei. Eine Zimmertür öffnete sich. Stimmen, Fragen, keine Zeit dafür jetzt.

»Ellen?« Im zweiten Stock hockte sich Berenike vor die Aufzugtür auf den Boden. Sie konnte Ellens Gesicht vage erkennen, verzerrt von dem geriffelten Glas. »Ellen, ganz ruhig, Hilfe ist unterwegs. Was ist passiert?«

»Eine Waffe!«, brüllte Ellen. »Sven!« Dann wieder das erstickte Geräusch, eine schemenhafte Hand, offenbar hielt er Ellen den Mund zu.

»Du wirst mir zuhören, Ellen!« Sven. »Ich bring dich um! Niemand wird mir dich wegnehmen. Auch nicht Caro! Das lasse ich nicht zu. Niemals. Du bleibst bei mir. Nur der Tod wird uns scheiden.«

»Caro«, hörte man Ellen undeutlich antworten.

Der Portier schleppte sich die Treppe hoch, einen Schlüssel in der Hand. »We have to … It will take some time.« Er erklärte mit Händen und Füßen, dass er den Lift in den Keller kurbeln musste. Die Polizei hatte er schon verständigt.

Ein weiterer Schrei aus dem Lift.

»Sven«, Berenike verlegte sich aufs Schmeicheln. Es war eine Tonart, von der sie nicht gewusst hätte, dass sie sie beherrschte. »Bitte, gib auf. Drück den Knopf und fahr nach unten. Alles wird gut, Sven. Glaub mir. Fahr ins Erdgeschoss.«

Nichts regte sich. Bleierne Stille. Dann setzte sich die Kabine in Bewegung. Langsam, sehr langsam. Sven brüllte irgendwas, das Berenike schon nicht mehr verstand. Sie sah ihn wild gestikulieren. Von unten waren Schritte zu hören. Die Polizei! Hoffentlich. Sie rannte los.

DREIUNDDREISSIG

Der Teeweg ist eine Methode, durch welche man so weit kommen kann, sein Lebensschicksal anzunehmen und Zufriedenheit darin zu finden. (Soshitsu Sen)

Berenike hetzte die Treppe hinab. In die Stimmen von unten mischte sich ein seltsames Klirren und Scheppern. Das musste vom Lift herrühren. Endlich konnte sie Polizisten in blauen Uniformen erkennen. Sie winkten Berenike, zur Seite zu gehen, und umstellten die Liftkabine, Waffen im Anschlag. Niemand wusste, was gleich passieren oder wie Sven reagieren würde. Keiner ahnte, was gerade in der Liftkabine vor sich ging. Was mit Ellen los war. Was sie sehen würden, wenn die Tür aufging. Er hatte eine Waffe. Möglicherweise eine Schusswaffe, man konnte nur spekulieren.

Mit einem letzten Ruck kam der Lift zum Stehen. Ein Polizist riss die Tür auf, ging sofort dahinter in Deckung. Arme, viele Arme mit Waffen zielten auf einen Mann – Sven. Der hob kapitulierend die Arme. Ellen war nicht zu sehen. Berenike wollte näher herangehen, doch eine Polizistin verstellte ihr den Weg.

»Please stay away«, sagte sie in ruhigem Tonfall. Hier sprach sogar die Polizei Englisch, alle Achtung, das war Berenike aus Österreich weniger gewohnt.

Endlich erhaschte sie einen Blick auf Ellen. Eine Hand, der Arm, etwas bewegte sich. Berenike wollte wieder näher hin, wieder hielt die Beamtin sie ab. »It's ok, we care for your friend.«

Nichts war ok. Berenike wollte sich auf Sven stürzen, den zwei Polizisten in ihre Mitte nahmen und nach draußen führten. Irina war von irgendwoher aufgetaucht. Sven brüllte: »Ich lass mir nichts mehr gefallen! Mit mir macht ihr das nicht mehr! Scheiß Firma, verrecken sollt ihr. Nie habt ihr mir zugehört! Seit Jahren mach ich euch auf die Zustände aufmerksam, aber keiner beantwortet meine Briefe!« Er schnupperte plötzlich, verzog schmerzhaft das Gesicht. In der Luft lag der Duft nach leicht verkohltem Fleisch. Jemand musste in der Küche etwas auf dem Herd vergessen haben. »Verlottert, dieses Land, total verlottert.«

Berenike wollte Sven schlagen, nach ihm treten, bis er sich nicht mehr rührte. Diese Angst um Ellen! Er hat einen Mund zum Reden! Man muss doch nicht mit Gewalt … Sie fühlte sich verpflichtet, dieser Gewalt entgegenzutreten, mit allen Mitteln. Die Polizistin hielt Berenike fest. Sie wusste nicht mehr, wie spät es war. Oder wie früh. Was blieb, war das Zittern in den Knien und die Angst um Ellen.

Doch Ellen war tough. Sehr tough. Noch. Sie sprach nicht über das Vorgefallene, tat, als wäre sie ok. Im Gegensatz zu Berenike. Sie bekam kein Wort heraus, als die Polizisten ihre Aussage aufnehmen wollten. Sie erinnerte sich kaum mehr an ein englisches Wort. Ein Zittern an der Kehle, sie schluckte mehrmals. Viel hatte sie sowieso nicht zu sagen.

Ellen schwieg weiter, so viele Fragen ihr Berenike auch stellte. Ihr einziges Zugeständnis: Sie schlief in Berenikes Zimmer, das glücklicherweise über zwei Einzelbetten verfügte. Sie mussten eine weitere Nacht im Hotel verbringen, bevor ihr Flug von Sofia zurück nach Wien ging. Beide wälzten sie sich schlaflos herum. Es mangelte an einem beruhigenden Tee, dachte Berenike. Oder einer Psychologin. Woher nehmen und nicht stehlen, so weit weg von daheim und in einer Sprache, von der Berenike nur ein paar Wörter aufgepickt hatte. Die Polizistin hatte sich zwar tröstend mit ihnen unterhalten, nachdem alles vorbei gewesen war. Sven habe sie bedroht, sagte Ellen in kurzen, knappen Worten. Wollte zurück zum Flughafen, hatte sie in ihrem gemeinsamen Zimmer als Geisel genommen. Um Irina zu zwingen, alles für ihn zu tun. Um den Idioten von Koromar mal zu zeigen, was Sache war. Nun war er also vollständig durchgedreht. Mit einem Küchenmesser in der Hand. Auch ein Sanitätswagen war eingetroffen, Ellen hatte ihn nach einer Beruhigungsspritze weggeschickt.

Ellen kam kein Jammern über die Lippen. Beinhart wollte sie offenbar alles mit sich selbst ausmachen. Wollte nicht über das Vorgefallene reden. Auch nicht beim Frühstück am nächsten Morgen. Ihr Gesicht war gepflegt, ihr blauschwarzes Haar gekämmt wie immer, ein Scherz auf den Lippen für den Frühstückskellner. Absurd, wenn Berenike es nicht mit eigenen Augen gesehen hätte.

»Ellen, ich hab mir solche Sorgen gemacht. Was ist wirklich passiert?«, versuchte es Berenike wieder und wieder, die Freundin zum Reden zu bringen. Das konnte nicht gut sein, so ein Ereignis in sich hineinzufressen. Aber Ellen wollte nicht reden. Nicht jetzt.

Irina chauffierte sie zurück in die Hauptstadt. Die Bulgarin hatte ihre Fassung noch immer nicht wiedergewonnen. Dass so etwas passieren hatte können, fing sie fortwährend an. Dass man sich so in Sven Gerling getäuscht habe. Es sei ein Glück, dass er noch nicht hier zu arbeiten begonnen habe. Sie führte ein Telefongespräch auf Bulgarisch. »My boss«, erklärte Irina. »He's out of his mind …!«

Ellen gab sich betont locker, wies auf die Störche in den Reisfeldern beiderseits der Straße hin. Irina fragte, ob sie trotzdem ihr Sightseeing-Programm in der Hauptstadt absolvieren wollten. Keine von ihnen hatte recht Lust dazu. Doch

Ablenkung würde ihnen guttun. Sven war festgenommen worden.

Sie umrundeten also pflichtgemäß die riesige Alexander-Newski-Kathedrale, die zum Dank für die Befreiung von der türkischen Herrschaft errichtet worden war. Sie belächelten die Händler mit ihrem sowjetischen Nostalgiekram.

»Life was not that bad in Bulgaria back then«, relativierte Irina den Kommunismus, während sie ihre Besucherinnen durch die Menschenmenge lotste. Irina war 30, zu jung, um die Details damals mitbekommen zu haben. Berenike wollte sich auf keine Diskussion mit ihrer freundlichen Gastgeberin einlassen.

Ganz Businesslady im grauen Hosenanzug, führte Irina sie durch Sofia. Viele der Frauen gaben sich hier sehr feminin. Autos verstopften die Straßen, Hitze legte sich staubig auf ihre Haut. Im Gegensatz zu Plowdiw gab es in Sofia wenig Grün. In einem Grillrestaurant, das als schräge Mischung aus Wild-West-Saloon und bulgarischer Folklore daherkam, aßen sie und tranken gepanschten Wein. Egal. Ellen hielt sich nach wie vor eisern. Zu eisern.

Erst am Flughafen ging plötzlich nichts mehr. »Doswidanje«, verabschiedete sich Irina. »Have a good journey home. Let me know when you arrived safe. Ok?«

Als die Bulgarin weg war, fiel Ellens Maske. Die bulgarische Polizei hatte Sven in U-Haft genommen. Mehr wussten sie zum jetzigen Stand der Dinge nicht. Überdreht und nervös wartete Ellen mit Berenike darauf, dass der Check-In-Schalter öffnete. Die Anzeige meldete nur mehr wenige Starts für heute. Sie setzten sich draußen auf eine Bank, die von Büschen und Wiesen umgeben war, eine kleine Idylle. Ein Hund lag eingerollt vor der Ankunftshalle. Immer mehr Taxis reihten sich in eine Schlange ein. Neuankömmlinge traten aus der Halle, der Hund stand träge auf und trollte sich. Die Taxis fuhren eins nach dem anderen ab.

Plötzlich meinte Berenike, ihren Augen nicht zu trauen. Das war ja Jonas! Ihr Herz klopfte, sie hatte ihn so lange nicht gesehen. Sie blickte in Augen, die sie von Anfang an fasziniert hatten. Augen zwischen Schwarz und Violett. Jonasblick.

»Nike …« Seit sie ihn kennengelernt hatte, wunderte sie sich über seine Stimme. Dass ein Mann wie er so hauchen und gleichzeitig so männlich wirken konnte. Sehnsucht machte sich in ihrem Körper breit.

Blödsinn, er wollte nichts mehr von ihr, so wie er sich die letzten Wochen ihr gegenüber verhalten hatte. Er brauchte sich nicht zu wundern, dass sie kratzbürstig war – so wenig, wie er selbst sich um Verständnis für sie, für ihre Anliegen, für ihren Kampf um Gerechtigkeit für die Toten bemüht hatte. Sie fiel in sich zusammen. Vergeblich, alles vergeblich, und unerfüllt die Sehnsucht, bis jemand anderer kam, irgendwer, Horst oder der Wirt vom Grünen Kakadu vielleicht, den hatte sie schon ewig nicht gesehen. Obgleich das alles nicht zählte. Nicht wirklich.

»Nike, wie geht es dir?« Er sah sie zärtlich an.

Sie zuckte hilflos die Achseln. »Wie kann es mir schon gehen, du weißt ja, Ellen … Sven … er hat sie attackiert.«

»Kann ich euch helfen?« Er wollte nach ihrer Reisetasche greifen.

»Lass, wir haben noch Zeit bis zum Check-In.«

»Ach so.« Lange und intensiv sah er sie an.

»Ich weiß, es war nicht viel Zeit in den letzten Wochen. Hmhm …«

Auch das Räuspern kannte sie bereits.

»Ich war nicht gut drauf, weißt du, der Fall hat auch mich sehr belastet.« Er sah sie weich an. »Aber jetzt … wenn wir beide wieder in Österreich sind, reden wir in Ruhe über alles, ja? Egal wann, ich werd es einrichten. Wenn der Fall abgeschlossen ist, können wir …«

»Ich …«

Ein Schatten fiel über sie. Zwang Berenike dazu, aufzublicken. Der Schatten hatte die Gestalt von Inspektor Mara Wander. Berenike hielt mittlerweile viel von der engagierten Polizistin, aber dass sie immer neben Jonas auftauchen musste, das war zu viel! Na gut, sie hatte immer gewusst, dass er in seinem Beruf aufging. Und Eifersucht war doch obsolet …

»Was machst du eigentlich hier?« Berenike sah wieder Jonas an und wäre beinahe in diesen Augen versunken. So sehr, dass sie zu allem Ja und Amen gesagt hätte, wenn sie nur mit ihm … Sie sprang auf.

»Sven Gerling verhören«, sagte er, »wenn er gesteht, wird er wahrscheinlich ausgeliefert.«

»Ist er der Mörder?«

»Das wird sich erst herausstellen.« Ach ja. Er erzählte ihr nichts über seine Fälle. Das durften Polizisten eben nicht. Vielleicht war es besser so.

Statt weggeschickt zu werden, fühlte sie sich auf einmal wie ein kleines Mädchen, das in der Schule brav den Erwartungen der Erwachsenen entsprochen hat und nun nach Lob und Belohnung gierte.

Sie zwang sich, loszulassen, sich von seinem Blick loszueisen.

»Na gut. Ruf mich an, wenn du zurück bist, vielleicht können wir was unternehmen.« Berenike hustete.

»Gern, Nike.« Er flüsterte. »Ich freu mich.«

Er hob eine Hand, eine sachte Berührung an ihrer Wange, in ihrem Haar. Sie winkte ihm, als er mit seiner Kollegin ins letzte wartende Taxi stieg. Plötzlich allein, prallte sie zurück und fiel wieder auf die Bank neben Ellen.

»Der Schalter macht gerade auf«, sagte Ellen mit ihrer kühlen Stimme.

»Super, gehen wir.«

Beim Gang durch den Sicherheitscheck brach Ellen zusammen. Ein Piepsen, als sie durch die Schleuse ging, die freundliche Frage eines Beamten – und aus war es. Sie blieb stehen.

»Ich kann nicht. Mein Herz.« Ellen tastete mit einer Hand nach der Brust. »Es pocht so laut und schnell. Berenike … ich hab Angst.«

Irgendwo gabelte Berenike einen Sanitäter auf. »She's under big stress«, versuchte sie dem Mann zu erklären. Er führte sie in einen kleinen Raum, wo er Ellens Blutdruck maß. Nach einer Weile wurde Ellens Atem ruhiger.

»Everything is allright«, beruhigte der Sanitäter.

»Can we fly?«

»Yes.«

Sie wurden von einem Auto zum Flieger gebracht. Echtes Last-Minute, wer hatte das schon.

Im Flugzeug sah Ellen sich um. Berenike räusperte sich, die Luft war trocken, das Gebläse laut. Immerhin hatten sie dank Ellens Panikattacke Sitze in der ersten Reihe bekommen. Der Flieger war ohnehin nur zur Hälfte besetzt. Auf die Vorführung der Sicherheitshinweise folgte ein trotz ihrer Eskapaden pünktlicher Start.

Ellen antwortete erst jetzt. »Was, wenn er es nicht war?« Sie spielte mit der Schnalle des Sicherheitsgurtes.

»Sven hat dich bedroht, Ellen. Er hätte dich bald umgebracht. Denk daran – bis der Tod euch scheidet!«

»Ja. Aber wenn er nun unschuldig ist?«

»Woran?«

»An den Frauenmorden.«

»Das wird die Polizei herausfinden.«

»Geh, hör mir auf mit der Polizei.«

»Du hast wohl keine guten Erfahrungen mit ihr gemacht?«

»Das ist eine Untertreibung. Sie wollte ein Betretungsverbot aussprechen, nachdem er mich ...«

»Was?«

»Verprügelt hat er mich. Selma wusste Bescheid. Ich wollte, dass es sonst niemand erfährt. Wie wär ich denn dagestanden? Aber was soll mir ein Betretungsverbot helfen? Nach zwei Wochen ist Sven zurück und wütender als zuvor. Und ich hätt ihn wirklich verloren.«

»Willst du ihn etwa immer noch, nach allem, was er getan hat?«

»Das ist nicht so einfach zu erklären.«

»Nein. Natürlich nicht.« Berenike hatte viel über die widersprüchlichen Gefühle von Gewaltopfern gehört, auch von Selma. Wenn der vermeintlich Liebste zum Schlimmsten wurde, was durchaus passieren konnte. Der unbekannte schwarze Mann war ein Gerücht, ein Ablenkungsmanöver, Berenike dachte wieder an das Märchen von Rotkäppchen. »Fürchterlicher Gedanke, mit einem Mörder das Haus geteilt zu haben. Ich kann es mir vorstellen.«

»Gar nichts kannst du. Du warst nicht verheiratet mit ihm.« In Ellens Augen Seen voll Traurigkeit, voll Abschied. »Er war mein Traumprinz, mein Held.« Ellen sah aus dem kleinen Fenster. Das Flugzeug stieß gerade durch die Wolkendecke. »Er war so romantisch. Ich war so jung, als ich Sven kennengelernt hab. Ich wollt ihn zuerst nicht, weißt du. Aber er hat nicht losgelassen, nie hat er mich losgelassen. Vors Konservatorium – du kennst doch die Johannesgasse in Wien? – hat er auf den Boden ein riesiges Herz mit unseren Namen gemalt. Dafür hat er sogar Strafe zahlen müssen, weil ihn die Polizei erwischt hat. Wir haben auf dem See geheiratet, in Hallstatt. Dann wurde ich schnell schwanger. Mein Studium ging den Bach runter. Aber das war ok, damals. Ich war so verliebt.«

»Ellen, ich versteh dich. So gut. Dass du trauerst …«

»Nichts verstehst du. Ich entwickle mich weiter, während Sven nichts für seinen Geist tut. Seit ich mich ändere, spielt er verrückt. Er will, dass alles gleich bleibt. Ich mache so viel, Tanzen und Bildhauern und eine Ausbildung für Aufstellungsarbeit, kennst du das? Phänomenal, ich bin auf so viel draufgekommen … Diese Muster, sie kommen aus unseren Familien. Meine Eltern, seine Familie, das aufzustellen, hat mir so viel gebracht.«

Berenike ließ Ellen reden.

»Es hat mir klargemacht, dass ich immer die gleiche Rolle hab. Sven hat sein Leben lang seinen Eltern gefallen wollen. Du müsstest ihn sehen, wenn sie dabei sind. Wie er lacht, nachdem sie ihn gerade noch beleidigt haben. Er macht sich gleich wieder Hoffnungen. Dass sie ihn jetzt gut behandeln. Aber für die Gerlings ist alles Spiel. Du würdest schaudern über ihre Kälte. Svens Geschwister leben wie die Eltern. Svens Schwester Isolde hat sich mit über 40 ein Kind eingebildet. Ein süßes Mäderl, die kleine Sofie, und schon Kinderdarstellerin.« Ellen schnaufte, trank gierig vom bestellten Wasser.

»Und deine Kinder, Ellen? Wie alt sind sie?«

»Pia ist 20 und Kai 21. Zum Glück zeigen beide keine Schauspielambitionen. Auch Sven nicht. Mir hat das nichts gemacht, es muss nicht jeder berühmt werden. Ich war so glücklich mit ihm. Erst die letzten Jahre hat er sich zu seinem Nachteil verändert. Er geht boxen, was für ein komischer Sport ist das denn? Magst du das Boxen, Berenike?«

Sie schüttelte den Kopf.

»Und dann die Geschichten in seiner Firma. Sie haben ihn dermaßen unter Druck gesetzt. Sie behandeln ihn so mies bei

Koromar. Es war alles zu viel für ihn. Seit der Laden verkauft worden ist, zählt nur mehr Cash Flow. Ab dem Tag ging's bergab. Obwohl sie immer sagen, es geht bergauf. Bergauf. Es geht bergauf! Ab jetzt geht es bergauf!«, äffte Ellen die Manager nach, »so lautet die Parole. Ich kotze, wenn ich sowas nur höre. « Ellen hielt sich den Magen. Ausgerechnet jetzt kam die Stewardess, bot Essen an, das sie dankend ablehnten. Keine von ihnen hatte Hunger.

»Irgendwie … weißt du, Berenike, irgendwie kann ich verstehen, dass er auszuckt.«

»Sven, meinst du?«

»Ja. Das muss ein irrsinniger Druck sein …«

»Ellen, er hätte dich beinahe getötet.«

»Ja.« Ellens Hand mit der Wasserflasche zitterte fast unmerklich. »Er hat gesagt, ein Küchenmesser würde besser zu mir passen als das Bildhauerwerkzeug. Ich war mir nicht sicher, wie er's meint. Sollte ich Hausfrau bleiben? Oder wollte er mich wirklich töten? Er wollte mich dazu bringen, auf mein Studium zu verzichten. Ihm zu versprechen, dass ich zu Hause in Hallstatt bleibe. Bei ihm. Er hat mich so lieb gestreichelt. Ellen, hat er gesagt, so wie früher, weißt du. Wir fliegen nach Hause, hat er in mein Haar gemurmelt, und bleiben zusammen. Immer diese Worte. Wir bleiben zusammen, nur wir zwei.« Eine Träne kroch in Ellens Augenwinkel, sie wollte sie zurückzwingen, wegzwinkern. »Wir lassen niemanden zwischen uns. So wie früher, Ellen. So hat er geredet.« Sie fuhr sich übers Gesicht, verwischte Wimperntusche und Lidschatten mit den nun fließenden Tränen. »Aber daneben hatte ich immer das Messer vor Augen, diese scharfe Klinge. Wenige Zentimeter vor meinen Augen.« Ein tiefes Seufzen, das die ganze Welt einschloss. Ellen ließ den Kopf auf Berenikes Schulter sinken.

»Ellen, hast du nichts geahnt?«

»Wovon?«, nuschelte Svens Frau in Berenikes Pullover und hob den Kopf. »Dass er ein Mörder sein soll?«

»Ja.«

»Nein. Ich habe nichts bemerkt. Aber vielleicht war ich zu sehr mit mir selbst beschäftigt.«

Von einem Moment zum anderen war Ellen eingeschlafen.

AUSGETANZT – EPILOG

DRACHENBRUNNENTEE

Berenike war zurück. Im Ausseerland. Back in good old Austria. Noch einmal zeigte die Herbstsonne ihre ganze Kraft. Die Menschen nützten das schöne Wetter für Wanderungen, machten dabei gern Zwischenstopps in Berenikes Salon auf einen Tee und Literatur. Ein letztes Mal Heilpflanzen sammeln und trocknen. Gundelrebe zum Beispiel, die früher dazu verwendet worden war, Bier zu konservieren, und bei den germanischen Völkern gar als Zauberpflanze gegolten hatte. Jetzt zum ›Fraußendreißiger‹, wie die Zeit zwischen Mitte August und Mitte September genannt wurde, sollten die Pflanzen besondere Wirkung haben, nachdem sie einen Sommer lang die Sonnenenergie in sich aufgenommen hatten.

Trotz allem nahm sich Berenike Zeit für das Abschiedsritual von Selma und Caro, das zur herbstlichen Tagundnachtgleiche stattfinden sollte. Die Frauen wollten sich wieder beim Hallstätter Gräberfeld treffen. Als sie aus der letzten Seilbahn stieg, die sie hinaufgebracht hatte, genoss Berenike die vollkommene Stille. Dann krächzte eine Bergdohle und das Leben ging weiter. Zügig marschierte sie in ihrem Shalwar Kameez voran. Der Stoff war so grün wie die Wiesen, so grün wie die Hoffnung. Hoffnung, dass alles geklärt und vorbei war.

Neben dem Rudolfsturm, einem Wehrturm aus dem 13. Jahrhundert, parkte ein grüner Wagen. Berenike stockte, aber das jadegrüne Auto konnte ihr egal sein. Die Morde waren doch hoffentlich geklärt. Sie konzentrierte sich lieber auf den

Anblick der Wiese, wie sie im Abendsonnenschein leuchtete. Ein vergoldetes Märchen, wenn man sich nicht vor dem Nahen des bösen Wolfs fürchten müsste. An manchen Stellen hatte sich das Laub schon bunt verfärbt.

Sie wollten sich unweit des Turms treffen. Es war zwar nicht Wintersonnenwende, ein Zeitpunkt, wo die Sonne auf diesen Platz schien. Trotzdem hatte Helena den Ort gewählt, weil er als uralter Kultplatz galt.

»Dem Kiritag in Alt Aussee weichen wir lieber großräumig aus«, hatte Helena gemeint. Und froh war Berenike, den Ort während des dreitägigen Kiritags mit seinen ausgelassenen Menschenmassen und dem Bierzelt zu verlassen. Diesmal hatte sie Drachenbrunnentee mitgebracht, einen besonders edlen grünen Tee aus China, der dort sogar als Geschenk Staatsgästen überreicht wurde.

Diesmal fanden sie einander ohne Schwierigkeiten am vereinbarten Treffpunkt. Gerhild, Ellen und Katharina waren schon da. Valerie traf gemeinsam mit Berenike ein. Sie erklärte eben, dass Denise sich gemeldet habe.

»Sie ist abgereist und ihr werdet kaum glauben, warum! Selma hat sie zu sehr angeflirtet, hat sie gesagt. Das war Denise zu doof.«

»Geh, was ist denn schon dabei.«

Nur Rita fehlte weiterhin. »Hast du sie erreicht?«, fragte Berenike Valerie, »ihr seid doch ein wenig befreundet.«

Aber die Schweizerin schüttelte verneinend den Kopf. »Ich hab ihr auch nur auf den Anrufbeantworter gesprochen.«

Ratloses Murmeln rundum. Niemand hatte etwas gehört, Besorgnis zeigte sich in den Gesichtern. Berenike wählte noch einmal Ritas Nummer, aber niemand hob ab.

Amélie hatte sich heraufbringen lassen, noch etwas angeschlagen, doch ihre Gesundung machte Fortschritte, nur ein kleiner Verband zierte noch ihren Kopf. Zuversichtlich, aber etwas still blickte sie in die Runde. Hoffentlich würde sie sich bald daran erinnern, wer sie so zugerichtet hatte. Noch schützte eine Amnesie sie vor der Erinnerung an dieses grauenhafte Erlebnis.

Selbst Ragnhild hatte überraschend Zeit gefunden. Mara Wander war ebenfalls eingeladen, die Polizistin wollte, wenn überhaupt, später zu ihnen stoßen. Dafür waren die beiden Detektivinnen Peri und Sieglinde schon da, erhitzt nach der Wanderung herauf.

Schatten fielen über das Hochtal, lösten die Sonne ab, brachten Düsternis. Helena entzündete die mitgebrachten Fackeln und rammte sie in die Erde neben dem bereits entfachten Lagerfeuer. Sie setzten sich auf die im Kreis ausgebreiteten Decken.

Berenike bereitete den Tee vor. Sie spülte die Kanne mit heißem Wasser aus, ebenso die Tassen. Dann gab sie etwas von den großen, länglichen Teeblättern in die Kanne. Sie reichte die kleinen Schalen herum und schenkte ein. Leise wie eine zarte Quelle plätscherte der Tee in die Tassen. Jetzt bestürmten die Frauen Berenike und Ellen mit ihren Fragen.

»Erzählt, bitte, was war los?«

»Du hast Ellen gerettet, hab ich gehört! Ellen, was sagst du?«

Ellen verhielt sich merkwürdig still. Sah nur zu Berenike.

»Soll ich erzählen?«, fragte die. Ellen nickte. Also berichtete Berenike von der Reise in dieses schöne, grüne Land. Über Ellen erzählte sie nur das Wichtigste, dass sie mit knapper Not einer Geiselnahme im Lift entkommen war, durch ihren eigenen Mann Sven.

»Wie geht es dir jetzt?« Gerhild sah Ellen aufmerksam an. Die zuckte wieder mit den Achseln und presste die Lippen aufeinander. Zog die Brauen hoch, ließ sie wieder fallen. »Ich bin halt jetzt auf mich gestellt. Meine Kinder, die studieren in Wien.« Wieder ein Achselzucken.

»Es wird wieder gut, Ellen.« Gerhild massierte stumm Ellens Nacken. »Jetzt, wo der Täter überführt ist … Wenn du etwas brauchst, wir sind für dich da.« Die anderen nickten. Bis auf eine.

»Der arme Sven.« Katharina wickelte sich in ihren immer gleichen braunen Mantel. Es wurde rasch kühl jetzt.

»Wie bitte?« Ellen sah die Friseurmeisterin mit einem solchen Ausdruck von Unglauben an, dass Berenike meinte, sie würde ihr jeden Moment ins Gesicht springen, wie eine Katze, alle vier Pfoten voran. »Du hattest also doch was mit ihm, du Miststück!«

Katharina fuhr sich durch die braunen Haare. Neid lag in ihrem Blick. »Dann habe ich halt. Mit Sven. Er wollte immer nur dich. Ich war gut genug für ein bissl Abwechslung«, brach es mit einem Mal aus ihr hervor. »Der Idiot. Dabei hab ich ihm … zur Ruhe kommen hätte er können bei mir. Aber nein, Ellen musste es sein. Sogar versteckt hab ich ihn, als die Polizei ihn gesucht hat. Und das ist der Dank. Ich hasse dich, Ellen. Du hast aus Sven das gemacht, was er ist.«

»Er war bei dir, Katharina?« Etwas fiel in Berenikes Kopf an seinen Platz, wie ein kleines Puzzleteil. »Deshalb hast du mich nicht in deine Wohnung gelassen!«

»Das ist meine Sache!« Katharina raffte den Mantel um sich.

»Was erfahre ich noch alles? Mein Mann ist ein Fremder.« Ellen schrie, sie schrie wie eine Katze, der jemand brutal und mit voller Absicht auf den Schwanz getreten ist. »Katharina, du bist widerlich. Du hast kein Herz.« Ganz nah trat sie an die Friseurin heran, die Hände hatten sich zu Fäusten geballt.

Katharina wand sich. »Wer hätte sonst zu ihm gehalten? Nach dem Mord an Caro hätten ihn doch alle verdächtigt.«

»Zu Recht, wie sich gezeigt hat!«, zischte Gerhild.

»Du weißt, dass du dich so strafbar gemacht hast?«, fragte Sieglinde.

»Aber … das wusste ich doch nicht. Ich hab geglaubt … er versteckt sich, weil er unschuldig ist.«

»Katharina, von dir hätte ich das nicht erwartet«, fauchte Ellen.

»Ellen, beruhig dich.«

»Nein, ich will mich nicht beruhigen. Jetzt nicht mehr.«

»Hast du so etwas nicht erwartet? Dass Sven ein Verhältnis hat?«

»Aber doch nicht mit …« Sie sah abfällig Katharinas beige geblümten Rock an, die braunen Strümpfe, die beigen Schuhe. Sah den unterwürfigen Blick der anderen, der auf einmal triumphierte. »Dass es dir nicht peinlich war«, murmelte Ellen, »mit meinem Mann zu vögeln und mich zu frisieren, als ob nichts wär.« Plötzlich grinste Ellen. »Aber dann fing er mit Caro was an, stimmt's?«

Katharina sah stumm weg und kramte in ihrem Korb, den sie neben sich in die Wiese gestellt hatte.

»Du hast Caro umgebracht!«, rief Ellen, »das hast du nicht verwunden, was? Noch eine war zu viel. Bei mir hast du gehofft, dass sich Sven irgendwann abwendet, richtig?«

Katharina schwieg weiter.

»Du hast gedacht, es ist eine Frage der Zeit. Aber er hat dich benutzt.« Ellen spuckte vor der anderen aus.

»Ich gehe. So wie ihr drauf seid!« Katharina packte ihren Korb beim Henkel, und wandte sich ab.

»Das ist sowieso besser für dich!«, fauchte Ellen.

»Wirst du die Scheidung einreichen?«, lenkte Gerhild Svens Frau ab. Die wiegte unschlüssig den Kopf. Von Katharina war nichts mehr zu sehen.

»Alle werden das verstehen. Lass dich beraten. Du musst nicht länger bei einem Gewalttäter ausharren.«

»Ich …« Es schüttelte Ellen. Tränen brachen sich Bahn. Wie ein Fluss, der endlich über die Ufer steigt. »So hab ich mir den Beginn eines neuen Lebens nicht vorgestellt.«

»Wein nur«, Gerhild wollte Ellen in die Arme nehmen, »das ist normal und tut gut.« Ellen schüttelte Gerhild mit wilden Schlägen ab.

»Wie geht es dir mit Mehmet?«, wandte sich Berenike wenig später an Amélie. Berenike kostete endlich von dem Tee, dessen eleganter Geschmack sie schon seit Langem bezauberte.

»Den Mistkerl hab ich rausgeworfen. Er kann sich mit seiner kleinen Türkin was Neues aufbauen. Ohne mich. Jetzt weiß ich, was die beiden vorhatten, ich hab ein paar E-Mails von Mehmet und dieser Ziege gelesen. So blöd muss man einmal sein! Mehmet wollte, dass ich mit ihm in die Türkei geh. Mein ganzes Vermögen dorthin transferiere. Er hätte einige Zeit verstreichen und sich dann von mir scheiden lassen, und all mein Besitz hätte ihm gehört. Diese Hepsen schrieb ihm, er müsse aber darauf achten, dass alle Immobilien auf seinen Namen eingetragen würden. Mah, wenn ich denke, dass ich fast darauf reingefallen wär! Wenn ich nicht zusammengeschlagen worden wär …«

»Ach, Amélie, das ist aber …«

»Zwei Jahre haben die sich schon gekannt, bevor er mich aufgerissen hat. Ja, aufgerissen. Bezness nennen's das, wenn sie mit einer Europäerin Liebe machen, um zu Geld zu kommen. Ich hab das in so einem Forum im Internet gelesen. Wo sich Frauen austauschen, die zum Beispiel Türken oder Tunesier heiraten. Die Flugtickets hat Mehmet schon gekauft gehabt. Und von einem Termin beim Notar hat er mir auch erzählt. Einem türkischen Notar. Er hat alles gestanden, als ich ihm gedroht hab, ihn anzuzeigen. Auch dass er mir die Liebe nur vorgespielt hat, der Mistkerl.«

»Arbeitet er weiterhin bei Koromar?«

»Was weiß ich, das kümmert mich jetzt nicht mehr.«

Berenike schenkte Tee nach. Sieglinde stellte ihre Tasse ins Gras. »Wir betreuen grad einen neuen Fall für das Frauenhaus in Ischl. Eine entführte junge Frau, gerade 14 Jahre alt. Der Vater will sie in der Türkei, besser gesagt, in den kurdischen Bergen verheiraten. Weil die Mutter nicht einwilligt, entführt er sie. Die Spur verliert sich, die Mutter hier in Österreich wurde von einem Freund des Vaters gefangen gesetzt, bedroht, und wer weiß was noch.«

Peri nickte. »Was ich ermittelt hab! Ich hab in der Türkei gute Kontakte, schließlich kommt meine Familie von dort. Aber nichts. Die junge Frau ist wie vom Erdboden verschluckt. Und offizielle Amtshilfe, da sieht's mager aus. Das dauert … die Bürokratie ist erschreckend. Und derweilen passiert wer weiß was mit dem Mädchen.«

»Wir müssen was tun.« Düster und grimmig sah Gerhild ins Feuer.

Ja, dachte Berenike. Gegenwehr war notwendig. Was blieb, wenn die Polizei sich nicht imstande zeigte, Frauen zu schützen, wie es ihr Auftrag war. Jedem Staatsbürger und jeder Staatsbürgerin gegenüber.

»Sieglinde, erzähl, was es mit Caros Flucht aus Amerika auf sich hat!«

»Es war, so absurd es klingen mag, tatsächlich die Mafia hinter ihr her. Eine undurchsichtige Geschichte. Zum Glück hat uns ein befreundeter Detektiv geholfen. Caro hat Auftritte bei einer Tanzshow platzen lassen. Ihr Manager, ein windiger Typ, wollte sie als Nackttänzerin nach Vegas vermitteln. Ohne ihr Wissen. Er ist untergetaucht, hat Caro sich selbst überlassen. Ihr habt sie gekannt, sie wäre nie in einer Puffshow aufgetreten. Die Mafiatypen, mit denen die sogenannten Auftraggeber dort verbandelt waren, wollten Caro zu den Auftritten zwingen. Man hat sie entführt, sie sollte als Prostituierte die Summe abarbeiten, die die Typen angeblich an ihren Manager gezahlt hatten. Wie im Viehhandel, na echt.« Sieglinde schüttelte sich angewidert. »Den Pass haben sie ihr weggenommen, sie eingesperrt, um ihren Willen zu brechen. Wild! Irgendwie ist sie entkommen und hat sich zu einem österreichischen Konsulat durchgeschlagen. Die haben ihr geholfen und so ist sie nach Österreich zurück, Hals über Kopf.«

»Na, bumm. Was für eine Geschichte.«

»Und Sven? War er der Mörd …«, Gerhild, die die Frage hervorgestoßen hatte, verharrte mitten in der Bewegung. Berenike folgte ihrem Blick. Eine Frau stand plötzlich am Rand der Lichtung. Irrer Blick, das Haar zerzaust. Im Dunkel wirkte sie wie ein Geist.

»Ihr seid wahnsinnig!« Eine Stimme, so schrill wie unbeschreiblich. Und dieses Glitzern in ihrer Hand, es sah aus wie eine Waffe.

»Rita?« Berenike hatte sich als Erste wieder gefangen. »Bist du das?«

»Mir reicht es. Schon lange reicht's mir! Das führt alles zu nichts! Ich habe es euch gesagt!«

»Beruhig dich, Rita. Was ist denn?«

»Nein, ich werd nicht ruhig sein. Euch kann man nicht zuschauen. Eurem Männerhass. Ihr habt es euch selbst zuzuschreiben, wenn ihr angegriffen werdet. Der Tod ist gerecht.«

»Was willst du damit sagen? Hast du …?«

»Ich?«

»Was ist hier los?« Noch jemand war aus dem Dunkel des Waldes hinter Rita aufgetaucht.

»Frau Inspektor, Sie kommen im richtigen Moment.« Die Polizistin, Mara Wander.

»Wir sind alle überdreht.« Berenike machte einen Schritt auf Rita zu.

»Lass mich. Lasst mich alle. Ich habe euch etwas zu sagen! Ihr bringt mich nicht mehr zum Schweigen. Nicht wie Caro und Selma und …!« Sie hob die Waffe. Metallisch glitzerte die lange Klinge im unruhigen Schein der Flammen. »Sie glauben, mich als Jüngere können sie einfach ruhigstellen. Aber so nicht.«

»Schsch.« Die Polizistin ging ganz langsam auf die junge Frau zu. »So ist es gut. Geben Sie mir die Hand. Was haben Sie da? Ein Messer?«

»Einen Dolch. Der ist mein Eigentum. Selbst verdient. Weil ich …«

»Was hast du getan, Rita?« Berenike spürte einen kühlen Schauer, der ihr den Rücken hochkroch bis an die Haarwurzeln.

»Nichts, wofür ich mich rechtfertigen müsste.«

»Geben Sie mir Ihre Waffe«, redete Mara Wander auf Rita ein. »Lassen Sie den Dolch fallen. Bevor etwas passiert.«

»Aber …«

»Bitte.«

»Vielleicht ist sie die Täterin!«, schrie jemand. »Wollen Sie sie wieder laufen lassen?«

»Ganz ruhig, junge Frau. Wie heißen Sie?«

»Rita«, antwortete Rita brav, wie hypnotisiert.

»Rita. Ein schöner Name. Sind Sie nach jemandem benannt worden?«

»Nach meiner Oma. Sie war …«, Rita stockte und schluckte. Die Hand mit dem Dolch zuckte heftig. »Sie war Balletttänzerin, bis …«

»Ganz ruhig, Mädchen.«

»Bis sie ermordet worden ist.«

»Waren Sie da schon geboren?« Mara Wander war gut, sehr gut sogar.

»Nein.« Rita hob wieder ihre Waffe. »Sie hat sich gegen ein paar Männer gewehrt, die ihr an die Wäsche wollten. Theaterkollegen. Da haben sie sie – haben sie – haben sie – einfach kaltgemacht haben sie meine Oma. Ich lass mich nicht abstechen wie meine Oma! Ich werde mich verteidigen. Immer.«

»Schon gut, Rita. Niemand hier bedroht Sie.«

»Doch. Eben. Im Zug. Jemand hat mich angesprochen, am Bahnhof hier, bei meiner Heimkehr von Deutschland. So ein schleimiger Typ. Er bot an, mich nach Hause zu bringen. Aber ich kannte den ja nicht. Als ich höflich abgelehnt hab, hat er mich mit Gewalt in sein Auto zerren wollen. Ich hab mich gewehrt, bin schnell zum Bahnhofsvorsteher. Der hat mir geholfen. Zum Glück. Und die Polizei gerufen.«

»Sie haben alles richtig gemacht, Rita«, sagte Mara Wander. »Man konnte den Täter verhaften.«

»Ja.« Rita nickte. »Der Bahnhofsvorsteher hat ihn in Schach halten können.«

»Und wer war es?«, fragte Gerhild.

»Nagelreiter«, sagte die Polizistin. »Rita, die Gefahr ist vorbei. Sie können mir den Dolch jetzt geben. Okay? Tun Sie das? Bitte! Ich bin Polizistin, ich sorge dafür, dass Ihnen nichts geschieht. Glauben Sie mir.« Zu den anderen gewandt, fuhr die Polizistin fort, ohne dabei Rita aus den Augen zu lassen.

Langsam, wie in Zeitlupe, ließ Rita ihren Dolch in die Hand der Polizistin gleiten. »Wie heißt du eigentlich, Frau Polizei?« Sie kratzte sich plötzlich hektisch am Arm.

»Mara.«

»Auch ein schöner Name.«

»Wo warst du so lange, Rita, verdammt? Wir haben uns

solche Sorgen gemacht!« Berenike hatte eine Tasse umgestoßen, aber das war jetzt egal.

»Ich hatte«, Rita keuchte noch einmal auf, beruhigte sich aber ein wenig, nur den Dolch in Maras Händen beobachtete sie genau, »ich hatte Auftritte in Deutschland, ganz was Tolles.« Sie zerrte den Ärmel hoch und kratzte sich hektisch. »Mein Handy ist leider kaputtgegangen, ich hab das erst nach Tagen bemerkt, weil mich niemand angerufen hat. Im Ausland wollt ich«, sie zog den Ärmel wieder herunter, »kein neues kaufen, erst wenn ich zurück hier war. Daheim hab ich dann den Anrufbeantworter abgehört. Und so hab ich von dem Treffen heute erfahren. Ich hab solche Angst gehabt nach dem Überfall. Also hab ich die Waffe eingesteckt.«

Es wurde ziemlich schnell kalt im Wald, als nun der Tau fiel. Berenike reichte Rita eine Tasse. Mit zittrigen Händen drehte sie die leere Schale in den Händen. Ihre Augen flogen hektisch von einer zur anderen.

»Schon gut«, Gerhild drückte Ritas Hand kurz. »Eine Überreaktion.«

Berenike erhitzte frisches Wasser auf ihrem Campingkocher.

Mara Wander zog eine Ausgabe der Kleinen Zeitung aus ihrer Tasche. ›Der Mörder von Hallstatt‹, titelte das Blatt. Dazu ein Foto von Sven Gerling. Gemeinsam beugten sie sich im Licht der Fackeln über die Seiten. ›Indizien deuten darauf hin‹, stand da, ›dass er auch in zwei weiteren Fällen der Täter war. Der Verdächtige, für den die Unschuldsvermutung gilt, wurde vor Kurzem aus Bulgarien nach Österreich überstellt. Sven Gerling hat seine Frau bei einer Reise in das Balkanland nicht zum ersten Mal verletzt. Dass dies gut dokumentiert war, hat die Verhandlungsbasis der österreichischen Behörden um die Auslieferung gestärkt.‹

Berenike ließ die Zeitung sinken, sah Ellen an.

»Ihr Mann muss sich vor einem österreichischen Gericht für seine Taten verantworten«, erklärte Mara Wander.

Ellen hüllte sich in ihre Jacke. »Ich weiß alles. Sven hat es mir erzählt.« Sie stockte. »Im Lift. In Bulgarien. Ich musste ihm zuhören.« Ellens Rede wurde zum Sturzbach aus Worten. »Er hat es mir detailgenau geschildert. Das Töten, das Werkzeug. Wie viel Blut geflossen ist, als er ihr die Kehle durchgeschnitten hat. Die Lust, als er sie danach zersägt hat. Ein Rausch der Zerstörung, er habe nicht mehr aufhören können, endlich habe er sich erleichtert gefühlt und befriedigt.« Ellen schluchzte auf. »Er hat Caro gehasst. Zerstören wollte er sie, und zwar ganz und gar. Selbst ihren toten Körper noch, ihre ganze Schönheit. So hat mir der Wahnsinnige das erklärt, während wir im Lift eingeschlossen waren!« Sie holte tief Luft. »Sie habe ihm alles genommen. Alle sollten diese Zerstörung sehen. Als Warnung wollte er sie ausstellen, die tote, verstümmelte Caro. Für mich und für alle Frauen. Und diese Säge, die hat er vernichtet. In die Traun geworfen.«

»Ellen, wie furchtbar.« Gerhild hielt Ellen im Arm. »Es gibt immer noch genügend Männer, die mit freien Frauen nicht leben können.«

»Deshalb hat er mit seiner Chefin so ein Riesenproblem gehabt. Und mit Selma überhaupt, ihr habt sie gekannt, sie hat nie ein Blatt vor den Mund genommen. Er hat schon lange vorgehabt, Frauen etwas anzutun. Deshalb hat er sich dieses Gift besorgt, von dem Fisch, ihr wisst schon.«

Die Frauen nickten. Dass das Gift vom Kugelfisch Selma getötet hatte, hatten die Medien berichtet.

»Und warum er sein Zimmer in unserem Haus versperrt hat, kann man sich jetzt auch denken. Er hat jede Menge medizinische Bücher gehortet. Die Attacke gegen seine Chefin hingegen war aus dem Zufall geboren, sagt er. Sie hat sich gerade einen eingerissenen Nagel gefeilt und ihn blöd angemacht, weil er die Damentoilette betrat. Da hat er ihr die Nagelfeile aus der Hand gerissen und zugestoßen. Das Wissen darüber ist ja seit der Ermordung von Kaiserin Sisi ziemliches Allgemeingut. Aber wisst ihr was?« Ellen schniefte, fröstelte. »Beinahe hätte ich ihn umgebracht. Ich hab ihn fast überwältigt gehabt. In einem unachtsamen Moment, als er mir über die Wange strich und irgendwelche Koseworte murmelte. Ich war so zornig! Ich hab gar nicht drüber nachgedacht, was passieren könnte. In meiner Wut bin ich ihn angesprungen. Ihm ist das Messer aus der Hand gefallen. Ich hab es irgendwie erwischt. Bevor er mich wieder in seine Gewalt bekommen hat. Nur dass der Lift unten angekommen ist, hat ihm das Leben gerettet.«

Alle starrten Ellen an. Bis Amélie sagte: »Die Drohbriefe bei Koromar – Mehmet hat behauptet, Sven habe die geschickt. Er sagt, Sven Gerling kennt sich hervorragend damit aus, wie er seine Spuren im World Wide Web verwischen kann.«

»Frau Inspektor, können Sie uns sagen, was mit Gero geschieht?«, erkundigte sich Ragnhild bei Mara Wander. »Sitzt er endlich?«

»Als ihr mich in Bulgarien angerufen habt«, wandte sich Berenike an die Detektivinnen, »da dachte ich, der Fall sei geklärt und Gero muss nur noch gestehen.«

»Ja, wenn es immer so einfach wäre.«

»Er wird sich vor Gericht verantworten …«

»Gero!« Amélie schrie auf.

»Was ist mit ihm, Amélie?«

»Jetzt weiß ich es wieder. Er war's.«

»Ja, das hast du schon gesagt, er hat Caro verfolgt und bedroht.«

»Nein, ja, das auch. Er hat mich überfallen und so verprügelt.«

»Gero hat dir das angetan?« Berenike war fassungslos.

»Ja. Ich bin gerade von einem Spaziergang zurückgekommen und wollte in mein Tanzstudio, als Gero aus dem Gebüsch neben der Traun hervorgesprungen ist. Mit einem dicken Seil in der Hand. Er hat mich zusammengeschlagen und wollte mich fesseln. Irgendwelche Sicherungen sind bei ihm durchgebrannt, er hat verhindern wollen, dass ich ihn wegen der Attacke gegen Caro drankrieg und der Polizei meld. So ein Dummkopf, schließlich hatte ich dir bereits davon erzählt. Zum Glück hab ich ihn im letzten Moment in die Flucht schlagen können, weil gerade jemand vorbeigekommen ist. Da hab ich nach ihm getreten. Ich weiß nicht mehr, woher ich die Kraft dafür genommen hab. Danach muss ich ohnmächtig geworden sein.«

»Ja, dich haben Spaziergänger gefunden.«

»Jetzt wird Gero hoffentlich verhaftet, Frau Inspektor, oder?«

»Entschuldigt mich bitte.« Die Polizistin holte ihr Handy hervor, trat zur Seite, um ungestört zu telefonieren. Als sie zurückkam, sagte sie: »Ich habe alles veranlasst.«

»Lasst uns jetzt der Toten zu Ehren tanzen. Bevor es noch kühler wird.« Amélie stellte ihre Teeschale weg und stand mit langsamen Bewegungen auf. Die anderen taten es ihr nach. Sie machten Platz rund um das Feuer. Amélie hatte ein Tanzritual vorbereitet. Sie hatten einander an den Händen gefasst und bildeten einen Kreis vor dem Feuer. Ein Energiekreislauf zwischen den Frauen, es war ganz deutlich zu spüren. Sachte drehten sie sich nach rechts, dann wieder nach links. Nackte Füße auf dem Gras. Sie grüßten Mutter Erde, Schlangenarme wanden sich zum sternenübersäten Himmel.

Amélie stimmte eine sanfte Melodie an. Ein wortloser Gesang. Die anderen fielen ein. Ihre unterschiedlichen Tonlagen vermischten sich zu einer einzigartigen Sinfonie. Nach einem Moment der Stille sprach Amélie: »Wir verabschieden uns von dir, Caro, und von dir, Selma. Wir verabschieden uns und auch wenn wir im Leben nicht immer einer Meinung waren, so wollen wir euch doch danken für alles, was ihr uns wart.«

Mit den Fackeln in den Händen wanderten sie bald darauf zurück nach Hallstatt. Vorbei ging es an der Kirche, am Friedhof mit seinem Beinhaus. Kein Mensch war unterwegs. Einsam leuchteten Straßenlaternen. Irgendwo schrie ein Vogel.

Eine obszöne Zeichnung an einer Hausmauer fesselte ihre Aufmerksamkeit. ›Asiatinnen zurück in die Mongolei‹, entzifferte Berenike. Darunter eine entblößte Frau unter einem gestiefelten Fuß. Und das im schmucken Hallstatt! Wo Adi wie seit eh und je jedes kleine Papierchen und jeden winzigen Dreck sofort wegräumte, damit sich kein Gast seine Markenschuhe versaute.

»So geht's nicht!« Gerhild zitterte vor Zorn und kramte im Rucksack. »So.« Sie packte eine Spraydose aus. Sah sich rechts und links um. Sprühte. Rot. Wenigstens nicht Blutrot. Die Polizistin sah zur Seite. Gerhild übermalte die Zeichnung, bis nichts mehr zu sehen war. ›Vergewaltiger, wir kriegen euch!‹, schrieb sie darunter. Ellen und Helena lugten ihr über die Schulter und nickten grimmig.

»Habt ihr öfter solche Aktionen gemacht?« Berenike ließ Gerhild nicht aus den Augen. »Ich habe die Buttersäure in Selmas Tasche gesehen. Was war damals wirklich geplant?«

Gerhild sah immer noch ihr Werk an. »Caro war so wütend über die Entlassung Nagelreiters.« Sie blickte böse die Polizistin an, aber die reagierte nicht. Sie sprach so leise, dass nur Berenike sie verstehen konnte. »Wir wollten gemeinsam zu seinem Haus gehen und, na ja, sein Auto … so als Warnung … unbrauchbar machen mit der stinkenden Buttersäure. Verreckt wär er nicht daran, aber er hätt endlich mal selber gelitten. Hätt er halt ein bissl gekotzt. Aber dazu kam's nicht.«

»Ich weiß.«

Am nächsten Abend traf Berenike zufällig Jonas. Eine Tasche in der Hand, trat er aus dem Hotel Seebrise, als sie auf dem Heimweg daran vorbeifuhr. Sie bremste.

»Hast du Lust auf … eine Tasse Tee?« Sie sah ihn an, sah seine Muskeln, seine Lachfalten. Etwas hatte sich verändert.

»Nike.« Er streckte einen Arm nach ihr aus. »Ich komme. Lass mich nur noch mein Zimmer bezahlen.«

»Reist du ab?«

»Ja, der Fall ist seit heute abgeschlossen.«

»Ach. Wirklich? Gratuliere.«

»Ja. Ich musste nur noch ein kurzes Gespräch führen mit Caros Vater.«

»Und?«

»Er ist unschuldig, aber das dachte ich schon längst. Der Mann hat sich aus Angst versteckt, dass man ihn fälschlich verdächtigen könnte. Er ist ja vorbestraft, weil er Caros Mutter getötet hat.«

Sie dachte an die Tote, die keiner von ihnen gekannt hatte. Der Mord an ihr war lange vor ihrer Zeit passiert.

»Ich wollte eigentlich – aber ich komme zu dir, Nike, ich komme.« Ein Lächeln. Gerade dass sie noch geradeaus weiterfahren konnte und unfallfrei nach Hause fand. Berenike spürte das Vibrieren ihres Motorrads im ganzen Körper. Sie ließ die Erregung aufsteigen, bis alles an ihr prickelte. Der Fall war gelöst, und vielleicht hatte sie Jonas unrecht getan. Die

Polizisten hatten Pech gehabt, ein komplizierter Fall. Aber jetzt wollte sie in die Zukunft sehen – oder in die Gegenwart, den Moment genießen. Momente mit Jonas.

»Ich mach uns Tee aus Nepal«, sagte sie, als er endlich da war, die längsten 15 Minuten ihres Lebens. Er war da, war bei ihr. Sie starrte ihn an und überlegte, ob sie überhaupt Tee wollte. Diese Lippen … was hatte sie Jonas vermisst. Jetzt, wo der Fall geklärt war, fühlte sie sich gelassener ihm gegenüber.

»Kann ich mich bei dir duschen, Berenike, bitte?«

»Ja klar. Und der Tee …«

Er streckte eine Hand nach ihr aus.

»Geh dich säubern, Herr Kommissar.«

»Kommissar gibt's kan.«

»Ich weiß.«

Nicht lange, und er stand wieder da, nur mit einem Handtuch um die Hüften, seine Haut dampfte noch vor Feuchtigkeit. Berenike servierte den Tee, nun, wo er schon zubereitet war, aber eigentlich … Sie konzentrierte sich auf die altmodischen rosa geblümten Tassen. Eine Erinnerung an ihre Kindheit, an die wenigen Momente trauter familiärer Gemeinsamkeit. Sie stellte alles auf dem Couchtisch ab und ließ sich auf das Sofa fallen. »Dieser erfrischende Tee ist eine besondere Rarität aus biologischem Anbau …« Was redete sie denn da! Jonas stand da, Jonas, ihr Jonas! Stand in der Tür, als ob er dort hingehörte.

»Gut, dass der Fall gelöst ist …«

»Ja, Sven Gerling hat gestanden. Er hat sich lang gewehrt. Aber die Fakten waren erdrückend, dazu Ellens Aussage. Wir haben Fingerabdrücke auf dem Schmuckstück gefunden, mit dem Selma Stauder ermordet wurde. Bei diesem dritten Tötungsdelikt ist er gestört worden und wurde unvorsichtig. Eine wilde Geschichte, Svens Leben. ›Niemand hat mir zugehört‹, hat er immer wieder Mitleid schinden wollen. ›Ich bin allein, so allein. Immer schon.‹ So ging es in einer Tour. ›Meine Familie, die Kinder sehe ich nur alle heiligen Zeiten und jetzt will Ellen weg, was soll ich tun? Ich bin verzweifelt.‹ – ›Das rechtfertigt keinen Mord‹, hab ich ihm gesagt. – Nein. Das tut es nicht. Das hat er eingesehen. Tragische Geschichte. In der Angst um seinen Job hat er es nicht ausgehalten, Ellen zu verlieren, dass sie sich von ihm entfernt oder auch nur verändert. Er wollte Sicherheit. In der Arbeit traute sich keiner, aufzumucken. Also musste das Privatleben herhalten. Caro hat er aus blankem Hass umgebracht, weil sie ihm Ellen entfremdet habe, hat er gesagt. Er wollte Ellen warnen, alle Frauen warnen, indem er Caro tot in der Auslage ausgestellt hat. Eine Warnung, dass es allen so gehen könnte. Selbst Katharina, wenn sie nicht den Mund hielt. Nach dem ersten Mord sank seine Hemmschwelle. Seine Chefin ist ihm auf die Nerven gegangen. Er ist ihr auf die Toilette gefolgt, hat sie mit ihrer eigenen Nagelfeile niedergestochen, indem er scheinbar mit ihr zusammengestoßen ist. Wirklich wie bei der Kaiserin Sisi. Schließlich habt ihr Caros Leichtenteile gefunden, das hat ihn zusätzlich belastet. Aus Wut hat er Selma getötet, sie ist ihm im Wald über den Weg gerannt. Eine Mordsgelegenheit halt. Das Schmuckstück gehörte Selma, er hat es aus der Gunst der Stunde gegen sie verwendet. Das Gift hatte er sich längst besorgt, um nicht mehr abhängig zu sein von unhandlichen Waffen, die zu sehr auffallen. Durch sein Interesse für Fische wusste er natürlich von dem giftigen Kugelfisch. Er hat sie in die Halsschlagader gestochen mit dem vergifteten Schmuckstück. Die Atemmuskulatur wird dadurch gelähmt – und aus ist es.«

»Schon blöd, wenn das eigene Schmuckstück …«

»Du sagst es. Die Schmierereien in Ischl, das war übrigens auch Sven – zusammen mit ein paar Kumpanen, die sich ebenso zu kurz gekommen fühlen. Wir sind gerade dabei, die Namen auszuforschen.«

Berenikes Blick fiel auf die Uhr. »Oh, halb acht, lass uns Nachrichten schauen, vielleicht bringen sie was über den Fall.« Sie drehte den Fernseher auf. Die Zeit im Bild-Fanfare ertönte. Beide starrten sie den Bildschirm an. ›Wohin Gewalt im Unternehmen führen kann, zeigt die Mordserie im Salzkammergut, die die Kriminalpolizei jetzt aufgeklärt hat. Wie konnte es so weit kommen? Da wird ein Familienbetrieb an einen Großkonzern verkauft. Ein Mitarbeiter will sich nichts mehr gefallen lassen. Er schreibt Briefe an die Konzernleitung, aber man ignoriert ihn, den Spinner. Daraufhin greift er zu immer kriminelleren Methoden. Er stiehlt sensible Daten, zu denen er in seiner Funktion als Security Manager Zugang hat. Offenbar bringt ihn aber immer noch niemand damit in Zusammenhang. Letztlich mutiert der einst geachtete Mann zum Mörder, ein verzweifelter Hilfeschrei.‹

Jonas wandte sich Berenike zu. »Immerhin muss ich sagen, meine Wiener Kollegen Jansky und Hochfeld haben toll mit uns zusammengearbeitet. Nur der Hochfeld, der ist ein bissl sehr hochnäsig.«

»Wem sagst du das. Was geschah mit der verschwundenen Miss Vienna?«

»Miss Austria. Sie ist tatsächlich entführt worden, konnte dem Täter aber entkommen. Mit ihrer Zeugenaussage konnten wir Nagelreiter überführen, nachdem er nach dem Überfall auf Rita festgenommen wurde.«

»Das würde Caro gefallen, dass dieser Bösewicht endlich sitzt.«

Fotos von den Tatorten flimmerten über den Bildschirm, Bilder von Ellen und Sven aus einer besseren Zeit. Berenike drehte sich zu Jonas. »Lass uns den Mist vergessen.« Sie hieb mit der Hand auf die Fernbedienung, es war mit einem

Schlag still. Nur ihr eigener Herzschlag war zu spüren, gleich neben dem von Jonas. Überhaupt: seine Präsenz. Sein Duft. Seine dunklen Augen, Bartstoppeln an ihrer Wange. Sein Bauch an ihrem Bauch. Sie ließ die Beine unter dem seidigen roten Kimono, den sie daheim gern trug, auseinandergleiten. Ihre Brüste reckten sich ihm entgegen. »Komm her zu mir, Süßer.«

»Mit dem größten Vergnügen.«

Die Teeschalen blieben unberührt auf dem Tisch stehen.

ENDE

NACHWORT

Dieses Buch ist ein Roman. Die Handlung und ihre Figuren sind frei erfunden. Ähnlichkeiten mit lebenden oder toten Personen gehören zu den Zufällen, die das Leben schreibt …

Nicht erfunden habe ich die geheimnisvolle Welt in Hallstatt mit ihrer großen Vergangenheit, den Keltinnen und Kelten, dem Salz und dem berühmten Gräberfeld.

Ebenso wenig erfunden sind die Zahlen zum Thema Gewalt gegen Frauen: Auch in Europa ist jede fünfte Frau mindestens einmal in ihrem Leben mit Gewalt konfrontiert. Beziehungen und Familie stellen – entgegen der Wunschträume – eine der größten Lebensgefahren für Frauen dar. Der gefährlichste Moment im Leben einer Frau ist … die Trennung von einem Mann und das ›letzte Gespräch‹. Vergleichen Sie dazu die Informationen von amnesty international beziehungsweise der Frauenhäuser.

Um das Thema Workplace Violence hat sich insbesondere Kriminalpsychologe Thomas Müller verdient gemacht.

Ich danke allen, die mir bei meiner ›Ermittlungsarbeit‹ halfen. ›Zeugenberichte‹ und ›Spuren‹ fanden sich auf die unterschiedlichste Art. Besonderer Dank an jene Kollegen und Kolleginnen, die den ›Abschlussbericht‹ freundlicherweise testgelesen und mich bestärkt haben. Special thanks an die Mörderischen Schwestern!

Aktuelle Lesetermine, weitere Aktivitäten rund um Berenike Roither und Teegeschichten erfahren Sie auf meiner Webseite, wo Sie auch meinen Newsletter bestellen können:

http://www.texteundtee.at

BERENIKES KLEINES TEEBREVIER – TEIL II

(TEIL I BEFINDET SICH IM ROMAN »SCHWARZTEE«)

Tee der weisen Frauen Dazu mischt Berenike die Kräuter Gundelrebe, Hanfblätter und Beifuß.

Druidentee Eine mystisch-anregende Teemischung, sie enthält unter anderem Hanfblätter.

Nerventee Gegen Stress oder Schock serviert Berenike einen Tee aus Baldrian, Lavendel, Hollerblüten und Lindenblüten.

Maple Tea Der Ahorntee aus Kanada ist schwarzer Tee mit Ahornaroma.

Managertee Diese Mischung aus griechischem Bergtee, Melisse, Kamille und Ringelblume hilft Nerven und Magen beruhigen.

Lindenblütentee Berenike schätzt dieses altbekannte Mittel gegen Fieber und Erkältungen. Gut mit Honig zu trinken!

Türkischer Cay In der Türkei bereitet man starken Tee in einem intensiven Aufguss zu und hält gleichzeitig heißes Wasser in übereinander passenden Teekannen bereit (Çayenlik). Jeder kann sich den Tee damit beliebig stark in der Tasse mischen. Eine bekannte türkische Teesorte bzw. -firma ist Rize Çay.

Grusinischer Tee Eine Teesorte aus dem heutigen Georgien, und zwar aus dem Kaukasus beim Schwarzen Meer. Schwarzer Tee, den man früher in ganz Russland getrunken hatte.

Persischer Tee Schwarzer Tee wird mit Kardamom und Rosenblüten zubereitet. Berenike mag seinen eleganten Geschmack. Manchmal enthält diese Mischung weitere Blüten, wie die von Saflor (Färberdistel). Shisha raucht Berenike allerdings nicht dazu.

Tibetischer Buttertee Wird in Tibet, aber auch in Nepal und der Mongolei getrunken. Als Energielieferant unterstützt er den Organismus im rauen Klima der hohen Gebirge. Buttertee wird mit Butter von weiblichen Yaks – in Europa mit gewöhnlicher Butter – sowie Salz zubereitet und ähnelt eher einer dünnen Suppe.

Kamillentee … wärmt die Seele Kamillentee, das wusste schon Berenikes Oma, hilft in allen Lebenslagen. Er beruhigt, entkrampft und hilft gegen Entzündungen. Aber Achtung: Man kann gegen Korbblütler wie Kamille allergisch reagieren. Und entgegen der »Hausmedizin« sollte Kamille für Augenbeschwerden nicht genommen werden, da sie austrocknet.

Pfefferminztee Minze wirkt leicht kühlend und ist daher ein ideales Sommergetränk. Auch Verspannungen und Kopfschmerzen werden von Pfefferminztee (oder -öl) gelindert. Berenike empfiehlt jedoch, Pfefferminztee nicht regelmäßig zu genießen, das wäre nicht gut fürs Herz.

Five O'Clock Tea Nachmittags trinkt der traditionelle Engländer – den es wohl immer weniger gibt – mildere Schwarzteesorten als am Morgen. Für diesen Anlass gibt es spezielle Five O'Clock Tea Mischungen zu kaufen.

Anregende Kräuterteemischung Dazu mischt Berenike einen Kräutertee aus Schafgarbe, Gundelrebe und Himbeerblättern. Himbeerblätter sind wohlschmeckend und überdecken den Geschmack von Schafgarbe, den nicht alle gern mögen.

Ceylon Dimbula Tee aus Dimbula stammt aus dem heutigen Sri Lanka (früher Ceylon genannt). Dimbula entstand als eines der ersten Teeanbaugebiete auf der Insel, nachdem die Kaffeeplantagen im 19. Jahrhundert von einem Pilz vernichtet wurden. Das Anbaugebiet der eher kräftigen Teesorten liegt 1200 bis 2000 Meter über dem Meeresspiegel.

English Rose Darjeeling-Ceylon-Mischung mit Rosenblüten und Vanille. Fruchtiger Geschmack.

Griechischer Bergtee Ein würziger Wildkräutertee aus der Sideritis-Gattung, der entfernt an den Geschmack von Salbei erinnert. Kretischer Bergtee wird auch Malotira genannt.

Ringelblumentee (Calendula officinalis) Die gelben Blüten der Ringelblume sehen nicht nur im Garten gut aus – wo die Blume etwa Gemeinsam mit Erbsen, Gurken oder Kohlpflanzen gedeiht – sie schmeckt auch als Tee sehr fein. Berenike schätzt ihre ausgleichende Eigenschaft. Bei Halsbeschwerden kann man damit gurgeln, bei Verbrennungen oder kleinen Wunden wie Kratzern von Katzen ein mit dem Tee getränktes Tuch (Umschlag) auflegen. Wundheilend und entzündungshemmend.

Ringelblumensalbe kann man so herstellen: zwei Hände voll frische Ringelblumenblüten zerdrücken, mit 50 Gramm

Butter im Wasserbad 20 Minuten ziehen lassen, dabei beständig umrühren. Danach seihen Sie die Mischung durch ein Mulltuch. Sobald sie abgekühlt ist, in ein steriles Glas füllen und im Kühlschrank lagern.

Mountain Tea Der Mountain Tea, den Berenike in Bulgarien serviert bekam, dürfte mit dem griechischen Bergtee verwandt sein. Außerdem mischte die Wirtin die Blüten der Erdbeerpflanze darunter, die dem Tee einen lieblichen Geschmack geben.

Drachenbrunnentee Besonders edler chinesischer Grüntee. Seine Teeblätter werden in längliche Form gepresst. Ein milder, heller Tee.

Weitere Krimis finden Sie auf den folgenden Seiten und im Internet: www.gmeiner-verlag.de

ANNI BÜRKL

Schwarztee

323 Seiten, Paperback.
ISBN 978-3-8392-1023-9.

TEESTUNDE Das beschauliche Altaussee im Salzkammergut. In Berenike Roithers neu eröffnetem Teesalon trifft man sich zur Lesung des skandalumwitterten Autors Sieghard Lahn. Doch ein Besucher steht zur Pause nicht mehr auf und schnell ist klar: Der Journalist Robert Rabenstein wurde ermordet.

Kein guter Auftakt für Berenikes beruflichen Neuanfang. Aber als Frau der Tat beschließt sie, selbst Licht ins Dunkel zu bringen – auch wenn sie sich dazu im fernen Wien der eigenen Vergangenheit stellen muss …

MANFRED BAUMANN

Jedermanntod

372 Seiten, Paperback.
ISBN 978-3-8392-1089-5.

BÜHNENREIF Salzburg im Sommer, belagert von Touristenscharen und Festspielgästen. Auf der »Jedermann«-Bühne vor dem Dom liegt ein Toter. Ein prominenter Toter. Der Tod höchstpersönlich. Hans Dieter Hackner, der gefeierte Darsteller des Todes in Hofmannsthals »Jedermann«. In seiner Brust steckt die Kopie eines Renaissance-Dolches, an seinen Füßen fehlen die Schuhe. Alles viel zu theatralisch, denkt Kommissar Martin Merana, und beginnt seine Ermittlungen in einer Welt, die ihm fremd ist: die Welt der Salzburger Festspiele mit ihren extrovertierten Künstlern und fädenziehenden Managern …

GMEINER

Wir machen's spannend

PIERRE EMME

Diamantenschmaus

319 Seiten, Paperback.
ISBN 978-3-8392-1079-6.

VEREDELTE ASCHE Die Wiener Promidichte schwindet beträchtlich. Palinski hat es mit einer ganzen Reihe von Mordfällen an bekannten Persönlichkeiten der Hauptstadt zu tun. Zu den Opfern zählen ein stadtbekannter, tierquälender Kettenraucher, ein berühmter Kammersänger und ein belgischer Entertainer. Die nächste Schreckensnachricht lässt nicht lange auf sich warten: Hildi, die 22-jährige ›Prinzessin der Herzen‹, ein Star der Volksmusik, wurde entführt. Besteht ein Zusammenhang zwischen den einzelnen Morden und der Entführung? Und was haben die so genannten »Promi-Diamanten« damit zu tun, die im Internet meistbietend versteigert werden? Da Hildi in großer Gefahr ist, entschließt sich Palinski, die Entführer zu kontaktieren und ein Treffen zu vereinbaren.

VERENA WZSS

Blutrunen

367 Seiten, Paperback.
ISBN 978-3-8392-1104-5.

DUNKLE AHNUNG Die junge Pamela Thoma hat ihren Job als Werberin in Zürich aus »persönlichen Gründen« an den Nagel gehängt. Sie flüchtet in die scheinbar heile Welt des Château de Salms in der Westschweiz, um einen beruflichen Neuanfang als Bibliothekarin zu wagen. Doch von Anfang an beschleichen sie unheimliche Gefühle, die sich schon bald bewahrheiten sollen: Eine Reihe rätselhafter Morde erschüttert das altehrwürdige Anwesen. Erst als Pamela im Archiv des Schlosses auf geheime Dokumente aus der NS-Zeit stößt, kommt allmählich Licht ins Dunkel …

GMEINER

Wir machen's spannend

FRIEDERIKE SCHMÖE

Wieweitdugehst

227 Seiten, Paperback.
ISBN 978-3-8392-1098-7.

WIESN-MORDE Auf dem Münchner Oktoberfest wird ein 14-jähriger Junge in der Geisterbahn ermordet. Ghostwriterin und »Wiesn-Muffel« Kea Laverde begleitet ihren Freund Nero Keller, Hauptkommissar im LKA, bei den Ermittlungen. Dabei trifft sie auf Neta, die beruflich Kranken und Trauernden Geschichten erzählt, um deren Schmerz zu lindern. Als auf Neta ein Mordanschlag verübt wird, versucht Kea den Hintergründen auf die Spur zu kommen. Sie stößt auf einen Sumpf aus Gier, Lügen und unerfüllter Liebe …

RAIMUND A. MADER

Schindlerjüdin

319 Seiten, Paperback.
ISBN 978-3-8392-1105-2.

ZWISCHEN DAMALS UND HEUTE Frühjahr 1948, kurz vor der Währungsreform. In Regensburg werden drei Männer auf brutale Art und Weise ermordet. Schnell ist klar, dass es sich bei den Opfern um ehemalige SS-Mitglieder handelt. Im Zuge der Ermittlungen taucht überdies ein bekannter Name auf: Oskar Schindler, wohnhaft in Regensburg.

Mehr als 50 Jahre später wird ein Zeuge der damaligen Taten, Paul Gemsa, ein schlesischer Heimatvertriebener und mittlerweile hochrangiger Bürger der Stadt, selbst ermordet. Kommissar Adolf Bichlmaier ist sich sicher, dass es einen Zusammenhang zwischen den Verbrechen geben muss …

GMEINER

Wir machen's spannend

KRIMIJournal

Gestohlene Kindheit

Bloody Cover

Pharaonenkinder

Krimi-Spiele

Alle Gmeiner-Autoren und ihre Romane auf einen Blick

ANTHOLOGIEN: Tatort Starnberger See • Mords-Sachsen 4 • Sterbenslust • Tödliche Wasser • Gefährliche Nachbarn • Mords-Sachsen 3 • Tatort Ammersee • Campusmord • Mords-Sachsen 2 • Tod am Bodensee • Mords-Sachsen 1 • Grenzfälle • Spekulatius **ARTMEIER, HILDEGUNDE**: Feuerross • Drachenfrau **BAUER, HERMANN**: Verschwörungsmelange • Karambolage • Fernwehträume **BAUM, BEATE**: Weltverloren • Ruchlos • Häuserkampf **BAUMANN, MANFRED**: Jedermanntod **BECK, SINJE**: Totenklang • Duftspur • Einzelkämpfer **BECKER, OLIVER**: Das Geheimnis der Krähentochter **BECKMANN, HERBERT**: Mark Twain unter den Linden • Die indiskreten Briefe des Giacomo Casanova **BEINSSEN, JAN**: Goldfrauen • Feuerfrauen **BLATTER, ULRIKE**: Vogelfrau **BODE-HOFFMANN, GRIT / HOFFMANN, MATTHIAS**: Infantizid **BOMM, MANFRED**: Kurzschluss • Glasklar • Notbremse • Schattennetz • Beweislast • Schusslinie • Mordloch • Trugschluss • Irrflug • Himmelsfelsen **BONN, SUSANNE**: Die Schule der Spielleute • Der Jahrmarkt zu Jakobi **BODENMANN, MONA**: Mondmilchgubel **BOSETZKY, HORST (-KY)**: Promijagd • Unterm Kirschbaum **BOENKE, MICHAEL**: Gott'sacker **BÖCKER, BÄRBEL**: Henkersmahl **BUEHRIG, DIETER**: Schattengold **BUTTLER, MONIKA**: Dunkelzeit • Abendfrieden • Herzraub **BÜRKL, ANNI**: Ausgetanzt • Schwarztee **CLAUSEN, ANKE**: Dinnerparty • Ostseegrab **DANZ, ELLA**: Schatz, schmeckt's dir nicht? • Rosenwahn • Kochwut • Nebelschleier • Steilufer • Osterfeuer **DETERING, MONIKA**: Puppenmann • Herzfrauen **DIECHLER, GABRIELE**: Glaub mir, es muss Liebe sein • Engpass **DÜNSCHEDE, SANDRA**: Todeswatt • Friesenrache • Solomord • Nordmord • Deichgrab **EMME, PIERRE**: Diamantenschmaus • Pizza Letale • Pasta Mortale • Schneenockerleklat • Florentinerpakt • Ballsaison • Tortenkomplott • Killerspiele • Würstelmassaker • Heurigenpassion • Schnitzelfarce • Pastetenlust **ENDERLE, MANFRED**: Nachtwanderer **ERFMEYER, KLAUS**: Endstadium • Tribunal • Geldmarie • Todeserklärung • Karrieresprung **ERWIN, BIRGIT / BUCHHORN, ULRICH**: Die Gauklerin von Buchhorn • Die Herren von Buchhorn **FOHL, DAGMAR**: Die Insel der Witwen • Das Mädchen und sein Henker **FRANZINGER, BERND**: Zehnkampf • Leidenstour • Kindspech • Jammerhalde • Bombenstimmung • Wolfsfalle • Dinotod • Ohnmacht • Goldrausch • Pilzsaison **GARDEIN, UWE**: Das Mysterium des Himmels • Die Stunde des Königs • Die letzte Hexe – Maria Anna Schwegelin **GARDENER, EVA B.**: Lebenshunger **GEISLER, KURT**: Bädersterben **GIBERT, MATTHIAS P.**: Schmuddelkinder • Bullenhitze • Eiszeit • Zirkusluft • Kammerflimmern • Nervenflattern **GRAF, EDI**: Bombenspiel • Leopardenjagd • Elefantengold • Löwenriss • Nashornfieber **GUDE, CHRISTIAN**: Kontrollverlust • Homunculus • Binärcode • Mosquito **HAENNI, STEFAN**: Brahmsrösi • Narrentod **HAUG, GUNTER**: Gössenjagd • Hüttenzauber • Tauberschwarz • Höllenfahrt • Sturmwarnung • Riffhaie • Tiefenrausch **HEIM, UTA-MARIA**: Totenkuss • Wespennest • Das Rattenprinzip • Totschweigen • Dreckskind **HERELD, PETER**: Das Geheimnis des Goldmachers **HUNOLD-REIME, SIGRID**: Schattenmorellen • Frühstückspension **IMBSWEILER, MARCUS**: Butenschön • Altstadtfest • Schlussakt • Bergfriedhof **KARNANI, FRITJOF**: Notlandung • Turnaround • Takeover **KAST-RIEDLINGER, ANNETTE**: Liebling, ich kann auch anders **KEISER, GABRIELE**: Gartenschläfer • Apollofalter

GMEINER

Wir machen's spannend

Alle Gmeiner-Autoren und ihre Romane auf einen Blick

KEISER, GABRIELE / POLIFKA, WOLFGANG: Puppenjäger **KELLER, STEFAN**: Kölner Kreuzigung **KLAUSNER, UWE**: Die Bräute des Satans • Odessa-Komplott • Pilger des Zorns • Walhalla-Code • Die Kiliansverschwörung • Die Pforten der Hölle **KLEWE, SABINE**: Die schwarzseidene Dame • Blutsonne • Wintermärchen • Kinderspiel • Schattenriss **KLÖSEL, MATTHIAS**: Tourneekoller **KLUGMANN, NORBERT**: Die Adler von Lübeck • Die Nacht des Narren • Die Tochter des Salzhändlers • Kabinettstück • Schlüsselgewalt • Rebenblut **KOHL, ERWIN**: Flatline • Grabtanz • Zugzwang **KOPPITZ, RAINER C.**: Machtrausch **KÖHLER, MANFRED**: Tiefpunkt • Schreckensgletscher **KÖSTERING, BERND**: Goetheruh **KRAMER, VERONIKA**: Todesgeheimnis • Rachesommer **KRONENBERG, SUSANNE**: Kunstgriff • Rheingrund • Weinrache • Kultopfer • Flammenpferd **KRUG, MICHAEL**: Bahnhofsmission **KURELLA, FRANK**: Der Kodex des Bösen • Das Pergament des Todes **LASCAUX, PAUL**: Gnadenbrot • Feuerwasser • Wursthimmel • Salztränen **LEBEK, HANS**: Karteileichen • Todesschläger **LEHMKUHL, KURT**: Dreiländermord • Nürburghölle • Raffgier **LEIX, BERND**: Fächertraum • Waldstadt • Hackschnitzel • Zuckerblut • Bucheckern **LIFKA, RICHARD**: Sonnenkönig **LOIBELSBERGER, GERHARD**: Reigen des Todes • Die Naschmarkt-Morde **MADER, RAIMUND A.**: Schindlerjüdin • Glasberg **MAINKA, MARTINA**: Satanszeichen **MISKO, MONA**: Winzertochter • Kindsblut **MORF, ISABEL**: Schrottreif **MOTHWURF, ONO**: Werbevoodoo • Taubendreck **MUCHA, MARTIN**: Papierkrieg **NEEB, URSULA**: Madame empfängt **OTT, PAUL**: Bodensee-Blues **PELTE, REINHARD**: Kielwasser • Inselkoller **PUHLFÜRST, CLAUDIA**: Rachegöttin • Dunkelhaft • Eiseskälte • Leichenstarre **PUNDT, HARDY**: Friesenwut • Deichbruch **PUSCHMANN, DOROTHEA**: Zwickmühle **RUSCH, HANS-JÜRGEN**: Gegenwende **SCHAEWEN, OLIVER VON**: Räuberblut • Schillerhöhe **SCHMITZ, INGRID**: Mordsdeal • Sündenfälle **SCHMÖE, FRIEDERIKE**: Wieweitdugehst • Bisduvergisst • Fliehganzleis • Schweigfeinstill • Spinnefeind • Pfeilgift • Januskopf • Schockstarre • Käfersterben • Fratzenmond • Kirchweihmord • Maskenspiel **SCHNEIDER, BERNWARD**: Spittelmarkt **SCHNEIDER, HARALD**: Wassergeld • Erfindergeist • Schwarzkittel • Ernteopfer **SCHNYDER, MARIJKE**: Matrjoschka-Jagd **SCHRÖDER, ANGELIKA**: Mordsgier • Mordswut • Mordsliebe **SCHUKER, KLAUS**: Brudernacht **SCHULZE, GINA**: Sintflut **SCHÜTZ, ERICH**: Judengold **SCHWAB, ELKE**: Angstfalle • Großeinsatz **SCHWARZ, MAREN**: Zwiespalt • Maienfrost • Dämonenspiel • Grabeskälte **SENF, JOCHEN**: Kindswut • Knochenspiel • Nichtwisser **SEYERLE, GUIDO**: Schweinekrieg **SPATZ, WILLIBALD**: Alpenlust • Alpendöner **STEINHAUER, FRANZISKA**: Gurkensaat • Wortlos • Menschenfänger • Narrenspiel • Seelenqual • Racheakt **SZRAMA, BETTINA**: Die Konkubine des Mörders • Die Giftmischerin **THIEL, SEBASTIAN**: Die Hexe vom Niederrhein **THÖMMES, GÜNTHER**: Der Fluch des Bierzauberers • Das Erbe des Bierzauberers • Der Bierzauberer **THADEWALDT, ASTRID / BAUER, CARSTEN**: Blutblume • Kreuzkönig **ULLRICH, SONJA**: Teppichporsche **VALDORF, LEO**: Großstadtsumpf **VERTACNIK, HANS-PETER**: Ultimo •Abfangjäger **WARK, PETER**: Epizentrum • Ballonglühen • Albtraum **WICKENHÄUSER, RUBEN PHILLIP**: Die Seele des Wolfes **WILKENLOH, WIMMER**: Poppenspäl • Feuermal • Hätschelkind **WYSS, VERENA**: Blutrunen • Todesformel **ZANDER, WOLFGANG**: Hundeleben

GMEINER

Wir machen's spannend